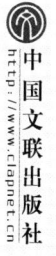

品读苏东坡

◎ 钱壮为 著

中国文联出版社
http://www.clapnet.cn

图书在版编目（CIP）数据

品读苏东坡/钱壮为著.-- 北京：中国文联出版社，2018.10
ISBN 978-7-5190-3958-5

Ⅰ.①品… Ⅱ.①钱… Ⅲ.①苏东坡（1036-1101）—评传 Ⅳ.①K825.6

中国版本图书馆CIP数据核字(2018)第240423号

品读苏东坡

作　　者：	钱壮为		
出 版 人：	朱　庆		
终 审 人：	奚耀华	复 审 人：	苏　晶
责任编辑：	褚雅越	责任校对：	杨　斌
封面设计：	小宝书装	责任印制：	陈　晨

出版发行：	中国文联出版社
地　　址：	北京市朝阳区农展馆南里10号，100125
电　　话：	010-85923068（咨询）85923000（编务）85923020（邮购）
传　　真：	010-85923000（总编室），010-85923020（发行部）
网　　址：	http://www.clapnet.cn　　http://www.claplus.cn
E‑mail：	clap@clapnet.cn　　chuyy@clapnet.cn
印　　刷：	中煤（北京）印务有限公司
装　　订：	中煤（北京）印务有限公司
法律顾问：	北京市德鸿律师事务所王振勇律师

本书如有破损、缺页、装订错误，请与本社联系调换

开　　本：	880×1230　　1/32
字　　数：	312千字　　印张：14
版　　次：	2018年10月第1版　　印次：2018年10月第1次印刷
书　　号：	ISBN 978-7-5190-3958-5
定　　价：	45.00元

版权所有　翻印必究

目 录
Contents

序一　一笑大江横 / 胡皓东 /001
序二　小满东坡 / 马　林 /009

第一章　　名动京华 /001
第二章　　出　川 /016
第三章　　凌　虚 /031
第四章　　王安石之怒 /046
第五章　　万言书 /067
第六章　　佛道诗禅 /082
第七章　　天怒人怨 /104
第八章　　超然台 /120
第九章　　黄　楼 /136
第十章　　子瞻何罪 /151
第十一章　东坡·雪堂 /171
第十二章　一蓑烟雨任平生 /191
第十三章　大江东去 /209
第十四章　千里快哉风 /220

第十五章　翰林学士 /246

第十六章　司马牛·鳖厮踢 /268

第十七章　君子小人之辨 /283

第十八章　西园雅集 /300

第十九章　西湖之长 /320

第二十章　历任三州 /338

第二十一章　自　传 /352

第二十二章　逐　客 /360

第二十三章　孤　岛 /386

第二十四章　谢　幕 /402

第二十五章　尾　声 /418

后　记 /423

序一
一笑大江横

胡皓东

吉林梨树钱壮为兄,谊本同窗,三观相近,声气常求,沧桑未移莲藕之接,实三十年交情逶迤不绝之沐春友也。

某不才,自辞出校门,便做起雕琢笔端的生涯,偶献玲珑于上人,盖以为生计,廿余年岁月摧磨,不免心水枯竭,意兴阑珊。料想钱兄,为大才,居要职,谋深虑远,常下笔万言,浩浩汤汤,虽鼎盛绵连,究近尾声,于林下不远矣。孰意,年前竟问世巨制《品读苏东坡》,读之意气煌煌,元气淋漓,笔力凌健,驾驭高难选题的自信和学养尽在其中。

蒙钱兄错爱,三次命我为序,初而惶恐战栗,不敢承命,为学养见识着实简陋,非惟贻笑大方,亦难免不自量力之讥。然而,唯一从心头卸不掉的是这三十年相知相交的友情。幸好,钱兄准我以一些碎片化的感悟回令,我方得以略舒忐忑,以对几个主题词简单诠释的方式充数。至于读者盼望的精彩,在本书正文俯拾皆是,无需多言。

饱 满

林语堂先生在《苏东坡传原序》写到：苏东坡是个秉性难改的乐天派，是悲天悯人的道德家，是黎民百姓的好朋友，是散文作家，是新派的画家，是伟大的书法家，是酿酒的实验者，是工程师，是假道学的反对派，是瑜伽术的修炼者，是佛教徒，是士大夫，是皇帝的秘书，是饮酒成癖者，是心肠慈悲的法官，是政治上的坚持己见者，是月下的漫步者，是诗人，是生性诙谐爱开玩笑的人。可是这些也许还不足以勾绘出苏东坡的全貌。

所以不避费墨地引用，是因为语堂先生这一段把苏东坡覆盖的各个维度提炼得最到位，是"绝唱"。即使我们能够再加进去几个词，也感觉是赘疣，是蛇足，没有必要了。我只能说，苏东坡是一个特别饱满的人物。在这个星球的范畴，我不敢妄言；在中国，只要自诩文人的人，闭目冥想，或仰望星空，头脑中最先成形的恐怕就是宋朝的这位苏东坡了。

苏东坡涉及的维度，不惟多元丰富而超迈，而且根根清晰富有张力，甚至臻于完美，令身后千年的后杰们汗颜宾服，因而造就了整体的极度饱满。

语堂先生发现并总结了苏东坡的饱满和清晰。说到原因，他归结为苏东坡人格的特别鲜明，而才华的卓越和丰富，滋养出的卷帙浩繁的诗文、书札、墨宝成为载体，千年来体现和传递着苏东坡人格心智的光泽。属于苏东坡的跌宕起伏、多彩多姿的时代和人生际遇，不但激扬出更多的翰墨，更安排了林林总总、面目各异的苏东坡的老师、朋友、同僚乃至政敌,于笔记中大量记录了苏东坡的言行和对话录,留给后人血肉丰满、面目清晰、宛在眼前的这样一个人。

语堂先生固然讲出了一些偏于外在因素分析的正确的意见,而苏东坡人格饱满并始终饱满的内在因素,也值得考究。

我以为苏东坡用一生有意无意打造了一种于外于内刚好能够自洽又能见容于世的存在方式和表现方式,这是精彩人生、饱满人格的基石,是其卓越才华始终中正坚实,不至偏颇怨艾,更避免了半途而废的正道。限于见识浅薄,我在这里只能提出这样的浅见,后面写到的一些观点与此是相承的。

天　真

"堪笑兰台公子,未解庄生天籁,刚道有雌雄。一点浩然气,千里快哉风。"

这是苏东坡《水调歌头·黄州快哉亭赠张偓佺》结尾的几句。天籁、地籁、人籁之说,出自《庄子·齐物论》。天籁,喻本真之声;地籁,喻无音律的回应之声;人籁,喻被操弄的乐器之声。浩然气,语出《孟子·公孙丑上》。孟子曰:"我善养吾浩然之气","其为气也,至大至刚,以直养而无害,则塞于天地之间;其为气也,配义与道,无是,馁也。"

这首《水调歌头》,作于1083年(宋神宗元丰六年),是苏东坡遭遇"乌台诗案"后贬居黄州的第四年。黄州时期的苏东坡,思想到达了成熟期,这首词表达出了要为"天籁",要守好养好心中这点"浩然之气",御风而行事的意思。在作于1092年(宋哲宗元祐七年)的《潮州韩文公庙碑》文中,苏东坡又对"浩然之气"进行了更有力的阐述。

我把上述苏东坡的处事为人原则名之为"天真",就是说话、办事从本心出发,从本心认定的道义出发,不太考虑其他,有点类于同样缘于孟子而光大于王阳明的"致良知"。苏东坡天真处事,是一以贯之的,只是到黄州时期,直接提炼出了这种思想元素。

因天真,苏东坡初入官场便不愿随波逐流而与上官龃龉;因天真,他敢于坚持意见,与炙手可热的"拗相公"王安石开撕,立场鲜明地反对皇帝背书的"新法";因天真,他直抒胸臆,屡屡写作讽喻、刺世、怜民的篇什,不管是否有伤为政者的面子,终于惹来了灭顶之灾;因天真,他百劫归来,竟又死顶屡屡奖掖自己危难时回护自己的司马光,为的竟是害苦他的"新政"中个别政策的存废。

至于知密州时"抗蝗",知徐州时"抗洪",知杭州时"疏湖修堤",知颍州时"修河",只要是有利百姓,虽千难万险,苏东坡都决不避辞。一辈子做了这么多实事,也是天真所致吧。

风　骨

讲到苏东坡,或者他前一代、同一代乃至后一代那些灿若星云的人物群,都回避不了一个重大的事件,更准确地说是一个重大的进程,就是所谓的"熙丰变法"。

熙丰变法,人都称"王安石变法",其实没有宋神宗皇帝的力挺,变法一天都推不下去。当时官场上但凡还有智商的,没有人看不出这一点,谁妄议新法,谁就是逆龙鳞。偏偏苏东坡抖这个激灵,在熙宁二年,两次上书皇帝,洋洋万言,言辞激烈。书中的谏议主要是三条，一是结人心，不争利于民；二是厚风俗，不给钻营幸进之徒以机会；三是存纲纪，发挥台谏系统的作用，使言官敢言放言，对行政权力形成有效制衡。

苏东坡上万言书的时候，宋神宗求治心切，推新法的心气正高，官场很多有上进心的看准了这是个机会。苏东坡自不会做承风希旨的那种事，以他的官职微末，兜头泼凉水的事也并非他的职分。但他就这么做了，不顾及后果。推其心，固然本自天真，更是在这天真之本上生出的"风骨"之干。盖风骨者，谓其强硬坚韧，独立不迁，不避风刀霜剑，斧钺交加。

这一次，宅心仁厚的皇帝并没有怪罪，甚至并未挑剔他的态度。然而，次年，就有御史弹劾苏东坡，这位御史还有一个身份——王安石的妹夫。

苏东坡在朝廷呆不下去，外放通判杭州。师友们纷纷规劝他要规避言语之累。他表哥文与可的两句诗最有代表性：北阙南来休问事，西湖虽好不吟诗。大家隐约感觉到一张天网正在张开，因为很显然的是，苏东坡在万言书中所担心的台谏与行政系统的勾连其实已经形成，这是非常可怕的，因为台谏系统有一定的司法权，两者的勾连意味着政见的分歧可以通过司法进行强力干预。苏东坡笑纳了朋友们的好意，可他并不收敛。

苏东坡有一个纠结，他反对新法的聚敛和伤民。来到地方，他对新法的弊端对民众的痛苦看得更清楚，而作为地方行政官员，推行朝廷政令又是他的职责。此时大批质疑新法的官员被贬黜下来，难免有所交集，就难免产生共鸣。这一时期，是苏东坡诗词创作的一个高峰，他创作了大量的山水、游乐、禅道、怀旧和应酬的诗词，也创作了大量抒发胸臆的讽喻、刺世和反映民间疾苦的诗作,与中晚唐白居易的"新乐府"和皮日休、陆龟蒙、秦韬玉们来自底层的诗近乎一个调调。

苏东坡这样"作"了九年,"报应"以雷霆万钧之势还是降临了。元丰二年,他成了宋朝最大的文字狱"乌台诗案"的主角。宋朝自太祖立国,立下了不杀文官的规矩,这次新派人物李定、舒亶们却必欲置苏东坡于死地,让他破这个"天荒"。幸亏皇帝并不怎么厌恶他,太皇太后又加以回护,终于保住了命。出监狱的第一件事,苏东坡竟是又写了两首诗,讽刺幸进的小人们是斗鸡走狗之徒,不屑与之为伍。

劫后余生,不改风骨犹存。除了苏东坡,还能有几人?

自 适

苏东坡喜欢营造建筑。于公,他修建过超然台、黄楼,在杭州的苏堤上修了六桥九亭;于私,他在凤翔建"喜雨亭",在黄州建"雪堂",在惠州建"思无邪斋""六如亭"。

建筑,是艺术的综合,是一段带有很强经营感和操控感的过程产生的成果。苏东坡耽于此道,精于此道,每一次成果的呈现无疑都让他心生喜悦。这种喜悦在此时此空间是很嗨很完美的体验,追求这种体验的复制甚至产生了成瘾性。

受尽种种磨难的苏东坡,自然有他自我平衡修复的机制和能力,我把这种机制和能力叫做"自适"。没有自适,他无法保持一生的中正乐观正能量,无法以天真立命,也无法支撑风骨的韧性和傲然,他的一生恐怕不是这种活法。

营建,肯定是苏东坡自适的一种重要的方式。交游、参禅、宴饮、诗文书画、文玩、提掖后辈甚至瑜伽、炼丹、烹煮美味,都有很强的自适属性。

　　黄州时期及以后的苏东坡已自适到物我合一、宠辱不惊、随心所欲的境界,化在前后《赤壁赋》《记承天寺夜游》《定风波》等篇章中;日常生活更是被调适得经常屁颠屁颠。在当时属岭南烟瘴之地的惠州,他不但发出"不辞长作岭南人"的快意,而且竟然能把养病养到"报道先生春睡美,道人轻打五更钟"的恬适。

　　尽管一些人仍不放过他,际遇把他摔向一个又一个低谷,垂暮之年多病之躯的苏东坡被一贬再贬到当时最为蛮荒边远又与大陆隔绝的海南岛。但他的自适能力却随之增强,到了无需外物内心自适的更高层次。《在儋耳书》记载了这样一次自适。书中记道:我刚来到南海中这个孤岛上,四周水天无际,感到从来没有过的孤独无助,不禁黯然神伤:"什么时候才能出此孤岛呢?"转念一想,天地都在积水中,九州在大瀛海中,中国在四海中,哪一个生命不是在岛上呢?将一盆水泼在地上,草浮在水上,一只蚂蚁趴在草上,不知道会漂到哪里。不一会,水干了,蚂蚁径直从草叶上爬走了,见到同类,蚂蚁抽泣着说:"差点见不到你了,谁知道一会儿后就出现了四通八达的大路呢?"想到这,苏东坡笑了。这样一个近于"精神胜利法"的自适方式,就让他精神复振,能够集中精力去解决眼前的一个个窘困了。

　　我始终以为,一个人的才华是要用成果来证明的。因此,毋宁说才华是调度或排除一切有利或不利因素做出成果的能力。

　　立言这种活儿,在这个星球生出文明的五六千年以来,大多时是如晦风雨下在陡峭悬崖的攀登,笔直平坦的金光大道是稀少的。

我推崇苏东坡的活法，也正是为此吧。在熟人的小圈子里，我钦羡钱壮为兄，他已经用本书自证了才华。

做本文的时候，总有"出门一笑大江横"这句萦头，姑且取其意作本文的标题吧。好在做这句的黄庭坚也确属苏门。

2018年6月4日

序二
小满东坡

马 林

刚入小满节气,钱壮为兄约胡兄和我小酌。地点在缸瓦市教堂南一个叫"鸭班"的小酒楼。缘梯而上,转身处略显逼仄,楼上虽也不见清静,但临窗向外望去,景色还是不错。尤其是暮色渐起街灯未开的当口,一切都显得匆匆,一张硬木方桌旁的宽舒,让人尤为眷恋。

不知多久,酒酣耳热,胸胆开张,感觉桌旁的人越来越多。先是鲁迅先生笔下的魏连殳,过来讨了杯酒。随后是二月河凌先生,坐了会儿,说了说十三阿哥和《清稗类钞》。再后来是准备去踢世界杯的梅西。人不知什么时候来的,也不知什么时候散去的。

最后走来坐定的是苏东坡。东坡先生时而峨冠,时而披发,时而斗笠。或者说在我们三人眼中各自不同。在旁人看来这是三人的聚会,却不知这其实是四人的攀谈。这是多么奇妙的场景。我知道,或许在其他桌边,也坐着一些人,而我们看不到。

钱兄起笔写苏东坡大约是两年前的事情。那时,我零散在朋友圈里看到他写的文章,有趣而耐读。或许恰是因为阅读的片段化,所以总是盼着读。有一段时间,壮为笔下如有神助,我刚刚看完第八篇,再看到已经是第十篇了。那种阅读感不知是解渴还是凑痒。当时就想,也好,看他七宝楼台最后砌成什么样子。

钱兄全书完成后,我有缘先睹打印好的书稿。抚着那一摞厚厚的书稿,心中真是感慨万千。作为以笔墨为业的人,最大的苦恼无非有二,写无心写的文章,不能写有心写的文章。即使随着境遇的改变,可以不写或少写无心写的文章,那也是需要周围环境的极大宽容。而如果能做到写自己想写的文章,绝对是奢望。我并没有一气呵成读完书稿,而是分成若干时间段,只是为了压一压对钱壮为这种幸福创作的妒意。

钱兄书稿的主体应该是在济南履职期间完成的。异地履职之辛苦多难与人道。济南夏天的闷热,总有几天是难以忍受的。大明湖畔,蚊蚋也多。钱兄作为书家,文房四宝自是不离身。我没有去过他在济南的宿舍,斗室之中,汗臭墨香想必难免。应该是在那时,钱壮为请来同带墨香汗臭的苏东坡为室友。一问,还真是。只是当初开门请来东坡只想鉴赏书法,孰料越聊越近,越写越深,重新构得一个东坡江湖庙堂。

每一个人眼中都有自己的苏东坡。正如苏东坡诗中所道:"西湖天下泉,游者无愚贤。深浅随所得,谁能识其全"。苏东坡之伟大也就在于其作品和其人耐得起解读。我们常说,历史在当事人的讲述中,历史在文献的记载中,历史在后人的评价中。所以说,历史是活的,历史中的人物也必然是活的才对。

一个"活的人"就不只有正反两面,不只有一个态度。作为作者，只要能够梳理清楚这个人物当时他为什么这么做，他在当时看到了什么，忽略了什么，错判了什么，已然足够。既设身处地还原历史真实，体会每一个人物之不易；又能察青萍之末，道出每一件事之必然，真的需要作者将人物拿起放下好多次。至于评价，每一个作者都试图立论，但往往我们一旦立论，便显得不够高了。

无论是在党争之中，还是和各色人等的交往中，苏东坡有爱有恨，并且爱恨鲜明，不吐不快。他的弟弟也曾屡次规劝他。但其实，苏东坡并不纠结于爱或恨。这真是他高妙的地方。他的智慧和才情在留给我们宝贵的文化财富之前，首先滋养的是他自己。简单地说，苏东坡活明白了，脱出了自己的躯壳。这使得他的诗文书法既有气，又灵动润泽。早年的苏东坡和经历坎坷之后的中晚年时期的他，有很大的不同，特别是在四十岁接触佛教思想之后，甚至他都不纠结于解脱了——笑看解脱。他在临终之时，友人劝他心中努力想着西方极乐世界，这样灵魂才可以飞升净土。他回答说：着力即差。

作者在把握苏东坡这一思想境界中，拿起放下做得好，也就是着力即差。我认为本书的一大特点——这是一部中年人写的书。书中带着中年人的学识，带着中年人的境界，带着中年人的宽容与率性。人过中年，总觉得在是非曲直对错之上还有一个"又如何"的模糊。认识到了这个模糊，也就能拆解出古人的那个模糊，就能理解在今人看来很多匪夷所思的事情。

以往很多著作多着力于苏东坡所遭受的不公以强化其人格力量。其实在我看来，宋神宗、拗相公王安石、吕惠卿等等个个都比苏东坡苦很多。苏东坡是那个时代最快乐的人。

我曾经有过一次拗相公见苏东坡的经历，毕生难忘。大约十年前，我在海南自驾游，当时还没有手机导航，只能靠打印的公路地图摸索着前行。觉得已经到了儋州的东坡书院，一问才知方向恰恰相反。疲惫之下，心情坏到了极点，准备爆发但又无所爆发，于是转化为执拗，一定要去。到了东坡书院，天色已晚，从正门进。在工作人员催促的目光下，匆匆一游。书院内有井，有石洞天，有白墙黑瓦。天气尚阴，但近黄昏时有树影婆娑，有小池，有东坡斗笠像，前有香台，残香几束。当时的感觉与其说尽兴，不如说有些许扫兴。

然而人生最难忘的感受往往在不经意间到来。当时正门已关闭，待我从侧门出时，无边无沿万亩水田第一时间向我扑来，然后静静地平铺到天边。水田之光熠熠闪亮，生机勃勃。水田中劳作的小人儿远远看去动作缓慢无助，如同觅食的田鼠。隐约可见水牛打着哈欠。在如此天色之中，纵有万千灰懒倦怠，也会豁然开朗。更神奇的是，出门迎面见水的这番景色在我梦境中无数次出现，以至于我常年用"迎面湖水"作为网名。不想这梦境竟是儋州东坡书院。

也就是从那时起，感觉笔下的灵气一点点消失，至今已荡然全无。每到文章枯涩处，常思漏拜一支香。

钱兄肯定也有自己的东坡之梦。他写作的过程其实就是释梦的过程，能感觉到作者心中的迎面碧水澎湃而来，逐波而去。少年时的爱好、膜拜多多少少带有一些狂热，有一种欲罢不能的感觉。随着年龄的增长，很多都放弃了，留下的多是小小不言的怡情。钱兄最初也只是有感而发，并没有预设成书的目标。书中很多议论，能会心一笑于作者之不吐不快。也恰恰是这种自然散漫，避免了将苏东坡简单地按照历史事件"节点化"，从而将"活体"变为"标本"，避免了为追求立言的恒久而忽略人生自带的荣枯。钱兄在评价苏东坡书法时曾经议论道:"越是想着艺术创作,越是哆里哆嗦,越难以写好。完全没有想着'书法'二字,顺着苍凉的意象,直抒胸臆,奋笔直书。"可以看出,作者作为书家,是以书法之心写作的。如果说这是一本真性情的书,不刻意的书,不为谀辞。

谈到书法,这是本书第三个特点。钱兄潜心书法实践,对苏东坡及同时期前后的书法有着自己独到的评价。他在书中有一些很细节的见解,比如执笔,不是练家断讲不出来。涉及书法的章节也是本书最收放自如的部分,值得细细品读。

记得上中学时,一旦课业稍松,语文老师就会发下一张油印纸,上面文章没有内容分析,没有创作背景,没有作者简介,有时连作者都没听说过。我们脑子一片空白地看,看的时候没有自己固有的观点。读完也许与自己积累的东西有个思想上的对谈,也许浑然无感,都无妨。老师谓之"素读"。我没有太多剧透书中的内容,也恰恰是希望读者以"素读"之心读之。这种"素读",其实也是作者给读者留出阅读空间,是作者的智慧。

小满是夏季的第二个节气,小满的"满"字既意指北方麦粒的饱满,又关乎南方雨水的丰盈。万物生气盎然,从容不迫。但还未成熟,只是小满,还未大满。苏东坡应该是最喜这个节气的,在他心中,小满应该就是圆满,没有一个真正的圆满在远处等着他。这本书,同样也是小满。

2018 年 6 月 8 日

第一章
名动京华

1

北宋仁宗嘉祐二年，公元1057年春天，朝廷举行了一次进士考试。

科举，几乎是寒门子弟步入仕途的唯一途径。那个时代，多少人十年寒窗，却一次次地咀嚼名落孙山的沮丧与苦涩，甚至有的州郡几十年都没有一人及第。唐代荆州地区就是如此，以至于人们讥笑那里叫"天荒"。后来终于有一个叫刘蜕的举子考中了进士，算是破了"天荒"。太守崔铉得知这一喜讯，特地修书表示祝贺，并赠七十万"破天荒"钱。刘蜕不肯接受赏赐，在回信中写道："五十年来，自是人废；一千里外，岂曰天荒。"

与前代相比，宋代读书人是幸运的。嘉祐二年这次考试，及第人数之多、人才之盛，在北宋一百一十八榜进士考试中独占鳌头，即便是放眼整个科举时代，也属凤毛麟角。

唐宋散文八大家，宋代有六位，这时候五位聚集京师。欧阳修是会试主考官，苏轼、苏辙、曾巩都在这一榜高中，苏洵来京师陪儿子考试，同时更主要的是希望谋个一官半职。嘉祐初年的京师，成了全国文学界瞩目的焦点。

这一榜进士中,有两对师徒,日后在学术上成绩斐然:哲学家张载和弟子吕大钧,经学家程颢及其弟子朱广廷。几年前我去宝鸡出差,高速公路上的指示牌跳出"横渠镇",方意识到这里是张载的老家。眺望略微起伏的冈峦,不禁想起张载的名言"为天地立心,为生民立命,为往圣继绝学,为万世开太平",眼前这个不起眼的小地方,瞬间变得让人神往。

这一榜进士有好几对兄弟:苏轼、苏辙,曾巩、曾布,林希、林旦。甚至还有一对叔侄:章惇和章衡。

这一榜进士中有多人日后成为朝廷重臣,其中有九人官至宰相(副宰相)。谁也没有想到,这时候的同学少年,在此后的四十年时间里,纷纷卷入政治漩涡中,浪尖波谷,宦海沉浮,一次次地体会人生的波诡云谲。以苏东坡为核心,他们的悲欢离合,把北宋推上了中国文化的巅峰。

其实,欧阳修当主考官,苏轼当考生,就意味着这次考试必将深深地植根于中国人的文化记忆之中。

2

苏洵父子三人是嘉祐元年来到京师的。在此之前,为了谋得一个官做,也为了两个儿子的前途,苏洵颇费了一些周折。

苏洵是个大器晚成的人。他的两个哥哥都是进士出身,苏洵却自幼不喜读书,直到二十七岁才发愤用功,后来参加科举考试,两次都名落孙山。旁人落第,或沮丧,或重振,苏洵的表现却大有不同。他把为应对科举而准备的几百篇文章全部烧掉,说:"这些东西都不足为我所学。"从此苏洵不再专注科举,而是刻苦研修经史文章,思索古今治乱成败等济世问题,有五六年时间不动笔写作。有了这种厚积薄发，终于成为一代文章大家。

然而，有能力是一回事，被人赏识又是一回事，历史上怀才不遇的事情不胜枚举。那时候没有互联网，没有自媒体，可以自我展示、广而告之，读书人要想闯出名头，只有依靠文坛领袖或者高官荐举，至少要进入文化圈，先混个脸熟再说。因此读书人也要"拜码头"，这叫"干谒"。即便是后来有了科举考试，干谒这一传统仍然延续下来，成为一道独特的士林风景。

西晋的左思，费时十年写作《三都赋》。当时著名作家陆机本也想写《三都赋》，听说后给弟弟写信说："有个卑微的小爬虫想写三都赋，等他写完后，我要用他的文章盖酒坛子。"左思写完后，很是得意，谁知文学界根本不买账，于是就去找另一个作家张华品评。张华看后，替左思出主意："你在洛阳默默无闻，皇甫谧位高权重，你去找他推荐一下，保证声名鹊起。"左思于是拜谒皇甫谧，皇甫谧读后大加赞赏，亲自为《三都赋》作序，果然社会上纷纷传抄，以至洛阳纸贵。

唐代的孟浩然则没这么幸运了。此公游走于公卿之门近二十年，希望得个一官半职。在到长安应试时，谒见当时的丞相、著名诗人张九龄，专门写了一首诗，希望得到张九龄的引荐，这就是著名的《望洞庭湖赠张丞相》：

八月湖水平，涵虚混太清。
气蒸云梦泽，波撼岳阳城。
欲济无舟楫，端居耻圣明。
坐观垂钓者，徒有羡鱼情。

"气蒸云梦泽,波撼岳阳城",我的心胸如洞庭湖一般雄浑阔大,正想为国效力,但"欲济无舟楫","徒有羡鱼情",还得倚仗您老引荐。明明是求人办事,却无丝毫阿谀奉承之词。自古能把跑官要官写得如此大气、含蓄的,只有孟浩然一人而已,孟浩然于是诗名大振。

然而诗写得好,科举考试却落第。王维比孟浩然小十二岁,官运非常好,一日把孟浩然带入禁中。恰好唐玄宗驾临,孟浩然慌忙躲到床下。王维不敢隐瞒,禀告说孟浩然在此。唐玄宗听说过孟浩然的名声,于是命他呈诗。孟浩然吟道:

北阙休上书,南山归敝庐。
不才明主弃,多病故人疏。
白发催年老,青阳逼岁除。
永怀愁不寐,松月夜窗虚。

——《归终南山》

玄宗听到"不才明主弃",很不高兴地说:"朕可没有弃人,是你自己不进取,如何反倒怪到朕的身上?"于是孟浩然只好乖乖地回老家写他的山水田园诗去了。孟浩然这个倒霉蛋,有了引渡之"舟楫",连皇帝都见到了,仍然无官可做,他可真是命运不济了。

宋代文人赶上了好时候,皇帝比较开明,对士人言论也很宽松。成都一个秀才写诗:"把断剑门烧栈阁,成都别是一乾坤。"这简直是题反诗,有人上报朝廷。没想到宋仁宗不以为然地说:"这个老家伙,他不过是想做官想疯了,做不成就写诗发泄，那就给他一个官算了。"于是，这个穷秀才竟然得了一个官职。

苏洵现在正是在走干谒之路。在离开眉山之后，经人介绍，他专程赴成都拜访知州张方平。张方平看了苏洵的文章后，大喜过望，以国士待之，在家中专门给布衣苏洵设了一个座位，这个座位从不用来接待其他宾客。这样的礼遇和赏识，使苏氏父子极为感动，苏轼终其一生，都对张方平如恩师严父一般尊重。

苏洵同时呈上两个儿子的文章，问两个儿子参加乡试是否有希望，张方平回答说："中乡举，那是骑着麒麟逛闾巷。朝廷有六科取士，两个孩子随便选哪一科都能高中，而且未必需要全力以赴。"传说张方平出了六道试题，让苏轼和苏辙作答，自己躲在屏风后面偷窥——这肯定是中国最早的模拟考试。第二天，张方平对苏洵说："两个孩子都是天才，大的明敏可爱，小的严谨厚重，将来成就也许小儿子更胜一筹。"

在苏洵父子出川之前，张方平说："我何足为重，欧阳修才是大家。"亲笔给欧阳修写信推荐苏洵，还为父子三人置办行装，派人送至京城。苏氏父子于是揣着张方平的满腔热忱和期许，出成都，过剑门，经凤翔，入长安，辗转来到京师。

第二年，张方平返京任三司使，苏洵于寒冬腊月站在郊外迎接，这当然是出于敬重与感恩，另一方面自然是希望再次得到他的举荐。那时候苏轼苏辙已经进士及第，苏洵又欣慰又苦涩地吟道："莫道登科易，老夫如登天。莫道登科难，小儿如拾芥。"

3

实际上张方平与欧阳修关系并不融洽，甚至还有些嫌隙。但是在对待苏洵父子的态度上，两人都展现了君子风范。尤其是欧阳修，他对苏氏父子的奖掖，无愧一代文宗的美誉。

欧阳修拆开张方平的信，读了苏洵的文章，毫不掩饰喜悦之情："后来文章当在此！"马上给皇帝上《荐布衣苏洵状》，称苏洵"议论精于物理而善于权变，文章不为空言而期于有用"。一时公卿大夫纷纷打听苏洵是谁，争相结识，苏氏父子立即名动京华。

文学家的一生，不管有多热闹，有多风光，其实大部分时光都在落寞中度过。人生在世，所喜者少，不喜者多，能拥有大批读者，名声传扬天下，固然令人欣喜，然而这其中真正能读懂你的人并不多，大多数人都是看名望、跟潮流、赶时髦。钱钟书的《管锥编》这么多年不知道重印了多少次，实际上这书根本就不是为普通读者写的，我相信此书没几个人通读过，反正我的那部只是偶尔翻翻。得了诺贝尔文学奖，作家会立即在书店享有专柜，连多年前的幼稚之作都会畅销起来。自古知音难觅，相互赏识的人能够坐在一起，高谈阔论，推心置腹，真是极大的幸福。欧阳修和苏洵相识，双方就是这样的感觉。

欧阳修幼年丧父，家道中落，少年时经常去邻居家看书。有一次在邻居家一个破旧的箱箧中，发现了几卷残破的韩愈文集。他把这几本书带回家中，日夜研读，深感深厚雄博，浩然无涯。

十七岁时，欧阳修第一次参加乡试，结果因赋诗用韵不对而被黜落。回到家中，愤愤不平，取出韩愈文集，自言自语："学者应当达到韩愈的水平，那才算学到家了！"

两年后再考，通过了乡试，但是在京师的省试中，又没有考中。没办法，想进入这个体系，就得说这个体系的话，为了生计，只能屈服科举文风。五年以后，欧阳修终于在翰林学士晏殊主持的礼部考试中名列第一，在此后的殿试中名列第十四，从此走上仕途。

欧阳修的志向不仅仅是当一个官吏，他的眼睛始终盯着浮华奢靡的文风，此后大半生都在致力于纠正时弊，创造一代新风。

当时的诗界，流行的是"西昆体"，这类诗僵化刻板地学习李商隐，片面追求形式美，堆砌辞藻，脱离社会现实，缺乏真情实感。如杨亿的《泪》：

锦字梭停掩夜机，白头吟苦怨新知。
谁闻陇水回肠后，更听巴峡拭袂时。
汉殿微凉金屋闭，魏宫清晓玉壶欹。
多情不待悲秋气，只是伤春鬓已丝。

这首诗前六句用了六个典故，根本没必要浪费时间一探究竟。比如第二句，"白头吟苦怨新知"，说的是司马相如和卓文君的故事。这两人的爱情是千古佳话，但是他们的婚姻却有曲折。司马相如婚后移情别恋，卓文君写了一首《白头吟》，写得凄凄惨惨戚戚。第五句"汉殿微凉金屋闭"，说的是汉武帝和皇后的故事。刘彻小时候，姑妈抱着他说，把你的表姐阿娇嫁给你好吗？刘彻说，好啊，我要给阿娇建一个黄金的屋子。这就是金屋藏娇的由来。但后来刘彻却宠幸卫子夫，金屋成了幽闭阿娇的禁宫，阿娇只能在金屋中流泪。这些典故堆砌在一起，罗列的是各种各样的泪，但就是没有自己的哭。直到最后两句，才点出是伤春之作，这种卖弄文辞、无病呻吟之作，充分说明诗歌在宋初又进了死胡同。

与这种风格并存的，还有曾被韩愈、柳宗元等人痛击过的骈体文，文风新奇怪癖，晦涩难懂，称为"太学体"，就连皇帝的诏令都必须用骈体文来写。张方平曾经上书请求矫正文风，但这一呼声应者寥寥，收效甚微。

客观地说，骈体文有它的优点，这是汉语特有的现象，语音富有美感，语言简洁凝练，现代白话文仍然保留了文言文的这一特点。但是勉强为之，故作高深，反而让人觉得丑怪，因为文章是要给别人看的，不是为了卖弄学问。欧阳修曾与宋祁编修《新唐书》。宋祁是著名学者、诗人，他写文章有一个毛病，就是喜欢用生僻词，作高深莫测状。比如他用到"迅雷不及掩耳"，偏偏改为"雷霆不及塞耳"，这样一改，本来顺畅通晓的文字，马上显得又晦涩又迂腐。有一天，宋祁见墙壁上有人写了"宵寐匪祯，扎闼洪庥"八个字，令人费解，很是气恼。这时欧阳修走了进来，笑着说是他的涂鸦。宋祁想了一会儿说道："宵寐匪祯，宵，就是夜晚；寐，就是做梦；匪，就是不；祯，就是吉祥。意思是晚上做了不祥之梦。扎闼洪庥，扎，就是书信；闼，就是门；洪，就是大；庥，就是保佑。意思是在门上题些吉祥话。你这样写，谁能读得懂啊？"欧阳修哈哈大笑："咱们今后修《新唐书》，千万别再用冷僻字了，省得让人看不懂。"宋祁这才明白，欧阳修是在绕弯子规劝自己。

1030年，欧阳修任西京留守推官。西京，就是洛阳，推官是个负责管理文书史籍、参谋意见的清闲官职，大概相当于办公室主任。当时西京留守长官钱惟演，是五代吴越王钱俶之子。钱俶在历史上的重大贡献，就是以天下苍生为念，主动归顺大宋，使吴越一带免于兵火。宁可不要自家天下，也要心系天下生灵，历史上有如此胸怀的人物找不出几个。归宋后，钱氏出将入相，身贵名高。钱惟演幕府中荟萃了欧阳修、梅尧臣、尹洙等一批文人名士。这个时期，欧阳修开始抛弃四六文，专一学习以韩愈为代表的古文。钱惟演建了一个馆舍，题榜曰"临辕"。建成后命尹洙、欧阳修等人各撰一篇文章。欧阳修用了五百多字，尹洙仅三百八十多字，文辞精巧，言简意赅。欧阳修不服，晚上载酒到尹洙家，通宵与之研摩。尹洙说："大抵文字所忌者，格弱字冗"，意思是写文章最忌讳气格羸弱而又篇幅冗长。欧阳修很受启发，下功夫又写了一篇文章，比尹洙还少二十字。尹洙看后说："欧九真一日千里也。"

格弱字冗，尹洙说到了要害处。毛泽东说，懒婆娘的裹脚，又长又臭，真是形象到家了。越是重要的事，越是表达深刻内涵，越要说短话、作短文；把短话说得理直气壮、动人心扉，就是好文章，抒情也好，记事也好，论理也好，均是同理。刚毕业的时候，读《毛泽东选集》，单位一位老人家很惊诧："这傻孩子，现在谁还读毛选啊，早过时了！我年轻的时候学毛选，老三篇都能背下来……"咱一个小年轻，不敢反驳，只能在心里和老人家对话："你背下来又有什么用？你背得滚瓜烂熟，却依然不懂文章之美！体会不到文章之美，你就理解不了其中的深邃，更是永远学不会写文章！"

东汉末年的陈琳，北方名士，写了一篇《为袁绍檄豫州文》，把曹操的祖宗三代骂了个狗血喷头。曹操有头痛病，读了陈琳的文章，脑袋竟然不痛了。看来这就叫"痛快"。曹操是受虐狂吗，越挨骂越高兴？不是。曹操是在赏读文章之美，不是在归纳中心思想。统一北方以后，曹操把陈琳抓来。曹操说，你骂我也就罢了，连我爷爷我老爹都骂，这有点过分了吧？陈琳说，既然是讨伐檄文，只有把你骂得越不堪才会越有战斗力。曹操不但没怪罪陈琳，反而给了他一个官做，让他起草公务文书。曹操慧眼识珠，陈琳后来名列"建安七子"。

嘉祐二年，欧阳修知礼部贡举，就是会试主考官。此时的科举考场，仍然同二十几年前欧阳修参加考试时一样盛行四六文。欧阳修当然不肯放过这个机会，他要借机彻底清算这种装腔作势的文风。此前一年，他的老朋友、文学家梅尧臣来到京师。梅尧臣此时已经五十四岁，生活依然窘迫，而欧阳修已是翰林学士，天子近臣。欧阳修听说梅尧臣来了，立即赶往城东迎接，梅尧臣深受感动。这次会试，欧阳修举荐梅尧臣任试卷点校官。两人商定，凡是险怪奇涩的诗文，全部黜落，一个也不录取。

欧阳修这种杀伐果断震动科场，甚至引来一场规模不小的抗议。那是会试放榜以后，主考官骑着高头大马从贡院出来，几百名落榜生当街拦路，谩骂嘲讽，一片吵嚷，随行兵丁也无法遏制，欧阳修镇静自若，视若无睹。嗡嗡一阵以后，文风大变。

4

与隋唐相比，宋代的科举制度既公平又规范。据记载，宋太祖乾德年间，翰林学士陶谷的儿子考取进士第六名，赵匡胤素闻这个衙内是个花花大少，如何能考取如此高位。于是下诏令其再考一次，自此复试成为常态——哪个富二代可疑，就再考他一回。敢于向权贵子弟动刀，而且这种举动波澜不惊，这在一千年前，实在难能可贵。宋代对科举考试的管理，已经超越制度范畴，上升到文化层面，形成了一种士林风气。这样的风尚，给寒门子弟敞开了仕进的大门。除此之外，宋代科举还有几项措施卓有成效。

第一是锁院制。主考、副主考、试卷官一经任命，立即住在贡院与外界隔离，以避免请托与泄露试题。第二是糊名、誊录制。唐代科举，考生姓名、籍贯等信息均题于卷首，这使得考官可以凭借人情、好恶进行取舍。宋代一律将这些信息隐去，不仅如此，还要有专门人员将试卷誊录一遍，以免考官认出考生字迹。第三个是禁公荐。宋太祖明文禁止公荐待考举子，干谒的风气虽然延续下来，但仅仅是士大夫的一种交游行为，任你在民间名声再响，想进我的圈子，也得考试过关才行。

三苏于嘉祐元年六月抵达京师。七月，苏轼兄弟二人应开封府举人试，苏轼考取第二名，苏辙亦中举。此后，兄弟俩进入了紧张的会试备考之中。他们寓居在兴国寺，这里远离市声，清雅幽静。闲暇之时，兄弟俩也约三两个同好，信步在东京街头。

此时的东京汴梁，是世界上最繁华、规模最大的都市，人口近一百五十万。京城分为外城和内城，外城方圆五十里，内城方圆二十多里。京郊阡陌交通，四方商旅聚集。四条河流穿城而过，其中一条是专为皇宫后苑汲水灌溉用。蔡河、汴河分别从城南和城西穿越，河上架有二十几座木桥石桥。最壮观的当数汴河上的虹桥，没有一根桥柱，只以巨木虚架，桥身雕栏画栋，宛似飞虹，蔚为大观。但见蔡汴上下，遍布勾栏酒肆；街头巷间，到处妓馆茶坊。龙津桥一带是著名的州桥夜市，除了鸡鸭鹅羊，尚有獾子、野兔、野猪、鹿肉等各色野味，至于鸡皮、杂碎、腰肾等等小吃，谓之杂嚼，每个不过十五文。每到夜间，街头熙熙攘攘，直至三更才渐渐消散。

就在这一年，京都大雨滂沱，连月不开，蔡河突然决口，城内一片汪洋，车马不通。人们干脆于城内行舟，夜幕低垂时，大船小船纷纷点起灯火，天上是明朗的新月，水中是迷离的灯光。歌声缥缈，丝竹悠扬，恍如梦境一般。宋仁宗在皇宫，一天晚上听到宫墙外笑语欢歌，禁不住叹息："宫中如此静寂，外面却如此热闹。"左右侍者说："皇上，咱们宫中也可以热闹。"宋仁宗说："你们不懂，有我的孤寂，才会有外面的热闹啊。"宋仁宗在墙里得意于他的仁政，苏轼在墙外看到的却是满眼的奢靡，这个当时世界上最富有的城市，充斥着繁华豪奢。今天我们仍然能通过很多宋人笔记，领略中国十一世纪的灿烂辉煌。

半年时间倏忽过去，新年刚过，省试开考。按惯例，考诗、赋、论各一道，策论五道。苏轼的应试诗文，除赋以外，其他作品均得以流传下来。让他博取高位的是《刑赏忠厚之至论》，这篇文章三易其稿之后，方誊录在试卷上。草稿后来流落民间，直到多年以后，仍然有人在一个道士处见到这些草稿。阅卷官梅尧臣看到这个试卷，感到持论甚高，义理清晰，语言朴厚，绝无矫揉藻饰文字，不禁拍案叫绝，兴冲冲地拿给欧阳修看。欧阳修见后大为惊喜，当即想擢为第一。转念一想，觉得这样的水准，除了曾巩，没人能够达到。曾巩是他的弟子，十八岁就入其门下，欧阳修曾说："过吾门者百千人，独于得生为喜。"曾巩从此进入文学家行列。为了避嫌，欧阳修只好违心地将此文列为第二。等到放榜以后，才知道是来自眉山的青年学者苏轼写的，欧阳修叫苦不迭。

三月份，宋仁宗在崇政殿主持殿试，最终录取进士三百八十八人，同进士出身一百二十二名。这一数字，几乎高于唐代十倍。状元叫章衡，是章惇的侄子。章惇居于侄子之下，很没面子，于嘉祐四年又考，再次得中甲科，堪称传奇经历。此人后来是苏轼的好友，再后来是苏轼的政敌，从庙堂之高跌入江湖之远，几起几落，来回折腾，他的人生一点都不比苏轼简单。苏轼最终名列第六，苏辙列第十五，皆在高位。有人说苏轼因欧阳修、梅尧臣的失误而丢了状元，屈居第二。这是不对的，苏轼在殿试中并未进入前三。这次考试的前三名在历史上籍籍无名，没有留下太多痕迹，榜眼和探花甚至没有出现在《宋史》中，状元章衡有传，政绩一般。

按照惯例，苏轼到欧阳修府上拜谢恩师。五十一岁的欧阳修看着这个青年才俊，说了一句极其伟岸的话："我老了，今后的文坛，就交给你了。"

都说文人相轻，自古而然。倒未必纯粹是"相轻"，或许是出于自信，又或者是出于自由之思想、独立之人格，反正让文人承认别人高过自己，那是很难的事情。吝惜赞美，是文人的特征。书法家说到别人的字，"他的字，入古还不深，怎么也得十年以后才能悟道"；作家说到他人的文章，"他的文字，没头没脑，来路不明，哪配如此高位"。这里面夹杂了四分真话，三分自信，二分醋意，外加一分对自己的期许，总之是五味杂陈。杜甫的爷爷杜审言，是唐代一个中游诗人，他快要死了，宋之问等人去看他。杜审言说："甚为造化小儿相苦。然吾在，久压汝等。但恨不见替人。"意思是说甚为命运所苦，没活够哇。但是我活着，会一直压在你们头上，使你们永无出头之日。唯一的遗憾，是我没有看到能替代我文坛地位的人。

杜审言临死都自诩为文坛老大，而且说自己连个接班人都没有，这家伙如此狂狷，实在罕见。然而"但恨不见替人"，这话却真是意味深长。长江后浪推前浪，前浪早晚要被拍在沙滩上。任你是文坛泰斗、海内一人，也早晚要下课，要到站，要让位于他人。死不足惜，只要文脉不断，则精神永恒。站在这个角度审视，则杜审言只是个"不见替人"的牛皮大王，欧阳修却是奖掖后进的一代文宗。他在给梅尧臣的信中说："读轼书，不觉汗出，快哉！快哉！老夫当避路，放他出一头地也。可喜！可喜！"真正的大师，不是收一群徒弟搞个谁也碰不得的小圈圈，也不是忽悠一帮外行人把自己捧成南宗北斗。真正的大师，必定是海纳百川，用自己的全部热情去迎接新人，放人出一头地，让文坛后继有人。

欧阳修此时正是将苏轼视为文坛的接班人。言谈中，欧阳修问起《刑赏忠厚之至论》中，有"皋陶①曰杀之三，尧曰宥之三"句，出于何处？苏轼说，事见《三国志·孔融传注》中。欧阳修在苏轼告退后，查阅《三国志》，并未见此出处。过几日又问苏轼，苏轼说，曹操灭了袁绍之后，把袁熙的妻子赐给了曹丕。孔融劝诫说，从前武王伐纣，把妲己赐给了周公。曹操问出于何处，孔融说，以你把别人的媳妇赐给自己的儿子来看，武王的事肯定也是有的。我写皋陶和尧的事，也是顺着孔融的话，想当然罢了。欧阳修大惊——没有典故，敢于生造一

---

① 皋陶，传说为上古时期人物，帮助尧舜立法，以正直著称。

个，而且是在如此重要的考试之中，这胆子得有多大！更难得的是造得贴切自然，羚羊挂角，无迹可寻。过了很久，欧阳修仍然跟人唠叨："此人可谓善读书，善用书，他日文章，必独步天下！"

至此，欧阳修完成了两项重大的历史使命：矫正文风、提携苏轼。此后，苏轼每有文章传出，欧阳修必仔细品读。几年以后，他对儿子说："你记着，三十年后，世人就不会再提起我欧阳修了。"

第二章
出　川

1

苏轼中进士一个月后,母亲程氏去世了,享年四十八岁。噩耗传来,父子三人匆匆回乡,来不及向任何人道别。回到家中,苏洵才致信欧阳修,诉说情由。在封建时代,父母去世,儿子不管做多大的官,哪怕是贵为三公宰辅,也必须辞官回家,称为"丁忧"。父子三人离家一年多,程氏离世,家中只有两个儿媳,别无男丁,归来后但见"屋庐倒坏,篱落破漏,如逃亡人家"①,不禁悲从中来。

传统社会,人们对女人的要求是"温柔贤淑",职责就是"相夫教子",以今天的视角看,当然充斥了对女性的歧视。然而我们发现,在农业社会,家庭是女性支撑的,她们柔弱的肩膀扛起的甚至不仅仅是半边天。苏洵年少时,不求上进,终日游玩,十九岁时娶了十八岁的程家姑娘。苏家勉强算是小康之家,而程家却是相当富有。显然,苏洵少年时必有才名,闻名

---

① 苏洵《上欧阳内翰书》。

乡里，否则程家如何肯把闺女嫁给一个不学无术的浪荡穷汉。有人对程氏说："你娘家又不是缺钱，只要你一开口，父母肯定会资助你们。"程氏说："如此一来，大家就会说夫君是靠着别人养活老婆孩子，这种求人的事可不能做。"当时苏洵的祖母仍然在世，年老乖戾，家人从老太太卧室前经过，不小心脚下发出声响，都要被她呵斥，声若枭鸣。唯独程氏能遂其心思，老太太见了这个孙媳妇，必定是马上换作一副慈祥的笑容。

苏洵荒疏学业的脾性并未因成家立业而改变，新婚的妻子看在眼里，不能明说，暗自心焦。在《祭亡妻文》中，苏洵写道："昔予少年，游荡不学。子虽不言，耿耿不乐。我知子心，忧我泯没。"我知子心，忧我泯灭，当媳妇的能做到这个地步，这可不仅仅是贤惠的品行，简直是丈夫的知心挚友了。果然，苏洵写道："嗟予老矣，四海一身。自子之逝，内失良朋。"你看，文豪的文章，一定是顺着人情天理的逻辑，自然而至，止所当止；而那些面目狰狞的文字，不是有悖人情，就是有悖天理。今天我们读到苏洵祭妻文，分明感到他们既是夫妻，更是挚友。这样一个模范家庭，培养出苏轼和苏辙两个巨擘，真正是既合人情，又合天理！

苏洵幡然悔悟后，一次跟妻子说："我琢磨，现在发愤读书还来得及，可是我读书谁来养家啊？"程氏说："我很久以来就想劝你读书，可是不想你因为我的规劝而发愤。如今你想通了，养家的事就交给我好了。"于是卖掉所有嫁妆置办家业，程氏亲自来经营，不几年家境更为殷实富庶。王熙凤虽能治家但过于霸悍，薛宝钗絮叨功名令人生厌，程氏简直兼具二者之才，品格则高于二人，手段更在二者之上。

待到苏轼十岁时，程氏教苏轼读《后汉书·范滂传》。范滂是东汉灵帝时期的官员，当时宦官专权，大肆捕杀正直朝臣，史称"党锢之祸"。范滂不避刀俎，慷慨赴死。行刑前，范母领着孙子到监狱探监。范滂说："我死了以后，还有弟弟会赡养您。您不要过分伤心。"范母说："你能和李膺、杜密两位一样名留青史，我已经够满意了。"李杜二人同样是在"党锢之祸"中被杀。范滂回过头来看了看自己的儿子，叹道："我想让你做坏事吧，坏事不该做；我想让你做好事吧，可是我一生没有做坏事，却落得这般下场。"路人听说此事，莫不流泪。

苏轼听到这里，问母亲说："我想长大后做范滂一类的人，可以吗？"程氏回答："你既然能做范滂，我为什么不能做范滂的母亲呢？"苏轼的事迹，很多见于宋人笔记，多有传闻因素；后世编造的故事，更是凑了很多香艳传奇，杂七杂八不靠谱。但这件事见于苏辙为苏轼所撰墓志铭，后又见于《宋史》苏轼本传中，我们相信这一档案的真实性。俗话说三岁看老，我们固执地认为，孩子在学龄前的心智成长，母亲是最关键的一环，因为无一例外，孩子的第一个启蒙老师只能是他的母亲。

等到苏轼上私塾时，一次听老师诵读《庆历圣德颂》，问老师诗中赞颂的都是什么人。老师说："你个小孩子，没必要知道这些。"苏轼说："如果这些人是天上的神仙，那我自然就不敢问了；如果他们一样是人，那又有什么问不得的呢？"老师听他说得新奇有理，于是耐心地告诉他："诗中韩琦、富弼、范仲淹、欧阳修，都是我们这个时代的俊杰之士。"谁也不会想到，十几年后，远离京师两千里外的偏远乡村，会有一个青年出入这些俊杰的府第，进而青胜于蓝，把中国文化提升到了一个新的高度。

苏洵将程氏葬在一个叫老翁泉的地方，那里两山回转环抱，有泉水汩汩流出，每天可以供百余家饮用。传说每当山空月明之夜，常有一老翁，苍髯白发，坐在泉边，待有人走近，却又隐入水中，了无踪迹。苏洵将墓地凿为二室，自己在九年后也葬于此地。因墓地故，后人称苏洵为"苏老泉"，其实"老泉"并非苏洵的别号。《三字经》中说，"苏老泉，二十七，始发愤，读书籍"，都这样叫，苏洵就成了"老泉"了。多年以后，苏轼在送别赴眉州任职的友人时写道：

> 老翁山上玉渊回，手植青松三万栽。
> 父老得书知我在，蓬蒿亲手为君开。
> 试看———龙蛇舞，更听萧萧风雨哀。
> 便与甘棠同不剪，苍髯白甲待归来。
> ——《送贾讷倅眉诗》

程氏的离去，对苏洵打击很大。他此时对功名已经淡然，只想在家乡度过余生。欧阳修等人虽然推荐他，但上面迟迟没有说法。正在这时，朝廷下诏让他进京，参加一种针对特殊人才的策论考试。苏洵被科举所害，最恨的就是考试，于是以年老多病为由，拒绝应考。他在给朋友的信中说："如果我呈上的策论文章可信，那么何必要再次考试呢？"不满之意，溢于笔端。在给梅尧臣的信中更是大发牢骚，回忆自己年轻时两次考试的种种委顿苦楚，只因自己不肯附和朝廷科举教育标准，一生穷困潦倒。梅尧臣提醒他家中尚有两个新科进士，不能误了孩子前程。这一席话打动了苏洵，儿子马上服丧期满，将来不知道会在哪里做官，总之前程似锦。现在三苏已经名扬天下，眉州显然是拴不住他们了。于是父子三人商量后决定，嘉祐四年（1059年）十月，举家出眉州，迁往京师。

2

与嘉祐元年不同，这一次他们走的是水路，就是顺岷江，经嘉州（乐山）、戎州（宜宾），入长江；过渝州（重庆）、涪州（涪陵）、忠州，穿三峡，到荆州。由荆州改为陆路北上，到达汴京。

十月四日，正是晚秋时节。雨季已成过去，气候温和如春，景物清新可人。阳光甚好，很快驱散了江面上的雾霭。因是长途漂移，各船结伴顺次而行，苏家分乘数船，岸边站满了送行的人们。码头照例举行了盛大的发船仪式，鼓声阗阗，西风猎猎，船头旌旗飘摇。女眷们从来没有出过远门，这次举家搬迁，看什么都新鲜，看什么都兴高采烈。实际上两个年轻的进士、名满天下的青年学者，才是她们的幸福之源。此时潮平岸阔，风正帆悬，妯娌两个对未来的日子充满了期待。

苏轼的心情很复杂。与上次出川不同，这一次是举家搬迁，从此告别滋养自己的岷江眉山。故土难离，但生命的小溪已经汇聚成河，马上就要无法遏制地奔腾在浩荡的洪流之中。岷江飞速地向后奔涌，渐渐如一条细线曲折蜿蜒。船头江流浩荡，在乐山大佛脚下一掠而过，进入旷荡的一马平川，前方是更加雄阔的长江。同乡僧人宗一，这个乡野之外的禅客，一直热衷于同青年诗人交游，前日执意要来送行。远远望去，果然见他一身敝袍，久立江边，挥手揖别。"故乡飘已远,往意浩无边"①,少小离家,不知何时能回,往事如滔滔江水,排闼而来。

船靠岸边,女眷们叽叽喳喳地到市集上看热闹,妻子王弗抱着半岁的儿子苏迈,回来时带了一个鸟笼。这是一种叫山胡的鸟,墨绿色羽毛,如果不是头部两侧的一抹白色,很难在绿叶中发现他们的踪影。鸟儿啾啾而鸣,透过笼子窥视着陌生的主人。

> 终日锁筠笼,回头惜翠茸。
> 谁知声嘈嘈,亦自意重重。
> 夜宿烟生浦,朝鸣日上峰。
> 故巢何足恋,鹰隼岂能容。
> ——《涪州得山胡次子由韵》

故巢何足恋,鹰隼岂能容?此时,豪情壮志已经驱散了离愁别绪,苏轼正迎来一生中最快乐的旅程。他贪婪地享受着扑面而来的江风,倾听着拍打在船身上的江声。群峰竞秀,倏忽而过,烟云变幻,目不暇接。刚刚飘过细雨,纵目远眺,夹岸高山,松枫藤竹,纠缠其间,构成一个个青翠欲滴的迷彩屏障。山坳处围出散乱的小小房舍,一条小径向山顶缭绕蜿蜒,人影蚁动。在这等仙境中,哪怕是一个普通的樵夫,也会成为仙人。船上的人向仙人挥手,没待仙人回应,他们已经顺流而下,只留下片片远影孤帆。

---

① 苏轼《初发嘉州》。

船上看山如走马，倏忽过去数百群。
前山槎牙忽变态，后岭杂沓如惊奔。
仰看微径斜缭绕，上有行人高缥缈。
舟中举手欲与言，孤帆南去如飞鸟。

——《江上看山》

  傍晚，他们泊舟一个叫牛口的码头。落日映红了水面，压低了树梢，涛声松声都变得庄严。几个老人席地而坐，倚靠在大柳树旁闲聊，谈兴正浓，客人的到来并未让他们多看几眼。那老柳树须几人合围，也许老人们的爷爷就曾经踞此而坐，谈那些村里的住家看狗、家长里短的趣事。撑船的人们显是和他们极为稔熟，系了缆绳，径直过来，或坐或蹲，三三两两，重复那些早就谙熟的江上见闻。几个樵夫出现在树旁，他们褐衣草鞋，腿上青筋暴露，骨节粗大，背上的柴木高高隆起。放下柴薪，操着粗大的嗓门，一边吆喝女人做饭，一边把柴木分为十几堆，张罗着卖给船夫。撑船人也不问价，一个个搂抱着搬到船上去了。

  村中土地平旷，三面是柔美的缓坡，远处突然平地而起，壁立拔峰，正南是浩浩长江，日日夜夜、无止无休地流过。缓坡上散落着几十个低矮的茅屋，樵夫们张罗客人们住下，女人端上来粗茶淡饭，无酒无肉。邻家的小孩子咿呀学语，看到陌生人，也不怕人，张大了一泓秋水，新奇地看着他们。不远处的撑船者坐在屋外，端着大碗狼吞虎咽，一边吃一边吆五喝六。这个说明天一定要捞一网大鱼换酒喝，另一个就说过些日子就要进入险滩，一定要有酒有肉吃个够，又有人说总得攒几个钱娶老婆，还有人说水上活计，有一天没一天的，吃饱了就算。于是众人就哄笑，筷子搅和粗瓷大碗的声音渐消，马上无声无息，乏透了的船夫们，早早地就进入梦乡了。

秋风从茅草间透进来，有些凉意。屋子上方的角落少了一截椽子，茅草飞了，隐约可以见到天上的几缕星光。夜空静极，老远传入外面老者的闲言碎语。但听得脚步声踢踏，柴门吱呀轻掩，只剩下虫声唧唧了。

月亮上来了，女人和孩子都睡了。披衣起来，踱至屋外，空气湿润凉爽，不成烟，不成雾，那是凝结的露水，打湿了衣裳。黑魆魆的山，黑魆魆的水，连成一体，无法分界，仿佛置身浩瀚无涯、无穷无尽的蛮荒。苏轼的内心真的有些彷徨了。

这个小小的渡口，不知迎来过多少匆匆过客；那棵古柳，一定是阅尽了世事沧桑。老者是昨日的樵夫，樵夫是明天的老人，他们甘心与麋鹿为友，固守贫贱，一生与山水相伴。一拨又一拨的商旅，任你是达官贵人、商贾土豪，都无法让他们投来哪怕是一点点艳羡的目光。和他们相比，我算什么呢，两千里汲汲奔走，只因耐不住寂寞，只为功名利禄而已。夜已深，但见清冷孤光，照在水面。东京的光影迷离，那是人世的浮华；这里的月色清高，仿佛孤寂的仙境。

想到仙境，豁然开朗。原来白日所见的仙人，就是这几个樵夫。在山就是仙，下山就是樵。既已从眉山下来，何妨先做个樵夫呢？

原来渡口是这样的妙处，它是歇脚的小屋，更是诗性的港湾；白日给你秋景，晚上给你沉思。苏轼心有所感，即刻成诗两首。他要明早吟给子由，请他和之。

3

　　舟中颇为清闲，父子三人最大的乐趣是诗文唱和。天气开始变冷，江上有时飘起雪花，这在眉山是极难遇到的奇景，激发了他们的诗情。三人约定，仿欧阳修从前的诗题咏雪，不许出现玉、鹤、絮、皓、白、素、洁等字样。带着镣铐跳舞，这应该是非常有趣又非常高雅的游戏，可是今天的我们已经一窍不通。同样是在船上三个月，方鸿渐只能无聊地打麻将，那旅程非但没有一点诗意，间或还要和鲍小姐偷情。过去的文采风流，恰如这流水，只能是渐行渐远，一去不返。

　　船到戎州，夜凉如水，天地静极。天籁是最好的音乐。鸟虫鸣啾之中，一缕琴声洒过江面，那是父亲在抚琴，苏轼肃立静听。父子三人均是琴中妙手，父亲还藏有唐代名器曰"雷琴"。琴声如松风水月一般朗润，似玉佩琅珰一般清越，忽而又如飞瀑一般似雾飞烟。父亲弹奏的是古曲《文王操》。相传孔子向师襄子学琴，连续十天弹奏的都是同一个曲子。师襄子说："你可以换一首曲子了。"孔子说："虽然会弹了，但技法还不熟。"过了一段时间，师襄子说："技法已经过关了，可以学新曲了。"孔子说："技法虽然可以了，但我还没有领会曲子中的情志。"又过了几天，师襄子说："你已经领会了乐曲的情志，可以换了。"孔子说："虽然如此，但我还没有领悟作者是怎样的人。"再过些天，孔子或穆然深思，或怡然远望，继而欣喜地说："我知道了，作者黑皮肤，高个子，眼睛如海一般深邃，胸襟可以包容天下，除了周文王，谁能有如此境界呢？"师襄子肃然起敬，一拜再拜："我的老师说，这首曲子正是名曰《文王操》。"

苏轼慨叹，千载悠悠，众多古乐器纷纷衰亡，古人的意趣情志恐怕早已随风而去了，独有古琴尚存，就如不老的仙人一般，笑看朝代的兴替衰亡。

我们为什么愿意追寻古人的踪迹？答案很简单，因为并非所有的东西都是越新越好。老物件的价值，在于它们凝结了人的记忆。雨巷中的门楼，墙头上总要有些绿苔衰草，如果非要把这些茅草铲除，再贴上瓷砖，认为这样才光鲜，那可真是没文化。人其实很孤独，前不见古人，后不见来者，江畔何年初见月，江月何年初照人？未来的世界我们无法得知，却可以追索先人的遗迹，尝试与古人沟通。所以名胜之地，跑不出两类，一是天成美景，令人心旷神怡；二是古迹留存，让人凭吊古今。

长江山水，正是兼具二者之能。沿江两岸多有名胜古迹、神奇传说，每到一地，苏洵父子必舍舟登岸，尽情游览。当地州县长官听说三苏到此，必结伴交游，吟诗唱和。

长江在崇山峻岭之间奔腾，大自然的鬼斧神工，激发了人们的想象空间，赋予了诸多美妙的神话传说。人们愿意在这里修道成仙，成为精神超逸的高士。在泸州安乐山，有一种树叶，上面有类似官府印信的篆文符号，而且没有一片叶子相同。传说张天师在此修道成仙，白昼飞升，在树叶上留下修道的经诀印符，保佑当地百姓福寿安康。苏轼调侃道，张天师啊张天师，你成了不死的真人，于是满山画符，可是后世子孙早就死去了，你的长生之道何曾显灵？你不过跟我一样，是追求虚名的凡人而已。

丰都仙都观，那是王方平、阴长生超然世外、成仙飞天的地方。知县早早在此迎候："在下早知三苏将至。此山有鹿甚老，猛兽猎人都抓不到它。如果有贵客要来此一游，那头老鹿就提前呦呦而鸣。听到鹿鸣,我就常在此迎候,从未有失。"苏轼对这样一头通灵的神鹿很感兴趣,兴致勃勃地作诗与子由唱和。

> 日月何促促,尘世苦局束。
> 仙子去无踪,故山遗白鹿。
> 仙人已去鹿无家,孤栖怅望层城霞。
> 至今闻有游洞客,夜来江市叫平沙。
> 长松千树风萧瑟,仙宫去人无咫尺。
> 夜鸣白鹿安在哉,满山秋草无行迹。
> ——《仙都山鹿》

现在他们进入了三峡。循着宋玉、李白、杜甫的行迹,历经瞿塘峡的险滩骇浪,领略巫山十二峰的壮美,到达秭归。这里是屈原的故乡,破败的屈原庙把他们从仙界拉回了人间。

楚怀王,这个历史上最大个的糊涂蛋,他贬谪屈原当然是不辨忠奸,混蛋透顶。可是他不止一次地被小人愚弄,被秦国欺骗,最后竟然屁颠屁颠地跑到秦国跟秦昭王会谈,把自己这块大肥肉送到鲨鱼之口,以至被囚禁客死他乡,更是十足的一头蠢猪。千百年来,他只是一个笑柄,没有人关心他的结局。人们只记得屈原峨冠博带,披散着头发,形容枯槁,驾一叶小舟,漫无目的地漂流,最后庄严地自沉在汨罗那迷彩的溪流之中。但是我们要强调,不察楚怀王之蠢,不识小人之恶,不知周边之秽,就无法理解屈原自沉清流。

从屈原开始,中国知识分子开始活得崇高。举世皆浊我独清,众人皆醉我独醒,这是屈原投江前跟渔父说的话。生命谁都有，但生命的意味不同，一如这江河湖泊，有的清流，有的浑浊，有的奔腾浩淼，有的气息奄奄。那些迟钝的一潭死水，恰似不会思索的生命，既不新鲜，也无性灵。离开这平庸、懒惰、敷衍、伪善的衣冠社会，这是生命最后的尊严。

诗人是生命的歌者，有了屈原，中国人的诗性才开始健全。美德是逐渐培养出来的，单单凭借道德说教很难净化人心，要过滤掉人心的渣滓，先要强化对美的感知。屈原的离去，留下了一条更为清晰的文脉，没有屈原就没有唐诗汉赋，就没有李白杜甫，就没有古代中国士大夫的理想人格。"屈平词赋悬日月，楚王台榭空山丘"[1]，那山间的幽兰、那漂流的山花、那清流的溪水，才配得上生命中的这种高贵。

苏轼感叹屈原的命运，赞美屈原的德操，也为世间感到悲哀。屈子啊屈子，你的死并没有唤醒昏聩的楚王，也没有唤醒世道人心。你走了以后，世道更加狭隘而难以生存。有贤德的人忧谗畏讥，改变了自己的行为准则，随波逐流，世故圆滑；孤标傲世的人寄情田园，高蹈山林，远远旁观可笑的倾轧与争斗；心如死灰的人纵酒欢歌，消极避世，将人生置于对世俗的嘲讽与鄙视之中。屈子啊，更有甚者，有人说你不明智，说你疯疯癫癫，说你的死无意义，我不知道你是否还可以有其他选择。面对人生的苦难，面对形形色色的生死观，我最终会成为一个什么样的人呢？

苏轼没有回答，因为这时候他还不知道。

---

[1] 李白《江上吟》。

4

苏轼到达荆州以后，在那里住了一段时间，然后一家人取陆路北上，于嘉祐五年二月到达京师。一家人先在城西租了一处房子，从长计议安家事宜。

朝廷授苏洵秘书省校书郎。一辈子奔波禄位，到老来总算有了个结果。苏轼任河南府福昌县主簿，苏辙任渑池县主簿，兄弟俩均没有赴任。因为这时候欧阳修等人推荐兄弟二人参加制科考试。

制科考试是宋代选拔人才的另一种方式。整个宋代，只举行二十多次制科考试，参加考试者很少，最终通过的更是只有四十多人，原因是这种考试难度极大，远远超过进士考试。首先是要两位大臣举荐，其次要向翰林学士、知制诰、中书舍人呈送平时所作策论五十篇，就是说如果没有著述，连参加考试的资格都没有。过了这一关，然后再参加秘阁考试，这是最难的环节，出题范围极广，除了儒家经典，还包括《史记》《汉书》等正史著作，甚至包括兵书战策。过了这一关，最后才是皇帝亲自主持的御试。

制科考试的惯例是在八月举行。不料临近考试时，苏辙突然染病，而且不轻，自料是赶不上了。宰相韩琦听说后，上奏仁宗说："这次制科考试，只有苏轼、苏辙最有声望。如今苏辙染病，如果两兄弟中有一人不能参加，实在是太令人遗憾了。请求延期举行。"于是延期二十余日，苏辙痊愈以后才得以举行，自此考试时间均放在九月。

据说参加这次制科考试的本来有不少人。一群人在京师聚集，紧张备考。临考前，韩琦在家中对客人说，有苏氏兄弟在此，竟然还有这么多人敢于跟他们较量？这话很快传出，应试者立刻走了十之八九，最后只有四人应试。

嘉祐六年，宋仁宗主持御试。苏轼的应试文章被列为第三等，苏辙因言辞失当，本当黜落，因司马光求情，列为第四等。这个第三等不是三等奖，按照当时制科考试惯例，一二等都是个名号，虚的，概不授人。这就如同唐代自从李世民当过尚书令以后，再不授人尚书令职务，只授尚书左右仆射，尚书令就成了虚席。第三等就是实际上的第一等，然而第三等也不轻易授人，一般都是第四等。宋初以来，只有吴育、苏轼两人入第三等；整个两宋三百多年里，也只有四人享此殊荣。欧阳修在给友人的信中说："苏氏昆仲，连名并中，自前未有，盛事！盛事！"宋仁宗回到后宫，兴冲冲地跟曹皇后说："我今天为后世子孙选了两个宰相！"

我们看到，从嘉祐二年苏氏兄弟中进士开始，他们受到的眷顾几乎是全方位的，张方平、欧阳修、韩琦、司马光，这些朝廷重臣，无一不对他们呵护有加，不吝赞美。后来与二苏政见不同的王安石，这时候任知制诰，也评价苏轼"深言当世之务，才能之异，志力之强，亦足以观矣"。就连皇帝都说替后代选好了宰辅之臣，还有比这更高的起点吗？年轻干部需要有人铺路，需要有人扶上马送一程，苏轼兄弟的路基最厚实，远超他们的同年。

苏轼一生的最高官职是翰林学士、兵部尚书、礼部尚书，苏辙后来任尚书右丞、门下侍郎，相当于副宰相，位列宰辅。一千年来，替苏轼惋惜的大有人在。有人说，如果苏轼处事圆通，静待时机，朝廷宰辅早就有他的位置；如果苏轼与王安石搞好关系，虚与委蛇，他三十多岁就能出任知制诰，成为皇帝宠臣，再以后自然就是翰林学士、御史中丞，顺理成章地成为参知政事，这条升官路线图极其清晰；如果苏轼低调做人，不是那么口无遮拦，到处写诗作文批评弊政，也未必得罪那些小人，至少可以做一个富贵闲人。对此，元代脱脱编纂的《宋史·苏轼传》说得再清楚再简单不过：如果那样的话，苏轼还是苏轼吗？

那些替苏轼惋惜的人，其实都没有读懂苏轼。苏轼固然想当官，但是因为热衷仕途而改变性情，这种事他是不干的。三十年后，苏轼的同年进士，也是他的政敌、变法派骨干吕惠卿被贬谪外地，那时候苏轼在朝廷任翰林学士、知制诰。有人与吕惠卿论及苏轼。

吕惠卿问："苏轼是个什么样的人？"

来人道："聪明人也。"

吕惠卿大怒，厉声问："这是什么话，尧聪明吗？舜聪明吗？大禹聪明吗？"

来人道："不是三者之聪明，也是聪明人。"

吕惠卿问："苏轼学问如何？"

来人道："学孟子。"

吕惠卿愈怒，问："何以见得？"

来人道："孟子说，民为重，社稷次之，君为轻。所以说他学孟子。"

吕惠卿默然良久。

我们应该庆幸，大宋朝堂之上少了一个宰相，而一千年以来的国人，却得到了一个可爱可亲的苏东坡。

第三章

凌　虚

1

嘉祐六年，苏轼被任命为大理评事、签书凤翔府判官。大理评事是掌管刑狱的京官，签书判官是州府僚佐，辅佐州官，掌管文书，属正八品，有签书上奏的权力。因策论考试的缘故，新任职务比此前所授河南福昌县主簿的职务，当然是提升了。苏辙被授商州府推官，因老父在京，苏辙奏请侍奉，没有到任。

十一月，正是初冬时节，苏轼携妻子王弗和两岁的儿子苏迈离开京师赴任。苏辙一直送到郑州西门外，兄弟俩才依依惜别。与苏轼同行的，还有一个奇人马梦得。马梦得与苏轼同年同月，比他小八天，在京任太学正，大概相当于教务处主任，为人有气节，不为骄横的太学生所喜。一次苏轼到其住所，在墙上信手题了一首杜甫的《秋雨叹》：

雨中百草秋烂死，阶下决明颜色鲜。
著叶满枝翠羽盖，开花无数黄金钱。
凉风萧萧吹汝急，恐汝后时难独立。

堂上书生空白头，临风三嗅馨香泣。

现实严酷浑浊，书生难以立世，庭前香气瞬息，虽然让人悲伤，但我仍然要固穷守节。苏轼写来本无意，但马梦得见后，当即辞职，要求追随苏轼，此后几十年，这两个人焦不离孟，从此绑在一起。

严格来说，自嘉祐二年中进士，到这时候苏轼才算正式开始仕宦生涯。唐代房玄龄说，不历州县，不拟台省，意思是没有州县一级的任职经历，不能到省或中央任职。你是状元也好，博士也罢，起点再高也要从基层做起。

凤翔位于关中平原西端，北接平凉，南临渭水，东出岐山，直通长安，自古以来就是兵家必争之地。这里是周秦文化的发祥地，秦穆公在此崛起，秦始皇在此加冕，项羽分封章邯，诸葛亮星陨五丈原，历史堆积之厚，几为华夏之冠。苏轼到任后匆匆安下家小，官邸初成。庭前种杨柳，舍后辟一小园，墙北种数丛翠竹，凿池引水，院子里逐渐有了一些灵秀之气。苏轼准备在北侧再筑一石亭，那时候这个方寸之地就有了些格局了。

不要以为苏轼下车伊始，就开始了紧张的工作，他这时候与今天刚刚步入社会的人们一样，还干不了什么大事。他要做的第一件事，是读当地史志、访古迹民风、熟悉治所。一个官员，如果对治下的山川风物一概不喜、一概无趣、一概不知，那他一定是个寡味的人，也不可能指望他悲天悯人，爱护治下的百姓。至少未来的三年，这里就是苏轼的家，他要融入这里的山水草木之中。

闲暇时候，他遍访凤翔周边古迹，至孔子庙，游开元寺，吊秦穆公墓，将诗作汇为一篇，名为《凤翔八观》。

凤翔孔庙中，藏有著名的石鼓。十个鼓形的碣石，上面刻满了曲折盘旋、奇形怪状的文字。此石于唐代出土，著名诗人韦应物观后作《石鼓歌》，断言是周文王时的刻石（今日考古界确定，应是战国时期石刻）。此后又有一个书生持石鼓的文字拓片，请韩愈鉴赏。韩愈见到苍茫郁律的文字，惊呼人间至宝。他马上派友人度量石鼓大小，找好了安置地点。韩愈的设想是安置于太学，供学界观摩研究欣赏。哪知报告呈上去以后，上司根本不关心几个上古的石头滚子。眼睁睁看着石鼓日销月蚀，韩愈于是亦作《石鼓歌》，在诗中大发牢骚，他可能是最早大声疾呼保护文物的人。

韩愈是个崇古之人，他发起古文运动，主张文章直学秦汉，抵制骈体文。这样一位独具创新意识的大家，对书法美自然也有独到见解。他在诗中写道：

羲之俗书趁姿媚，
数纸尚能博白鹅。

王羲之喜欢鹅，附近有个道士养了不少。于是王羲之就经常写《黄庭经》，拿来跟道士换鹅。在唐代，王羲之受李世民推崇，已经被尊为书圣，韩愈竟然说他的字有媚态。王羲之那种俗媚的字，几张纸还能换白鹅，你们竟然对高古的石鼓不闻不问，没文化真可怕！

苏轼也作了一首长诗《石鼓歌》，他没有如韩愈一样牢骚满腹，只是感慨人生短暂，百年争斗，远远不如石头长寿。但韩愈对石鼓书法的阐释，对苏轼书法观念的形成，启发很大。

　　苏轼于嘉祐元年进京赶考时曾路过凤翔扶风县。北宋驿馆极为发达，州县密布驿站，给行旅之人提供方便。当年驿馆条件极差，父子三人只好另寻他处。现今又到扶风，发现驿馆修葺一新，往来商旅宾至如归。问其情由，原来是太守宋选上任伊始，一个月后就开始重新修缮凤鸣驿，苏轼大为惊奇。县令胡允文趁机请求苏轼作文以记之。

　　苏轼很是感慨。我们常常觉得自己天生是做大事的人，认为身边之事不值得去做，如果让他坐在较低的位置上，就焦躁不安，就牢骚满腹，就懒惰怠政，什么情况都有。以太守的官职和资历，如果不是官运不佳，早就不知身居何种要职了，如今却仍然专注于这些不起眼的小事上，实在是难能可贵。实际上老百姓的事都是琐碎的事，修个馆舍，实在没有什么可记的。但是想到太守随遇而安，专注于实事，这才是值得大书特书的了。

　　太守修个驿馆，知县想要赞美一下，特意立个石头找人作文。表扬也是需要艺术的，也是有文化含量的，陈词滥调的表扬，如同进了鲍鱼之肆，臭不可闻。宋人对人品要求很高，与上官交游，尤其要谨慎，一不小心就会落下笑柄。丁谓官至参知政事，相当于副宰相，当时寇准是宰相。一次两人吃饭，寇准唏里呼噜地喝汤，好不畅快，不小心长胡子上溅了些汤水，于是丁谓替寇准拂之。寇准说："参政，是国之大臣，怎么还为长官拂须呢？"寇准看人很准，这个丁谓果然是个坏蛋，"溜须"的典故也就流传至今。

　　苏轼表扬太守是真，把一件小事写得如此高明，且没有任何拍马屁的嫌疑，这既是真心的表扬，也是他的从政心得。苏轼一生辗转各地，他的眼睛最善于发现别人忽略的问题，这些"小事"均与民生密切相关，只要是为民请命，苏轼从来不遗余力，这显然与他早期任职经历密切相关。

也许你手里有足够长的杠杆，完全能够撬动地球；但你还需要一个支点，这个支点就是一颗笃定务实的心。

2

嘉祐七年初，朝廷有旨，对没有定案的在押囚犯一律释放。太守令苏轼赴宝鸡等各县宣布诏令，这种差事正合心意。苏轼用七天时间走了四个县，一路经太白山北麓，过终南山以西，饱餐山川秀色。

凤翔周边最有名的胜境当数太白山，李白、杜甫、王维都曾留下千古名篇。正是二月天气，杂树萧散，田野旷荡，一片鹅黄烟柳。夜宿武城镇，诸葛亮曾经在此与镇守陈仓的曹魏大将郝昭激战。半夜时分，宝鸡城中突然火起，苏轼仓皇奔出，遥看远方火光，不知是幻是真，恍如回到三国烽烟。郿县有董卓筑就的城坞，当年城墙比长安城还高，贮藏黄金三万斤，粮食够吃三十年。董卓说，事成则雄踞天下；不成，靠这些财物亦足以养老。董卓这个笨蛋，除了酒色，除了暴虐，什么都不会，聚敛那么多财物有什么用，最终也只是填出了一个大肚子。他被吕布诛杀后曝尸街头，大肚子膏脂丰厚，百姓把油脂点着，数日不灭，死得很有特色。

苏轼特意为董卓作诗一首：

衣中甲厚行何惧，坞里金多退足凭。

毕竟英雄谁得似,脐脂自照不须灯。

——《鄘坞》

大家看董卓才是英雄,人家点灯照亮都不麻烦外物,直接烧自己就行了。自古贪虐之人很多,但像董卓这样的蠢货比较少见。虢县磻溪,有当年姜太公垂钓处,双膝端坐,印痕宛在。常人垂钓,钓的是三分宁静;姜尚垂钓,钓的是一世功名。士大夫,士大夫,士并不是大夫,姜子牙钓来周文王,诸葛亮钓来刘备,才成为大夫。而一旦周文王们、刘备们上钩,这些垂钓者也就再无自由,只有宦海奔波劳顿之苦了。人哪,这一辈子,到底该钓哪样呢?

还是老子聪明,知道钓这些"大鱼"很累,于是骑了一头老牛,西出函谷关。守函谷的小官尹喜知道这个老者聪明过人,这一走恐怕就不回来了,跟在老牛后头索要著作流传后世,于是老子在太白山麓留下了五千字的《道德经》,从此太白、终南成为修道成仙的理想场所。尹喜的故宅就在此地,山脚有授经台,后人在此建有老子庙。太白山真是神奇,既有热衷功名的人间是非,又有清心寡欲的超逸出尘。

多数人要求的仅仅是活着,而对于"生命"、对于"彼岸"这种很难想通的东西,也就懒得去想。倘若有人想的太多,那么或者是病得不轻,或者是离经叛道,甚至邪魔外道,总之已不适合居住在人间,只有在这绿水青山中领略奇光异彩的空寂。下山西行十数里,南入黑水谷,谷中有仙游潭。潭上有寺,倚峻峰,面清溪,树林深翠,怪石不可胜数。潭水深不见底,扔下一片石子,徐徐落下,过了好久才不见踪影,其清澈如此。

苏轼泛舟在水深流速的溪流中,太平宫道士今日特意相伴，舟中抚琴一首，请苏轼品评。悬崖罅隙中开满了不知名的野花，花瓣安静地飘零，浮在水面。没有人说话，只有水声琴声交织。早上出门，当地官员说山间常有老虎出没，特意派两个老军跟随。老军也不说话，大约是不敢打扰这迷人心目的神灵，或者已经融入这山水琴韵的情境中，一起凝为瞬间的永恒。

山上似乎真的有神灵。外面的世界很精彩，各路豪杰粉墨登场，吵吵闹闹，咋咋呼呼，打打杀杀。神灵喜欢清净，不喜欢这种吵嚷，据说军队在此地行军，不能打鼓吹号，否则就会风云变色，打雷下雨，引来雷霆之怒。山顶有湫潭，这湫水甚灵验，当地多取水祈雨。凤翔今年旱象已成，我们何不趁湫池里的龙王打盹的时候，偷两瓶水回凤翔祈雨呢？

苏轼回到凤翔，立即向宋太守汇报自己的建议。宋太守很是赞同，派苏轼二入太白山，亲自带人取来湫水。临行前，苏轼郑重地撰写《太白山祈雨祝文》，到湫潭边虔诚地读给神灵：

> 维西方挺特英伟之气，结而为此山。惟山之阴威润泽之气，又聚而为湫潭。瓶罂罐勺，可以雨天下，而况于一方乎？乃者自冬徂春，雨雪不至，西民之所恃以为生者，麦禾而已。今旬不雨，即为凶岁，民食不继，盗贼且起。岂惟守土之臣所任以为忧，亦非神之所以当坐而熟视也。

苏轼很有信心，这样的文采一定能打动山上的神灵。回来后，苏轼陪同太守，召集官民两千多人，在真兴寺阁举行了盛大的祈雨仪式。那湫水果然灵验，俄顷云阴黯黯，雨意昏昏，此后凤翔接连三次下雨，最后一次三日乃止，旱情解除。此时恰好苏轼官舍的石亭落成，那是用散落在草丛中的隋朝仁寿宫的瓦砾怪石垒成的，苏轼遂名之曰"喜雨亭"。亭前掘出一个三丈长的横池，池上有桥，直通北堂，堂前曲栏轩窗。出堂向南，为过廊，两旁各为一小池。三池种莲养鱼，池边种桃李杏樱桃石榴等三十余株。苏轼还不过瘾，又以斗酒跟别人换了一大丛牡丹，植于喜雨亭北。苏轼是个天才园林建筑师，上述布局，均来自苏轼自述，非是杜撰。今日如按此描述，必能还原苏轼当年官舍格局。

然而这年夏天，凤翔又旱。苏轼再入太白山，这次山神却不灵了。苏轼翻遍史料，方才得知，原来太白山早在唐代就被朝廷封为"神应公"，而本朝却封为"济民侯"，爵位竟然降了一级。可能神仙也未能免俗，不升反降，心里肯定不高兴。于是苏轼赶紧给皇帝上书，请求加封太白山为"明应公"。待朝廷准许后，再赴太白山告封山神。此后山神是否因升官而显灵，我们不得而知，倒是苏轼一路游历写下的诗文，让太白山越加钟灵毓秀。

3

正当苏轼在凤翔官场如鱼得水之时，太守宋选卸任，继任者叫陈希亮。这是一个黑瘦的老头子，年已六旬，身材不高，目光如冰，跟谁都阴沉着一张老脸，整天没个笑模样，与随和的宋太守判若两人。有时候同僚一同外出游玩饮酒，觥筹交错之际，陈太守来到座间，满座迅速言辞寡味，一本正经，酒也喝得无趣。未到尽兴，纷纷散去。

作为下属，新来了上官，一般都会察言观色，小心谨慎，少说多做，慢慢磨合。苏轼天生不是这种人，既没有耍心眼的愿望，更没有弯弯绕的心机。他的眼中只有率真二字，不管对谁，示人以真，示人以诚，对上级这样说，对下级也这样说，说完了畅快。这样两个直肠子碰到一起，可想而知一定会撞出火花。府吏在太守面前称苏轼为"苏贤良"，太守大怒："府判官，称什么贤良！"令人把府吏拖下去一顿打。有时候苏轼草拟公文，送至陈太守处，太守必涂抹修改甚多，返回苏轼修改，改毕再呈，太守又改，如此往返数次。以苏轼的能力，写一篇公文，自然是文不加点，一气呵成，何曾受到这种待遇。于是每每与太守争论，以至两人形于颜色。有时候苏轼觐见太守，老倔头迟迟不予召见，苏轼只好在外面坐等，烦闷至极，以至昏昏欲睡：

谒入不得去，兀坐如枯株。
岂惟主忘客，今我亦忘吾。
同僚不解事，愠色见髯须。
虽无性命忧，且复忍须臾。

——《客位假寐》

苏轼确实有点郁闷。七月十五是中元节。这天要祭祀祖先，供奉祭品、烧纸、放河灯，在宋代是很热闹的节日。苏轼第二天没有及时到太守处点卯报到，被罚铜八斤。罚铜是针对犯错官员的处罚，由一斤到上百斤不等，处罚要记录在档。平心而论，这个处罚有点重，没有及时到岗上班就如此处罚，还要记录在案，确实有点丢份儿。

太守的生活很简单，白日在衙门里办公，下班后转入府邸，有时候在院子里转悠，看见远处的山巅丛林露出墙头，影影绰绰看不真切，如同行人在墙外露出了发髻，就是看不见面孔。于是太守命人掘一池塘，用掘土筑了一座几丈高的高台，远超房檐。太守拾级而上，登高望远，那山就像凭空冒出来的一般。端详了一阵说：应该叫凌虚台。于是命苏轼作文记之，这就是著名的《凌虚台记》。苏轼写道：

> 物之废兴成毁，不可得而知也。昔者荒草野田，霜露之所蒙翳，狐虺之所窜伏，方是时，岂知有凌虚台耶？废兴成毁相寻于无穷，则台之复为荒草野田，皆不可知也。尝试与公登台而望，其东则秦穆之祈年、橐泉也，其南则汉武之长杨、五柞，而其北则隋之仁寿、唐之九成也。计其一时之盛，宏杰诡丽，坚固而不可动者，岂特百倍于台而已哉！然而数世之后，欲求其仿佛，而破瓦颓垣无复存者，既已化为禾黍荆棘丘墟陇亩矣，而况于此台欤？夫台犹不足恃以长久，而况于人事之得丧，忽往而忽来者欤？而或者欲以夸世而自足，则过矣。盖世有足恃者，而不在乎台之存亡也。

苏轼说，事物的兴盛和衰败是无法预料的。这里从前是遍布野草的荒地，霜露覆盖，狐狸毒蛇出没。兴盛和衰亡交替，今天的高台又将成为田野，一切都不可预料。我和陈公登高远望，东面是当年秦穆公的祈年、橐泉两座宫殿，南面是汉武帝的长杨、五柞两座宫殿，北面是隋朝的仁寿宫也就是唐朝的九成宫。回想它们一时的兴盛，规模何止百倍于区区一座高台？

然而几百年之后,已经种了庄稼,长满荆棘,连断壁残垣都不复存在。一座高台尚且如此,人生一世,来去匆匆,又能如何?如果想要以一座高台而夸耀于世,自夸自足那就错了。因为假如世上真有可以倚仗的东西,就不在乎凌虚台的存亡了。

与表扬宋选太守的《凤鸣驿记》相比,这篇文章很有些揶揄陈太守的意味。但如果说苏轼仅仅是出口闷气,显然是太小看陈太守和苏轼了。明白人互相争论,糊涂蛋互相斗气。果然,太守一见,哈哈大笑:"我向来把苏洵当儿子看待,苏轼就如同孙子,平日不给他好脸色,是因为担心他年少暴得大名,养成骄矜之气。看来是有点不高兴啊!"一字不改,摹刻上石。不久陈希亮卸任,第二年就病逝了。苏轼一生很少给人写墓志铭写传记,后来专门作《陈公弼传》,纪念这位职业生涯的导师。陈希亮的儿子陈慥,这时候成了苏轼一生的好友,他们在多年后苏轼倒霉的时候,再次碰面。

凤翔是苏轼仕宦生涯的第一站。他在凌虚台上的这番议论,实际上是凤翔山川风物给他的体悟,对他一生产生了深远的影响。我们为什么会迷失自己,就是因为不懂"凌虚"二字。拿得起,放不下,想不开,看不透,我们向往"五陵年少争缠头",难耐"门前冷落车马稀",因此我们贪婪,我们攫取,我们烦恼,我们愤怒,我们牢骚满腹,我们哭哭啼啼。我们以为积攒的金银财宝越多越好,恨不得几辈子花不完,这样就可以有所恃,就可以宝马香车人前人后炫富,就可以欺负那些小动物,就可以随便折腾地球,就可以去消费那些根本不需要的东西,殊不知,我们正在无限接近董卓的命运。其实,任何身外之物都不可能使我们变得更为强大,如果能够站在凌虚台上看待人生,则会发现高处何如低处好,下来还比上来难,体会到这一点，地球会消停很多，人们也会快乐很多。

人生是一本大书，不必急于翻到尾声。如果真要想提前规划人生，以便使自己强大，有所倚仗，也许，只有一颗恬淡简远的心。

4

宋仁宗于嘉祐八年（1063年）三月去世，英宗即位，次年改元治平。

苏轼于治平元年十二月卸任，第二年二月回到京师。宋英宗早在藩邸的时候就知道苏轼的大名，如今苏轼还朝，想拔擢苏轼任知制诰。这是个为皇帝起草诏命的职务，实际就是皇帝的秘书，不少宰辅大臣都有制诰任职经历。宰相韩琦提醒英宗，应通过秘阁考试才行。英宗说："像苏轼这样的人，能难得住他吗？"于是苏轼又一次参加秘阁考试，又入第三等。

英宗旧事重提，这次韩琦给出了正式建议。他说："苏轼是远大之器，日后自当为天下所用。现在应在朝廷培养之，使天下之士莫不畏慕降伏，那时候再用，则再不会有人说三道四了。如果骤得大用，则朝野未必以为然，反倒使苏轼为名所累。"英宗说："知制诰不行，那么同修起居注如何？"韩琦说："这两个职位相近，都不可遽然轻授。不如在馆阁中选一个中上的位置，他日拔擢，亦未为晚。"于是授苏轼直史馆，这是一个编修国史的职务，惟有才者居之。欧阳修当时是参知政事，担心与韩琦龃龉者背后嚼舌头，主动把韩琦的话告知苏轼，苏轼明白这是宰相对自己的爱护，说道："古之君子，爱人以德，宰相是也。"欣然上任。

然而就在这时，妻子王弗病逝，苏轼的人生遭受重创。

王弗与普通的大家闺秀不同，在她短暂的一生中，体现了高超的领袖才能。刚嫁到苏家时，苏轼不知道她识字，晚上苏轼读书，王弗只是在一旁陪坐静听。直到有一次苏轼背书卡壳，怎么也想不起来，这时候王弗忍不住出言提醒。苏轼大为惊讶，考问其他典籍，王弗都能知道大概。于是这一对小夫妻感情越发深挚，显然，这俩人也是先结婚，后恋爱。那个年代的婚姻都是瞎猫碰死耗子，这两个年轻人好命。

人际交往是一门紧贴现实的大学问，别看苏轼学富五车，在这方面他天生幼稚。他这人太直太刚、太清太透，怎么想就怎么说，甚至没细想就往外说，既无害人之意，更无防人之心，眼中没有一个不是好人。伪善的道学家对苏轼这种品性指指点点，而只要还有几分真性情的人，上至皇帝老儿，下到贩夫走卒，都感到苏轼能够过滤自己内心的一些渣滓，如一缕清泉，直润心田。

王弗自然知道丈夫的这种特点。谁也没有想到，他对男人的世界很感兴趣。苏轼在凤翔三年，如果有几天在外出差，回到家中，王弗一定问这问那，刨根问底，时常叮嘱："你出门在外，没有亲人给你出主意，一定要慎之又慎。"有时候还把苏洵搬出来，以从前苏洵告诫的人生经验提醒苏轼。

院子里有棵老柳树，树下盈尺之间很特别，下雪的时候唯独这一块儿不存积雪，待到天晴雪化时，这一块又微微凸起。苏轼猜测可能是前人埋藏的财物或丹药什么的，准备挖出来看看，王弗说："如果婆婆在，她肯定不会挖的。"苏轼果然听话，立即罢手。

苏轼对妻子的唠叨并不厌烦，他乐于有这样一个贤内助。

有时候客人来访，王弗时常站在屏风后面听二人谈话。客人走后，王弗辄说："这人言谈只是揣摩、迎合你的意向，首鼠两端，不必与之深交。"

有的人刚相识不久，就频繁往来套近乎，摆出一副铁哥们的样子。王弗说："这种朋友恐怕难以长久。这人交友太迫切，目的性太强，他以后用不着你的时候，也会很快与你断交。"后来果然应验。可以想象，王弗如果是男人，说不定是个大官，品秩未必在苏轼之下。

王弗病危之际，仍然对丈夫放心不下，叮嘱他为人处事要小心谨慎，以免吃亏。可惜天不假年，这样一个天生聪慧、心思缜密、极具才华的女人，二十七岁就离开了苏轼。东坡的一生，有好几个女人爱他，敬他，宠他，保护他，有的是他的妻子，有的不是。没有这几个女人，估计他早就死掉了。

苏轼将王弗归葬在眉山老翁泉母亲墓旁。他在小坡上种植了几千棵松树，直到十年以后，他仍然梦见这一片郁郁葱葱。

　　十年生死两茫茫。不思量。自难忘。千里孤坟、无处话凄凉。纵使相逢应不识，尘满面，鬓如霜。夜来幽梦忽还乡。小轩窗。正梳妆。相顾无言、惟有泪千行。料得年年肠断处，明月夜，短松冈。

　　　　　　——《江城子·乙卯正月二十日夜记梦》

治平三年（1066年）四月，五十八岁的苏洵撒手人寰。临终前，苏洵嘱咐苏轼完成自己未竟的《易传》，苏轼涕泣受命。苏洵虽然官职不高，但在士林声望甚隆，欧阳修、韩琦等都送了厚礼，皇帝亦赐银帛，苏轼均坚辞不受，只请求朝廷追封父亲一个官职。于是朝廷赠苏洵为光禄寺丞,并命官府派船,专程载丧归蜀。

待丁忧守制期满后,苏轼再行婚配。新娘是王弗的堂妹,叫王闰之,时年二十一岁,比苏轼小十一岁。苏轼将父母坟茔托付给堂哥及几个友人,兄弟俩携家眷再次出川,从此家乡只是魂牵梦萦,兄弟俩都没能再回眉山。

第四章
王安石之怒

宋英宗做了五年皇帝就死了,长子赵顼继位,是为宋神宗。等到苏轼回到京城,已经是宋神宗熙宁二年(1069年)二月。就在本月,刚刚坐上帝位一年的神宗任命王安石为参知政事(副宰相),开始变法。

王安石变法是一个重大历史事件,北宋朝堂上的各级官员,全部卷入这场声势浩大的变革之中。直到王安石死后几十年,仍然深刻地影响北宋的政局走向,左右人们的悲欢离合。因此说到苏轼,必然离不开王安石。

北宋以降直到清末,没有人说王安石好话,甚至有人说北宋灭亡就是源于王安石变法;民间妖魔化王安石的更是普遍,给王安石安个绰号叫"拗相公"。明代冯梦龙的小说《警世通言》,更是直接称猪为"拗相公"。直到清朝末年,梁启超作《王安石传》,彻底为王安石翻案,称之为"三代以下第一人";民国时期,胡适对王安石也持肯定态度;二十世纪五十年代,林语堂作《苏东坡传》,再次把王安石从头到脚扒个精光;八十年代,柏杨以现代汉语译《资治通鉴》,又一次高声赞美王安石。

我上大学时,郭英德老师说:中国文学史上有两个说不清楚的人物,第一个是贾宝玉,另一个是宋江。我们说,如果在现实世界中找出两个说不清楚的人物,第一个是苏轼,另一个就是王安石。

1

我们对古代的士大夫,经常这样区分:把得意的文人划入官员,把失意的官员划入文人,好像一堆儿是地瓜,另一堆儿是土豆,互不相干。比如苏轼就是文人,王安石就是政治人物。咦?难道王安石就不是文人,苏轼就不是政治人物?人是个多面体,不是一个标签。顺着人的琐碎、人的情感、人的行为,这时候他才会完整起来,鲜活起来。

无论从哪个角度讲,王安石在早期仕宦生涯中,都是一个好官。他二十一岁中进士,同别人一样,先到基层任职。在扬州淮南判官任上期满后,按规定这时候可以呈献文章,要求试任馆阁——经过几年基层锻炼,然后到翰林院或史馆成为天子近臣,这是读书人梦寐以求的事。但是王安石没有这样做,他到鄞县当了一名知县,后来又任舒州通判,总之在基层转悠了好长时间。这期间他在基层取得了实实在在的成绩,声望日隆。

接下来的事就有点匪夷所思了。宰相文彦博向皇帝推荐王安石,说他淡于名利,安于退让,请求越级提拔。不久,朝廷召他任职史馆,他不肯就任;欧阳修推荐他任谏官,他以母亲年高为由推辞。朝廷于是开始慌了,生怕王安石拒绝赴任。果然,此后朝廷又召他同修起居注——就是记录皇帝的言行,这是离皇帝很近的职位,他再次拒绝。宣诏人到他家宣读敕命,他拒不接受;来使给他下拜,请他接纳,他竟然躲到厕所里不出来;宣诏人将敕书放在桌子上,他又追上去还给人家。此后上奏推辞了八次，跟皇帝来来回回玩太极推手，摆到第九个回合，才接受这一职位。三年后，在知制诰任上，王安石母亲去世，他回老家丁忧，此后一直到宋英宗驾崩，他又跟从前一样，不肯到中央任职。

王安石这种做派给人矫情的感觉，北京话叫拿乔，俏皮话叫"三分钱小葱——拿一把"，拿一把以后自然就更值钱。这种招数从前姜子牙、诸葛亮等人都用过。文人这种忸怩有时候确实让人讨厌，明明出山的愿望如火，却非要装作无意于功名，就像一个坠入情网的小姑娘，心里一百个愿意，嘴上就是不答应。

王安石也许有待价而沽的意思，但不全是。刚到京城任职时，他就上万言书给皇帝，主张"因天下之力以生天下之财，收天下之财以供天下之用"，倡导改革。但是宋仁宗没有理睬这篇奏疏，没说行，也没说不行，更没有召他垂询，就像一颗石子，扔进深潭，没有溅起一点水花。这使王安石感到，至少近期难以施展抱负，与其在朝廷当一个四平八稳的太平官，不如回到基层大展拳脚来得痛快。

宋仁宗在中国历史上算得上是一个难得的好皇帝，这个人能以身作则，生活简朴，又能用好朝廷重臣，把国家梳理得比较有条理。这样一个明白人，当然不会忽视王安石这个能臣，他也在观察。

一次仁宗开赏花钓鱼宴，大概就是四五月间，皇帝和群臣坐在水边，春风和煦，百花盛开，边赏花边钓鱼。钓上来的鱼是集中到宫中御膳房，待到晚上开全鱼宴，还是如今天一样支个架子，直接穿上柳条烧烤，不得而知，反正是赏花、钓鱼，还有宴。古代生活条件差，但是古人比我们有雅趣，也比我们会玩，况且今天想找个地方赏花钓鱼还有宴，够难的。作为皇帝的秘书，王安石得以坐在末席。这时候宫中侍女给每个人身边的小几上放了一盘钓饵，那鱼饵装在金碟中，煞是好看。王安石可能把钓饵当成了御厨做的点心，一粒接一粒地给吃光了！估计这宫廷鱼饵不是用蚯蚓、蚂蚱做的，也许是糕饼拌成的，反正可能味道还行。第二天，宋仁宗跟宰相说："王安石这人不靠谱，忽悠我。误吃鱼饵，吃一粒也就知道了，怎么会接连吃光了呢？"

王安石的味觉可能真的迟钝。他去拜访蔡襄，蔡襄取出绝品好茶，亲自烹茶待客，让王安石赏评。想不到王安石从口袋里取出一袋消风散——大概是一种药吧，倒进茶盅里，混在茶水中一起给喝了！蔡襄大惊，王安石吧嗒吧嗒嘴："大好茶味！"蔡襄哈哈大笑，夸他率真。蔡襄这话太违心，明显是不得已恭维一下，掩饰自己那张惊诧的面孔。

还有一次，有人对王安石夫人说，你老公爱吃鹿肉。夫人说我怎么不知道。来人说见王安石吃饭，把一盘鹿肉都吃光了。夫人说下次你把鹿肉放远一点，看他如何。果然，这次王安石根本没碰一筷子那盘可怜的鹿肉。

总之，王安石对吃喝玩乐一概反应迟钝，表现不出兴趣。一次官员们聚会，席间有歌妓献唱。歌妓正婉转歌喉，王安石突然扑哧一声笑了。众人掌声雷动，纷纷赏赐歌妓：你能让王大人开怀，真是太难得了！一人有些疑虑，过后小声问王安石为何发笑。王安石说："我在揣摩《易经》诸卦，突然有所悟，所以发笑。"

至于穿衣戴帽这种事，王安石更是不放在心上。史书上说他一年不洗澡，不洗脸，不换衣服，于是人们纷纷说他贤良。

他在居母丧期间，衣衫褴褛，头发像鸟巢，上头还有稻草，有人给他送信，把他当成随从的老军。王安石接过来，随手撕开，信使大怒，你个老军敢私拆大人信函！根本没想到他就是赫赫有名的知制诰王大人。要说这人哪，也真奇怪，你要是浑身珠光宝气，一定会被人认为俗不可耐；衣饰寒简，反而会有点名士派头。但要说走到极端，形容邋遢，脸都不洗，只有到魏晋的阮籍、嵇康那伙人中去找寻，这些人有的蓬头垢面，卖傻装疯；有的整天酗酒，喝醉了就倒在邻家美妇身边呼呼大睡。他们是以怪诞慵懒嘲讽伪善，后人机械模仿这些，岂不是东施效颦？君不见如今一些"大师""名家"，经常油汪汪的头发老长，脏兮兮的胡子拉碴，手腕上戴个串子，脚上蹬双片鞋，怎么看都带着三分刻意七分伪装，十足的是另一种大俗。当然我们认为另一种大俗，不妨碍有人以为特立独行，就像赞美王安石一样——贤良。

王安石这种脏乎乎的行头、难以索解的怪诞让宋仁宗不感冒，因此在仁宗、英宗两朝，王安石都没有得到更多机会。

越是这样，王安石的名声越响。别忘了，王安石与假冒的大师不同，他是有真才实学的。他在地方勤于政务，政绩卓著；他两袖清风，对吃喝玩乐、声色犬马没任何兴趣；他专心治学，开创了荆公新学；他是唐宋散文八大家之一，诗歌也是超一流选手；他编纂的《英宗实录》，苏轼赞为国史之冠；他长于说理，善于雄辩，辩论起来几乎没有抗手。这样的人才不用，简直是没天理哇！

所以替王安石说好话的人一抓一大把，富弼、文彦博、欧阳修、吕公著、韩维、司马光、范镇……赵顼还没成为宋神宗时，韩维讲解经义，讲到精彩处，赵顼称善。韩维往往说："这不是我的观点,是我的好朋友王安石说的。"

宋神宗继位后,立即擢升王安石为江宁知府,几个月后,又招王安石进京任翰林学士。王安石这次不再拿乔,领命入京。

谁能想到呢,王安石这样一个全能型的好官,在仅仅一年之后,就展现了不为人知的另一面。

2

北宋,这个当时世界上最富庶的国家,有一个深深的隐痛,那就是燕云十六州。这一片囊括河北、北京、山西的大片国土,自后晋失去以后,再没有回归中国版图。北宋初期,宋辽争夺燕云十六州长达二十多年,直到宋真宗御驾亲征,与辽国结成澶渊之盟,到现在两国已经保持了六十多年的和平。宋神宗继位以后,励精图治,日思夜想的,就是富国强兵。

皇帝刚登极,关注的首要问题是治国之道。王安石一进京,宋神宗立即召见。

宋神宗问:"唐太宗怎么样?"

王安石说:"陛下应该效仿尧舜,何必去效仿唐太宗呢?"

皇帝的最高理想,就是成为尧舜禹汤,韦小宝只要颂扬康熙是"鸟生鱼汤",康熙一定龙颜大悦,可见这是一碗大大的好汤。王安石的话给新皇帝的震撼极大,而此前与宰相富弼论到西夏问题,富弼说:"愿陛下二十年不言兵事。"对于一个雄心万丈的新皇帝来说,你让他等二十年,他如何听得进去?

又过几天,讲学完毕,众臣退去,宋神宗单独把王安石留下。

皇帝说:"即便是刘备,也得有诸葛亮辅佐;唐太宗,也得有魏征辅佐。"

王安石说:"诸葛亮、魏征这样的人,有识之士都为他们感到耻辱,何足道哉?"翻遍中国历史,能达到诸葛亮、魏征水准的,不过寥寥数人。王安石岂止是自信,简直是太自负了。

不仅自负,他还能言善辩。登州有个女人嫌弃丈夫丑陋,趁丈夫熟睡时将男人砍杀,伤重没有死。朝廷司法官员认为应判死刑,王安石得知,扮演了中国最早的辩护律师角色,引用各种法律条文舌战群儒,最后宋神宗赞同王安石的意见,用今天的话说,改为死缓。要知道这可是一千年以前,如果没有王安石,这个女人死定了。

二十岁的皇帝被五十一岁的王安石彻底折服,但是他还要征求一下老臣的意见。熙宁元年,宰相韩琦因被人弹劾,要求到地方任职。临行前神宗征求韩琦的意见,韩琦说:"王安石任翰林学士绰绰有余,任参知政事则不可。"翰林学士,给皇帝讲讲课,起草一些诏书,典型的学者官。韩琦觉得,王安石干点耍耍嘴皮子、摇摇笔杆子的活,也就行了。可年轻的皇帝实在想不出有比王安石更合适的人选,于是熙宁二年二月,王安石被任命为参知政事,随后着手颁布新法。

宋代"宰相"二字仅仅是个泛指的称谓,并不是一个实际职务。宰相的名称为"同中书门下平章事",另外设两三名"参知政事"即副宰相轮流当值,协助皇帝处理政务;军权归属枢密院,最高长官叫枢密使;财政权归三司,最高长官叫三司使,又称为"计相"。这样政军财三权分割,宰相的权力受到很大限制。遇到军国大事,各长官一同商讨,由皇帝最终拍板。

王安石在皇帝的直接支持下推行变法,面对分散的权力,如何事出一统,是个首要问题。为此他专门成立了"制置三司条例司"，负责起草变法制度，向各地下达指令，落实各项措施，吕惠卿、章惇、曾布、苏辙，这几位嘉祐二年进士，都在这一机构中任职。这样就等于在三司之外又成立了一个机构，而且绕开中书省直接发号施令，这对王安石的管理能力是个极大的考验。

王安石变法的核心，仍然是当年上书仁宗皇帝时提出的"因天下之力以生天下之财，收天下之财以供天下之用"。国家财富从哪里来，一是扩大社会生产，二是从民间收税，在短期无法做大经济总量的情况下，只有想办法切蛋糕了。切蛋糕是个大学问，切得合理，当然也能刺激生产。比如青苗法，农民春天种地要有种子要花钱，但是农民缺钱，由官府给农民贷款、贷粮，待收成后连本带息归还，这样就增加了财政收入。这一举措类似今天的银行信贷，王安石在地方任职时曾推行过这一措施，成效非常好——他是种过"试验田"的。

再比如免役法，就是以募兵代替征兵，不服役的要交纳免役钱。保甲法，按户数把人组织起来，每十户为一保，每五十户为一大保，每一大保中要抽调壮丁接受军事训练。这样一来，表面上免役钱交了就不再应征当兵了，但实际上按照保甲法规定，仍然要抽调壮丁进行军事训练，这与服兵役没什么两样。

又如保马法，为了多养战马，由官家买马寄养在农户，或者是富裕户买马，相应减免税赋，但是把马养死了，农户要赔偿。

变法的内容很多，不必一一介绍，反正一切设想得都非常好。在那个年代，王安石能提出这样的措施，我们不得不承认这人是历史上少见的天才。他的不修边幅、他的怪诞荒率、他的木讷寡味，似乎都在佐证他在其他方面的天资。

然而愿望归愿望，愿望总是好的。历史上哪一个当政者不说自己的初衷是好的？任何政策都是由人来实施的。王安石变法最终趋于失败，从国家行政治理层面来说，在于那个时代不可能提供一支合格的管理者队伍，国家机器的触角不可能深入到每个家庭。王安石作为宰相，下面那么多层级，如何合理配置人力资源，如何实施管控，如何反馈信息协调督办，这些琐碎正是抓落实的关键环节，而这些恰恰是王安石无法掌控的问题。他所倚仗的只有层层的行政命令，来不及政策宣讲，做不到行政监督，无法得知下面的真实情况，只有先做起来，其他的事情再说。在这种情况下，短短的三四年之间，颁布了囊括经济、军事、教育等各个领域的新法。

熙宁二年，颁布青苗法、农田水利法。

熙宁三年，颁布募役法、保甲法。

熙宁四年，颁布方田均税法，改革科举制度。

熙宁五年，颁布市易法。

这其中最饱受指责的是青苗法。最大的弊端就是对任何人，不管是否需要，都给发放青苗钱，然后加收二成到三成利息。上有所好，下必甚焉，地方官吏为了突出政绩，完成朝廷下达的任务，摊派是最简单的办法。即使朝廷严格要求必须是农户自愿，仍然存在问题——大户富户不需要借贷青苗钱，赤贫的穷光蛋又借不起，朝廷借以生财的目的与实际需求反差很大，地方上仍然避免不了摊派。有的地方发放青苗钱的场所，周边遍布赌场妓馆——商业向资本集中地聚拢，这是很正常的事。农民哪见过这些，往往这边拿了一大笔钱，马上就到街对面去挥霍，年底又要还贷，只好砸锅卖铁，倾家荡产。世界上的事就是这么奇怪，王安石在地方上推行的青苗贷款，非常受民众欢迎,如今推行全国,反倒怨声载道。在此不禁想起老子的一句话:治大国如烹小鲜。不要搞错,这可不是说治理大国像烹饪小鱼小虾一样简单,而是说治理大国要像烹饪小鱼小虾一样谨慎,如果拿铲子来回翻腾,就容易变成一锅粥!

再比如保马法,把官马寄养在农户家里,这种公私混在一起的事,谁能算得清账?即使是在现代的农业社会,马也是最娇贵的牲畜,这不是养牛养毛驴。在宋代,普通农家根本就养不起马,家里能有一头牛,就算日子过得不错。即便是一千年之后,中国的农户也做不到家家养得起马。马无夜草不肥,养过马的都知道,冬天饲料中得有粮食,否则就是一匹瘦马,根本拉不动车,更不要说冲锋陷阵。匈奴草黄马正肥[1],刚把马养肥,马上就是冬季,北方的日子开始难过,只有到南边来找吃的。你让农户大把往饲料里加粮食喂官家的马,可能吗?但是如果养不好,又摊上大事了。不要说把马养死了要赔偿,马瘦了,受伤了,得了口蹄疫了,个体民众与官家发生这种纠纷,可以想象是什么结局。官吏官吏,老百姓一辈子能见到几次官?老百姓见到的都是吏,宋江宋押司都很少能见到,见到的都是插翅虎雷横、美髯公朱仝的手下。"暮投石壕村,有吏夜捉人","叫嚣乎东西,隳突乎南北",这些都是吏。吏与民的关系,永远是国家治理的大问题,可惜王安石恰恰没有能力解决好这个问题。

免役法,一些地方官吏,不管是对鳏寡孤独,还是和尚道士,甚至剃头、卖粥、卖茶水的小买卖人也收免役钱。有的人为了逃避保甲,甚至发生了自残事件。王安石的"富国强兵"

---

[1] 岑参《走马川行奉送封大夫出师西征》。

之策如此急功近利，他没法兼顾各方利益，原本是安民告示，却变成了滋事扰民，成为对民众的搜刮聚敛，这不符合变法的初衷。

如果这些政策通过充分酝酿讨论再行出台，或者区分各地情况、多搞试点取得经验，或者作渐进式的改革调整，也许会收到更好的效果。可惜，王安石现在根本没想到什么负面的东西，他现在正在雄心勃勃准备大干一场。面对新法实施中的一些负面信息，神宗有点慌，于是找王安石商议。王安石说，陛下，绝不能因为出现一些问题而改变励精图治之心。王安石说的对，他是宰相，不是县令，改革怎么可能没问题，他不可能因为一些反映而改变初衷，更不可能"翻烧饼"重回老路。而且在当时的条件下，交通不便，资讯不通，一个庞大的帝国，想修正航道掉转船头，谈何容易？这就相当于引水渠已经修好，水坝已经扒开，洪水滔滔，结果发现引水渠修得太窄，这时候想再把水坝堵上，或者拓宽水道，还来得及吗？

现在，整个大宋王朝的命运，都绑在了王安石身上，这对好大喜功的王安石来说，真是感到兴奋异常。

3

人，一旦手中有了权力，为什么连王安石这样的贤良，都会变成另外一个人。前面说过，王安石被称为"拗相公"，确实，他在执政以后，真的当得起十个老牛拉不动的一个"拗"字。

有这样一件小事，有一天，王安石跟随圣驾骑马进入宣德门，卫士呵斥阻止，鞭打王安石的坐骑，王安石大怒，上奏要求逮捕卫士。有人替卫士说话，说他职责所系，是为了保护皇帝而已，但神宗最后还是杖责卫士，而王安石仍然愤愤不平。这时候的王安石，好像一下子从一个万人景仰的宰相，变成了一个横行乡里、谁都惹不起的小科长。十年以后，王安石已经退居金陵，有人去看望他。随行老军一个小差错，王安石大怒，劈头盖脸一顿怒斥。按说这种贴身仆从，早已成为宰相的老弟兄，甚至比亲兄弟还亲，也许正因为如此，王安石也不需要更多客套。不过也可以看出，几年宰相的经历，即使是经过十年岁月的漂洗，也没有让王安石变成一个慈祥的老人。

王安石的愤怒是从御史中丞吕诲弹劾他开始的。吕诲是宰相吕端之孙，这家伙是个炮筒子，平生三度出任谏官，曾激烈弹劾宰相韩琦、副宰相欧阳修，谁官大，他跟谁过不去。王安石刚任参知政事，吕诲就开火了。在奏文中，吕诲说王安石："大奸似忠，大佞似信，外示朴野，中藏巧诈。误天下苍生，必斯人也。如久居庙堂，必无安静之理。"王安石大怒，神宗当然替王安石撑腰，吕诲被贬为邓州知州。也许是吕诲真有些先见之明，或者纯属偶然言中。随着新法实施中暴露出诸多问题，御史们开始上奏指斥新法弊端，每一次上奏都伴随着王安石的一次大怒，先后有范纯仁、刘述、刘琦、陈襄、钱顗、杨绘、李常、孙觉等十几名御史或谏官相继被贬或主动请求离朝。

古代的国家治理，除了执政系统，还有一个重要系统，那就是台谏系统。台是御史台，主要职能是监督百官，纠风肃纪，重在察人，具有部分司法权，最高长官叫御史中丞；谏是谏院，主要职能是搜集舆情，议论国家的大政方针，提出意见和建议，重在言事，最高长官叫"知谏院"。上千年的王朝更迭，最高统治者发现，为了避免权力成为无法阻止的魔兽，必须依靠臣子的犯颜直谏。谏官言官兼具行政监察和舆论监督两大职能，成为国家治理的半边天。所以司马光在他的《资治通鉴》中说："激烈率真的言论，对说话者没什么好处，但却是国家之福。"

但是一旦皇帝自以为是，不在乎台谏官的絮叨，则下属毫无办法。汉高祖刘邦要同匈奴开战，大臣娄敬反对，刘邦囚禁了娄敬。待刘邦在白登战役中惨败，回来后则郑重地承认错误，重重地赏赐娄敬。曹操与袁绍官渡之战前，也有谋士反对，曹操大胜，回来厚赏反对派，说自己的胜利完全是侥幸。袁绍面临同样的问题，田丰规劝袁绍不能打，袁绍大败之后，派人赐田丰自尽！伟大和渺小、英才和蠢货，在此如黄海与东海一样界限分明。没办法，做人的差距就是这么大！

所以说政治家不是一般人，胸襟开阔，大肚能容，从善如流，这些都与品德无关，这是一种能力，是一种心理能力，这是一个心理学问题，不是道德品质问题。王安石不具备这样的心理素质，他是一个自警、自省能力极低的人，我们怀疑这与王安石的经历有关。一方面他富有才学，自视颇高；另一方面骤得高位，生怕别人说他不行。文人的自负与做官的自卑同时在他身上存在，于是他敏感、小性、易怒，只要谁敢说新法不好，一概拿下。曾巩，王安石的老朋友。神宗曾问："王安石这人如何？"

曾巩答："文章行义，不减扬雄。因为吝啬而不及扬雄。"

神宗说："王安石轻富贵，怎么是吝啬呢？"

曾巩说："臣所谓吝啬，是说他勇于有为，吝于改过耳。"

神宗点头称是。也许宋人为了推卸皇帝的责任，而让王安石一个人背黑锅，又或者是王安石"绑架"了皇帝，总之台谏系统经过这样一番折腾，敢说话的人，少了。

现在轮到朝廷重臣出场。曾公亮是三朝宰相，对朝廷积弊有着深刻认识，思想也不保守。他有一首诗是这样写的：

枕中云气千峰近，床底松声万壑哀。
要看云山拍天浪，开窗放入大江来。
——《宿甘露寺僧舍》

开窗放入大江来，变法初期，曾公亮给了王安石很大支持，但随着新法的实行，曾公亮觉得新法扰民过甚，态度开始有所松动。他的儿子曾孝宽却是个坚定的变法派。熙宁四年，曾孝宽提点开封府诸县镇事，相当于开封府副职，具体负责保甲法在开封府全面推开。当时正值农忙时节，乡民为了逃避保甲，甚至有自残手指者。开封府最高长官韩维考虑到京畿重地，应稳妥为上，请示朝廷避开农忙，待农闲时再把摊子铺开。作为副手的曾孝宽态度却极为坚决，他张榜七十余县，悬赏缉拿蛊惑人心者，使保甲法得以实施，韩维的请示反倒成为多余。王安石大喜过望，立即拔擢曾孝宽进入枢密院，从此进入皇帝视野，步步高升。曾公亮见到儿子受到王安石眷顾，对新法的态度从此模棱两可，既不跟着王安石唱高调，也不给王安石添堵。苏轼在私下里指责曾公亮明哲保身，曾公亮说："没办法，皇上和王安石是一个人"。

再比如参知政事王珪，这是一个油滑的老官吏，文章锦绣，任参政十几年时间，除了"取圣旨，领圣旨，已得圣旨"三句话，再无建树，人称"三旨相公"。对于想做事的王安石来说，与王珪这种"老绵羊"式的官员共事，真是既顺畅又舒坦，没有丝毫拘碍。

更多的人则是上书反对新法，王安石一概不听。前任宰相韩琦，此时任大名府长官，上书指出新成立的制置三司条例司，等于在中书省之外又出来一个中书省，同时上奏新法实施中的一些弊端。尽管韩琦说得很含蓄，但他历事三朝，两朝宰辅，说话分量自然不同，引起了宋神宗的重视，王安石立即称病在家。没想到两天后王安石再次上朝，竟然说动神宗，坚定变法的决心与信心。

按说朝堂之上争得面红耳赤，那么朝堂之下总有个探讨，有个商量。两个弟弟王安礼、王安国都曾规劝兄长，王安石不为所动。御史刘攽，曾写信给王安石，讲新法的弊端，王安石一样大怒，贬之为泰州通判。吕公弼，有人竟然偷了他的反对新法的奏稿给王安石，王安石再发雷霆，贬之为知太原府。也难怪，连《孟子》中都说："君臣之间，规劝的次数太多，一定招来羞辱；朋友之间，规劝的次数太多，一定疏远。"司马光是王安石的好朋友，但他激烈反对新法，先后十八次上书，神宗没办法，把他的职务调整为枢密副使。司马光仍然上书，皇帝说："枢密副使是管军事的，就不要参与政务的事了。"司马光于是坚决请辞，宋神宗批示同意，结果门下省拒绝发诏，宋神宗绕过门下省，把诏书亲自交到司马光手中，可见皇帝也急眼了。司马光此后十五年隐居洛阳，连门都很少出，专心写他的旷世巨著《资治通鉴》去了。

从熙宁二年开始，众多重臣相继离开朝廷，富弼、文彦博、司马光、欧阳修、张方平、吕公著、范镇、滕元发……这些人或被贬或退隐，把宋神宗和王安石撂在朝堂。

除了谏官言官和众多大臣，能够制约权力的，就只有老天爷和祖宗了。且不用管是否迷信，反正古人畏天，遇有地震、洪水、大旱，臣子们就拿出来吓唬皇帝，告诫皇帝少折腾。三尺有神明，头上有青天，人在做，天在看，走在路上摔个跟头，脱口而出的是"哎呀妈呀""我的天哪"！假如一个人什么都不怕，什么爹娘祖宗老天爷，一概不惧，那就真成了"我是流氓我怕谁"，确实谁都拿他没办法。王安石流传千古的名言是：天变不足畏，祖宗不足法，人言不足恤。这话在不同年代会有不同的解读、不同的成效。假如社会急需一场革命，比如清末民初，它是唤醒民众的武器；而在物欲横流、道德失范的年代，它也有可能成为戕害人心的砒霜。

王安石不是杰出的领导者，他是一个卓越的理财家。政治家最大的聪明，就是从来不会自作聪明。一个领导者，一旦认为自己什么都懂，是古今少见的全才，只有自己才掌握真理，那他就离谬误不远了。什么礼贤下士、慧眼识才、唯才是举，说了半天都是聚拢各种人才，为我所用——甚至是比自己强的人，甚至是反对自己的人。只有难成大事的小心眼才会搞文人相轻、嫉贤妒能那一套。宋神宗曾经问王安国，你兄长执政怎么样？王安国说："不能知人善任，聚敛太甚。"

长期以来，说到王安石变法的失败，都首先归结于触动了地主豪强的利益，归结于保守势力的抵制，其次才是新法实行中的一些问题。于是王安石成了杰出的政治家、改革家，司马光、苏轼等一大批人就成了地主豪强、保守势力的代表。经是好经，一帮人抵触这本好经，另一帮人把这本好经给念歪了。如果是背诵历史考题，这样的总结也许用得上，除此之外实在想不出还有什么其他意义。不知道王安石在生命的最后几年，是否意识到，他是一个自省能力和纠错能力都极低的一个人。

如今我们知道，这种人在几千年的中国历史中，屡见不鲜，王安石并不是最突出的一个。

4

现在朝堂上不断出现岗位空缺，活总得有人干，必须得进人。进什么人，当然是支持新法的人。反对者走了，总不能再进一批反对者。

历朝历代，凡是这种时刻，一定会激起一些人的幸进之心。这种人有几个特点。第一，他们一定会投机钻营，如饥似渴地想当官；第二，他们一定会高唱赞歌，大拍马屁；第三，他们一定会厚颜无耻，不择手段；第四，他们一定会善于伪装，满脸正义，冠冕堂皇，这一点至关重要——明明察觉这种人心术不正，但他们披着光明正大的外衣，就如同穿了金钟罩铁布衫，无懈可击；第五，在必要的时候，他们可以出卖任何人。

现在除了皇帝，已经很少有人替王安石说话，这的确很尴尬。正在这时，宁州通判邓绾上书皇帝。这位邓绾先生在奏章中说，陛下如今得到伊尹、吕望这样的宰相，立青苗法免役法，百姓无不歌颂圣泽。以臣在宁州看来，老百姓热烈欢迎新法，宁州如此，可知从宁州一路走来都是如此，以一路观之，可知天下都如此。千万不要因为有反对意见而改变决心，一定要坚决实行，捍卫新法。王安石一见大喜，立即召邓绾进京。

王安石把邓绾推荐给神宗，神宗即刻召见。神宗问起王安石、吕惠卿，邓绾均说不认识；退朝后见到王安石，高兴得如同见到老朋友。参知政事陈升之觉得邓绾很熟悉边境之事，想让他出任宁州知州。这已经是升官了，谁知邓绾毫不客气地说：

"召我来，就让我回去吗？"

人问应任何职，答曰："至少应该在馆阁任职。"

人问："可否当谏官？"

他说："正当如此。"

于是任命他为集贤校理，不久任同知谏院，成了掌控舆论的高官。有人嘲笑他赤裸裸地要官，他说："笑骂由你们，反正好官我已经当上了。"

像邓绾这种本事，不是人人都学得来的，必须把厚颜无耻的功夫练到顶级，公然说谎不脸红，马屁拍得极其自然，吹法螺吹得头皮发麻，为的是仅仅取悦一个人，其他人的感受全当不知，这样才算入门。心中但凡有一些是非之心、羞恶之心、廉耻之心，也绝无勇气面对旁人异样的目光。

李定，年少时曾求学王安石。在秀州判官任上被推荐到京师，谒见谏官李常。李常问："你从南方来，百姓如何议论青苗法？"

李定说："百姓认为很便利，没有不高兴的。"

李常说："大家都说新法不好，朝廷现在争议很大，你最好不要这样说。"

李定马上跑到王安石处打小报告："我李定只知道实话实说，不知道朝廷里竟然不允许说新法好话。"

怎么样？大家明明感觉这样做不好，可是人家理直气壮。所以这种感觉只能憋在心里，根本没法说出来，否则就有以小人之心度君子之腹的嫌疑。

王安石大喜，嘱咐他跟皇上当面说，李定马上升官，任知谏院。但是从州县佐官直接任谏官，从前没有先例，而且任谏官要通过考试才可以上任。知制诰宋敏求、苏颂、李大临为此不予草诏，结果都被罢官。同知谏院胡宗愈说："御史应由学士及宰相共同议论荐举，又须有过博士、员外郎的任职经历。李定以幕府之职又没有通过荐举，这样越级提拔大概是执政大臣的意思，如果大臣不遵守法度，那么谁又会再上言呢？"王安石大怒，把胡宗愈赶出京城，通判真州。

不久有人弹劾李定继母死后，不服母丧。今天看这根本不是个事，但在宋代是大逆不道之罪。李定解释说，他并不知道继母是他的亲生母亲。这里面确实有缘由，这位继母嫁过三次，第一次嫁人后生有一子；第二次嫁到李家为妾，生李定；后来又再次改嫁他人。李定也许真的不知道生母，而且那个时代庶出之子，生母也变成了继母，如同贾探春为赵姨娘所生，但她却活生生把赵姨娘逼成了刻薄怨毒的败家娘们。李定做了一番解释，算是有点小瑕疵，但是并没有影响他的仕途。

李定倒霉的是，几乎就在那几年，一个叫朱寿昌的人，孝行轰动朝野，天下皆知。朱寿昌和李定一样，同样是庶出，幼年时生母被遗弃。长大后朱寿昌做了官，仕途很不错，然而一直念念不忘亲生母亲。在与母亲分离后的五十年间，他四方打听生母下落，均杳无音讯，为此烧香拜佛，刺血书写《金刚经》，做了好多虔诚的事情。后来听说母亲嫁到陕西一带，于是义无反顾辞去官职，并与家人道"不见母，吾不返矣"，终于在同州找到了七十多岁的亲生母亲。原来，她离开朱家以后，改嫁他人，又生有子女数人。朱寿昌视他们如亲弟亲妹，全部接回家中供养。宋神宗得知朱寿昌事迹后，令其官复原职，苏轼、王安石等人纷纷作诗赞美。朱寿昌的孝行后来被列入《二十四孝》，今日看来，在充斥着"王祥卧冰"等虚假恶心的《二十四孝》中，朱寿昌的孝行算是比较符合人性的一个。

人比人得死，货比货得扔，这样一比较，李定的小瑕疵就被放大了。实际上李定后来把朝廷赐予的做官机会都给了同族子弟，自己的儿子都是布衣，可见人品没那么差。他的名声不好，并不是因为支持新法，而是因为几年后陷害苏轼，差点置苏轼于死地，他是一个居心险恶的害人精，并非不孝的忤逆子。

王雱，王安石之子，天资聪颖，不到二十岁，已著书数万言。王安石为了让皇上了解他儿子的才学，把王雱的文章和注释的老子《道德经》刻版印制成书，拿到市面上出售，炒作一番，把名声搞响。谁说王安石不通人情世故？这时候王安石相当有心计，绕了这么大一个弯，果然有很大成效。邓绾、曾布等人趁机极力向皇帝推荐，于是王雱进入官场。有人作诗赞父子俩：文章双孔子，术业两周公。把他们比作孔子和周公，如此肉麻的东西，王安石见后竟然大悦："此知我父子者！"

这孩子的性情一定出于王安石的遗传，自以为胸中有经世之学，刻薄乖戾，从不拿正眼看人，他后来成了一个精神病患者。新法受到抵触，他劝王安石效法商鞅，杀几个反对新法者，以便顺利推行。一次王安石与程颢讨论新法，王雱披散着头发、戴着妇人头饰从后堂出来，问父亲商议何事。王安石说新法每每被人阻隔，所以商议此事。王雱说："砍下富弼、韩琦的脑袋，枭首示众，新法就可以顺利实施了！"王安石惊恐地说："我儿子疯了。"王雱死时，才三十三岁。

王安石任用的并不都是这样的小人。梁启超在《王安石传》中，郑重其事地挨个数过去，得出结论，变法派的骨干，小人只占二三成而已。噫！我的天哪，这个比例还小吗？除了上面的三人之外，变法的主力吕惠卿、章惇、曾布被列入《宋史·奸臣传》，这固然很是冤枉，不过这仨人行事也的确不怎么样，尤其是吕惠卿，王安石的政治生涯就是被此人终结。

随着儿子的死去，新法也走进了步履维艰的境地，这时候王安石已经是五十六岁的人了，他的政策没有获得人们的理解和支持，这里面有人事的倾轧，有小人的乱政，有官吏的不作为，也有他自身的诸多不足。辞去宰相职务之后，他隐居金陵，经常一大早骑着毛驴出门。拿着一本书，歪在驴背上，前面一个老军牵着，漫无目的地走在山野田间。有时候老军落在驴后面，就成了驴牵着老军，王安石也不理睬，信驴由缰，咋走都行。饿了，从囊中拿出大饼，自己吃了以后给老军吃，老军吃了以后给驴吃，有时候遇到田间劳作的农人，也分给农人吃。这时候，大宋宰相、卑下的老军、贫贱的农夫，甚至那头驴，都没什么区别，他们都在果腹。只不过王安石的咀嚼之中，比他们多了几分苦涩和落寞。

第五章
万言书

1

苏轼兄弟二人丁忧期满,于熙宁二年二月回到京师,苏轼以殿中丞、直史馆授官告院。官告院的职责主要是掌文武官员告身及封赠,办公地点在宫中。职位不高,但是离皇帝很近,不用说前程看好。朝堂之上正热火朝天地讨论富国强兵之策,苏辙早有思考,甫一回京就上奏疏。苏辙在奏疏中说:"臣所谓丰财者,非求财以益之也,去事之所以害财者而已矣。事之害财者三,一曰冗吏,二曰冗兵,三曰冗费。"

"三冗"问题切中时弊。与王安石的生财主张不同,苏辙显然是主张"节流"。神宗一见,马上批转中书省,即刻召见,此后任命苏辙为制置三司条例司检详文字,直接在王安石领导之下推行新法。变法变什么?在中央机关层面,首先意味着要变"章程",变"打法",苏辙整日案牍劳形,忙得不可开交。

兄弟二人皆居南园,苏轼工作不忙,甚是悠闲,业余时间经常以课童为乐。苏辙先行获得皇帝召见,苏轼当然不甘于后。恰逢朝廷动议改变科举考试内容,就是专考经义,不再考文学诗赋,为此广泛征求上至宰辅、下至馆阁臣僚的意见。苏轼立即上疏，表示坚决反对。神宗素爱文学，对此事也有疑虑，于是即日召见，垂询治国良策。苏轼说："以陛下天纵文武之姿，不患不明，不患不勤，不患不断，但患求治太速，听言太广，进人太锐，愿陛下安静以待物之来，然后应之。"

即便是今天看来，苏轼的"三患三不患"，也是有着深刻历史内涵和现实意义的。历史上急躁冒进之时，无一例外，全都是国家吃大亏、人民遭大难之日。汉高祖刘邦，当了皇帝刚两年，就想驱逐匈奴于塞北。他也不想想，他刘邦即位时，连相同颜色的几匹马都凑不齐，将相乘牛车，拿什么跟匈奴骑兵对着干？若不是贿赂单于阏氏，被围困七天的汉军能不能全身而退都是问题。汉武帝刘彻从十六岁登极，闷头训练适合闪电战的骑兵，集中全国财力，把文景两朝积累的财富都掏空了，打了十四年才赶走匈奴。到唐朝时，唐太宗干脆在突厥兵临长安时亲自出城与之会盟，给钱了事，史书上写得模糊隐晦，把颉利搞成了一个可怜的要饭花子，李世民成了慈悲施舍的天朝可汗。

北宋的天时地利远远比不上汉唐，立国之初已少了燕云十六州这一屏障，首都直接面临北方威胁。宋真宗御驾亲征，与契丹议和澶渊。当时宋真宗派曹利用去与契丹会谈，曹利用要求皇帝给个底线，宋真宗说不能超过一百万缗。寇准把曹利用拽到一旁，说："虽然皇上答应了一百万，但是如果超过三十万，我就砍你的脑袋。"曹利用回来后，伸出三个手指头，宋真宗以为是三百万，喃喃地说实在太多了，得知是三十万，天哪，实在是太划算了。没错，自此换来将近七十年的和平，开始了北宋的辉煌。所以说卧薪尝胆不是说说而已，那是既要隐忍不发，又要闷头有所作为。不是大政治家玩不了韬光养晦，而清流的冲冠一怒，很多时候就是愤怒青年的咋咋呼呼，根本谈不上治国之道。

新官上任三把火，何况是急于有所作为的年轻皇帝。神宗这把火已被王安石烧起来了，王安石把一场小火慢炖的渐进的改革，搞成了煎炒烹炸式的剧烈颠簸，恨不得立即集中全国财富，逐契丹于漠北。神宗兴致勃勃回到后宫，跟太皇太后讲自己收复燕云十六州的梦想，太皇太后曹氏说："要是那么容易就能办到，太祖太宗早就收回来了。"几年以后，新法搞得天怨人怒，太皇太后和太后痛斥王安石乱天下，神宗的弟弟歧王也帮着老太太说话，神宗生气地说："我干不好，那么你来当这个皇帝！"一家人不欢而散。

所以苏轼这番议论，除了让神宗感觉言之有理、一片赤诚以外，并没有动摇他的决心，不过他还是想立即重用苏轼。他不是个糊涂皇帝，他也知道朝堂之上有几个唱反调的人有好处。谁知王安石得知苏轼获得召见，立即觐见皇帝，问这问那，极为详细。

皇上，您召见苏轼所为何事？

皇上，苏轼都跟您说什么了？

皇上，您是否有提拔苏轼的意图？

神宗说想用苏轼修中书条例。王安石说：这种事大臣不愿意干，小臣又干不了。陛下用人，还是要再三考察，如今只见到苏轼上书文字，还得要看他做的实事如何，现在恐怕不宜骤然使用。彼时干部任用就是这样，宰相有不同意见，皇帝也得掂量掂量，何况神宗已经彻底被王安石这个拗相公给拿住了，于是只能搁置下来。

同年六月，朝廷命举荐谏官，张方平推荐苏轼，未果。

范镇举荐苏轼为谏官，未果。

八月，国子监举人考试，苏轼为考官。苏轼所出策题为：晋武平吴以独断而克，苻坚伐晋以独断而亡，齐桓专任管仲而霸，燕哙专任子之而灭。事同功异，何也？晋武帝司马炎独断伐吴，统一全国，三国归晋；前秦苻坚不听劝谏讨伐东晋，淝水之战被谢安大败；齐桓公信任管仲成为春秋五霸；战国时燕国王哙让位于子之，造成天下大乱，为什么有的君王独断专行、专任一人能成就霸业，而有的却败亡了？这一考题紧贴时政，而且明显针对王安石变法，王安石见到这样的题目，又一次大怒。

十月，司马光举荐苏轼为谏官，未果。

十一月，神宗欲用苏轼同修起居注，再次被王安石所阻。王安石趁机建议皇帝，任命苏轼为开封府推官，相当于法院院长，等于从中央挪到了地方，远远地撇在一边了。

现在，朝堂上分为明显的两大阵营。张方平、范镇是苏家世交，欧阳修是苏轼老师，谏官钱公辅、孙觉、李常、刘恕，都是苏轼的好友。不要说他们的政见与苏轼有相同之处；他们的辞官或贬谪，也会博得苏轼的同情；他们对王安石本人的品鉴，当然也会影响苏轼。

《古文观止》中有一篇苏洵的《辨奸论》，其中写道："夫面垢不忘洗，衣垢不忘浣，此人之至情也。今也不然，衣臣虏之衣，食犬彘之食，囚首丧面，而谈诗书，此岂其情也哉？凡事之不近人情者，鲜不为大奸慝……"说洗脸洗衣服都是人之常理，有的人穿得破破烂烂，吃的是狗粮猪食，这种人竟然还谈诗书，肯定是大奸大恶。一见便知，这是大骂王安石。后人考证，此文是后人假托苏洵所作，不过苏洵在京那几年，与王安石关系很差，也是事实。张方平同样看不起王安石，他曾经与王安石一同担任举人考试考官。王安石一入贡院，什么事都想变乱更易，老资格的张方平很是讨厌，从此对他不再理会。

又比如范镇上书："说青苗法有成效的人，不过是一年得到上百万钱而已，这些钱不出自天，不出自地，不出自建议者家里，全部出自百姓那里。"据苏轼在《范景仁墓志铭》中记载，范镇上书说："陛下有纳谏之资，大臣有拒谏之计，陛下有爱民之性，大臣用残民之术"。王安石见后大怒，气得双手发抖。范镇辞官退朝之后，苏轼向他祝贺："你虽然辞官，但是名声更响了。"范镇说："天下人受害，而我得名声，有什么可高兴的！"苏轼的举动，简直相当于一个捣蛋学生被老师撵出课堂，而下课后几个小伙伴给他鼓掌，想想吧，老师是什么心情！

再比如钱顗，被贬官后怒斥同僚孙昌龄："只因为你在金陵做官时巴结王安石，经过他的推荐，你才当上御史。如今一心一意逢迎附会，不思为国效力，在我眼中你猪狗不如！"说完拂袖而去。苏轼三年后写诗赞曰：

乌府先生铁作肝，霜风卷地不知寒。
犹嫌白发年前少，故点红灯雪里看。
他日卜邻先有约，待君投绂我休官。
如今且作华阳服，醉唱侬家七返丹。
——《钱安道席上令歌者道服》

乌府就是御史台，诗中不但称钱顗肝胆是铁做的，而且说将来你扔了官印，我也不做官了，和你比邻而居。苏诗一出，钱顗遂得"铁肝御史"名号。

舆论这东西很奇怪，它就像一阵风，看不见，摸不着，但分明能感受到它的存在，有时候吹皱一池春水，有时候也能掀起大浪。据说范镇、苏轼等人游一寺庙，有人作《假山诗》：

> 安石作假山，其中多诡怪。
> 虽然知是假，争奈主人爱。

把王安石的名字都嵌了进去。这首诗被安在了苏轼头上，是否真的是苏轼所作，已不重要。即便是他人所作，你苏轼经常和这些人混在一起，你什么立场？只能说明你苏轼和那伙人是一党的！于是，苏轼这时候已经成了与变法派异路之人，被王安石打入另册了。

2

苏轼对官场上察言观色、明哲保身那一套一窍不通。他在几天前刚刚称赞王安石编纂的《英宗实录》为国史之冠，几天后就上书皇帝陈述新法不便，过些天又再次上书。这两次长篇大论，洋洋万言，言辞激烈，比宰辅重臣还要敢说，尤其第一篇《上神宗皇帝书》，如同平地惊雷，响在朝堂。晚清曾国藩作为文章大家，曾从作文的角度，反复分析鉴赏这篇奏章。

苏轼劝谏皇帝三项内容：结人心，厚风俗，存纲纪。

所谓结人心，就是不能与民争利。用将近六千字的篇幅，阐述青苗法、免役法、市易法可能出现的种种弊端，这些内容在前面我们已经大略说过，不再啰嗦。苏轼的核心观点是：国家之所以存亡者，在道德之浅深，不在乎强与弱；历数之所以长短者,在风俗之厚薄,不在乎富与贫。这句话历来被人们重点解读,认为是苏轼与王安石政见分歧之所在,也是苏轼年轻幼稚加保守落后的佐证。我们却认为需要具体问题具体分析,因为在洋洋六千言中,有不少更鲜活的内容:一是苏轼认定官府必定会说了不算。他举了两个例子,从前官府于东南地区采买绢丝,本来给现钱,后来失信改为以食盐兑现;招募义勇,本来白纸黑字,说这些人永不戍边,后来亦失信;由此预测青苗贷款,说是不许强迫,但实行中必然会走样。国家这么大,这里遭灾,那里缺粮,那边闹匪,钱粮役经常捉襟见肘,谁敢保证不会有任何调整或是人为跑偏?二是苏轼的一些看法并不全对。比如雇役法,差役是义务出差,不给钱;雇役是要给钱的,实施中证明这是新法中的善政。再比如衙前役,即运送官物钱粮之役,如有失手,则要追责赔偿,因此当时如抽派服衙前役,乡之富民,立即穷困。苏轼在陕西凤翔任职时曾上书建议改善衙前,新法改为支付劳务费用,比从前大为改善。此后几年苏轼到基层被现实所感,改变了一些偏见。三是奏疏时间。这篇奏疏正文中写明是"熙宁四年二月某日,殿中丞直史馆判官告院权开封府推官苏轼,谨昧万死再拜上书皇帝陛下……"而诸多史料定为熙宁二年十二月所上。不要小看这一年多之差,熙宁二年很多新法还没有铺开,苏轼这时候提出的新法弊端,就完全是预见。如果真是这样,那么苏轼的洞见是惊人的。

所谓厚风俗,就是不能给钻营躁进之人以可乘之机,不要进人太快,不能开骤进之门。苏轼毫不客气地指出,近年"朴拙之人愈少,而巧佞之人益多",就是因为那些善于揣摩迎合上意的人,常有意外之得,遂使轻易升官的,并没有感到侥幸,反而认为是自己应得的;而原地踏步的,却有沉沦之意,再也没有积极性。自古治国之要，在于用人，皇帝最难做的工作就是选择既贤且能的人，可是谁是君子、谁是小人，本不易区分；政治人物，更是不能用单一的君子、小人一元论来评判。王安石的一些用人失察，遂使朝堂成为道德审判庭，此后"君子、小人"之争愈演愈烈，尽管那时候王安石已死，但他仍然难逃干系。

所谓存纲纪，就是发挥好台谏官作用。

台谏制度是一种重要的监督手段，他的监督对象是谁呢？是从宰相到各部的执政系统。一句话，台谏官就是皇帝的眼线、耳目、喉舌。

古代社会，谏官是风险极高的岗位，从秦汉到五代，谏官因劝谏得罪而死的有数百人。但宋朝从来没有过分开罪过谏诤，纵然稍有惩处，马上又得到提拔。比如前面说到的吕诲，曾激烈弹劾韩琦、欧阳修，双方互不相让地死掐，仁宗想和稀泥，欧阳修不答应，说："皇上如果认为我们有罪，那么就该降罪，不能没说法。"自然，后面隐含的话是："如果认为我们无罪，那就应该降罪吕诲。"仁宗留下了欧阳修，只有贬走吕诲，但又特意交代，不要处罚太重，没多久又升迁了。

御史中丞为正三品，级别并不高，但是宋代的宰相多是从御史和谏官中拔擢，宋代任过宰相（或副宰相）的如吕夷简、晏殊、范仲淹、庞籍、司马光、吕公著、苏辙等都有台谏任职经历。

苏轼在上书中说，谏官"言及乘舆，则天子改容，事关廊庙，则宰相待罪"，并非虚言。据记载，北宋开国初期，有御史弹劾宰相赵普抢占老百姓宅地，收受贿赂。赵匡胤大怒，命令把御史拖出殿外。冷静了一会儿后，又把御史招进来，告诉他容赵普以后改正,"后当改,姑赦汝,勿令外人闻也"。皇帝离不开赵普,又不能责罚御史。赵匡胤能降低身段跟御史咬耳朵,算是少有的英主了。

仁宗时期,一帮僧人在大内做道场。仁宗听见管乐声过来观看,吩咐"各赐紫罗一疋"。僧人纷纷致谢。仁宗说:"明天出宫门的时候,把东西揣怀里,别让人看见,以免谏官来找我理论。"送和尚几件布料,都怕台谏官絮叨,能做到这一点,也没几个人。

台谏官有这样大的权威,因此仁宗时期,就有人讥讽宰相一切都听台谏的,暗含的意思是台谏官权力太大。对此苏轼阐述说,台谏官未必都是贤人,说的也未必都对,但是必须要养其锐气,赋予重权。为什么呢,是因为要借此强化权力制衡,避免绝对权力。苏轼说:

> 夫奸臣之始,以台谏折之而有余,及其既成,以干戈取之而不足。今法令严密,朝廷清明,所谓奸臣,万无此理。然而养猫所以去鼠,不可以无鼠而养不捕之猫。畜狗所以防奸,不可以无奸而畜不吠之狗。陛下得不上念祖宗设此官之意,下为子孙立万一之防,朝廷纪纲,孰大于此?

苏轼说,那些刚刚开始作奸犯科的,台谏官就可以弹劾之;等到他真的成了大奸大恶,大动干戈都未必能收拾得住。今天我朝政治清明,法令严密,没有奸臣,但是养猫是为了抓耗子,不能因为没有耗子而养不抓耗子的猫;养狗是为了防盗,不能因为无盗而养京巴哈士奇。朝廷纲纪,以此为大。针对朝廷对台谏系统的打压，苏轼直截了当说出自己的担心：

> 臣恐自兹以往，习惯成风，尽为执政私人，以至人主孤立，纪纲一废，何事不生。

苏轼在王安石变法中同样是一个重要的维度，单纯说苏轼思想保守落后，这是不全面的。在这篇奏疏中，苏轼对政局走向做出了精准的预言，诸如"习惯成风，尽为执政私人，以至人主孤立"云云，几乎全都变成了现实。从改革实施过程来看，苏轼及众多反对者的建议，在后来的改革中得到了一些采纳；而改革的一些积极措施，后来也得到了苏轼的认同。改革是一个过程，是一个不断调整、不断纠偏的过程，可惜大宋王朝的执政者是个自以为是的"拗相公"，改革中的调整完善实在是杯水车薪，远远解决不了突出问题。

3

苏轼上了万言书，憋了好久的话说了出去，一身轻松。闲暇时候，经常到表兄文同处，参详书画，诗歌唱答。文同是海内知名的画家，最善画竹，为人豪爽大方，毫不吝惜画作，有了作品随手送人。名声越来越响，登门者接踵而至，有的人甚至拿来上好的绢素索画。文同债台高筑，不但体会不到作画的乐趣，而且成了负担，终于烦了，遇到不识相者献上好绢限时索画，他把绢扔在地上大骂："我要用这东西织袜子！"

人们经常以为，书画家写个字，画张画，那还不是胸有成竹，一挥而就，其实大错特错。这个"胸有成竹"的主人，恰好就是这个文同——那是苏轼夸赞这位表兄画竹的。书画是艺也是技,但不是杂技,杂技是要当众表演的,书画是要审美观照、静心为之的。写字画画一旦成了任务、成了现场出演,那就失去了书画的本真。本人曾遇一老者,当众挥毫,龙飞凤舞,边写边说:"有些所谓的名家,根本不敢当众写字,我就不怕,随便看!"看了三秒钟,嗯,杂技选手。

识字写字这种事,可以统称为学养,文人一辈子显摆的,就是这点事;进而妄图把这点本事卖与帝王家,用于治理国家,博他个封妻荫子,然后归老田园,这一圈走下来,人生才算圆满。而这一圈,却是很不容易走。

> 人生识字忧患始,姓名粗记可以休。
> 何用草书夸神速,开卷惝怳令人愁。
> 我尝好之每自笑,君有此病何年瘳。
> 自言其中有至乐,适意无异逍遥游。
> ——苏轼《石苍舒醉墨堂》

苏轼说,人哪,识字以后,烦恼就多了,如果仅仅是会写个姓名,那该有多省心。现在的人不但识字,还搞什么书法,写草书,让人不认识,玩这些东西图什么呀?其实这里面大有文章,那就是"适意无异逍遥游",人生贵在适意,务使精神挣脱束缚,是为逍遥。

身处官场,还妄图逍遥,这是很天真的想法。苏轼知道自己的这种性格容易惹事,说每遇不入眼的事情,总是"如食中有蝇,吐之乃已",但他从来没想过要改正。牢骚话说了,万言书上了,但是改变不了好友一个个被贬的现实,他能做的只有一个个地饯行，赠诗，劝慰。

> 君不见阮嗣宗臧否不挂口，
> 莫夸舌在齿牙牢，是中惟可饮醇酒。
> 读书不用多，作诗不须工，
> 海边无事日日醉，梦魂不到蓬莱宫。
> ——《送刘攽倅海陵》

阮嗣宗就是阮籍，这家伙终日饮酒，其实也是为了避祸。司马昭打算让儿子司马炎娶阮籍的女儿，以为阮籍肯定会答应，没想到阮籍得知后，大醉六十余日，求婚者始终没有得到机会。然而阮籍终究也有躲不过去的事。司马昭封晋公加九锡，群臣这种时候应借机劝进，得写文章，这件事落在了阮籍头上。阮籍被人扶着援笔而书。两个月后，阮籍去世。

在熙宁三年与堂兄苏子明的信中，苏轼说："近日不行青苗者，虽旧相不免。弟若出外，必不能降意委屈随世，其为齑粉必矣。以此，且未能求出，聊此优游卒岁耳。"

可以看出，苏轼这时候还不想离开朝廷，他是担心外任后执行新法不利而给自己带来麻烦。然而他不知道，他的上疏犹如一颗惊雷炸响在朝堂，他的言辞太激烈、太不客气，不但历数新法弊端，而且从政治体制上向变法开炮。王安石明显感到来自苏轼的压力，尽管这个年轻人比自己小十六岁，官职也低微，但是他有才学，名气太大，早就进入了皇帝视野。这种情况下，苏轼招致反击，是必然的了。

果然，事情来了。熙宁三年八月，侍御史谢景温弹劾苏轼在丁父忧期间，往还乘舟贩卖木材、私盐。王安石即刻与神宗商讨。神宗不是个糊涂虫，他知道谢景温是王安石的妹夫，此前曾经轻描淡写地说："谢景温全是卿羽翼。"故对此事不置可否。

此后谢景温广泛搜罗证据，甚至逮捕了当时的艄公、篙手，调查好久，也没有找到真凭实据。神宗虽然不信，但毕竟心里不放心，趁司马光奏对时，问道："苏轼这人看来不行啊，他父亲去世的时候，韩琦赠银三百两他不要，反倒趁回老家时贩卖私盐和木材瓷器。"

司马光说："这种事还是要体察其情。苏轼贩卖所得那点小利，岂能有赠银那么多？王安石素来不喜欢苏轼，陛下岂不知这是他以姻亲谢景温攻击苏轼？苏轼就是再差，总比不服母丧的李定要好吧？"神宗点头称是。

御史弹劾，尽管没有真凭实据，毕竟非同小可。苏轼深感人心险恶，再也不愿在是非之地久留，于是上疏请求外任。

神宗本拟放苏轼知州，但中书省不同意，改为通判颍州。从苏轼嘉祐六年任凤翔签判以来，已历十年，担任知州是够格的。对中书省的意见，神宗采取了折中的办法，大笔一挥，改为通判杭州。杭州是天下富庶之地，副职也要求是知州的资历，显然皇帝是心有眷顾的。

熙宁四年七月，苏轼携夫人王闰之和十三岁的长子苏迈、两岁的次子苏迨离开京城。这时苏辙已经因为反对新法脱离了王安石的工作团队，跟随张方平出任陈州（今河南周口）教授。苏轼在陈州呆了七十多天，才与苏辙一起继续南行，到达颍州（今安徽阜阳），看望老师欧阳修。

欧阳修致仕后在颍州定居，日子过得很悠闲，自号六一居士，即一张琴、一局棋、一壶酒、一万卷书、一千卷金石佚文，加上自己一个老翁，故曰六一。这是苏轼与老师的最后一次相见，第二年欧阳修就去世了。从此，北宋文学盟主的重任，就放到了苏轼肩上。

在陈州期间，兄弟俩专程拜访恩师张方平。老头子特意作诗送行：

> 趋时贵近君独远，此情于世何所希。
> 车马尘中久已倦，湖山胜处即为归。
> 洞庭霜天柑橘熟，松江秋水鲈鱼肥。
> 地邻沧海莫东望，且作阮公离是非。

且作阮公离是非，同样是劝苏轼学阮籍！这老头子实在是太可爱了——如果他看了苏轼送刘攽的诗，一定会捻须大笑！

另一个好友毕仲游说的更为深刻到位，他在给苏轼的信中说：

> 夫言语之累，不特出口者为言，其形于诗歌，赞于赋颂，托于碑铭，著于序记者，亦言也。官非谏臣，职非御史，而非人所未非，是人所未是，危身触讳以游其间，殆由抱石而救溺也。

你苏轼既不是谏官，又不是御史，议论新法根本不是你的职责。如今不但到处乱说，还上什么万言书，这简直是抱着石头下河去救溺水之人。苏轼这时候还不知道，一切都被毕仲游言中了。

表哥文同也有信来，中有诗句：

> 北阙南来休问事,
> 西湖虽好不吟诗。

这已经是第三个劝说自己的人了。苏轼哈哈一笑,带着诸多好友赠送的极品笔墨纸砚,辞别子由一家,一身轻松地上任去了。此去杭州,他非但不会闭嘴,而且要大书特书,否则怎能对得起那水光潋滟、那烟雨蒙蒙呢!

第六章
佛道诗禅

1

苏东坡是个喜欢水的人,老天爷知道他这一喜好,于是让他一生与水结缘。"我家江水初发源"[①],他从小受岷江滋养,长大后又三次领略长江壮美和三峡风光。从那时起,每到一处,苏轼必定用水来营造自己的世界,在凤翔,他曾疏浚东湖,寻访终南湫水;在黄州,他扁舟短棹,沉醉浩荡江声;就是在晚年的流放之地,仍然是贴近江海。这其中最富有高风远韵的,莫过于杭州西湖。

东海怒潮,惊涛拍岸,在二百里宽的杭州湾左冲右突,硬是撕开了一个狭长的口子。由西向北是山,由西向南也是山,山不转水转,水转到山里面,就弯出了一湖平静的碧波。钱塘江恰好在旁边入海,他开始在这副娇容前驻足流连,泥沙逐渐沉积,上升为陆地。这湾水越发受宠,青山环抱,轻托着她;山雨如注,轻吻着她;地下有泉,滋养着她。那水越发纯净,珠圆玉润,若练若镜,水韵冰清。一千年梦寻楼台舞榭,三十

---

① 苏轼《游金山寺》。

里水韵烟敛云霏。这,就是西湖了。

苏东坡与西湖的结合,是最完美的联姻;苏东坡装点了西湖,西湖升华了苏东坡。如果没有东坡,西湖,乃至杭州,乃至钱塘,乃至东南江山风物,一定会减色很多。

苏轼于熙宁四年十一月到达杭州。太守是陈襄,也是反对新法的重量级人物。王安石本想把他赶出朝廷,宋神宗不同意,于是改为知制诰、直学士院。后来王安石抓住他草诏中的小过失,到底还是把他挤走了。杭州官长的官邸安排在凤凰山,这是杭州风景最佳的去处,下临西湖,南望钱塘江,群山屏绕,画舫渔舟,出没烟波,人间仙境。南朝四百八十寺,多少楼台烟雨中。[①]杜牧并没有过多夸张,东南向来是佛教集中之地,五代以来,杭州建有寺庙将近三百座,庙宇参差,晨钟夕梵,给西湖平添了许多诗情禅意。

杭州是东南第一大都市,东南形胜,三吴都会,钱塘自古繁华[②],柳永的《望海潮》,描绘了一个令人垂涎欲滴的杭州。生在北宋的杭州,应该是当时世界上最幸运的人。杭州城介于钱塘江和西湖之间,遇到重大节日或者赶集日,州人倾城出动,围绕西湖大做文章,湖心亭、昭庆寺、陆宣公祠,到处都是街市。有房的开店,没房的摆摊;有钱的搭棚,没钱的散放。但见寺庙山门内外、甬道两旁、池水左右,熙熙攘攘,卖古董的,卖珠宝的,卖胭脂簪钗的,卖木鱼佛珠的,林林总总,五花八门。僧侣与美女同行,学士与脚夫共路,昔日的庄严宝刹、世外仙源,这时候全都落入人间繁华。

---

① 杜牧《江南春绝句》。
② 柳永《望海潮》。

西湖是诗人的天堂，诗人是西湖的恋人。白居易任杭州太守时，遇有贫民犯法者，就罚在西湖种树；富人有赎罪者，则令其在西湖开垦田亩，历经多年，湖面拓展，树木成荫。

> 孤山寺北贾亭西，水面初平云脚低。
> 几处早莺争暖树，谁家新燕啄春泥。
> 乱花渐欲迷人眼，浅草才能没马蹄。
> 最爱湖东行不足，绿杨阴里白沙堤。
> ——白居易《钱塘湖春行》

对西湖最为痴绝的，要数北宋的林和靖。这人一生独身，隐居于孤山，拒绝出来做官，种梅养鹤，人称以梅为妻，以鹤为子。明代文学家袁宏道很推崇林和靖，他到西湖，曾写了这样一段话：

> 孤山处士，妻梅子鹤，是世间第一种便宜人。我辈只为有了妻子，便惹许多闲事，撇之不得，傍之可厌，如衣败絮行荆棘中，步步牵挂。
> ——袁宏道《孤山小记》

袁宏道的嘴实在刁蛮，说什么有了老婆就撇之不得，傍之可厌，像穿着败絮，走在荆棘丛中，今日女士看到这句话一定会愤愤不平。也许袁宏道当时正与老婆闹别扭，从而羡慕起单身汉林和靖来了。

林和靖有一首著名的咏梅诗：

众芳摇落独暄妍，占尽风情向小园。
疏影横斜水清浅，暗香浮动月黄昏。
霜禽欲下先偷眼，粉蝶如知合断魂。
幸有微吟可相狎，不须檀板共金樽。

——《山园小梅》

历代咏梅诗极多，必以此诗为冠。有人问苏轼："疏影横斜，暗香浮动，这些用来咏桃咏李咏杏，应该都是可以的吧？"苏轼说："可以倒是可以，但恐怕桃李杏不敢承当。"满座大笑。所谓"红杏枝头春意闹"[①]，桃李杏争奇斗艳，而梅花自是不屑与之争，这才是孤标傲世者所感所敬所爱的啊。

所以景都是一样的景，但是投射在人们心中的镜像并不相同；今天西湖还是那个西湖，但是人已经不是那些人了。今日我们带着任务去旅游，用照相机捕捉景色，用手机纪念行程。心中有杂质，有渣滓，有淤塞；眼中无性灵，无感动，无闪回。尘世的喧嚣体现在门票之中，人间的烦躁堆积于断桥之上，没有一个安心之处，没有一个安宁时辰。

明代陈继儒说："西湖有名山，无处士；有古刹，无高僧；有红粉，无佳人；有花朝，无月夕。"他的怅然有失，恰好反衬了苏轼流连西湖的情境。

西湖的诗情画意，需要静心去品味。州中举行士人考试，苏轼被派监试官，得闲二十多天，每日在中和堂、望海楼闲坐，渐觉快适。人这一生，实在没有几个快乐日子。古罗马皇帝甚至说，自己一辈子只有十三天真正属于自己的时光。乾隆

---

① 宋祁《玉楼春·春景》。

皇帝的三希堂，斗室之中，一张炕桌，放几卷书画。故宫房间九千九百九十九间半，只有这方寸之地才真正是属于他自己的空间。真正的隐士是极少极少的，我们都是滚滚红尘中人，既非居庙堂之高，亦非处江湖之远。大隐隐于朝，中隐隐于市，小隐隐于野，在庙堂与江湖之间，能够闹中取静，有片刻闲逸，也是难得的奢侈。苏轼宿于湖边，每日临风远眺，看晨光熹微，月夜黄昏，山岚染色，积翠凝蓝，真有些乐不思蜀的感觉，眉山人或许会有些不高兴的。此所谓逸西湖，乃一乐也。

> 未成小隐聊中隐，可得长闲胜暂闲。
> 我本无家更安往，故乡无此好湖山。
> ——《六月二十七日望湖楼醉书》其五

西湖的雨，一般都是偷偷摸摸地下。仿佛是仲夏，阳光有些暧昧，湖水澄明而静净，荷花浮在水面，露珠圆润透明。不经意间，霏霏的雨悄然飘落，散入湖中无声无息。湖水感觉不到雨的存在，那绿叶、那花儿也感觉不到雨的存在。细雨洗去微尘，露出俏丽的面庞，那艳艳的红，那淡淡的紫，那亮亮的绿，每一种颜色都是她的本真，都包含一种动人的梦忆和美丽的联想。远处的群山、峰峦、庙宇，都笼罩在一片朦胧雨色之中，如蹙眉，如愁怨，如清梦。如果嫌这样的雨过于温润，那么黑云压城，脚底惊雷，则给人带来惊狂。远望钱塘江，仿佛九天黑云低垂，四海之水皆立，又如文士泼墨，肆意挥洒。暴雨如注，像水帘，像箭镞，像水幕，天水相连，如遮似蔽。已而烟消云散，雨过湖平，啄木鸟藏在树间，发出几声干笑，嘲弄躲在亭台之下的游人。西湖的确恰如一位美女，而她成为西子,是因为雨,也是因为眷恋她的诗人。此所谓雨西湖,乃二乐也。

  水光潋滟晴方好,山色空濛雨亦奇。
  欲把西湖比西子,淡妆浓抹总相宜。
        ——《饮湖上初晴后雨》

  黑云翻墨未遮山,白雨跳珠乱入船。
  卷地风来忽吹散,望湖楼下水如天。
      ——《六月二十七日望湖楼醉书》其一

  月色西湖才是最迷人的。邀两三个好友,月夜泛舟,别是一番韵味。天光云影,层林五色,就在夕阳下山、欲落未落之际;四时幽赏,花态柳情,就在月上柳梢、欲上未上之时。过玉莲亭,折而向北,到缆舟亭,楼船鳞集,高柳长堤。由此登船,向东是玉凫园,这里是湖水一角,极为清幽,舟楫罕到。水木苍翠,鸟宿其间,小舟到处,缭乱了她们的清梦。似睡非睡地靠在船头,苍郁的山峦在船舷摇荡起伏,船底是脉脉的流水,远处传来佳人浅酌低唱,真不知道此身何处。月光映出一片空蒙无边的世界,朦胧就是诗境,如梦幻,如雾霭,如印象。看透了则无趣,看不见才有味,如同作诗作文,话只说七分,留三分让人去咀嚼。所以还是别声响,就这样静静地倚着,不必刻意去看,也不必刻意去听,更不必刻意去想,让时光长久地凝结于此等情境之中。此所谓月西湖,乃三乐也。

  放生鱼鳖逐人来,无主荷花到处开。

水枕能令山俯仰,风船解与月徘徊。
——《六月二十七日望湖楼醉书》其二

娟娟云月稍侵轩,潋潋星河半隐山。
鱼钥未收清夜永,凤箫犹在翠微间。
——《与述古自有美堂乘月夜归》

或者,有好友,有高僧,有歌姬,或登画舫楼船,或散坐于湖心亭,把酒临风,诗词唱和。太守与民同乐,周边游船如织,人声鼎沸,觥筹交错,直到更交二鼓,才逐渐散去。月色苍凉,树影婆娑,醺醺然,陶陶然,乃归。独乐乐不如众乐乐,此所谓醉西湖,乃四乐也。

我饮不尽器,半酣味尤长。
篮舆湖上归,春风吹面凉。
行到孤山西,夜色已苍苍。
清吟杂梦寐,得句旋已忘。
尚记梨花村,依依闻暗香。
——《湖上夜归》

真正的旅行乃是心游,我们没必要用镜头看待世界,不需要把一帧帧画面存入硬盘,我们需要将心注入,用心存储,让心灵的空间无限。西湖已经成为苏轼永久的记忆,外出办差两月,就急不可耐地写诗寄太守,直到二十年后,仍然时常忆起那山、那泉、那寺、那僧。此所谓忆西湖,乃五乐也。

予曰,此西湖五乐,乃苏轼所独有;便是长居于此的诗僧隐士，亦未必俱得之。即使偶有所感，而无苏轼相伴，亦必怅然有失了吧。

2

几年前因反对新法被贬的几个倒霉蛋，也是苏轼的好友，现在都在东南一带。孙觉、李常先后任职湖州，孔文仲在台州，陈襄在杭州任知州，钱颛在秀州，这些人经常在政务之余，互相造访，结伴而行，共赏东南形胜。也是在这一时期，苏轼开始填词。

词，本来自民间。打个比方，词就是流行歌曲；诗就是严肃音乐。悦耳的声音连成旋律，就是音乐，哪里还用分什么严肃和通俗，没办法，辞难达意，这是语言的缺陷。如同今天的流行歌曲一样，凡是男男女女的风流韵事、相思爱恋、离愁别绪，这些不好意思用诗来表达的，都成为词的重要题材。文人作诗，讲究温柔敦厚，怨而不怒，哀而不伤，词不用管这些，所以词在一定程度上就是当时俗文化的代表。宋代填词成为时尚，逐渐进入了士大夫的创作领域，实现了雅俗共赏，但是它仍然没有达到诗的地位，因此被称为"诗余"，作诗之余才轮到词。元代又有了曲，表达范围更加广阔，但只能被称为"词余"。宋词的传播与繁荣，与一个特殊群体关系极大，那就是歌妓。

宋代奢靡享乐之风大盛。赵匡胤杯酒释兵权，跟开国将军们说："人生驹过隙耳，不如多积金帛田宅，以遗子孙，歌儿舞女，以终天年，君臣之间，无所猜嫌，不亦善乎？"皇帝都这么说，大臣们自然会及时行乐，搞得文恬武嬉。寇准、晏殊这样的重臣，都是日日笙歌，欢饮达旦，极尽奢华，皇帝不但不管,还很支持。晏殊的"无可奈何花落去,似曾相识燕归来",不过是富贵闲人在繁华过后的浅吟低唱罢了。宋庠、宋祁是兄弟俩,年轻时家境贫寒,中进士后始得富贵。兄弟俩比邻而居,宋祁家里终日歌舞喧嚣,诗酒宴乐,宋庠劝兄弟节俭一些,不要忘了过去寒窗苦读的日子。宋祁说:"请问,我们当年寒窗苦读,是为了什么?"宋祁的回答,可以成为他一首著名词作的绝佳注脚:

东城渐觉风光好,縠皱波纹迎客棹。绿杨烟外晓寒轻,红杏枝头春意闹。 浮生长恨欢娱少,肯爱千金轻一笑。为君持酒劝斜阳,且向花间留晚照。

——《木兰花》

宋代奢靡之风的另一个重要体现就是蓄养歌妓,连官府和军营都有官妓和营妓,杨元素到杭州任太守,苏轼带领官妓去苏州迎接;陈襄离任,苏轼代歌妓作词送行。宋代有规定,官妓只能侍奉歌舞宴乐,不得陪宿。然而规定是规定,实际上北宋名臣晏殊、欧阳修等人都有与官妓私下往来的记录。

欧阳修在钱惟演幕府时,钱惟演非常喜欢欧阳修的词,欧阳修总是推托不作。一次钱惟演举办宴会,欧阳修与一位相好的官妓迟到了。钱惟演问为什么迟到,女孩说金钗找不到了,因此耽搁了时间。钱惟演说你求欧阳修作一首词,我赏你一个金钗。于是欧阳修提笔一挥而就:

柳外轻雷池上雨,雨声滴碎荷声。小楼西角断虹明。阑干倚处,待得月华生。 燕子飞来窥画栋,

> 玉钩垂下帘旌。凉波不动簟纹平。水精双枕,旁有堕钗横。
>
> ——《临江仙》

士大夫与歌妓,两个地位悬殊的群体,在诗词歌赋、书画音乐方面找到了交汇点。清代扬州八怪之一的金农在《冬心集拾遗》中记载:"昨日写雪中荷花,付棕亭家歌者定定。今夕剪烛画水墨荷花以赠临庵老衲。连朝清课,不落屠沽儿手,幸矣哉。"

这个定定,显然是富贵人家养的歌妓,金农把歌妓与高僧并举,看不起乍富小民如屠狗沽酒的刘邦、樊哙等一众俗人,很有宋人遗风。

对男女情爱的沉湎与渲染,道学家会很不高兴。比如汉代的京兆尹张敞,这人下朝回家喜欢给老婆画眉。有人竟然上奏皇帝,认为这种事有伤风化。张敞说:"闺房之内,夫妇之私,有甚于画眉者。"说得理直气壮,皇帝也认为有理,并未斥责。程朱理学的代表人物、苏轼的同年进士程颢,有一次与弟弟程颐同赴酒会,主人遣歌妓陪侍,程颐正襟危坐,目不斜视,程颢则边吃喝边观赏歌舞。宴罢程颐责怪兄长不恭谨,程颢说:"目中有妓,心中无妓!"不管程颢心中有无,至少比程颐少了二分压抑与伪装,多了三分洒脱与性灵。假道学之所以让人讨厌,就在于他们自己是木头桩子,于是也不希望别人长出绿叶。清朝有个官员叫郎葆辰,擅长画蟹,年轻时境遇甚窘,依靠作画维持生活。有歌妓找他求画,他忿然大怒:"吾画当置幽人精室,岂屑为若辈作耶?"

后来当了大官,他请求皇帝降旨禁止妇女外出看戏,以维护风化。结果招致女人们的咒骂，有人写诗讽刺：

> 卓午香车巷口多，珠帘高卷听笙歌。
> 无端撞着郎螃蟹，惹得团脐闹一窝。

团脐就是母螃蟹，众多妇女外出看戏，撞到老郎这只"公螃蟹"，于是形成"闹一窝"的喜剧场景。

北宋时期，程朱理学正处于萌芽状态，文化酱缸还比较稀薄，士大夫没有那么多拘束，诞生了众多爱情题材的佳作。苏轼并没有像欧阳修等人那样，与众多歌妓传出什么绯闻。柳永的"杨柳岸，晓风残月"，晏几道的"当时明月在，曾照彩云归"，秦观的"两情若是久长时，又岂在朝朝暮暮"，这些都是他们为情所困的真实写照，而苏轼的词作，几乎全都是第三视角的审美观照。脂砚斋评《红楼梦》，说黛玉是情情，宝玉是情不情，因此黛玉只能去死，宝玉却可以超越爱情纠葛。林语堂在《苏东坡传》中，说苏轼与众多女子只是逢场作戏，这似乎把苏轼写得过于无情，而脂砚斋的从"情"到"不情"三字，似乎更能贴近苏轼的心路。

比如这首《洞仙歌》，是在驸马王诜座间，赠与歌女的：

> 江南腊尽，早梅花开后。分付新春与垂柳。细腰肢、自有入格风流，仍更是，骨体清英雅秀。
>
> 永丰坊那畔，尽日无人，惟见金丝弄晴昼。断肠是，飞絮时，绿叶成阴，无个事、一成消瘦。又莫是、东风逐君来，便吹散眉间，一点春皱。

——《洞仙歌·咏柳》

名为咏柳,实为写人。苏轼的这类小词具有清旷的特征,他总是站在旁观者的角度去欣赏、去摹画,而不让自己纠缠其中。苏词中的女性均是超凡脱俗,几乎不食人间烟火。苏轼固然是逃情,而很多人也并未看到这种清旷超迈背后的审美观照,早已超越了小儿女的献愁供恨。

苏轼与张先的交往更加让人津津乐道。张先是北宋著名词人,因有"云破月来花弄影""帘幕卷花影""堕轻絮无影"之句,历来被人称颂,故外号"张三影"。这人也做过几任知州,致仕后八十五岁高龄仍然买妾。苏轼曾作诗戏之:

锦里先生自笑狂,莫欺九尺鬓眉苍。
诗人老去莺莺在,公子归来燕燕忙。
柱下相君犹有齿,江南刺史已无肠。
平生谬作安昌客,略遣彭宣到后堂。
——《张子野年八十五尚闻买妾,述古令作诗》

传说苏轼另有一诗:

十八新娘八十郎,苍苍白发对红妆。
鸳鸯被里成双夜,一树梨花压海棠。

张先亦有诗曰:

我年八十卿十八,卿是红颜我白发。
与卿颠倒本同庚,只隔中间一花甲。

一树梨花压海棠,说白了就是老牛吃嫩草。上面两首诗流传甚广,然而却是后人伪作,与苏张二人无关。

一次,苏轼与张先同游西湖,湖心亭上,清风拂面,远山如黛。一彩舟渐近亭前,靓装数人,中有一女子清新婉丽,风韵娴雅,绰有态度,见苏轼,敛衽下拜,自叙少年景慕高名,以在室无由得见,今已嫁为民妇,闻公游湖,不避罪而来,善弹筝,愿献一曲,求小词以为终身之荣,可乎?苏轼不能却,援笔与之。

> 凤凰山下雨初晴。水风清。晚霞明。一朵芙蕖、开过尚盈盈。何处飞来双白鹭,如有意,慕娉婷。忽闻江上弄哀筝,苦含情。遣谁听?烟敛云收、依约是湘灵。欲待曲终寻问取,人不见,数峰青。
> ——《江城子·湖上与张先同赋,时闻弹筝》

人们愿意相信,白居易邂逅琵琶女的传奇,不应该仅仅出现一次。而这种事如果再次出现的话,安在苏轼身上,显然是再合适不过的了。

一千多年以前就已经证明,假如允许女人参加科举,参与社会治理,绝对不比男人差。如果是那样,也许世界早就发生了翻天覆地的变化。一次苏颂路过杭州,太守陈襄宴饮宾客。有一个叫周韶的歌妓,当时正在服丧,请求太守允许自己从良。苏颂说你以此作一首诗,我替你求情。于是周韶诗曰:

> 陇上巢空岁月惊,忍看回首自梳翎。

开笼若放雪衣女,长念观音般若经。

唐玄宗时,宫中有白鹦鹉,颇为聪慧,通晓言辞。玄宗与杨贵妃称之为"雪衣女",周韶此时恰是一身雪衣,自比笼中之鸟,词真意切,满座嗟叹,于是从良。周韶的姐妹们纷纷作诗,以胡楚、龙靓最佳:

淡妆轻素鹤翎红,移入朱栏便不同。
应笑西园旧桃李,强自颜色待东风。

桃花流水本无尘,一落人间几度春。
解佩暂酬交甫意,濯缨还作武陵人。

这件事被苏轼原原本本地记录下来,墨迹流传至今,名为《天际乌云帖》,此帖书法并非苏轼上佳之作,因记载传奇,故显得弥足珍贵。

苏夫人王闰之,比丈夫小十一岁,她与堂姐王弗不同,她对苏轼充满了爱戴与景仰,对苏轼的公务往来与业余交游,一无兴趣,二不过问,只是尽她的本分,照应家里的生活。闰之这时候买了一个十二岁的女孩,叫王朝云。这个人很重要,她后来在苏轼的笔下,成了天上的仙女,苏轼那些不食人间烟火的清旷峻拔之词,不少都与朝云有关。

杭州繁华,各外地州县多在杭州设有办事处,以便往来接待。作为太守助手,迎来送往成了苏轼的重要任务。苏轼对待过客,如果没有深交,则召集歌姬,口称:"有几个红粉虞候侍应!"于是丝竹之声聒噪两耳,有时候甚至直到宴会结束，都没有与来客交谈一声。客人走后，则傻乎乎逢人便说苏轼待己甚厚。而有老友到访，苏轼则屏去歌舞，杯酒言欢，谈笑风生，终日不倦。

苏轼并不善饮酒，欧阳修说自己"饮少辄醉"，苏轼是一杯就醉。各地官员钦其才望，到杭州必定求见。苏轼疲于应接，不胜其烦，于是笑称杭州副官长这个职位，简直是"酒食地狱"。

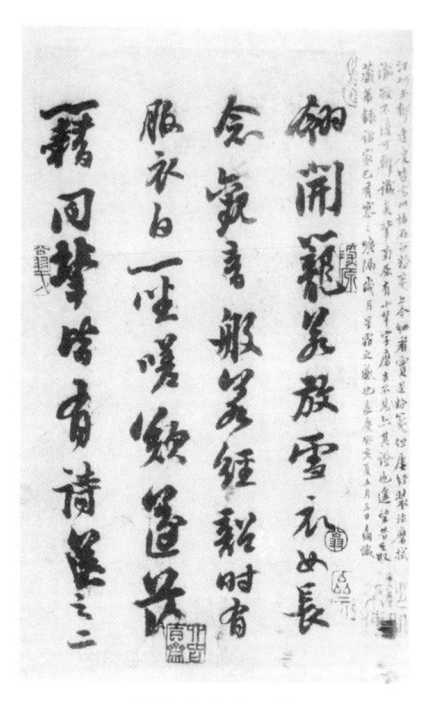

苏轼 天际乌云帖

3

胡适晚年钻进故纸堆，醉心研究《水经注》，有时候甚至费尽笔墨考证某个僧人的墓碑。1960 年，有人在报纸上登了一首诗送给他：

> 你静静地躲在南港，
> 不知道这几天是何模样。
> 莫非还在东找西翻，
> 为了那个一百二十岁的和尚？

苏轼在杭州的确是东找西翻,把隐藏在松竹翠柳中的老和尚、小沙弥访了个遍。

北宋时全国有僧侣二十万之众,寺院近四万所,仅杭州就建有寺院三百六十多座。众多朝廷高官如富弼、张方平、文彦博、欧阳修、司马光、王安石、吕惠卿等人都醉心佛法,以至司马光说:"近来朝野客,无坐不谈禅。"就是那个"木头桩子"程颐都潜心佛法。两个高徒初次拜见他时,适逢程颐在瞌睡,他们长时间在门外伫立,直至积雪一尺,后人称为"程门立雪",明眼人一见便知,这是"翻拍"禅宗二祖慧可拜见达摩老祖的故事。

当时有很多人相信自己前世是个和尚。张方平在滁州时,游琅琊山,到一寺院,前后逡巡良久,忽然叫左右架起梯子,在房梁间得一书函,打开视之,乃是《楞伽经》四卷,只写了一半。张方平于是援笔续之,笔迹与书中丝毫无异,只见经书前有四句偈曰:

世间相生灭,犹如虚空花。
智不得有无,而兴大悲心。

张方平大悟流涕,坚信自己前世定是此寺僧人,写经未完而圆寂,这次就是来续写成书的。

苏轼八九岁时,曾经梦到自己是个和尚。到杭州后,他结识了此生中的重要朋友——参寥子,这个人的重要性,超过大家耳熟能详的佛印和尚。一次苏轼与参寥子同登方丈,对参寥子说:"我平生未尝至此,而眼睛所到之处,都仿佛经历过似的。从这里到忏堂,当有九十二级。"遣人数之,果如其言。于是苏轼相信自己前世为寺中僧侣。

类似的故事很多,多数出自后世僧人的笔记,今天的人们自然不需要追问真假有无。

时间是死亡的计步器。人到中年,诸般事务纷至沓来,手中堆满了工作,脑袋里充塞着工资奖金和孩子的大学学费,肚子里堆积着酒肉,慢不下来,静不下来,高兴不起来。于是我们希望用物质财富来满足欲望、麻醉精神,殊不知越是这样,时间这个"计步器"越是如同衰老的心脏一样,跳动得越发快起来了。远在宋代的苏轼和我们一样,也面临类似的问题。

人有时候需要静一静,洗一洗,倒一倒,空一空,这是禅宗给我们的智慧。

那茂林修竹后面,也许真的藏有高人。唐代诗人宋之问,一次在杭州寓居寺中,夜月清明,不禁吟道:鹫岭郁岧峣,龙宫锁寂寥。

得了两句,思索良久,无法完璧。寺中一个老和尚被扰,点起长明灯,问曰:"少年深夜不寐,嘴里嘟嘟囔囔,却是何故?"

宋之问说:"想题诗于寺,只得了两句。"

老僧听了前两句,说:"何不云'楼观沧海日,门对浙江潮'?"

宋之问大惊,文思泉涌,马上成篇。第二天遍寻寺中,老僧已云游去了。问寺中僧人,才得知老和尚是在此避祸的骆宾王。

宋之问这首诗实在平平,而"楼观沧海日,门对浙江潮",却是气魄宏大,正宗唐人气象,所以人们怀疑肯定有高人指点。不过在没有确凿证据之前,这两句诗的知识产权还得归宋之问所有。

那些隐居的修道之人，总是能给人一种神秘感。苏轼的二儿子苏迨这时候已经三岁了，仍然不会走，只会爬。苏轼请天竺寺辩才法师为之落发摩顶，不数日满地乱跑。

苏轼交游的僧人当然不是巫医神汉。僧人文人化，文人僧侣化，这是宋人特征。如果说词是文人与歌女的媒介，诗则是文人与僧侣的桥梁。文人与歌女交游，悦尽人间春色，文人与诗僧唱酬，重寻空静之心。惟空灵乃能超越平庸，惟简净乃能远离杂芜。

祥符寺有僧名曰可久，有诗名，士大夫多去拜见，然而可久多不理会，独与苏轼友善。有人经常馈赠粮米，放于门外；可久一般仅取数升，装于瓶中，置于几上。窗外惟芭蕉数本，翠竹百竿。元宵佳节，众多官员与民同乐，九曲观灯之后，苏轼独行来此，斗室萧然，清风拂面，迅速让人远离尘世的嘈杂与喧嚣。

> 门前歌鼓斗分明，一室清风冷欲冰。
> 不把琉璃闲照佛，始知无尽本无灯。
> ——《上元过祥符僧可久房，萧然无灯火》

梵天寺有个和尚叫守诠，作了一首小诗：

> 落日寒蝉鸣，独归林下寺。
> 柴扉夜未掩，片月随行屦。
> 惟闻犬吠声，又入青萝去。

清新婉丽，沁人心脾，苏轼和之曰：

>但闻烟外钟，不见烟中寺。
>幽人行未已，草露湿芒屦。
>惟应山头月，夜夜照来去。
>——《梵天寺见僧守诠小诗清婉可爱，次韵》

法惠院中有个十一岁的小僮儿叫思聪，善作诗，参寥子曾经作昏字韵诗，苏轼令思聪和之。思聪和篇立成，中有诗句：千点乱山横紫翠，一钩新月挂黄昏。苏轼夸赞不减唐人，笑曰："不须念经也做得一个和尚。"不久思聪正式剃度，此后二十多年与苏轼多有诗词唱和，而他在徽宗朝竟又还俗，成为御前使者，名动一时。

其实寺庙从来没有离开过尘世，既然士大夫能够具有出世精神，僧侣当然也可以具有世俗意识。据欧阳修《归田录》记载：赵匡胤驾临相国寺，至佛像前烧香，问当拜与不拜，住持说："不拜。"问其何故，对曰："现在佛不拜过去佛。"释家不会得罪皇帝，也一样不会得罪士大夫。曾经有文人墨客携歌女到僧舍宴饮，宴罢诵前人诗："因过竹院逢僧话，偷得浮生半日闲。"[1] 僧人闻而笑之。客人问禅师为何发笑，僧曰："客官得半日闲，老僧却忙了三日。一日做准备，一日宴集，一日扫除！"

中国传统文人，他们往往既是经世致用的政治家，又是描写现实的文学家，还是记录过往的历史学家，同时又是关注宇

---

[1] 李涉《题鹤林寺壁》，前两句为：终日昏昏醉梦间，忽闻春尽强登山。李涉，唐代诗人。

宙人生的哲学家。今天之所以不再有大师，是因为我们已经不再思考人生的终极问题，也许我们无愧是某一方面的专家，可是我们没有诗性，没有性灵；我们来不及思考，我们停不下脚步；我们不再面对白云发呆，我们不再看着野花流泪；我们以"有用"和"无用"来衡量世界，我们用"土豪"与"屌丝"看待人生，我们已经迷失于功利社会。

清朝湘潭人张灿有一首诗：

书画琴棋诗酒花，当年件件不离他。
而今七事都更变，柴米油盐酱醋茶。

我们需要的不仅仅是活着，我们还需要生命的趣味。柴米油盐、财源广进、事业发达，这些我们都需要，可是我们还需要超越与升华，在家居人生、事业人生之上，尚有适意人生、诗意人生等待我们去观照、去体悟、去发掘，这可能就是冯友兰先生所说的"天地境界"吧。

真正的大师，一定是具有无限心灵空间的人。其实，我们都有一副迷恋红尘的躯壳，可是我们还需要有一颗恬淡超迈的心，前者让我们进取，后者让我们安然。当苏轼走近僧舍，雨滴从竹梢落下，浸润竹林幽径，青苔斑驳，万籁俱寂，对照竹林内外，方发现外部的繁华之中，诸般可笑。

宁可食无肉，不可居无竹。
无肉令人瘦，无竹令人俗。
人瘦尚可肥，士俗不可医。
旁人笑此言，似高还似痴。

若对此君仍大嚼，世间那有扬州鹤？

——《於潜①僧绿筠轩》

有几个人谈心愿。一人说愿仕途得意，官至扬州刺史；第二人说愿腰缠万贯，闷声发财；其三人说愿修道成仙，驾鹤升天；第四人说：腰缠十万贯，骑鹤下扬州。今天我们吃肉够多，赏竹太少，至于腰缠万贯、驾鹤扬州的妄想，现实已经一再证明这是人世间的一个大大的陷阱。

苏轼常于午后独行，到此竹溪佳处，那里有个青条石。解去衣服，或卧或仰，但觉通体清凉，无不适意。他对入睡极有心得，闭上眼睛，以手掌轻抚肚皮，渐渐不动，就此进入梦乡，从来不知失眠为何物。即便是几年以后在乌台监狱，亦是照常入梦，似乎此生从来没有过牵挂。寺中有一个小和尚，晚年回忆，他曾于苏轼熟睡时细看其后背，见有七颗痣作北斗七星状，坚称这是神仙下凡。

一次醒后，苏轼题诗僧舍壁间：

七尺顽躯走世尘，十围便腹贮天真。

此中空洞浑无物，何止容君数百人。

——《宝山昼睡》

这就是倒一倒、空一空的妙处。

林语堂说："苏东坡是个秉性难改的乐天派，是悲天悯人的道德家，是黎民百姓的好朋友，是散文作家，是新派的画家，

---

① 於潜，地名，今属浙江临安。

是伟大的书法家,是酿酒的实验者,是工程师,是假道学的反对派,是瑜伽术的修炼者,是佛教徒,是士大夫,是皇帝的秘书,是饮酒成癖者,是心肠慈悲的法官,是政治上的坚持己见者,是月下的漫步者,是诗人,是生性诙谐爱开玩笑的人。"个人以为,林氏给予苏轼的众多头衔中,也许只有"月下的漫步者"甚合苏轼之意——这简直是一定的。

第七章
天怒人怨

1

人间天堂并没有让苏轼耽于诗酒,他一直在关注朝廷政局走向,还曾梦到神宗召其进宫,命他赋诗。而苏轼的诗文传至京城,神宗必定是手不释卷。遗憾的是,这两个人今生再没见面——一个热切地盼望得到皇帝重用,另一个极端欣赏对方的才学,竟然就是走不到一起。

朝廷政局确实有了很大震动。这次地震竟然是一个小人物引发的,而且引起了连锁反应,简直比小说还要紧张激烈,充满悬疑。

这个小人物叫郑侠。

郑侠是福建人,年少时曾求学于王安石。一个晚上,大雪,郑侠与朋友杨骥宿于寺院。半夜郑侠被冻醒,把杨骥揪起来,俩人对坐饮酒御寒。酒酣处登楼,郑侠观雪赋诗,气宇浩然:

冷雪暴寒斋,寒斋岂怕哉。
漏随书卷尽,春逐酒瓶开。

一酌招孔孟，再酌留赐回。

醺酣入诗句，同上玉楼台。

杨骥后来把这首诗呈给王安石，王安石大加称赏，邀其相见，从此郑侠从之学，顺利得中进士甲科。新法实行后，郑侠三次拜见王安石，陈述新法缺陷，后来又数次写信，议论新法之害。王安石几次想提拔郑侠，郑侠都借故推托，仅仅当了一个京城安上门的监门小吏。

从熙宁六年下半年开始，一直到第二年三月，河北、河南、陕西连月不雨，连续两季小麦不收，旱灾肆虐，四海之内，受灾者众。古人在这种情况下一般都认为是老天爷发怒，宋代的惯例是皇帝的御膳不再山珍海味，吃点粗粮；日常办公也不在正殿，搬到偏殿去，总之是向老天爷表态：我服了，别再惩罚天下子民了。就这样折腾好久，不见成效，眼见旱灾蔓延，宋神宗夙夜焦躁不安，于是下诏请求大臣直言为政弊端，但除了司马光等寥寥数人上书指责新法，朝廷上一片死寂，没人发声。

这时朝廷已经预料到，可能会有大批灾民逃荒，而且必定会涌向京师。宋神宗对大臣说，如果流民聚集到京师附近，京畿诸县恐怕拿不出那么多粮食赈灾，势必会饿殍遍地，朝廷要赶紧想办法筹粮。而大臣们说，逃荒者路过京师，如果朝廷赈灾，那么远近相传，必定是越聚越多，反而难以周济。建议流民所过州郡，招募少壮者充劳役，老弱病残者按人头分给粮食。

大臣们说的貌似有道理，可是他们忘了，饥荒的潜伏期可能挺长，但是蔓延开来，就是几天之内的事！饥饿来临，往往如同疾风暴雨，又如洪水溃坝一般，势不可挡。这个时候让附近州县按部就班、好整以暇地安置灾民，哪里还来得及。实际情况是，地方州县不但没有预防饥荒，反而逼着百姓偿还青苗钱——粮食绝收，可是播种时借官府的钱是要还的！地方官吏往往鞭挞百姓，逼着这些破落户砍桑树当柴火卖还钱。于是三路流民，质妻鬻儿，啼饥号冻，涌入京师附近。

郑侠每日在安上门当值，目睹人间惨状，于是上书皇帝，陈述灾荒。他的方法很独特，他画了一幅流民图长卷，事实上这幅画成了奏疏正文，而请求废止新法的文字奏疏反而成了副本。

郑侠写好奏疏以后，呈送中书省，中书不予接纳——他的官职太小，没有资格上书皇帝。聪明人总能找到办法，郑侠来到京畿州县，谎称是紧急边报，动用朝廷专用的公文传送通道，将奏疏辗转递到皇帝手中。

郑侠在奏疏中说："灾患致之有渐，而来如疾风暴雨。陛下之朝，台谏之臣，默默其位而不敢言事，至有规避百为，不敢居是职者。……臣仅按安上门所见，百不及一，但经圣眼，亦可流涕，况千里之外哉"。

郑侠请求废除新法："如陛下行臣之言，十日不雨，即乞斩臣宣德门外，以正欺君之罪。"

郑侠，简直是中国最早的新闻记者。他所绘的流民图，胜过任何奏疏，宋神宗受到极大震撼，反复浏览图卷，长吁短叹，整夜未眠。第二天急令开封府赈济灾民，同时下令停止执行青苗法、免役法、保甲法等，共十八条措施。

王安石上朝后，神宗拿出郑侠流民图，问："认识郑侠否？"王安石说："尝从臣学。"

事已至此，一定要有人负责，于是王安石请求辞职。宋神宗批准了王安石的请求，同时采纳王安石的建议，由韩绛出任平章事（宰相），吕惠卿任参知政事。

韩绛与王安石是同年进士，那一科考试，韩绛是第三名探花，第二名榜眼是王珪，第四名是王安石。韩绛的父亲曾说："当官在于知足，宠禄不可过溢，到了六十岁，就可以致仕回家。"父亲死后，韩绛在墓前发誓遵其遗训。如今皇帝令其为相，他上书说："东晋王羲之为会稽太守，他辞官不做，也曾经于父母墓前发誓不再做官，朝廷也就不再召之。臣与王羲之志愿不同，但发誓相同。"但神宗不为所动，韩绛没办法，只好接下差事。

事情就是凑巧，宋神宗宣布暂停新法之后第三天，竟然下雨了。但是郑侠仍然被贬汀州。他擅自动用官驿，这是违法的。

郑侠以一个芝麻大的小官，凭着做人的良知，敢于仗义执言，虽然再无其他政绩，也足以青史留名，历史上这样的小人物不少，值得我们尊敬。他罢官回家时，囊中只有一拂尘，因自号一拂居士。曾对人说："无功于国，无德于民，若华衣美食，与盗何异？"福建人以其为荣，修祠纪念，有人榜书对联：谏草数千言，自信丹青能悟主；归装惟一拂，可知琴鹤亦妨人。

2

现在朝廷的执政格局是，韩绛为宰相，冯京、吕惠卿为副宰相。宋神宗暂停新法，吕惠卿、邓绾等人痛哭流涕，劝皇帝不能废除新政，神宗也舍不得放弃新法，于是不久又全部恢复。

郑侠得知新法根基仍然牢固，他虽已被贬，仍然再次发难。不知道他采取了什么途径，竟然又呈给皇帝一个画册，名为《正直君子邪曲小人事业图》，绘制唐朝魏征、姚崇、李林甫、卢杞等人像，同时在上书中说："王安石作新法，为民害，吕惠卿朋党奸邪，独冯京时立异与之校。请罢黜吕惠卿，进用冯京。"将吕惠卿比作祸乱唐朝的奸臣李林甫、卢杞。

韩绛与吕惠卿都属变法派，韩绛号称"传法沙门"，人称唯王安石马首是瞻；吕惠卿号称"护法善神"，从外号就能看出，吕惠卿是个干才。

吕惠卿的确极富才干。他是苏轼的同年进士，福建泉州人，他的家乡与苏轼家乡一样，以不读书为耻。嘉祐二年进士中，福建人占四分之一以上——一个地区扎堆出现杰出人物，说明这个地区经过了长期的文化积淀。与苏轼一样，吕惠卿受到欧阳修的奖掖与推荐，新法实行以后，吕惠卿长期在王安石手下工作，很多新法的条文出自吕惠卿之手，是王安石的得力助手。郑侠这样的小人物，能够屡次发难，不但致使王安石罢相，如今仍然冲新法开炮，这引起了吕惠卿的警惕。

吕惠卿仔细研究了郑侠案始末，发现了一个重大疑点：流民图虽然令皇帝震撼，形式固然新颖，但所绘内容朝臣都看得见，并无异常；而郑侠上书中的言辞，多涉及朝廷秘事，这得是接近朝廷中枢机要岗位的人才能知晓，没有人帮助，郑侠无法完成这篇奏疏。于是吕惠卿相信，郑侠只是个受人指使的小卒而已。

很快，吕惠卿授意御史的秘密调查有了结果：副宰相冯京和王安石的弟弟王安国有重大嫌疑。原来如此，一切都极其符合逻辑！

冯京年轻时在解元试、省试、殿试中均拔得头筹，即所谓连中三元，宋朝三百年间，只有四人做到。考场里是高手，不见得职场能力强。冯京政见和政绩都不算突出，但他是处理人际关系的高手，虽然反对变法，但见解不激不厉，与王安石相处也比较融洽，宋神宗对他的评价是稳与弱，两个字把优缺点说的非常清楚明白。如今王安石刚刚去职，冯京就在背后搞小动作，吕惠卿岂能善罢甘休。于是御史章琥马上弹劾冯京，说他结交小人，祸乱朝政。神宗如同诘问王安石一样，问冯京："卿识侠否？"冯京回答："素不相识。"

御史坚称，郑侠上书中所说的机密事宜，必是冯京与王安国透露，指使郑侠向新法发难。

冯京要求将郑侠召回当堂对质。这时候郑侠已经在前往贬所途中，御史舒亶在半路上将他截获，把他随身所带物品全部查封。除了朋友所赠银两，还有一些文件，有历代名臣奏疏，也有韩琦、富弼、司马光等人反对新法的文书。

实际上这些文书是一个朋友所赠，这朋友是个御史，为的是便于郑侠起草上皇帝书，与冯京并无干系。但冯京对郑侠上书的行为曾经表示赞赏，也派人资助其钱粮，有了这样一点点瓜葛，吕惠卿抓住不放，不依不饶。宋神宗无奈，将冯京贬为知亳州。

另一个嫌疑人是王安国。他是王安石的弟弟，可是历来反对新法，与吕惠卿的关系更是极差，曾多次对兄长说吕惠卿心术不正，不要被吕惠卿所误。一次王安石读到晏殊声色绮丽的词，笑道："做宰相的人，怎么也写这样的词呢？"王安国说："他不过是一时兴起，当作业余消遣而已，他的事业显然比这雄阔。"吕惠卿在旁边插嘴附和王安石："既然当了宰相，首先应该放下郑声。"《诗经》中的《郑风》多描写男女爱情，后世的道学家以为是靡靡之音。王安国冷冷地说："放郑声？不如先远佞人。"这是公然把吕惠卿当成"佞人"了。

如今王安石罢相,吕惠卿决定借郑侠案扳倒王安国。郑侠上流民图以后,有一次路遇王安国。王安国说:"家兄为政,必使天下共怨怒。你虽然能上书皇帝,但是你人微言轻,想要流传天下,还得靠我。"王安国提出索要郑侠上书的草稿,以传布天下。郑侠说已经烧了,显然这是出于保护王安国的好心,不想让他卷入是非之中。就这样两句对话,在郑侠被押解回京后,也全部被拷问出来。于是王安国被免职,撵回老家去了。刚烈的王安国受不了这等打击,回到老家一年后就去世了,年仅四十七岁。王安石得知此事,无比悲痛,经常手抄王安国的一首小词遣怀:

留春不住,费尽莺儿语。满地残红宫锦污。昨夜南园风雨。　小怜初上琵琶,晓来思绕天涯。不肯画堂朱户,春风自在梨花。

——《清平乐·春晚》

对政治人物,不能简单地用君子、小人来评价,但政治人物也要有政治品格。吕惠卿对冯京、王安国这种搞法,不但暴露了自己的权力欲,而且体现了做人的缺陷。历史上这方面的教训不少。汉代韩安国因罪下狱,狱吏经常折磨羞辱他,韩安国说:"你不能这样对我,也许我会被无罪释放,就像一堆灰烬,没准死灰复燃呢。"狱吏说:"你要是死灰复燃,我就撒一泡尿把它浇灭。"结果韩安国不但无罪释放,还做了大官。狱吏吓得要死,赶紧跑去请罪,韩安国大人不记小人过,不但放过了他,还让他在自己手下做事。

另一件事就很悲剧了。汉代那个喜欢给老婆画眉的张敞，还有五天，他的京兆尹职务就该卸任了。这时候他让一位手下叫絮舜的去查一件案子，絮舜说："你这个京兆尹，最多还能干五天，还查什么案子！"说完扬长而去，回家睡大觉去了。张敞大怒，差人立即将絮舜抓捕，杀之。按说絮舜罪不至死，但是两千年来没有人同情他，五日京兆成为成语，絮舜死了还落下笑柄，就是因为人们讨厌势利小人。这种人眼中只有权势没有人，官长一旦失势，马上换一副嘴脸。其实人走就该茶凉，走的人要坦然，继任者无负担，但是如果让人看出势利眼来，则肯定会被人不齿。

现在宰相韩绛不但从吕惠卿的脸上读出了势利二字，而且还看出了他的野心。他感到自己难以控制局面，于是果断上书皇帝，请求召王安石复任，宋神宗同意所请。王安石接到诏命，日夜兼程赶赴京城，在最短的时间内再次出任同中书门下平章事。

认清一个人是很不容易的事，在位的时候，未必能看清楚；往往是不在位的时候，反而发现了从前忽视的东西。这个人从前我怎么就没看出来呢？早知如此，我怎么会重用这种人呢？可惜这时候已经不在位了，说什么都晚了。王安石却不同，如今他这堆死灰果然复燃了，很多人始料未及，叫苦不迭。御史中丞邓绾，多年来一直追随王安石，鞍前马后，频繁效忠。王安石罢相，邓绾立即倒向吕惠卿，参与罗织冯京、王安国罪名。如今王安石复职，邓绾强行打脸，硬着头皮调整队形，行动极其果断迅速。第一招，控告吕惠卿兄弟在华亭收受商人贿赂，置办田产。吕惠卿迅速垮台，被投入御史台监狱，然后贬为知陈州。第二招，举荐王安石的儿子王雱出任高官。但这次邓绾表演过头了，王安石此时已经彻底认清了他这种首鼠两端的嘴脸，上书神宗说邓绾作为高官，不为国直言，却为宰相谋恩泽，这种人不能留，皇帝也认为邓绾秉性奸邪，居心不良，把他贬为虢州知州。

有件事流传极广，是说吕惠卿倒台后，把王安石写给他的私人信件呈给皇帝，其中有"无使上知"的话，就是"不要让皇上知道"，这是欺君之罪，由此造成神宗不再信任王安石。十几年年后，黄庭坚修国史，提及此事，但是同僚提醒他此事查无实据；苏轼在起草吕惠卿的贬谪文辞时，也提到这事，但吕惠卿矢口否认。今日学者考证，此事的确存疑，基本可以认定属于子虚乌有。

即便没有吕惠卿的揭发，神宗与王安石之间的裂隙也已经形成。想当年，神宗简直视王安石为精神教父，言听计从，以至曾公亮说皇上与王安石为一体。八年过去了，朝廷的确积累了不少财富，但是民间怨声载道，没有人说新法好话。如今经过变法派内部的人事倾轧，王安石在神宗心中的地位已经大打折扣。人与人的这种紧密型关系一旦出现裂痕，就很难修复。儿子王雱死后，王安石心灰意冷，瞬间领悟了人世间的功名功业该是多么的虚幻。于是在熙宁九年（1076年）十月请求辞官，归隐田园。宋神宗答应了王安石的请求，但仍然给他保留了最高俸禄。

王安石此后无比清闲，每日游荡乡间，骑驴看书。他要做的最后一件事，是等待几年以后，与苏轼的一次开诚布公的会面。

3

政治家必定会着眼全局,文学家一定会关注具体;政治家必须沉稳,文学家一定会敏感。一出悲剧让我们感伤,必定是剧中人物的命运牵动了我们的泪泉;杜甫的茅屋让人心绪难平,是因为天下寒士的境遇触动了我们的灵魂。史学家记载的固然都是大事,文学家描写的固然都是琐事,其实大事小事有时候很难分清,所以史学和文学有时候也很难分野。如果一个伟大的文学家恰好又是一个地方官员,那么这个地区的历史一定会以更多的角度展示给后人。

人们通常以为,苏轼倅杭的三年,是他一生最快活的时期。浙东烟雨、古刹名山、高僧歌女、诗酒流连,这些固然都有,但这些只是他生活的一小部分。后人集中截取、放大、编造这类话题,是为人们积累茶余饭后的谈资,所以苏东坡直到今天,在一些人心中都只是作为一个文学家的形象存在。

即使是在富庶的杭州,出城三十里,也同样是满眼的人间苦难。几年中,苏轼曾在大雨中督役百姓开凿运河,到杭州各县巡视农事,赴湖州视察加固堤防,到常州、润州赈济灾民,与孙觉、李常、胡宗愈、钱顗等人时有会面。这些被挤出朝廷的人聚在一起,其实加剧了内心的苦闷与彷徨。现实严峻,时事维艰,但是他们深感时事不可谈,没法说,说也说不尽。有时候某人开口发几句牢骚,立即被同伴制止,他们甚至约定,谈时事的,自罚一大杯酒。

嗟予与子久离群,耳冷心灰百不闻。

若对青山谈世事,当须举白便浮君。

——《赠孙莘老七绝》其一

歌德在《浮士德》中说,人生下来就是为了观看。其实他只说了一半。不是所有的东西都能看见,不是所有看见的东西都能在心中有影像、有感情、有牵挂。看不见的东西多多,视而不见的东西同样多多。"耳冷心灰百不闻",说是这样说,除非是石头,否则做不到——如果大宋有一个官员做不到,那肯定就是苏轼。

此时浙江一项重要政务就是食盐专卖。盐是生活必需品,盐税是政府财政收入的重要来源。熙宁五年,朝廷逐渐推行食盐专卖制度,惟杭越湖三州抵制新法不行,朝廷派卢秉提举两浙盐事,迅速在浙江改革盐法。盐利分配,无非是朝廷专卖或是民间通商,实行专卖制度,则意味着朝廷全面控制了食盐生产和流通环节,获取了盐利的绝大部分。尤其是一些地方贱买贵卖,更是加重了百姓的负担。政府与盐商的这种博弈必然会导致贩卖私盐盛行。当时两浙因盐事得罪者,每年至一万七千多人,监狱人满为患。苏轼作为通判,"每执笔断犯盐者,未尝不流涕"。到熙宁七年,盐税收入有大幅度增加,但是与民争利,扰民严重,盗贼纵横,朝廷这时才发现盐法太急,另派他人任盐官,而卢秉仍以盐课增加而升职。

烟雨濛濛鸡犬声,有生何处不安生。

但令黄犊无人佩,布谷何劳也劝耕。

——《山村五绝》其二

西汉时渤海地区盗匪并起,汉宣帝派龚遂任太守戡乱。龚遂到任后,召集平乱的官吏说,手持锄镰的人都是善良的百姓,手执兵器的人则是盗贼。那些手持刀剑的,可以卖剑买牛,卖刀买犊。别看他们佩带刀剑,其实无非是"带牛佩犊"而已,同样也是老百姓。龚遂如此施仁政,盗贼遂平。此时浙江急于实行食盐专卖,民间怨声载道,百姓常以数百人为伙贩卖私盐,以刀剑护送,小队士兵不敢近前。但使盐法宽平,何至于带刀带剑,肯定是买牛买犊,专心耕作而不劳督促。

老翁七十自腰镰,惭愧春山笋蕨甜。
岂是闻韶①解忘味,迩来三月食无盐。
——《山村五绝》其三

《论语》中记载,孔子在齐国,闻韶音,三个月不知肉味。圣人闻雅乐可以忘记肉味,老百姓不是圣人,他们关心的是吃饭。如今吃不起盐,偏远之地,动辄数月尝不到盐味,嘴里淡出鸟来,他们怎么可能说新法的好话呢?

杖藜裹饭去匆匆,过眼青钱转手空。
赢得儿童语音好,一年强半在城中。
——《山村五绝》其四

百姓虽得青苗钱,但随后在城中挥霍,农户幼小子弟多在

---

① 韶,古乐曲,一般指舜时期的古乐。

城中,只学得城中口音而已。于是在城中看到虚假繁荣,在乡村看到农事凋零。

食盐转运要疏通运河,正值仲秋,秋田未了,农事不等人。偏偏此时朝廷征劳役开河,苏轼于大雨中督役,但见人如鸭如猪,在泥水中滚爬。

> 居官不任事,萧散羡长卿①。
> 胡不归去来,滞留愧渊明。
> 盐事星火急,谁能恤农耕。
> 薨薨晓鼓动,万指罗沟坑。
> 天雨助官政,泫然淋衣缨。
> 人如鸭与猪,投泥相溅惊。
> 下马荒堤上,四顾但湖泓。
> 线路不容足,又与牛羊争。
> 归田虽贱辱,岂识泥中行。
> 寄语故山友,慎毋厌藜羹②。
> ——《汤村开运盐河雨中督役》

人有时候也是畜生。唐僖宗时,观察使崔荛从来不过问政事,反而自觉器宇轩昂、格调清高。农民说有旱灾,崔荛指着树说:"树叶还是绿的,如何说旱?"把百姓拖下去一顿暴打。紧接着发生民变,崔荛逃跑,至一民宅讨水喝,住民撒一泡尿让他喝下。此事载于司马光的《资治通鉴》中,因其是实事,

---

① 长卿,指司马相如。

② 藜羹,指粗劣的食物。

故被称为历史;因其琐碎,却又是文学作品的绝佳素材;而其中贯穿着百姓的愤恨、蔑视与幽默,更是令人拍案叫绝,比直接砍了这个牲口,要有趣得多。

孔子说仁者爱人,古代社会,爱父母,叫孝;爱子女,叫慈;爱他人,叫善;爱君王,叫忠;爱百姓,叫悯。一个有良知的人,必定是直面人生的苦难,生悲悯心。苏轼自然也会自觉器宇轩昂、格调清高,但是他从来都将百姓的事放在心上,向来是替老百姓说话。王安石变法的核心是"生财",苏轼反对新法的核心是"人心"。官政劳民,百姓疲弊,他说"居官不任事,萧散羡长卿",那是他的牢骚话;相比于劳民伤财的穷折腾,倒是不扰民的休养生息更得人心。纪晓岚说此诗"其文如经,其笔如史",可为苏轼政绩观的绝佳注脚。

有时,他到乡村视察农事,也有清新可人令人愉悦的诗句:

> 东风知我欲山行,吹断檐间积雨声。
> 岭上晴云披絮帽,树头初日挂铜钲。
> 野桃含笑竹篱短,溪柳自摇沙水清。
> 西崦人家应最乐,煮芹烧笋饷春耕。
> ——《新城道中》其一

上面的诗历来被人传诵,而下面的诗却是直刺现实:

> 今年粳稻熟苦迟,庶见霜风来几时。
> 霜风来时雨如泻,把头出菌镰生衣。
> 眼枯泪尽雨不尽,忍见黄穗卧青泥。
> 茅苫一月垅上宿,天晴获稻随车归。

> 汗流肩赪载入市,价贱乞与如糠粞①。
> 卖牛纳税拆屋炊,虑浅不及明年饥。
> 官今要钱不要米,西北万里招羌儿。
> 龚黄②满朝人更苦,不如却作河伯妇。
>
> ——《吴中田妇叹》

稻米将熟未熟之际,大雨滂沱,连月不开,杷头发霉,镰刀生锈,黄穗瘫于泥土,泪尽雨还不尽。千辛万苦折腾月余,粮价却低得可怜。新法实行之前,百姓纳粮纳钱都可以,从民之便。自新法实行,一些地方官府只要钱不要米,到处钱荒米贱,农民往往卖米二石,仅得一石之钱。司马光早就说过,新法实行,一定是百姓有米,而官不要米;百姓无钱,官必要钱。出发点往往是好的,想法往往是好的,可是山高皇帝远,执行中走样,王安石变法,正是毁在腐败的吏治上。拆房子卖牛也得还上青苗贷款,明年是不是忍饥挨饿,现在是顾不上了。

西北要打仗,朝廷要聚敛军费,满朝都是自诩为龚遂、黄霸这样的好官清官,怎么还让老百姓如此受苦呢?战国时西门豹任邺县县令,当地劣绅假托"河伯"娶老婆,把百姓的闺女活活扔到河里。西门豹到任后,施计将跳大神的巫婆投入河中。你们这些官员,这是把人往死里逼,不如投河自尽,给"河伯"当老婆!这分明是直接大骂暴政了。

宋神宗在宫中常常想起苏轼来,恰逢沈括要去巡视两浙农

---

① 粞,碎米。

② 龚,龚遂,汉代渤海太守;黄,黄霸,汉代颍川太守。二人皆是恤民好官。

田水利,神宗说:"苏轼通判杭州,卿善遇之。"沈括比苏轼大五岁,从前同在史馆任职。沈括到杭州后,与苏轼畅快回忆过去同僚之谊,求苏轼求手录近作,苏轼欣然命笔。待沈括回到京城,把苏轼手迹呈上皇帝,说其诗皆讪怼。

沈括这件事做得不地道。苏轼听说以后,笑道:"皇上都读我的诗,这回不愁进步了。"他万万没有想到,这期间他写的几百首诗文,其中有四十多首给他带来了大麻烦。

第八章
超然台

1

熙宁七年（1074年）九月，苏轼调任密州知州。在此之前，苏辙任齐州（济南）幕府长书记，为了能离弟弟近一些，苏轼在杭州任职期满时，主动请求调任山东，获得了朝廷批准。

密州就是今天的山东诸城。苏轼于熙宁七年十一月到任后，立即发现他的治下不但贫困落后，而且还面临蝗灾、饥荒、盗贼的三重威胁，百姓挣扎在死亡线上。有史料表明，苏轼在到任当月，就对这三大灾害有了清醒的认识，并立即上书朝廷，详论应对之策。

当前他的首要任务是灭蝗。在科技落后的年代，蝗虫可算是灭顶之灾。苏轼在杭州时，曾见飞蝗自西北来，声乱似浙江之涛，"前时渡江入吴越，布阵横空如项羽"[①]，上翳日月，下掩草木，遇其所落，弥望萧然。密州的情况更为严重，走到田间，远远望去百姓用蒿草裹着蝗虫埋在路边，埋了两百里地，官府统计捕杀蝗虫有三万斛（一斛等于十斗）。面对如此严重的灾

---

① 苏轼《次韵章传道喜雨》。

情,有的官吏竟然说"蝗不为灾",有的甚至说蝗虫是"为民除草",苏轼愤怒地上书朝廷,怒斥这种丧尽天良的谎言。

公元879年,唐都长安发生了严重的蝗灾。京兆尹杨知至奏报,蝗虫飞到京畿,不吃庄稼,都抱着荆棘而死,可见皇恩浩荡,德被苍生,感天动地。大臣们纷纷向皇帝道贺,但听朝堂之上一片颂圣之声。第二年,黄巢起义席卷全国,大唐帝国随后战乱频仍,再无消停日子,直到二十年后土崩瓦解。如今大宋王朝正处于盛世,它的官员竟然同杨知至一个调门,仅从这一件事就可以看出,它的虚假繁荣就要被戳穿了。

中国老百姓几千年的生存史,就是小民盼望清官的历史。唐文宗年间,四川广元有一任县令叫何易于。有一次刺史崔朴带着宾客来到广元,想泛舟嘉陵江,让县令召集民夫拉纤。何县令将笏板插在腰间,抄起绳索,挽起袖子,做拉纤状。崔朴见县令要当纤夫,问他为什么。何易于说:"现在正是春天,百姓不是忙于春耕,就在养蚕桑,没有一点空闲时间。属下无事,可以当差。"刺史听了很羞愧,带着宾客上岸骑马一起回去了。其实老百姓懂得,这事虽小,但忤逆上官,实难做到,因此郑重其事地把它记下来。他们庆幸迎来了一位好官。

密州老百姓也很幸运,他们在大灾之年迎来了苏轼。"从来蝗旱必相资,此事吾闻老农语。"[①]他亲力亲为,以最高行政长官的身份,亲自组织捕蝗、灭蝗,以至手上都生出了老茧。北宋政府为鼓励捕蝗,实行以蝗换粮的措施,百姓可以用捕杀的蝗虫去官府换取粮食。苏轼也用这种补贴粮食的手段积极调动百姓灭蝗,同时他还采用古代流传下来的火烧法、掘土法来

---

① 苏轼《次韵章传道喜雨》。

灭蝗。蝗虫都是产卵于泥土中，以便虫卵顺利过冬，待来年气候温暖时孵化出土。为彻底消灭蝗虫，百姓用锄头将土翻起来，使虫卵暴露于外，让其被鸟雀啄食或者冻死。就这样不到一年，县衙已经处理了"蝗子"八千余斛，很大程度上控制了蝗灾。这些事都写进了他的诗中。

这时朝廷上吕惠卿任参知政事，这人的确是个干才，甫一上任，他就推行了另一项新法——手实法。通俗地说，这是一项公民财产申报制度：由住户自行申报财产，按照贫富分为五等，富户多交税，穷的少交或者不交；有田出租的多交，自己种地的少交。同时规定，鼓励举报申报不实行为，以所隐瞒财产的三分之一奖励举报者。从表面上看，这项法令与现代税法很有相通之处，抑制豪强，调节贫富。可惜原理相似没有用，社会实验与科学实验不同，科学实验允许失败，社会实验失败的代价实在太大，所以改革只能是积极、稳妥、渐进式的变革。不管想的如何美妙，实际情况是宋代根本不可能具备深入到一家一户的社会治理能力，所以只能借助告密揭发这种阴暗途径来推行。不仅土地田产，连同房屋、器具、货物以及鸡鸭猪牛马等家畜，都要征收赋税，农户隐瞒了一头猪一头驴，都被揭发出来。

善行也好，恶念也好，都不是天生的，只能是后天培养的。我们都希望在人心中捕捞到善良的珠贝，消灭那些诸如贪婪、告密、出卖等种种嗜血的蛇蝎，可惜说与做永远不能完全契合。连年灾荒，让百姓生活无以为继，手实法的实行，更是加重了百姓的负担。蝗旱相仍，从秋旱开始，冬小麦无法入种，直到十月中旬才稍下了一点雨雪，而这时天气已经寒冷难种，比常年十分中只种得二三。大灾之年，儿童是最大的受害者，乡里间弃儿大量增加，由其自生自灭。苏轼专门盘量储存的义仓粮食，拿出数百石别储之，每月支出六斗，专以收养弃儿。

旱灾、蝗灾、峻法，让密州的日子很难过，更为严峻的是，密州小民最后一条生存的路也要被堵死了。密州地区离海较近，是盐产区，小民多以贩盐为生，但是官府对此盘剥甚重，又逢灾年，若不为盗，惟有忍饥挨饿。此时密州地区已经盗贼纵横，朝廷又在动议在山东地区实行食盐专卖制度，如果急切推行，势必激起大规模民变。从熙宁二年苏轼上万言书遭到御史谢景温弹劾以后，苏轼已经有五年没有上书言事。此时作为一州最高长官，面对天灾人祸，苏轼再也不能沉默，连续三次上书朝廷，遍论旱灾蝗灾虐民、新法扰民、盐法害民的严酷现实。他斥责手实法引发告密之风，败坏人心；警告朝廷密州民风彪悍，远比杭州为甚，万一引发民变，后果不堪设想。请求朝廷减免密州税赋，对贩盐的小民，三百斤以下数额，全部免收盐税，为贫苦的贩盐小民提供了生路，避免了因盐税而引发严重的社会危机。

汉代时密州有一个隐士叫盖公，曹参在齐国时曾经向他请教治齐之术。盖公说："贵清静而为民自定。"盖公显然是老子信徒，主张清静无为。曹参从其言，把正堂让出来给盖公居住，专用黄老之术。后来曹参接替萧何任大汉丞相，凡是萧何制定的制度，一概不改。汉惠帝认为曹参不理政事，曹参说："皇上认为自己与高祖比如何？我与萧何比又如何？"惠帝说我如何敢与高祖比，你似乎也不如萧何。曹参说："陛下说的这番话很对。高帝与萧何平定了天下，法令已经明确，如今我等遵循原有的法度而不随意更改，不就行了吗？"所以说做事情充满了辩证法，什么时候大刀阔斧，什么时候萧规曹随，这里面有好大学问。

苏轼仿效曹参,在知州衙门以北专门修葺了一个房屋,名为盖公堂,又作《盖公堂记》,文中讲述了一个寓言故事:

从前我在家乡居住的时候,有人患病咳嗽,去看医生。医生认为腹中有毒虫,让他吃寒药,结果从肠胃到皮肤全都乱套了,一个月后百病皆生,发热怕冷,咳嗽不停。又去看另一个医生,医生认为是热病,给吃凉药,早上呕吐,晚上腹泻。病人很恐惧,便又回头又去找第一个医生,啥药都吃,结果病情更加恶化。乡里的老人教导他说:"这是医生的罪,药物的错。你没什么病!人活着,以气为主,食物为辅。现在你成天药不离口,各种毒素在你内脏里互相侵袭,劳损元气。你回到家里好好静养,好吃好喝,元气充实,则对症下药,一剂药即可见效。"病人听从了老人的劝告,一个月以后,病就完全好了。

其实何止是治国,今天我们对儿童如同病秧一样呵护,对学生搞填鸭式的教学,都跟文中医生对待病人一样,非但没帮忙,反倒是添乱。这点道理每个人都懂,可是轮到自己当家长为人师,还是禁不住折腾一番。

2

宋代文官待遇远较武人为优,除了薪俸优厚以外,各州县还由朝廷拨给公使钱,类似今天的业务招待费,用于宴请宾客,接待路过的各地官员,或者用于本地官员差旅之资。当时冗员、冗费问题突出,公使钱是一笔不小的开支。新法实行以后,公使钱削减了很多,这使得本已捉襟见肘的密州知州衙门更加困窘。

与富庶的杭州相比，密州只能算是穷乡僻壤。苏轼从通判杭州到知密州，看似升官，实则从前是舟楫通衢，如今是车马劳顿；从前是雕栏画栋，如今是房屋简陋；从前是湖山胜境，如今是桑麻原野；从前是衣食无忧，如今是斋厨索然。如同我们每个人一样，人到中年，骤然换了一个环境，都会有些许不适，何况前后还存在巨大反差。在给朋友的信中，苏轼反复回忆在杭州时与陈襄、张先等人的交游唱酬，抱怨密州"城中无山水，寺宇朴陋，僧皆粗野"，新环境连个朋友都没有，连僧侣都看起来乱头粗服，远不如辩才、可久等人灵透。过去的湖山之游，只能在记忆中搜寻了。

苏轼这时已经居官十九年，非但没有富贵，日子反倒越过越穷，以至于每日与同僚在古城荒废的园囿中挖些杞菊之类野菜，给寡淡的饭食增加一些调节味蕾的苦味。唐代陆龟蒙好食杞菊，五月至夏，枝叶老硬，气味苦涩，犹食不已，曾作《杞菊赋》。苏轼读后质疑寒士再穷困潦倒，也不至于嚼啮草木，想不到如今却又在自己身上应验，于是作《后杞菊赋》自嘲：

吁嗟先生，谁使汝坐堂上称太守？前宾客之造请，后掾属之趋走。朝衙达午，夕坐过酉。曾杯酒之不设，揽草木以诳口。对案颦蹙，举箸噎呕。

我说先生啊，谁让你坐在堂上，还叫做太守！前有宾客请你吃饭，后有手下僚属跟从。从早上到中午，再到傍晚酉时以后，这么长的时间里，没有喝过一杯酒，就是拿草木骗骗自己嘴巴。对着饭桌，皱起眉头，拿起筷子，难以下咽。你瞧你这日子过的，混成这个熊样。

> 人生一世，如屈伸肘。何者为贫，何者为富？何者为美，何者为陋？……春食苗，夏食叶，秋食花实而冬食根，庶几乎西河、南阳之寿。

我听了之后，笑着回答说："人生在世，就像手肘一样能直能屈。什么叫贫困，什么叫富有？什么叫美，什么叫陋？我以杞菊为食，春天吃苗，夏天吃叶，秋天吃果，冬天吃根，说不定我还能像子夏和南阳地方的人那样长寿呢！"

"西河"，指的是孔子的弟子子夏，据说活了一百岁；"南阳之寿"，是说南阳有菊水，有一个官员饮此水治好了多种疾病，近百岁才寿终。你们有钱人大鱼大肉，奢靡享乐，年纪轻轻就得高血脂、高血压、糖尿病，我以杞菊充饥，粗茶淡饭，反而能长命百岁。金山银山，荣华富贵，这些东西未必能提升你的生命质量，也无法延长你的寿命啊！

苏轼之可爱，就在于他不矫情、不造作，藏着端着不是他的风格，真情真意才是他的标签。他刚刚轻富贵，转过头来仍然忍不住比较杭州与密州：

> 灯火钱塘三五夜。明月如霜，照见人如画。帐底吹笙香吐麝。此般风味应无价。　寂寞山城人老也。击鼓吹箫，却入农桑社。火冷灯稀霜露下。昏昏雪意云垂野。
>
> ——《蝶恋花·密州上元》

元宵佳节，密州观灯，然而一半篇幅写的是杭州，那灯，那月，那人，那声，处处是人间的热闹繁华、诗情画意。而此时密州元宵，却是"寂寞山城人老也"，信步而行，耳闻箫鼓之声，原来是村民正在祈求丰年。大灾之年的佳节，箫鼓声中传递的不是人寿年丰的喜悦，分明是祈求上苍的无助。终于，火冷灯稀，寒风萧索，一片空旷苍凉，但见彤云四垂，阴霾欲雪。

孔子说四十不惑，其实四十岁一定会大惑特惑，这是人生最复杂的时刻。四十岁的人生，可能是你最得意的时候，也可能是你最失落的时候；可能是你最顺遂的时候，也可能是你最艰难的时候。不管怎样，总之绝不是你轻松闲适的时候。

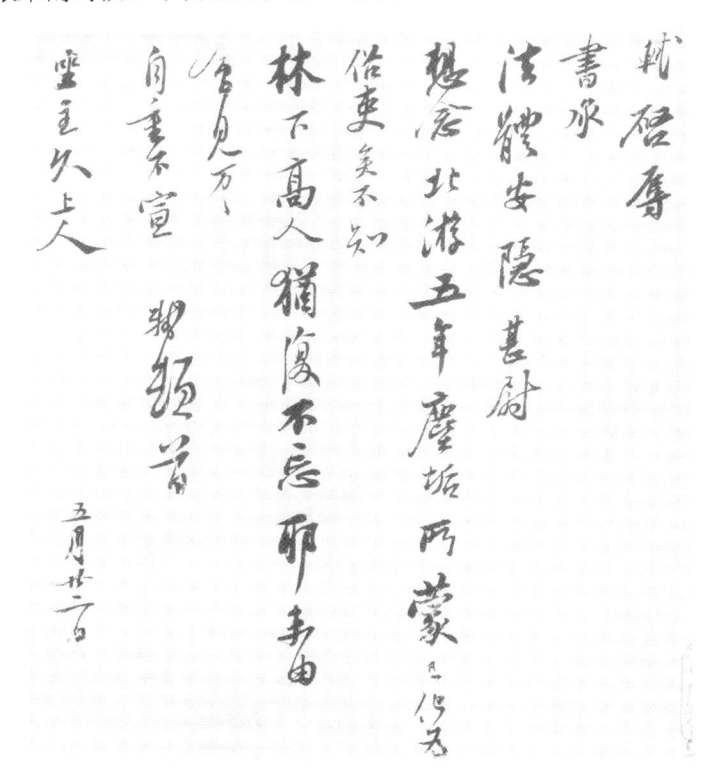

苏轼 北游帖

人生到这个年纪，少年时的理想之光已经不再炽烈，理性的大厦在心中悄然矗立，岁月不但改变了我们的容颜，也在改变我们的性情。苏轼此时刚好四十岁，他是人，并不是仙，我们遇到的烦心事，他也会遇到。长子苏迈已经十九岁，经苏轼求婚，苏迈迎娶殿中侍御史吕陶之女；次子苏迨七岁，小儿苏过四岁。这样一大家子人跟随自己四处奔波，艰难困苦，实在想不出有什么快乐的事。几年以后，苏轼在给杭州僧人的信中说："北游五年，尘垢所蒙，已化为俗吏矣"，正是这一苦闷时期的写照。

小孩不知愁滋味，经常缠着爸爸讲故事，累了一天的父亲往往没耐心没好气。苏夫人王闰之虽然不像堂姐王弗那样善于管理老公，可也是循循善诱：小孩子不会看人脸色，你比小孩子更甚，整天愁眉苦脸没个笑模样，有什么好愁的？

> 小儿不识愁，起坐牵我衣。
> 我欲嗔小儿，老妻劝儿痴。
> 儿痴君更甚，不乐愁何为。
> 还坐愧此言，洗盏当我前。
> 大胜刘伶妇，区区为酒钱。
>
> ——《小儿》

魏晋时刘伶是个著名酒鬼，酒瘾犯了，找老婆要酒，夫人涕泣劝道："君喝酒太过，不是养生之道，一定要戒掉。"刘伶说："好，我不能自禁，只有当着鬼神发誓，你把酒肉摆上，我发誓。"夫人从之。刘伶跪祝曰："天生刘伶，以酒为名。一饮一壶，五斗解酲①。妇儿之言，慎不可听"。说完饮酒吃肉，颓然复醉。嫁给刘伶这种人，真是够倒霉的。苏轼说王闰之"大胜刘伶妇"，实际也在说自己幡然醒悟，胜过刘伶。抽刀断水水更流，借酒浇愁愁更愁，人带着哭腔来到世间，总不能带着一副愁容回去，人生的一切内容，都藏在这副面容之中。

苏轼每到一地，必定精心营造属于自己的空间，这是他精神寄托之所，是诗意的栖居之地。官邸之西，园圃久废，于是洁其庭宇，伐安丘、高密之木，修补破败，渐成规模。园圃以北，有一段荒废已久的楼台，苏轼率僚属稍加修葺，遂成登临观览的妙处。苏轼请弟弟苏辙为此台命名，苏辙根据老子《道德经》"虽有荣观、燕处超然"句，名之曰"超然台"。苏轼见后大喜过望，纠缠在心中许久的心结瞬间得解，遂作《超然台记》，苏辙亦作《超然台赋》，司马光、文彦博、文同、鲜于子骏、李清臣、张耒等人纷纷做诗文唱和，超然台遂成为齐鲁文化名片。

"凡物皆有可观。苟有可观，皆有可乐，非必怪奇玮丽者也。餔糟啜漓皆可以醉，果蔬草木皆可以饱。推此类也，吾安往而不乐？"

人生无处不是美景，关键是你从哪个角度来审视。杭州吴山越语，山水佳丽，固然是人间至景，而密州的淳厚民风，千里莽原，何尝不是人间大美？每日山珍海味，茅台五粮液法国拉菲琼浆玉液，固然是大快朵颐，满足口腹之欲，而温一壶月

---

① 酲，喝醉神志不清。

下的老酒，搞几个小菜，偶尔和朋友撸几个串子，苦辣酸甜咸，一样是五味俱全，也没让舌尖委屈。可见快乐与否，全在内心，与外物无关。

> 人之所欲无穷，而物之可以足吾欲者有尽。美恶之辨战乎中，而去取之择交乎前。则可乐者常少，而可悲者常多。是谓求祸而辞福。夫求祸而辞福，岂人之情也哉？物有以盖之矣。彼游于物之内，而不游于物之外。物非有大小也，自其内而观之，未有不高且大者也。彼挟其高大以临我，则我常眩乱反覆，如隙中之观斗，又乌知胜负之所在。是以美恶横生，而忧乐出焉。可不大哀乎。

境由心生，幸福、快乐、从容、自在，都是一种感觉。人为什么有那么多不快乐，就是因为常常被欲望所困，为外物所扰。我们以为追求财富、地位、名利，就可以得到快乐，实际上只能让自己陷于"物之内"，徒增无限烦恼。同学少年多不贱，五陵衣马自轻肥。[①] 眼见昔日的同学少年纷纷为官做宰，豪商巨贾，宝马名车，非要与人比这些，必定是该吃饭时举箸难食，该睡觉时两眼望天，诸多焦虑，百般计较。当我们超越名利地位荣辱贫富这些外物，才发现良辰好景，赏心乐事，随处可拾。工作太忙，则乐得思索，乐得充实；职位不高，则乐得轻松，乐得酣梦；生活清贫，则乐得坦然，乐得宽慰。如此说来，快乐人生的一把钥匙，就是超然物外；有了这把钥匙，则

---

① 杜甫《秋兴八首》之三。

无往而不乐。

超然心态、超越精神是人生的至高境界。看一幅字，可以察觉字外之功；赏一幅画，可以看到象外之象；读一首诗，可以想到诗外之境。平芜尽处是春山，行人更在春山外，[①] 中国文人总是能够站在有限的空间里心游万仞，而他们能够具备自我疗伤能力，核心正在超然心态赋予了超越人生苦难的力量。

3

人生不是篮球场，不存在垃圾时间。我们每一天的所思所悟，当时可能觉得很平常，而回头再看，却发现过去的经历影响了整个人生这出大戏。苏轼在密州任上只有短短两年时间，在这两年中，他以一种开阔的视野、旷达的胸襟去超越现实的艰难困苦，他的思想开始进入成熟期。没有密州的超然，就不会有黄州的东坡。笔者甚至认为，苏东坡的人生，是从密州开始筑基的，远过倅杭时期。

这种超然物外的心态也直接影响到他的文学创作，如果要评出十佳苏词，那么至少有三首是在密州所作。南宋胡寅说：

> "词曲至东坡，一洗绮罗香泽之态，摆脱绸缪婉转之度，使人登高望远，举首高歌，而逸怀浩气，超乎尘垢之外，于是《花间》为皂隶，而耆卿为舆台矣。"

《花间词》是以温庭筠为代表的晚唐词集，内容多反映男

[①] 欧阳修《踏莎行》。

欢女爱，词藻华丽，格调绮靡。耆卿就是柳永，对宋词的发展贡献极大，是婉约派的代表人物。这个人在科举考场上是个倒霉蛋，从宋真宗时期开始，四次科考均名落孙山，直到宋仁宗时开恩科，才勉强得中，做了几任小官，后任屯田员外郎，故也被称为"柳屯田"。

在一次落第之后，柳永写了一首词，大发牢骚：

> 黄金榜上，偶失龙头望。明代暂遗贤，如何向。未遂风云便，争不恣狂荡。何须论得丧。才子词人，自是白衣卿相。　烟花巷陌，依约丹青屏障。幸有意中人，堪寻访。且恁偎红翠，风流事、平生畅。青春都一饷。忍把浮名，换了浅斟低唱。
>
> ——《鹤冲天·黄金榜上》

传说后来有人向仁宗推荐柳永，仁宗说："既然想要浅斟低唱，何必在意虚名，且去填词。"于是柳永自称"奉圣旨填词柳三变"（柳永原名三变，字耆卿），白衣卿相大名，流传于歌馆酒楼之间。范镇致仕后，亲旧间常唱柳词，范镇赞叹说："仁宗皇帝四十二年太平，我身为史官二十年，不能尽述，而柳永能尽形容之。"不经意间，给了柳永另一种极高的评价。

开元寺有僧人法明，落魄不检，嗜酒易醉，醉后必唱柳词。有人请斋饭，则不去；招饮酒，则必往，酒醉后保留节目，仍是歌柳永词数阕。就这样过了十几年，邻里小儿都称其为疯和尚。一日突然跟众僧说："我明日当逝去。"众僧不信。第二日法明坐禅床之上，对众僧说："我走了，当留一颂：平生醉里颠蹶，醉里却有分别。今宵酒醒何处，杨柳岸、晓风残月。①"言讫而逝。

有西夏使者到中原，谈中原风物说："凡有井水处，即能歌柳词。"这么多人喜欢柳词，大概只有疯和尚法明才是真懂柳永者。一则人这一辈子大概只能干成一两件事，非衣带渐宽，绝不可至；二则人心各有沉醉，何必强求一致，柳七填词法明唱，各有所属，各得其乐。若干年后，一个叫赵佶的人，琴棋书画俱是超一流水准，明明又是个柳永一类的伟大艺术家，偏偏当了皇帝，如此阴阳颠倒，造化弄人，这才是人间最大的疯癫。

宋人词风多受柳永影响，苏轼也不例外。但从密州时期开始，苏轼填词的题材大大拓展，凡可入诗的内容统统写入词内，将家国天下、人生感悟、生活情趣等题材广泛引入词中，极大扩充了词的容量，拓展了词的境界，把只能通过歌女之口传唱的"流行歌曲"，提升到与诗等量齐观的地位。

熙宁八年(1075年)冬天，苏轼因密州干旱而前去常山祈雨。归途中率僚属们到铁沟附近打猎，写下了著名的《江城子·密州出猎》：

> 老夫聊发少年狂。左牵黄。右擎苍。锦帽貂裘、千骑卷平冈。为报倾城随太守，亲射虎，看孙郎。酒酣胸胆尚开张。鬓微霜。又何妨。持节云中、何日遣冯唐？会挽雕弓如满月，西北望，射天狼。

几天后在写给好友的信中说："近却颇作小词，虽无柳七郎

---

① 柳永《雨霖铃》。

风味,亦自是一家。呵呵!数日前,猎于郊外,所获颇多,作得一阕,令东州壮士抵掌顿足而歌之,吹笛击鼓以为节,颇壮观也。"可见苏轼的得意之情。的确,从这时候起,苏轼树起了词风词格的另一面旗帜。

当年苏轼请求调往山东,是为了离苏辙近些。可是到了密州后由于忙于公务,二人一直未能见面。熙宁九年(1076年)中秋,苏轼与同僚在超然台把酒赏月,欢饮达旦,感慨万千,作了一首《水调歌头》。胡仔《苕溪渔隐丛话》说:"中秋词自东坡《水调歌头》一出,余词尽废。"

> 明月几时有?把酒问青天。不知天上宫阙,今夕是何年。我欲乘风归去,又恐琼楼玉宇,高处不胜寒。起舞弄清影,何似在人间。　转朱阁,低绮户,照无眠。不应有恨,何事长向别时圆!人有悲欢离合,月有阴晴圆缺,此事古难全。但愿人长久,千里共婵娟。
>
> ——《水调歌头》

人生不如意,果然十之八九。仅过了半个月,熙宁九年九月,朝廷诏命苏轼移知河中府。因等待继任者到位,直到十二月才得以启程赴济南,而那时苏辙已于此前的十月返京,兄弟俩终于没能在山东相会,这是济南的遗憾。苏轼于次年正月抵达泉城,苏辙之子苏迟、苏适、苏远立于雪中迎候。老友李常这时候任济南知州,苏轼在李常、李格非等人的陪同下逗留了一个月,留下了一些诗篇。李格非的女儿大大有名,她叫李清照。严格来说,李格非也可以算是苏门弟子。

到济南自然要游览大明湖、趵突泉。

　　四面垂杨十里荷。问云何处最花多。画楼南畔夕阳和。　天气乍凉人寂寞,光阴须得酒消磨。且来花里听笙歌。
　　　　　　　　　　——《浣溪沙·荷花》

在游览趵突泉时,苏轼曾在亭壁上画了一幅枯木图。据记载,苏轼自题年月,笔力遒劲,枝干虬结,非世间画工好手所能到。此后元祐年间,有人将这幅画摹刻上石,在金代时虽辗转流离,但仍保存完好。明代初年,苏轼在济南的墨迹已荡然无存,独有此石尚在,往来观摩者众。县中小吏不知出于什么心态,将此石扔于井中,断成数截。后被一个学官捞出,拼接后仍置于原处。正德年间,又有人将石刻翻刻于木板上。嘉靖年间,房屋修造,被一无知者统统当作垃圾扔到了门外,等到有识者追救,已经碎成一堆瓦砾。

第九章
黄　楼

1

熙宁十年（1077年）二月，苏轼一家离开济南西行，在山东郓城，与前来迎接的苏辙相会。从熙宁四年出京，兄弟俩已经六年没有见面。

十六年前，苏轼任凤翔府判官，苏辙送兄长至渑池，夜读唐代韦应物诗：宁知风雨夜，复得对床眠。兄弟俩恻然慨叹。风雨故人来，风雨夜百般孤寂，这时候有故人来访，对床而谈，尽兴而眠，实在是人生难得的机缘，一辈子恐怕也遇不上几回。于是两个年轻人相约，待功成名就，早些致仕退休，以为闲居之乐。然而宦海沉浮，如今儿女成行，仍然要到处奔波，聚少离多。

读书当然是为了出仕，自古只见到当官越当越上瘾的，很少见到主动退位让贤的。汉宣帝时有个名臣叫疏广，他和侄子疏受，一个任太子太傅，一个任太子少傅。这二疏正是如日中天受皇帝宠信时，坚决要求退休回家。皇帝赏赐黄金二十斤，皇太子赠金五十斤。二疏辞官回到家乡海州后，将朝廷所赐金钱全部散与乡里，不给子孙留有余财，认为子孙成为土豪，只能给家族惹祸，没有任何好处。像二疏这样的智者，实在是少之又少。老子说"知足不辱，知止不殆"，又说"功遂身退，天之道也"，这点道理读书人尽皆知晓。可是真要身体力行，又有几个人舍得那五斗米、万石食？何况退下来之后，官帽官服官车官轿俱都不在，走在街头闾巷，难免失落；又或者在位时官声不佳，也许凑到一群老头儿中下棋，还得遭白眼、受挤兑，那可确实有点尴尬。所以宁可皓首穷经，案牍劳形，仍然眷恋不舍那个官位。一旦不得已退下来，突然由大忙人变成大闲人，百无聊赖，吃不好睡不香，马上由神采奕奕变得老态龙钟，这种事也很常见。至于致仕前千方百计封妻荫子，为后代谋富贵，然后眼睁睁看着儿子坑爹，这种荒诞的人间"传奇"更是一再上演。

苏轼不是这种人。他一生的理想是杜甫那句"致君尧舜上，再使风俗淳"[①]，"致君尧舜"这四个字多次出现在他的诗词中，他对功名也很热心。但他对官位看得很淡，一无官瘾二无官腔三无官架子，他的心更贴近百姓，跟农夫野叟谈天说地，绝无一点隔阂。他的一些不同政见，也是更多地着眼于江湖野老，而不是只盯着庙堂之高。还有，苏轼的思想很复杂，他是一个儒释道杂糅的人，有时候说不清哪种思想占了上风，刚刚在一首词中渴望建功立业，报效国家，马上又在另一首诗中驾一叶扁舟，做精神上的逍遥游。几年前由杭州赴密州时，路过海州，苏轼专门瞻仰二疏遗迹，还曾专门作文纪念。在苏轼心中，二疏在庙堂为重臣、在江湖为庶民的洒脱与达观，才是理想中君子人格的体现。

---

① 杜甫《奉赠韦左丞丈二十二韵》。

惟天为健,而不干时。沈潜刚克,以变和之。于赫汉高,以智力王。凛然君臣,师友道丧。孝宣中兴,以法驭人。杀盖、韩、杨,盖三良臣①。先生怜之,振袂脱屣。使知区区,不足骄士。此意莫陈,千载于今。我观画图,涕下沾襟。

——《二疏图赞》

苏轼 二疏图赞

所以,皇帝让我当官,我就一定要当好。但是纠结于禄位,除了往上爬什么都不想,除了会当官什么都不会,这种蝇营狗苟的事与苏轼不沾边。正当苏轼到达陈桥驿,离东京已经近在咫尺时,朝廷有旨,改为知徐州,而且不得入国门。此时好友章惇已经被吕惠卿挤到湖州去了,吕惠卿已经被邓绾出卖贬到陈州去

① 盖、韩、杨,指汉代盖宽饶、韩延寿和杨怀三位忠臣,被汉宣帝所杀,苏轼文中说二疏为三人鸣不平。据《容斋随笔》考证,三人被杀时,二疏已经去职,苏轼用典有误。

了，王安石也已经罢相回金陵养老，朝中人事变更如此具有戏剧性，此时不让苏轼兄弟进入京城觐见皇帝，似有深意。苏轼懒得去想得太多，就近在范镇的一处庄园住下。

范镇归隐后常居洛阳，此时恰好在陈桥，闻说苏氏兄弟前来，倒履相迎，摆酒接风。苏轼的好友，驸马王诜闻风而至，先是派人送来酒食，两天后就急不可耐地招兄弟二人饮酒郊外四照亭。

王诜字晋卿，娶宋英宗之女为妻，善书画诗词，为人豪爽，广交文人雅士。治平年间结识苏轼，常引以为座上贵客，交情笃厚。富贵闲人多有雅好，他经常馈赠苏轼笔墨纸砚文房雅玩，甚至弓箭刀剑五花八门，苏轼一概不客气，照单全收。

几天后范镇去洛阳，月末回来时捎来司马光超然台诗。司马光自熙宁四年退居洛阳，深居简出，埋头写作《资治通鉴》，独与范镇等人偶聚。司马光的宴饮方式很特殊，他与范镇等好友相会于洛阳名园古寺，约定果实不过三品，肴馔不过五品，叫作"真率会"，在宋代奢靡之风盛行之时，如此俭朴，实在难能可贵。他还参加过文彦博举行的耆英会，除司马光以外，富弼、文彦博等十二人均在七十岁以上，当时富弼已经七十九岁。这些致仕官员按照年龄而不是官职排定座次，诸老须眉皓白，功成身退，不再留意朝廷是是非非，专注于夕阳好景，一时传为佳话。苏轼听到这些趣闻，不禁暗想人间各有活法，连退休的日子都能够有声有色、有滋有味，越发羡慕起致仕生活来，于是和苏辙再次唱和，重提风雨对床之约。

这时候张方平任南京留守，邀请苏辙签书应天府判官。苏辙随兄长到徐州，盘桓了将近半年，在一起过了中秋节，方才离徐赴任。

徐州古称彭城，东襟淮海，西接中原，南屏江淮，北扼齐鲁，自古以来就是兵家必争之地。相比于偏远的密州，徐州的条件要好多了，盗贼衰少，争讼寂然，工作很轻松。初来乍到，很是想念朋友，苏轼频繁与各地旧交往来信函，索要近作诗词，邀请朋友们来徐州做客。好友王巩本来约好重阳节时赴徐，不知为什么迟迟不到，中间寄来一首诗，再就没有消息了。

苏轼哪里知道，黄河于七月在澶渊曹村决口，在附近几十个州县肆虐近两个月，此时突然转道，直奔徐州而来。他的那些朋友，全都被大水所阻。洪水滔天，徐州在顷刻间成了汪洋中的孤岛！

2

黄河虽然在曹村决口，但是徐州附近的汴河泗水一直处于秋旱之中，徐州人开始抱怨老天爷不下雨，民间又在酝酿祈雨活动。谁知八月下旬，忽然暴雨多日，河水猛涨，黄河决堤之水与河水汇集一道，势不可挡，自水泊梁山向南席卷而来。徐州城南两山环绕，大水无处宣泄，全部汇聚于城下。从九月九日水过城下，至二十一日，城外水位高达两丈八尺，超过城中平地一丈有余。

苏轼登上城墙视察水文，城外已经一片汪洋，尤其是外城东南角，洪水与城墙顶端仅有三尺之差，大水随时可能漫过长堤，将全城夷为平地。

苏轼立即调集五千民夫，亲自在城头坐镇指挥，日夜加固城墙。正在这时，城中有钱的大户开始收拾细软，安排舟楫，准备出城逃难。苏轼知道，在这种危难时刻，如果人心大乱，那可要比洪水袭城还要危险。如果任由富人出城,城中留下的穷人定会恐慌,那时候必定发生骚乱,外有洪水,内有盗贼,徐州会变成一片废墟。苏轼站在城头,面对吵嚷出城的百姓,大声疾呼:"有本官在此,洪水绝不能败城!"令士卒将百姓劝回家中。百姓见知州大人如此决绝,遂同仇敌忾,成年男丁全部出动,严防死守,誓与徐州共存亡。

眼见城中成年男子调集已尽,洪水势头越发凶猛,必须加派人手。此时只剩下最后一个办法,那就是调集附近驻军。苏轼亲自前往武卫营,请求禁军施以援手。北宋除了边防驻军,还在京师附近屯集重兵,是为禁军,显然这是为了防止"陈桥兵变"再次发生。除非皇帝手令和枢密院公文,否则连宰相都无权调动禁军,武卫营长官面有难色。苏轼道:"洪水将漫城,百姓危在旦夕。虽然你们是皇家禁军,仍然希望能够从权,与我们一道,拯救危城。"

禁军指挥官为苏轼所感:"大人如此为百姓辛劳,我等自当效命!"毅然带领属下官兵奔赴抗洪一线。苏轼开仓放粮,供给处于抗洪一线的士兵和群众,周济因洪水而缺粮的困难户;派医疗队及时救治伤者和病人;组织兵卒日夜在城中巡逻,维持社会治安;派出船只搜救城外困于洪水中的百姓。但见船只几乎在城头行走,令人惊恐万状。苏轼连续多个夜晚宿于城墙之上,身披蓑衣,手拄竹杖,靠前指挥,几次白日过家门而不入。经过日夜苦战,终于修造了一条长三千米、高一丈、宽二丈的堤防。十月五日,水渐退,十月十三日,黄河复归故道,徐州城终于转危为安。

京东路安抚使等向朝廷奏报了苏轼防洪之功。水至而民不恐,水大至而民不溃,水退而民益亲,苏轼这时候充分展现了他的为政才能。在此之前，他或者是州府副手，或者身处偏远之地，无从施展拳脚，现在作为显要州府的最高长官，他可以大展身手。此时他来不及想着什么庆功的事，而是立即组织僚属勘测规划，防备明年洪水再次来袭。

在给朋友的信中，苏轼说，徐州任期之后，他仍想到东南一带任职。但是不能在两年后把麻烦丢给继任者。他决心要为徐州建设一条可以抵御百年洪水的堤防。方案是这样的：在城外筑石岸一道，预算二万九千贯，民夫一万余人，于第二年正月下手，至四五月间完工。虽费用稍高，但可保万全。然而这份工程计划呈报朝廷，迟迟没有获得批复，眼见已经是来年开春，朝廷开始在澶渊修筑防洪设施，看来已经不可能有财力和人力顾及徐州方面了。

苏轼不得已修改方案，改石岸为木岸，以降低工程造价。同时专门致书刘攽，刘攽的侄子在中书省任职，希望他帮忙走个后门，请侄子代为斡旋，促使朝廷批准这个计划。元丰元年（1078年）春季，朝廷终于核准拨付专款二万四千贯，用工七千余人，修筑防洪大堤。神宗皇帝还专门下诏，表彰苏轼及徐州官员的抗洪之功。

除了修筑堤岸以外，苏轼心中另有计划，他要给徐州留下一座规模宏大的建筑，使之成为徐州最显赫的景观。在徐州城东门城墙上，建起一座百尺高的楼宇，按照金木水火土五行之说，土能克水，故取名黄楼。与黄楼相比，超然台只能算是一座土堆，黄楼却是雕梁画栋，蔚为壮观。在与友人的信中，他谦虚地称自己并不善水利土工，形势所迫，赶鸭子上架。实际上苏轼最喜营造，他是一个建筑师，既乐于为之，更善于为之。

防洪工程完工以后，黄楼也于元丰元年九月九日落成，苏轼举行了盛大的落成典礼。徐州城万人空巷，人们欢庆战胜了百年罕见的水灾，企望黄楼永远屹立于城东，镇压洪水，永绝后患。这一天是重阳节，苏轼邀请八方名士耆宿登楼赏景，好友王巩此时终于赶来，出席黄楼落成仪式。在此之前，苏轼专门请苏辙作《黄楼赋》以记载盛事，自己亲自动笔，工楷录于白绢之上，请高手匠人摹刻上石。苏辙还为碑刻拟一题头，为"山川开合"四字，亦请苏轼题写。徐州有一个营妓叫马盼盼，非常喜欢苏字，也善仿苏体。这姑娘以苏体写了这四个字，呈给苏轼看，本来是想博众人一乐，哪知苏轼见之哈哈大笑，自己不再另题，而是提笔略为润色，刻之上石。

一千年来，黄楼成了徐州的骄傲。苏轼所书《黄楼赋》刻石，竟然也有传奇。在苏轼晚年遭到贬谪流放时，他的所有碑刻匾额都为朝廷严令毁坏。当时的徐州知州也得执行这道命令，他教人将石碑直接扔到了城下护城河中，将黄楼更名为观风楼——这个名字取得如此有趣，今天我们可以猜想这位知州分明是在观风，所以并没有把事情做绝，把刻石砸碎。过了十多年，人们已经不再把这个禁令当回事。那时候苏轼已死，他的书法已经奇货可居，动手早的秘不示人，动手晚的重金求购。这时候的徐州知州叫苗仲先，他派人将《黄楼赋》刻石捞出，摹拓几千本，然后恍然大悟地说："禁令尚未取消，看我这记性，这个碑不能留着。"令人将此碑彻底砸碎。

据说古人拓碑有个不太好的习惯，就是自己拓完之后，在原碑不起眼的地方或是某字笔画中敲掉一小块，这样自己的拓本就好于此后的拓本。有点小私心，也不算太过分。其实不必人为破坏，时间会模糊任何历史、任何文字，刻在石头上也是一样，后世的拓本肯定不如早先的拓本。这个黄知州肯定发了一笔横财，他为了一己之私，竟然将原石彻底销毁，这就叫坏人。他摹拓的几千本《黄楼赋》，没有一纸流传到今天，给黄楼留下了莫大的遗憾。

抗洪和修堤用去了一年多时间，两年任期将至，苏轼要用余下的时间给徐州百姓做点好事。他在视察监狱时发现，狱中囚犯因病致死者甚多。

苏轼 黄楼帖

宋代有律法，官吏鞭打囚犯致死者，从知州到直接责任者都要受到处罚，但是对囚犯在狱中病死并无规定。治平四年，宋英宗曾下手诏，诏令凡是囚犯病死，要追究州县长官的责任。这一诏令实在缺乏可操作性，自由人都会病死，何况囚犯，而且这种事无关政绩，因此各地并未执行。苏轼经过调查，请求朝廷重视监狱囚犯的医疗保健问题，建议为各地监狱配备医疗队伍，列支部分免役钱作为医疗开支。同时根据各地监狱病死人数分为四等进行考核，对超出量化要求的给予处罚，直至治罪。

这种事在今天不算什么，但是在一千年以前，则堪称伟大。苏轼是一个伟大的人道主义者，他悲天悯人的情怀超越了他的时代，为后世提供了为官典范，这才是苏轼受到百姓爱戴的根本原因。

3

黄楼在落成之时，它就不仅仅是一座建筑，而是意味着一场文化盛宴。苏轼后来将在徐州时期写的诗结为《黄楼集》，密州时期的诗作名为《超然集》。而在此前，他在杭州时期所作诗文已经刊刻流传于世，名为《钱塘集》，高丽使者来到杭州，专门搜购此书。

徐州有一处名胜叫燕子楼，是唐代徐州节度使张愔为爱妾关盼盼所建。著名诗人白居易到张府做客，曾为关盼盼题诗。张愔后来病死，府中姬妾俱都散去，唯有关盼盼独居燕子楼十年，誓不再嫁。有人将关盼盼此时作的诗拿给白居易看，白居易和了三首，其中有一首写道：

> 黄金不惜买娥眉，拣得如花三四枝。
> 歌舞教成心力尽，一朝身去不相随。
> ——白居易《感故张仆射诸妓》其二

这分明是在指责关盼盼没能随夫君于九泉之下，关盼盼见到这首诗，遂绝食而死。很难想象《琵琶行》的作者还能干出这等缺德事，所以说礼教杀人，血迹斑斑。

苏轼在一个月圆之夜凭吊燕子楼，作了一首词。有的苏词版本说苏轼当晚宿于燕子楼中，晚上梦到了关盼盼，这简直是要上演宋代聊斋故事，鬼气森森，着实有点吓人，实在是有点太离谱了。

> 明月如霜,好风如水,清景无限。曲港跳鱼,圆荷泻露,寂寞无人见。紞①如三鼓,铿然一叶,黯黯梦云惊断。夜茫茫、重寻无处,觉来小园行遍。
>
> 天涯倦客,山中归路,望断故园心眼。燕子楼空,佳人何在,空锁楼中燕。古今如梦,何曾梦觉,但有旧欢新怨。异时对、黄楼夜景,为余浩叹。
>
> ——《永遇乐》

苏轼作了这首词,还摆在案头躺在诗稿中,有一天突然哄传于城中。苏轼很诧异,派人去查,最后查出最初的传出者是一个巡逻的士卒。苏轼召之问话,士卒说:"某粗通音律,月圆之夜在燕子楼外巡逻时,听到歌声,就是此词,于是记了下来。"苏轼方悟正是自己一行人当夜吟唱,以至被人传开。

的确,现在苏轼一有新作,马上就会流传四方。经常有人向他请教吟诗作文之法,而来人只要有片言可取,苏轼一定会倾囊相授。他赠人治学之法,指出惟有笃实勿浮、发愤刻苦,别无他途。

> 学如富贾在博收,仰取俯拾无遗筹。
> 道大如天不可求,修其可见致其幽。
> 愿子笃实慎勿浮,发愤忘食乐忘忧。
>
> ——《代书答梁先》

---

① 紞,击鼓声。

也会遇到基础实在太差的,这种情况开个善意的玩笑很合适。有人拿诗作请苏轼看,问曰:"可有分数否?"苏轼说:"十分。"来人大喜,苏轼接着说:"三分诗,七分读耳。"

从二十岁步入文坛,到这时已经二十多年。当年苏轼考中进士时,给老师欧阳修的信中,他写道:"士无贤愚,惟其所遇。"意思是说学生都差不多,我是遇到您这个好老师了。

苏轼现在想的正是"惟其所遇",他要当个好老师,他已经四十多岁了,欧阳修指望他执掌文坛,这是他的责任。早在七年以前,苏轼在京城任职时,十七岁的张耒就拜入他的门下。四年前,同样是十七岁的晁补之,遍览钱塘山川,仿汉代枚乘《七发》,作《七述》拜呈苏轼。苏轼当时正想作赋体散文,以为杭州添彩,见到年轻后生的文章,叹道:"我可以搁笔矣。"从此晁补之进入苏门,虽疾风苦雨,晨起夜半,有所疑惑,必去请教。苏轼亦与之优游讲析,不记寝食,必意尽而后止。黄楼落成以后,晁补之专程从东南赶来,拜谒老师。苏轼看了他的近作,嘱咐他先求语言平实,不要过于追求辞藻。

秦观在此期间出现在苏轼生活中。他和苏轼相识很有传奇色彩。几年前苏轼路过扬州,秦观模仿苏轼的风格,在一座寺庙墙壁上题诗一首,苏轼见后很是惊讶,后在孙觉处读秦观诗文,对孙觉说:"从前书壁者,必是此郎也。"这次秦观要到京城参加进士考试,从高邮赶来拜见,苏轼极为高兴。秦观在赠诗中说:

人生异趣各有求,系风捕影只怀忧。

> 我独不愿万户侯，惟愿一识苏徐州。
>
> ——《别子瞻》

在苏门弟子中，秦观是最具有传奇色彩的一个，主要是因为这个风流倜傥的青年诗人喜欢到处留情。民间流传最广的故事是秦观娶了苏轼的妹妹，苏小妹三难新郎，实际上苏轼根本没有这样一个妹妹。与苏词的逃情不同，少游词堪称风月情浓，他的每一篇流传千古的词作背后，都有一个缠绵悱恻的爱情故事。

> 山抹微云，天连衰草，画角声断谯门。暂停征棹，聊共引离尊。多少蓬莱旧事，空回首、烟霭纷纷。斜阳外，寒鸦万点，流水绕孤村。
>
> 销魂。当此际，香囊暗解，罗带轻分。谩赢得、青楼薄幸名存。此去何时见也，襟袖上、空惹啼痕。伤情处，高城望断，灯火已黄昏。
>
> ——《满庭芳》

这是秦观最杰出的词作之一，山抹微云、寒鸦万点、流水绕孤村云云，情景交融，精致到无以复加。苏轼看后经常开玩笑说："山抹微云秦学士，露花倒影柳屯田。"把秦观与柳永相提并论，常人见到这样的评价，肯定会心花怒放。可聪明的秦观岂有不知，苏轼这是笑他气格不够，过于纤巧。

最重要的人物总是在最后出场。比苏轼小八岁的黄庭坚，是李常的外甥，孙觉的女婿。他在大名府任国子监教授，这时候寄诗求教，希望列于苏轼门下，他在诗中将苏轼比作青松，把自己比作小草：

> 青松出涧壑，十里闻风声。
> 上有百尺丝，下有千岁苓。
> 自性得久要，为人制颓龄。
> 小草有远志，相依在平生。
>
> ——《古风二首上苏子瞻》

苏轼给黄庭坚回复了一封长信，说自己早在孙觉处就见过他的大作，"耸然异之，以为非今世之人"。孙觉希望苏轼为其扬名，苏轼说"此人如精金美玉，想逃名都逃不掉，他用不着去炒作，自然会有人贴近，哪里还用得着我呢？"称赞黄庭坚"超逸绝尘，独立万物之表；驭风骑气，以与造物者游。"苏轼说的并不是客套话，黄庭坚后来成为"江西诗派"的开山鼻祖，书法成就也足以与苏轼比肩，历来称二人为"苏黄"。

苏门文人集团的基本框架到这时候已经形成，日后还将扩大，没能被列入苏门的人也许会不高兴，以至于在前面"四学士"之外，又有"后四学士"之称。而在此之外，后世依然为一些人抱屈，考据多多，争论不休。

一些世外之人也纷纷接近苏轼，最有名的是诗僧道潜和尚，即在杭州时结识的参寥子。一次在黄楼上集会，这种时候苏轼一般不会放弃打趣和尚的机会。他让歌姬盼盼找道潜索诗，和尚自然知道苏轼用意，一挥而就：

> 寄语巫山窈窕娘，好将幽梦恼襄王。
> 禅心已作沾泥絮，不逐东风上下狂。

你虽然像巫山神女一般,但只能让楚襄王这样的风流种子动心。我的心已似柳絮坠于泥涂,即使春风荡漾,也飞不起来了。苏轼对诗大为称赏,见此心语,尤为心服口服。

苏轼与王巩的交游后来带来了很大麻烦。王巩字定国,他是真宗朝宰相王旦之孙,能诗善画。这个风流王孙官位不高,千里迢迢看望苏轼,竟然带了一车美酒、三个歌妓。傍晚时分,苏轼在黄楼置酒,他别出心裁,身着一件五彩羽衣,把自己打扮成神话中的仙人。当是时,人们登于黄楼之上,举目四望,天宇城郭,山川苍茫,商贾船只,群帆竞进,桑麻原野,一望无边。

苏轼与王巩把酒临风:"李太白死,世间无此乐三百年矣!"

第十章
子瞻何罪

1

元丰二年（1079年）七月，苏轼遇上了大麻烦，他被抓进了御史台监狱，这个事件史称"乌台诗案"。"乌台"就是御史台，西汉时因这个机构驻地乌鸦很多，因此被称为"乌台"。这一突发事件在当时牵动了全国人的心，但是人们没有意识到，一个著名诗人因诗而获罪，会成为一个重大历史事件，深刻影响了历史进程。今天当我们将乌台诗案放在整个北宋中后期的历史链条中，会发现这件事竟然是非常关键的一环，此前的王安石变法，此后的元祐更化，乱哄哄的党争，直到蔡京专权北宋灭亡，一切都有因有果，有来有去，有始有终。

与苏东坡的很多轶事不同，乌台诗案的整个过程可信度非常高，这是因为有关诗案的原始档案被完整地传抄、保存下来，这本身就充满了玄机，耐人寻味。靖康年间，金兵南侵，北宋灭亡，当时的御史台官员携带的档案文书，其中就有乌台诗案。在仓皇南渡后，这份档案成了御史中丞张全真的私人藏品。张全真死后，宰相张浚为他写墓志铭，张全真的儿子将诗案的一半给了张浚作为润笔，留下了另一半。有人见过档案的供状，都是苏轼亲笔，有涂改处，也有苏轼画押和御史台印鉴。不要说内容，单单是苏轼墨迹，已足以为传家之宝。

在原始档案流落民间之前，当时的御史台官员就已经借工作之便传抄文本内容，这使得"乌台诗案"形成了不同的版本。今天公认的看法是，南宋朋九万编纂的《东坡乌台诗案》一书最为完备，其中包括了起诉状（御史弹劾劄子）、供述状（苏轼供词）、结案文（判决书）。朋九万，只知道是南宋四川人，其他一概不知，有人说根本没有"朋"姓，这个名字无非是说"同党非常多"，也许是个假名。

这样一个重大事件，它的诱因竟然是极其可笑的，隐藏在背后的动机更是卑劣。更让人笑掉大牙的是，这种拿不到台面上的下作心理，竟然留下了痕迹流传后世，让我们在今天根本用不着猜测，只需要发现其中的逻辑关联即可。

元丰二年三月，苏轼调任湖州知州。此前我们说过，苏轼曾经明确说过徐州任后仍想去东南任职，显然朝廷满足了他的愿望。他先到河南商丘张方平家里呆了半个月，这是他几年来第三次拜访张方平。一个月以后，四月二十日到达湖州。按照惯例，到任后要上谢表，这是一种无聊文章，无一例外要说一些圣眷在耳、感谢天恩的话。不但升官、平调要上谢表，就是被贬谪被流放，都要上这种阿谀之文，无非前者要说"皇恩浩荡"，后者要说"臣罪当诛"，当诛而未诛，留下一条小命，岂不更加"皇恩浩荡"，更需要感激涕零、跪谢天恩？

苏轼的谢表，前面还比较正常，说自己"性资顽鄙，议论疏阔，文学浅陋，独无寸长"，虽然谦虚过头了，可也没别的写法，只能这样写。接下来的话就容易让人引发联想："荷先帝之误恩，擢置三馆；蒙陛下之过听，付以两州"。你苏轼什么意思啊,前面说自己"文学浅陋",马上就摆资格,谁不知道你早早进了馆阁,又有多年基层任职经历,担任过两个州府的最高长官,现在是第三个,摆这些资历干啥,咋啦,嫌官小了还是嫌升官慢了?

下面的文字就更给人添堵了:"知其愚不适时,难以追陪新进;察其老不生事,或能牧养小民。"我苏轼愚笨,已经跟不上形势,难以与新进步的官员们共事;年纪也大了,正好在湖州这样的小地方教化庶民,陛下派臣到湖州,真是再合适不过了。

文字是容易惹事的,说者无心,听者有意。古代如此,今日仍是如此。同学的女儿结婚,这是我们这拨人中的第一个儿女喜事。同学找我索字,留个纪念。这个要求必须得满足,时间紧迫,赶紧翻箱倒柜找作品。展开一卷,有"但愿人长久,千里共婵娟",这个不行,这岂不是祝小夫妻两地分居?又展开一卷,有"两情若是久长时,又岂在朝朝暮暮",也不行,仍是两地分居。再展开一卷,有"出师未捷身先死,长使英雄泪满襟",还不行。再展开一卷,是几首李商隐的《无题》诗,心想李义山诗意朦胧,"昨夜星辰昨夜风"之类没啥明显不妥,于是不再细看,匆忙寄去。哪知同学收到后,愤怒地打电话过来:"你写的什么字,自己看图片!"我点开他发来的图片,只见最后一首诗是这样的:

> 何处哀筝随急管,樱花永巷垂杨岸。
> 东家老女嫁不售,白日当天三月半。
> 溧阳公主年十四,清明暖后同墙看。
> 归来展转到五更,梁间燕子闻长叹。
>
> ——李商隐《无题》

邻家的女儿已经很大年纪了，还嫁不出去，于是在三月的春光下，临风洒泪，顾影自怜。溧阳公主是南朝梁简文帝的女儿，十四岁嫁给大将军侯景，人家小夫妻同游，风光旖旎，再看看邻家老女，真凄惨。我的天哪，这笑话闹的，我就是煞费苦心讽刺人家闺女，都未必能找得到这样的诗句！我慌忙打电话回去："臣罪当诛，臣罪当诛啊！"同学知道我是无心之失，哈哈一笑："如果要编《新世说新语》，当以此开篇！"

写小说都未必能遇到如此恰当的素材，而此事是活生生的真实。细想真是差点惹麻烦，假如不是情深意笃的老友，或者人家心有不满而不好意思责问，那这个心结可有多么难受！

顺手牵来今日生活中的笑话，只是想说明，苏轼也并非是有意为之。他固然看不起一些人，但在呈给皇帝的谢表中嘲弄这些人，文不对题；他是个士大夫，不论对时政有哪些看法，他都不可能去得罪皇帝。实际情况也是如此，谢表上后，没起什么波澜。按照林语堂的说法，宋代是有邸报的，就是朝廷大事、各地奏章、情况反映，及时通报全国。清代有这样的制度，没有证据表明宋代也有，姑且认为有吧。宋神宗没觉得谢表有何不妥，倒是有些人被激怒了。

这里有必要回忆一下。王安石变法初期，贬谪外放了十几名御史和谏官，也提拔了一些人，把本来是专门监督宰执系统的台谏官，变成了支持和维护新法的扈从。这些人就是所谓的"新进"，我们已经说过，这些新进之人有一些是"躁进之士""幸进之士"，心地不是那么宽，人品也不是那么好，当官的目的也不是那么纯。这种人有一个共同的特点：他们往往是精神上的侏儒，就像阿Q的癞痢头，"秃"固然绝对不能说，

"光""亮"也会犯忌,就是扫一眼都会让人很受伤。于是,这些"受伤"的人,他们决心要给苏轼一点颜色看看。苏轼的文字已经流传全国,连外国使者来到中国,都四处求购苏轼的诗集,可见找到苏诗是很容易的事情。他们做了一些功课,从苏轼诗作入手,找出议论新法不便、讥讽朝政的句子,搜肠刮肚,安插罪名。

三个月后,元丰二年(1079年)七月四日,监察御史里行何正臣上劄子,随后同僚舒亶上劄子,中心是苏轼写诗谤讪朝廷。然而他们都是首先对苏轼的谢表发难,何正臣更是在开篇就引用了苏轼"难陪新进、牧养小民"的话。几乎是同时,御史中丞李定——就是那个被嘲笑不服母丧的人,他给苏轼安了四项罪状,呈送皇帝。而他的劄子第一句话竟然说苏轼"初无学术,滥得时名,偶中异科,遂叨儒馆",醋意大发,妒火熊熊,一千年后都能感觉到。要知道,乌台诗案的核心内容是苏轼的诗歌,而这几份起诉状告诉我们,它的导火索是那篇谢表。也就是说,苏轼并没有得罪皇帝,而是得罪了小人!

御史中丞亲自上书弹劾,此事非同小可,这种时候,连宰相都得在家待罪,等候调查结果。宋神宗只能听御史台的,也就是同意立案调查。御史台本来建议将苏轼一路关入各地监狱中,宋神宗没有同意,只是下旨召苏轼回京问话。

苏轼的好友中,王诜最早得到了这个消息,他是驸马,耳朵比别人灵。王诜赶紧派人火速到南京苏辙处,苏辙派人连夜赶路,希望能在御史台官员到达湖州之前,提前通知苏轼,好有个思想准备。派去逮捕苏轼的官员叫皇甫遵,他们早已出发,可是在半路上皇甫遵的儿子却病了,耽搁了时间,使得苏辙的信使先一步到达湖州。

苏轼这些天心情不太好,年初他的堂表兄文同去世了。去年苏轼还曾找他索要墨竹装点黄楼,如今却阴阳永隔。这些天苏轼特意做了一篇文同画竹的文章,以纪念这位画艺上的至交。苏辙信使的到来,让苏轼极为震惊,他立即称病,由通判代理知州政务。信使无法说得更加明白,现在只知道是诗歌惹事了,到底是托物讥讽,还是对皇上大不敬,这里面的区别可是太大了。

正没理会处,皇甫遵到了。一众官吏站在湖州公堂之外,朗声宣召苏轼出来相见。苏轼哪里见过这等阵势,他害怕了,躲在后堂不敢出来。湖州通判说这样躲着不是个办法,总是要出去见面的。

苏轼只好硬着头皮来到庭中,向皇甫遵施礼:"轼自知多方开罪朝廷,臣罪当诛,罪不可赦。只是不知是否容我与家人告别?"在乌台诗案的审理与各方论辩中,"臣罪当诛"四个字起到了非常关键的作用,在此后的一百多天时间里,这四个字多次登场,宋神宗的耳朵肯定是变厚了。

皇甫遵说:"并无如此严重。"

湖州通判道:"可有朝廷公文?"

皇甫遵遂出示朝廷公文,原来公文只说免去苏轼职务,传唤进京。

苏轼到家时,家里乱成一团,哭声一片。苏轼对夫人王闰之说,你该作首诗送我。王闰之说此时我哪有心情作诗呢,苏轼于是给夫人讲了一个故事:

宋真宗时,皇帝寻访隐逸的高人出来做官,有人推荐了杨朴。杨朴不愿意出来做官,可是被官府的人裹胁进京,晋见皇帝。皇帝问杨朴是否会作诗,杨朴回答不会。

皇帝问："朋友们送你时，没有赠你诗作吗？"

杨朴说："没有。只有我夫人送了一首诗。"于是读给皇帝听：

更休落魄贪杯酒，亦莫猖狂爱咏诗。
今日捉将官里去，这回断送老头皮！

宋真宗听后哈哈大笑，于是不再强求杨朴出来做官，放归乡里。苏轼笑着说，闰之应该学杨朴的夫人，也送我一首这样的诗才对啊。王闰之听了，破涕为笑。其实夫妻俩都知道，他们是强颜欢笑而已。

尽管在家人面前若无其事，可是一旦孤独上路，苏轼的内心是极度惶恐的。鞋挤不挤脚，只有脚知道。他在诗中怒骂暴政弊政，如今该如何面对御史台的审讯？船过扬州、经高邮、进太湖，扬州平山堂，那是欧阳修在扬州为官时修建，苏轼这时候动了跳水自尽的念头。"平山栏槛倚晴空，山色有无中。"[①]在这里了结，倒是一个好去处。可是转念一想，自己一了百了，可是苏辙怎么办？那些与自己诗词唱和的友人怎么办？他们都会因为自己而受到更大的牵连！如果这样自我了结，不会有人替自己喊冤，更不会有人为自己翻案，那可真做成了铁案，罪不可赦，死有余辜，死了还要背负骂名！

还是要活下去，真的要死，那就让皇上来杀我好了！

1079年八月那个夜晚，月色昏黑，水声呜咽，流过千年时光。

---

① 欧阳修《朝中措》。

2

苏轼于元丰二年（1079年）八月十八日被押解到京，立即被投入御史台监狱。当日御史台官员就向苏轼宣布，奉旨勘问其所做诗文谤讪朝政事。同时御史问道，自苏轼起向上追溯五辈，是否有丹书铁券。丹书铁券是皇帝赐给功臣的赦罪凭证，苏轼自然是没有。按宋代律法，犯有不赦的死罪，家族五代祖上有丹书铁券，即可减轻罪责；其他较轻的罪过，则只能泽被三代。也就是说，越是大罪，丹书铁券反而越有用、功效越久。如今问到五代，看来是大事不妙。

来人哪，把案犯带上来！

八月二十日，审讯正式开始。主审官李定的案头摆着《钱塘集》，这就叫明摆着的事，还有什么好辩白的，说吧！

所有的囚徒都是一样的，最先供认的，肯定是法官已经知道的。苏轼的诗并不好懂，他肚子里装的书太多，经常接二连三地往外倒，这使得他的诗中充斥着典故，有卖弄学问的嫌疑。不要说今天的人们离开注释肯定看不懂，就是宋人要想捕捉到诗中隐藏的含义，也并不是那么容易。第一次审讯，苏轼痛快地承认，自己在杭州时期写的《山村五绝》确有讥讽之意，其他作品并未干涉时事。

这几首诗我们在前面已经引述过，"但令黄犊无人佩，布谷何劳也劝耕""岂是闻韶解忘味，迩来三月食无盐""赢得儿童语音好，一年强半在城中"等等——这里面的嘲讪之意实在明显，几位御史上的弹劾奏章恰好都引用过。凭这样几首诗想治苏轼重罪，显然分量还有点轻。

御史们加大了审讯力度，日夜逼问。就在苏轼入狱时，还有一个官员身陷囹圄。他叫苏颂，后来官至宰相，在一个杀人案件的审判中，涉嫌减轻凶犯的罪责而被弹劾，入狱审查。苏颂听到苏轼被严厉责骂，日夜诟辱，虽然没有受到严刑拷打，但是已经听得胆战心惊。

两天后，苏轼称没有与其他人有诗文往来。

又两天后，苏轼称别无讥讽诗文，再次坚称这类讥讽时政的诗歌没有寄与他人。

苏轼逐渐看清了路数，这些人要千方百计在他诗中找出置之死地的罪名，第二是多多益善地找出他的"同党"。

到审讯的第八天，苏轼决定招供。

中国古代，诗人、学者、官员，往往是三位一体的。而利用诗歌这种特殊方式议论时事，更是有独立传统、特殊门道的。

诗歌具有讽谏、教化作用，这是孔子的结论。《论语·阳货》中说，诗"可以兴、可以观、可以群、可以怨"，大意是说，诗歌可以激发想象，考察得失，提高修养，批评时事。这里的"怨"，就包括了批评时政，反映现实，表达民情。孔子考订民歌，编纂《诗三百》，使之成为儒家经典之一的《诗经》，这就赋予了诗歌非同一般的地位——通过诗歌的托物讥讽，可以作为治国参考，匡补得失。事实上，言者无罪，闻者足戒，本身就是《诗经》中的句子。考察历代诗歌，从屈原到李白、杜甫、韩愈，如果缺了一个"怨"字，中国人的精神世界一定是另一种样子。

不要以为这样就有了保护伞，可以随意写诗。因为诗歌还有另外一个传统，就是"不直言君之过失"①，你要委婉地说，温柔地说，恭敬地说，哪有儿子对老子抽心挖骨、破口大骂的？自唐代以后，更是在法律上规定，禁止直接批评皇帝的言论，同时还列了一项罪名叫"指斥乘舆"，属于大不敬之罪。所谓十恶不赦，这个"指斥乘舆"名列十恶中的第六位。不管是写诗还是上书，或是当面直陈，假如从中读出不恭敬来，臣下就算摊上大事了，后果是非常严重的。这方面古代中国向来有很多发明创造，以至于中国古代史冤情无数，血债累累。

诗可以怨，可是对君王不可以怨，这叫人如何把握？第一个中招的大人物叫白起，他是战国时秦国名将，因病拒绝出任大军统帅。不能亲临一线就老老实实呆着，他竟然在秦国战败后嘟嘟囔囔发牢骚，指责秦昭王不听自己的建议，于是被赐自尽。

说出来的牢骚叫怨望，没说出来总不至于惹祸吧？未必。汉武帝时的大司农颜异，被人举报犯罪，张汤审理此案。张汤对皇帝说，颜异有一次与人聚会，客人对朝廷某项法令有不同看法，颜异没有出声，只是嘴唇动了动，这说明他是在肚子里诽谤朝政。于是颜异被处死。不说话都能获罪，是为腹诽。

最离谱的叫死后造反。汉景帝时的名将周亚夫，他是开国元勋周勃之子，此人忠心耿耿，立下平灭"七国之乱"的不世战功，可是他说话太直，建言献策的时候经常不给汉景帝留面子。汉景帝招待他吃饭，可是不在他面前摆放筷子，周亚夫不知道此时应该赶紧跪在地上高喊"臣罪当诛"，反而找侍者要餐具。一顿饭也吃出悲剧来，周亚夫终于被抓住把柄关进监狱。

---

① 《毛诗正义》。

狱吏问他为什么谋反,周亚夫说我都快死的人了,哪还有反心啊。狱吏说:你不在地上谋反,也会在地下谋反的!刚烈的周亚夫受不了这等屈辱,绝食而死。

这几个人都是因对皇帝的态度而被害,下面这个堪称历史上最早的"文字狱"。汉宣帝时有个大臣叫杨恽,他的父亲是前任丞相,外祖父是司马迁。此人才华横溢,偏偏又嫉恶如仇,结果被人诬告对汉宣帝言辞不敬,近乎忤逆,逮捕下狱。被释后不再为官,常饮酒为乐,狂放不羁。他作了一首诗:

> 田彼南山,芜秽不治。
> 种一顷豆,落而为萁。
> 人生行乐耳,须富贵何时。
>
> ——《拊缶歌》

马上有人对汉宣帝解释说,南山当然很高,象征着皇帝;芜秽不治,是说皇上把国家治理得一片乱象;一顷豆,就是文武百官;落而为萁,就是任由官员散落荒野,这是在怨恨皇上罢黜他呢。汉宣帝听了这样的解释,将杨恽腰斩于市。

所以言论的解释权不在说话的人,而是在于皇帝,更多时候也在于小人。舒亶的弹劾文中,说苏轼"腹诽背毁,包藏祸心,怨望其上,指斥乘舆,大不恭矣",这几个关键词彻底暴露了他们的嘴脸。苏轼明白,与其任由李定、舒亶这种人断章取义上纲上线,还不如自己主动训诂,把自己的话摆给皇帝。他现在要做的,就是要证明自己是在"以诗托讽",而不是"指斥乘舆"。

苏轼供认的"以诗托讽"主要分为三类:

一是论新法扰民害民。这类诗作我们已经读过,不再赘述。清初学者王夫之说:"宋人骑两头马,欲博忠直之名,又畏祸及,多作影子语,巧相弹射。然以此受祸者不少,观苏子瞻乌台诗案,其远谪穷荒,诚自取之矣。"按照王夫之的意思,苏轼是自作自受,他不应该替老百姓说话,而是应该明哲保身,踏踏实实当自己的太平官才是。倒是《宋史·苏轼传》中说:"以事不便民者不敢言,以诗托讽,庶有补于国",这话告诉后人,苏轼作诗不单单是发泄不满,也是为百姓说话,是有补于国的。这个评论非常贴近《诗经》传统。

二是嘲讽为政不作为。比如"半年不雨坐龙慵,共怨天公不怨龙"①,这是讥讽朝廷大臣不担当,不能调理阴阳,却使人怨天子。

再比如"奈何效燕蝠,屡欲争晨暝"②,来自一个寓言故事。是说燕子认为日出是一天的早晨,日落是每天的结束;蝙蝠却认为日落是每天的开始,日出是每天的结束,争论不休。凤凰是百鸟之王,于是它们去问凤凰,飞到半路,遇到一只鸟说,不必去问凤凰了,凤凰在睡觉呢。以此讽刺官员不辨是非。而在给司马光的诗中,说"儿童颂君实,走卒知司马"③,这明明是为反对新法之人张目,盼望司马光上台!

三是指摘幸进之风。"近来愈觉世路隘,每到宽处差安便"④,讥讽朝廷用人,多是刻薄狭隘之人,不能容人。苏轼有

---

① 《和李邦直沂山祈雨有应》。
② 《径山道中次韵答周长官兼赠苏寺丞》。
③ 《寄题司马君实独乐园》。
④ 《游径山》。

一篇文章《日喻》，是说一个先天失明的人不知道太阳是什么样子。有人告诉他说太阳的样子像铜盘，敲铜盘知道了，有一天他听到敲钟的声音，于是以为这就是太阳。又有人告诉他太阳像蜡烛，他揣摩一支形状像蜡烛的乐器龠，以为这就是太阳。苏轼说，我们都想求天下大道，可是"道"这个东西，比瞎子认知太阳还要难以得之，只有脚踏实地，务实笃学，才谈得上真才实学。苏轼感叹，过去朝廷以诗赋取士，读书人儒家、墨家、法家什么都学，好像无志于道，但是学问渊博；如今朝廷专考儒家经典，好像有志于道，但是多不务实，只会寻章摘句。

苏轼的供状中，讥讽新进小人占了很大篇幅，引经据典，讲解细致，好像在跟审讯的人说，看，我是如何骂你们这群小人的！因为苏轼是个幽默大师，他喜欢捉弄人，也许在狱中写这样的供述，很是畅快。

苏轼并不想牵连旁人，几次坚称这类讥讽诗作并未寄给他人。但是御史们已经搜集了旁证，他们甚至到大名府黄庭坚处搜来了苏轼的作品，内容已经不再局限于几年前的《钱塘集》。有时候为一句诗甚至被审问两天，他开始招认与一些朋友的交往，这其中交往最久的人是驸马王诜。苏轼与王诜多年来交情深厚，诗歌往来很多，涉及的谤讪诗也很多，他的《钱塘集》就是王诜刻版印刷的。有一年苏轼的外甥女结婚，苏轼从王诜处借得二百贯，后来又借一百贯，都没有归还，类似这些日常人情来往，甚至文房四宝、水果酒食的馈赠等芝麻绿豆的事，全都被拷问出来。

很多诗的解读是极为牵强的，明显是出于狱吏的重压。比如赠孙觉的"若对青山谈世事，直须举白便浮君"，约定不谈时事，谁谈时事谁喝一大杯。可笑的是，这样一句不谈时事的话，在御史的逼问下，也有了讥讽之意，这相当于茶博士提醒客人"莫谈国事"，于是茶博士涉嫌谤讪！

苏轼在杭州时，一寺内冬天开牡丹数朵，苏轼与知州陈襄作诗唱和，其中一首说：

> 一朵妖红翠欲流，春光回照雪霜羞。
> 化工只欲呈新巧，不放闲花得少休。
> ——《和述古冬日牡丹四首》其一

这样一首咏牡丹的诗，竟然也被说成讽刺执政大臣到处擘画新意，扰民严重，让小民不得安宁。

就这样到十月初，苏轼承认有谤讪之意的诗作近五十首。

拿到了直接证据，还有诸多旁证，尤其是牵涉其中的都是反对新法的人，比如司马光、范镇、张方平、陈襄等等，这让御史中丞李定很是高兴。一天在散朝时，众官员都在向殿外走，李定突然说："苏轼，诚奇才也！"李定说完这句话，周围一干人等，没有任何表情，他们明明听见了，但是没有人看他，没有人点头，没有人惊诧，什么都没有。这确实有点尴尬，李定只好继续说："虽二三十年所作文字、诗句，引证经传，随问即答，无一字差舛，诚天下之奇才也！"仍然没有人说话，汉代腹诽的那个颜异还动了动嘴唇，这些人无一例外，闭嘴。待李定走远，大家略微交换了一下目光，仍然是什么也没说，散了。

几年以后，苏辙在与友人的一次谈话中，发出了憋闷多时的怒吼："子瞻何罪？独以名高！"

3

苏轼被逮捕后，苏家老小赶紧乘船，随后赶往京城。御史台差役在路上登船搜查，查抄往来书信手札。女人孩子受到极大惊吓，待差役们走后，女人们恼恨文字惹祸，将苏轼手稿付之一炬。后来苏轼检视，残存的手稿不到三分之一。

苏轼的供述写完了，下面就是等待裁决，是"托物讥讽"，还是"藐视君父"，完全在于皇帝心胸。在狱中，狱卒对他很是友善，晚上甚至给他打洗脚水。儿子苏迈每天给苏轼送饭，也没受到刁难。苏轼和儿子约定，正常情况下只送肉和蔬菜，假如有不利消息，则送鱼。谁知有一天苏迈因家中缺钱而去城外借贷，只好委托一个亲戚送饭，忘了告诉这位亲戚其中的玄机。这位亲戚看到连续的肉食蔬菜，别出心裁搞了一条鲤鱼。苏轼见到后，大惊失色，这是要处死的信号！

宋代有不杀士大夫的祖训，这是宋太祖定下的规矩。想不到这条规矩却是因自己而破。说什么致君尧舜上，说什么与兄弟风雨对床眠，一切都在瞬间化为乌有。苏轼万念俱灰，提笔作诗遗子由：

> 圣主如天万物春，小臣愚暗自亡身。
> 百年未满先偿债，十口无归更累人。
> 是处青山可埋骨，他时夜雨独伤神。
> 与君今世为兄弟，又结来生未了因。
>
> ——《予以事系御史台狱，狱吏稍见侵，

自度不能堪，死狱中，不得一别子由，故作二诗授狱卒梁成，以遗子由，二首》其一

他委托狱卒梁成把两首诗交给苏辙。苏辙机敏，读后对梁成说，诗稿我不能带走，按律法犯人的手迹只能上交，我还是还给你吧。狱卒于是将两首诗交与上峰——苏辙的设想是，诗稿最终会落到皇帝手中。这两首诗写得如此凄惨，希望宋神宗看后大发慈悲，赦免苏轼。

苏轼被捕的第二天，苏辙就上书皇帝，在这篇《为兄轼下狱上书》中，通篇充斥着臣罪当诛、赦其万死、洗心改过、粉骨报效之类的磕头求饶话。世间最难看穿的就是人心，皇帝最大的功课就是甄别臣子的忠与不忠，为了让皇帝相信自己是大大的忠良，就得在文字中反复表示自己朝乾夕惕、忠贞不贰、忠心耿耿、忠字当头。任何摆资格、摆功劳的言辞都无济于事，也许反而招致皇帝冲天一怒，惟有高呼饶命，才是文章的核心。果然，苏辙在最后说，请求皇帝解除我的官职，不敢妄想减兄之罪，只求饶他一命。

张方平的上书却让苏轼后来惊出了一身冷汗。他在上书中，举了好几个案例，来说明凡是人才都有缺点，明君自然会容忍他们的缺点，使他们尽忠王室。张方平说："自夫子删诗，取诸讽刺，以为言之者无罪，闻之者足以戒。故诗人之作，其甚者以至指斥当世之事，语涉谤黩不恭，亦未闻见收而下狱也。"这话将诗歌功能说得一清二楚，明确告诉皇帝，反对因诗文而处罚士大夫，反对颠覆诗歌讽谏功能的文学传统。

张方平这时已经七十三岁，早已退休，在南京养老，他只能通过地方官府呈报自己的意见。但地方官不敢接受，只好让

儿子到京城的登闻鼓院（类似今天的信访部门）去投送。结果他儿子到登闻鼓院后，在门外逡巡好久，没敢进呈，又带着回去了。苏轼后来见到这篇上书，庆幸没有让皇帝看到。这时候最佳方式就是摇尾乞怜，大谈苏轼是什么天下奇才，反倒会让皇帝生气，加重其罪。

事实也正是如此，苏轼被捕以后，朝廷大臣普遍认为，苏轼被处以重刑甚至处死，都是有可能的。但是敢说话的不多，除了上面两人，七十二岁的老臣范镇，还有吴充、章惇、王安礼也纷纷利用各种场合，为苏轼求情。

吴充此时是宰相，一次问神宗："魏武帝这个人怎么样？"

神宗说："何足道。"

吴充说："皇上说的对，曹操向来猜忌。但是他都能容得下一个祢衡，陛下难道还容不下一个苏轼吗？"

祢衡看不起曹操，曹操为了羞辱他，就让他充当宴会时的鼓手，结果祢衡赤身裸体，击鼓骂曹，反把曹操骂个狗血喷头。就是这样，曹操也没有杀他，而是将他送给了刘表；到荆州继续骂，刘表也不敢杀他，将他送给了黄祖；祢衡当然脾性不改，结果被黄祖杀了。黄祖发现自己成了傻瓜，赶紧又是厚葬又是超度，但是晚了，名声已经臭了。

神宗赶紧说："朕并没有杀掉苏轼之意，只是想澄清是非，很快就会放了他。"

王安石的弟弟王安礼也向神宗进言，自古大度之君，不以言语谪人，小心后世说皇帝您不能容才。神宗反倒提醒王安礼，出去不要这样说，小心被人抓住把柄，因苏轼而害你！

苏轼的好友章惇向来是个敢做敢当的家伙，他此时是翰林学士，说得比谁都直接：苏轼二十岁中进士，二十四岁中直言极谏科，仁宗皇帝以为是一代之宝。今日反深陷囹圄，恐怕后世会说皇上喜欢听阿谀之言，不喜逆耳忠言啊！

远在金陵的王安石，也有话传给神宗："岂有圣世而杀才士者乎？"这几乎是七位替苏轼求情者的结语，据说在宋神宗那里起到了振聋发聩的效果。

也有落井下石的人。同属宰相的王珪，就是那个文章锦绣的老油条，对神宗说，苏轼的确有不臣之心，皇上看他有这样一首诗：

> 凛然相对敢相欺，直干凌空未要奇。
> 根到九泉无曲处，世间惟有蛰龙知。
> ——《王复秀才所居双桧二首》

陛下是飞龙在天，苏轼反倒说皇上是蛰龙，这岂是臣子该说的？

神宗说，苏轼是咏桧树而已，干朕何事？

章惇在一旁说，写龙未必就是指人君，臣子也可以称龙。孔明就称卧龙么。

王珪说，这是舒亶说的。

章惇说，舒亶的唾沫你也能吃啊？！

章惇退下后愤怒地对人说："竟然还有这样害人的家伙！"

苏轼在狱中受了一场惊吓，送鱼的误会当然不久之后就消除了，供状都写完了，每天吃饱了就睡，睡饱了就吃，别无他事。一天晚上正要就寝，牢门突然打开，进来一人，带着一个小箱子。来人也不说话，把箱箧枕在头下，倒头就睡。苏轼也没理会，很快进入梦乡。大约过了四更，苏轼感觉来人轻摇他的肩膀说："恭喜学士。"苏轼迷迷糊糊地问："你说什么？"来人说："您安心就寝吧。"拎着小箱子出去了。原来此人是宋神宗派来的太监。俗话说做贼心虚，心里有鬼，肯定晚上睡不着；苏轼鼾声如雷，可见心地无非，敞亮得很，至少在宋神宗心里，忤逆君父的大不敬罪名，是不成立的了。

这个记载太离奇，简直像小说。不过苏轼在十年以后给朝廷的上表中，特意提到神宗派人到监狱中安抚，看起来确有其事。

宋神宗的祖母，就是太皇太后曹老太太，这时候病危。神宗前去探望，说想大赦天下，为祖母祈福。曹太后说，不必尽赦凶徒，赦免苏轼一个人就够了。当年仁宗皇帝在苏轼和苏辙中制科考试后，回到后宫亲口对我说，为后世子孙选了两个宰相，这样的人怎么能杀掉呢？

不久曹太后病逝，神宗宣布大赦天下，苏轼自然也要从轻发落。元丰二年（1079年）十二月二十八日做出判决，苏轼贬为黄州团练副使，本州安置，不得签署公事。另有三十多人受到本案牵连，驸马都尉王诜与苏轼往来过密，收到谤讪诗文亦多，事发后为苏轼通风报信，泄露朝廷机密，被撤销官职爵位；苏辙被贬筠州（江西高安）监酒；王巩因与苏轼宴集时泄露禁中机密，被贬宾州（广西宾阳）；其他涉及唱和诗文的有二十二人，张方平、李清臣各罚铜三十斤，司马光、范镇、李常、孙觉、陈襄、黄庭坚各罚铜二十斤。

乌台诗案宣告了《诗经》托物讥讽传统的崩溃。在印刷术大发展、文学作品快速传播的年代，政治与文学只能进一步分野。文学不再是经国之大业，政治却可以要求文以载道。

乌台诗案是北宋政治生态进一步恶化的标志性事件。原本是监督宰执的台谏系统，此时进一步成为政治斗争的工具，谁控制了台谏系统，谁就不但掌控了舆论，而且掌控了司法权。

乌台诗案是一次小人的狂欢。它并不是改革派对保守派的一次清算，但是却起到了政治斗争无法起到的效果。它对士林人心的伤害无可估量，几年后司马光还朝，旧党掌权，需要出的最大一口气就是驱逐"小人"。此后新党旧党之间、旧党内部之间意气之争不断，开启了无止无休的撕扯模式。

第十一章
东坡·雪堂

1

元丰二年（1079年）十二月二十八日，苏轼走出监狱后做的第一件事，是做了两首诗。其中一首诗写道：

> 平生文字为吾累，此去声名不厌低。
> 塞上纵归他日马，城东不斗少年鸡。
> 休官彭泽①贫无酒，隐几维摩②病有妻。
> 堪笑睢阳老从事③，为余投檄向江西④。
> ——《十二月二十八日，蒙恩责授检校水部员外郎黄州团练副使，复用前韵二首》其二

---

① 彭泽，指陶渊明。

② 维摩，指高僧维摩诘。僧人当然无妻，维摩诘说诵经带来的喜悦，就相当于妻子给予的安慰。

③ 睢阳老从事，指苏辙。应天府古称睢阳，此前苏辙在应天府任职。

④ 苏辙被贬筠州，今江西高安。苏辙曾上书要求免官为苏轼赎罪。

唐朝开元年间,京城长安有一个叫贾昌的少年,七岁开始玩斗鸡,十三岁成为斗鸡行家。唐玄宗登基以后,尤好斗鸡,于是把贾昌招入宫中,让他担任五百驯鸡少年的首领,宠幸有加,富贵已极。有人写诗讽刺说:"生儿不用识文字,斗鸡走马胜读书。"安史之乱以后,贾昌历经磨难,看破红尘,出家为僧。此人一生堪称传奇,九十八岁还耳聪目明,给人讲少年时陪唐玄宗斗鸡的荒唐经历。

因诗获罪,出来就写,而且更加张狂地讥刺小人,还捎带着皇上,如果被李定、舒亶等人看见,一定会暴跳如雷,再次把他抓进狱中。连苏轼自己都说,自己真是无可救药了。

塞上纵归他日马,城东不斗少年鸡,用今天的话来说,那就是:老子拂袖而去,不跟你们这些小屁孩玩了!你们不过是皇上身边的走马斗鸡之徒,鸡零狗碎,阿谀谄媚,跟你们混在一起,老子觉得掉价丢份!

人是社会的人,单有一撇单有一捺都不叫"人"。不跟别人玩,就意味着要自己玩,这得有自己玩的实力;或者你能找到另外一拨人玩,换一种玩法。这些都没有,那就只能是嘴上讨个便宜,有点精神胜利法的味道了。

历史上坚决地、义无反顾地拂袖而去的人,可能只有一个,就是东汉时的严光。严光是光武帝刘秀的同学,刘秀召他出来做官。晚上俩人抵足而眠,严光把腿搭在刘秀的肚皮上,第二天坚决要求回老家,从此反穿着羊皮袄,在富春江上钓鱼去了。严光并不是蔑视皇帝,他是让老同学最后一次体会一下做普通人的感觉。但他知道,庙堂之上有另一种语言系统,那是三拜九叩,是山呼万岁,自己既然还想保留一颗同窗旧友心,跪不下去，说不出口，那就还是回到江湖中去吧，别给人家添乱了。否则像许攸那样称曹操同学为"阿瞒"，或者在朝堂上再把腿伸过去，就不好了。

严光的知趣，尽管被一些小气鬼说成"沽名钓誉"，但人家毕竟是挥一挥衣袖，不带走一片云彩，所以后来人都称赞他，比如范仲淹就恭敬地说：云山苍苍，江水泱泱；先生之风，山高水长。①

苏轼比严光要难——爬得越高，越害怕跌落的感觉。但在此后的五年时间里，他不但自己玩出了精彩，而且成功地换了一个身份，换了一拨人，换了一个语言系统。在此之前，他是苏轼；在此之后，他是苏东坡。

决心虽然下了，但苏轼现在还不知道今后该怎么玩。朝廷的判决是：黄州团练副使、本州安置、不得签署公事。黄州团练副使，相当于黄州武装部副部长，或者是民兵团副团长；本州安置，不得签署公事，属于刑事处罚，就是不得离开黄州地界，而且没有地方管理权。这样一大家子人，靠他一个犯官身份生活，实在是无法想象。

现在没有时间犯愁，全家人首先要搬到黄州去。苏辙被贬为筠州监酒，他们一家也要南迁。元丰三年（1080年）一月一日，正是大年初一，苏轼在御史台差役的押送下，前往黄州贬所。这次他没法好整以暇地绕到南京去与苏辙汇合，只能派人捎信约苏辙在陈州相见。堂表兄文同死后，文家没了顶梁柱，日子过得捉襟见肘。文同的女儿还嫁给了苏辙的儿子，兄弟俩正好顺路去安顿一下。在文家待了十天，苏轼由长子苏迈陪同，

---

① 范仲淹《严先生祠堂记》。

继续前行。其他男女老幼只能随苏辙前往江西，待苏辙安顿好家小后，再乘船入长江到达黄州。苏辙生有三男七女，加上苏轼一家，千斤重担压在他的肩上，这让时年四十岁的苏辙疲惫不堪，满脸困顿之色。

通向黄州[①]，是一条贬谪之路。唐朝的杜牧、本朝的王禹偁，也许也跟自己一样，都是过河南、渡淮水、经麻城，到达黄州的吧。晚上，苏轼大声诵读杜牧的《阿房宫赋》，一遍又一遍地朗读。到激愤处，咨嗟叹息，至半夜仍不肯就寝。两个老兵在门外侍立，一人说："这书有什么好念的，大晚上的，又这么冷，还不肯睡觉。"

另一人道："也有两句好。"

这人怒道："你又懂得什么！"

另一人道："我喜欢他读的那句——天下人不敢言而敢怒！"

儿子听到二人议论，第二天说与苏轼。苏轼非常惊诧："想不到这汉子也有些见识！"

朝堂上不让你直接说话，朝堂外不许委婉地说话，这意味着你要形单影只，意味着你要独语天涯，意味着你会少有听众。正是早春时节，春寒料峭，草木尚在萌发，远望萧疏的山岗，微微泛出鹅黄之色。就在路边，数枝梅花悄然绽放，独立于寒风中。不与百花争艳，甘于幽独飘零；虽是孤清自守，毕竟落得忧愁。

春来幽谷水潺潺，的皪梅花草棘间。

[①] 今湖北黄冈。

一夜东风吹石裂,半随飞雪度关山。

何人把酒慰深幽,开自无聊落更愁。
幸有清溪三百曲,不辞相送到黄州。

——《梅花二首》

到达歧亭,这里是个重要的歇脚点,苏轼遇到了第一个玩伴。苏轼与他一碰面,随即惊呼:"这是老友陈慥陈季常!"此人是自己在陕西凤翔任职时,老长官陈公弼之子,想不到十九年后,能在他乡得遇故知。想当年,陈慥仰慕古代侠士朱家、郭解为人,为人豪侠,好论兵书战策,有驰骋当世之志。一次在山中游猎,有鹊飞过,随从射箭皆不中,陈慥怒马独出,一箭中的。想不到如今成了隐士。

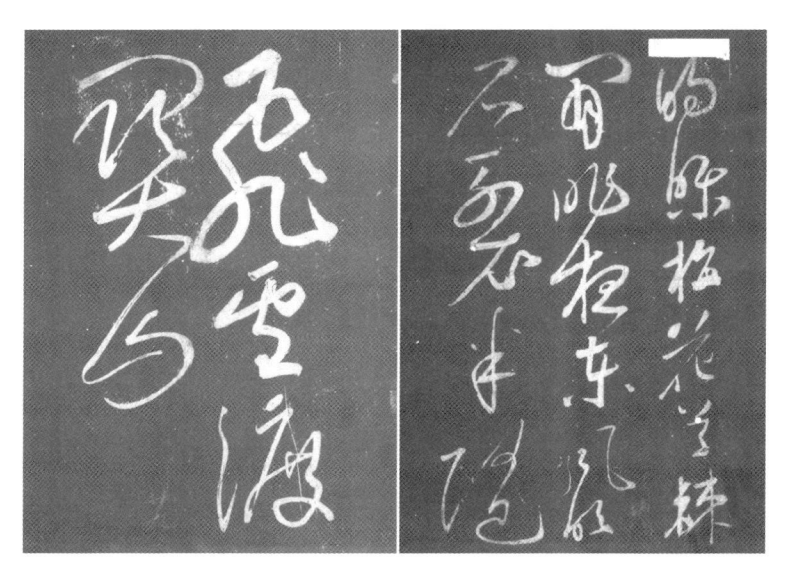

苏轼 梅花诗帖

苏轼当晚宿于陈慥家中，但见家徒四壁，环睹萧然，而妻子奴婢皆有怡然自得之意。苏轼很是感慨，陈慥门第显赫，完全可以当官；而其家在洛阳，河北亦有田，园宅壮丽，几如公侯。如今弃富贵如敝屣，甘于清贫却自得其乐，看来人世间真的有另一种活法？

离开歧亭，到达贬所。贬官是没有官邸的，他只能暂时寄居在定慧寺中。天地之大，却难有自己的栖息之地。就如残月下那只孤雁，绕树三匝，何枝可依？世间那些蝼蚁、那些蚊蚋，它们关心的只是生存，也许只有鸿雁这种高傲的动物，才会择木而栖；同是世间人，或贩夫走卒，或王侯将相，他们中的绝大多数需要的只是吃饭，而对于生命具有何种特殊意味，则不会有任何徒增烦恼的想法。沙洲寂寞，月光凄清，在这寂寞凄清里独语天涯，超越那些倾轧、得失、成败、荣辱，让心灵去贴近那壮美的山川、那神秘的光影、那朴厚的泥土，还有那泥土中的小小生命，也许会找到灵魂的栖居之地。

> 缺月挂疏桐，漏断人初静。谁见幽人独往来，缥缈孤鸿影。 惊起却回头，有恨无人省。拣尽寒枝不肯栖，寂寞沙洲冷。
> ——《卜算子·黄州定慧院寓居作》

五月二十九日，与他共享孤独的人来了，夫人来了，儿子来了，儿子的乳母来了，王朝云来了。苏轼纳王朝云为妾，朝云生了一个儿子，取名苏遁。孩子满月时，按风俗要给小儿洗澡，苏轼作诗曰：

人皆养子望聪明，我为聪明误一生。
惟愿我儿愚且鲁，无灾无难到公卿。

——《洗儿》

这首诗蕴含了相当多的内涵，可以有多个解读的角度。我们未尝不可以说，苏轼与所有为人父母者一样，希望孩子无灾无难，平步青云。这固然是痴人说梦，毕竟是可怜天下父母心、人之常情。

也可以说，"愚且鲁"是另一种聪明，蠢人懒人怎么可能成就一番事业呢？大智若愚、大象无形、大音希声、大巧不工，把这种思维用于人生的角力，则产生了兵法、运筹、谋略，也产生了算计、挣扎、弱肉强食，最终产生了人与人争斗的最高智慧。

还可以说，苏轼在反讽自己，上天为啥给了自己一个聪明的大脑！惟聪明才会暴露目标，惟聪明才会有无穷烦恼，惟聪明才会落到这步田地。所以，子不承父业，写什么诗，当什么文学家，还是混成一个庸碌的官算了！这是苏轼对现实社会的怒吼。

可是，如果真的按照天下父母的设定，人间会是什么样子呢？人类一定会在庸俗的污泥浊水中翻滚，除了吃吃喝喝、勾勾搭搭、忙忙碌碌、打打杀杀等与现实相关的东西，不会有"感时花溅泪，恨别鸟惊心"，也不会有"香雾云鬟湿，清辉玉臂寒"，一切与美、与情、与善有关的事物，都会被漠视、被遮盖、被屏蔽。

士阶层，吊在大夫与庶民之间，他们的理想是成为公卿。幸亏，很多人无法实现他们的理想。屈原、司马迁、李白、杜甫、韩愈、柳宗元，这些政治上的失意者、这些生活上穷困的人们，他们却在另一个领域迸发出了生命的异彩，给民族留下了思想的灵光。而他们同时代的公卿，却早已湮没在历史的长河中，很少有人再去寻找他们的踪迹。

黄州，是苏轼的转折点。有些人想让他困顿，让他沮丧，让他沉沦，但是没有想到，黄州接纳了他这只"孤鸿"，提升了他的境界，他的生命不再局限于蝇营狗苟的小空间，而是进入了一个更加广阔的天地，让他成为旷代罕有的文学巨匠。

看吧，峨眉雪水正随着长江滚滚而下，他与鱼虾为友，他与山川交谈，他静听星河银汉，每一个瞬间都将成为永恒，跨越时空，风流千古！

2

元丰三年四月末，苏轼的家眷在苏辙的护送下到达黄州。这么一大家子人，已经不可能寄居在定惠院中。这时候鄂州知州是朱寿昌，就是那个三十年万里寻母的大孝子，经他找黄州知州通融，苏轼一家人迁居江边的临皋亭。这本是一处官驿，地方不大，条件也简陋，知州给予照顾，让他们有一个临时居所，苏轼已经相当知足了。

房子问题得以缓解，新的困扰又来了，那就是钱。北宋官员薪俸优厚，官员的俸禄实行职事分开，相当于有职务（级别）工资，也有岗位工资，同时还有茶汤钱、公用钱、差旅费，发禄米、发盐发茶、发薪炭，五花八门。

作为戴罪之身，苏轼这时候有没有俸禄，是我们需要关注的第一个问题。他自己的说法有矛盾，所以我们只能推测。比如他刚到黄州时写的一首诗：

> 自笑平生为口忙，老来事业转荒唐。
> 长江绕郭知鱼美，好竹连山觉笋香。
> 逐客不妨员外置，诗人例作水曹郎。[1]
> 只惭无补丝毫事，尚费官家压酒囊[2]。
> ——《初到黄州》

苏轼的黄州团练副使之上，还有一个头衔：检校水部员外郎，这相当于他的级别。当时对这个级别的官员，多发给实物代替现钱，所以最后说"我对国家已经没什么贡献，却还要浪费官家的压酒囊"。这说明他是有俸禄的。

但他在给秦观的信中说："初到黄，廪入既绝，人口不少，私甚忧之，但痛自节俭。"廪入既绝，这里又说没了养家的收入。综合两种说法，朝廷保留了他的基本职级工资，停了岗位工资，应该是比较合理的推论吧。

需要关注的第二个问题，是他的生活水准。苏轼说痛自节俭，他的办法是，每日花销不得超过一百五十钱。每月初取出四千五百钱，分成三十份，挂在房梁上，每天早起用叉子挑起一串，便把叉子藏起来，如果当天用不完，则专用竹筒存起来，用以招待宾客。这是他从杭州那个穷秀才贾收那里学来的。

每天花销一百五十钱，是个什么概念，我们大概测算一

---

[1] 五六句，苏轼的官衔是检校水部员外郎，所以说"逐客员外置"；唐代诗人张籍亦为水部郎，所以说"诗人例作水曹郎"。

[2] 酒囊压酒滤槽的布袋。

下。北宋元丰三年东京地区的大米是七十钱一斗，宋代的一斗大约相当于现在的六公斤，就是说苏轼一家每天的花销相当于十三公斤大米。以如今北京的零售米价每公斤六元计算，苏轼全家一天用度七十八元，每月不到两千四百元，除此之外再无别的消费能力，以苏家人口来看，在今天属于贫困无疑。大概二十年后，米芾花费十五万钱购得王羲之《破羌帖》，这笔钱可以让当年的苏轼全家用三年多。米芾只是个小官，从中可以看出，由官员跌入庶民行列，是多么大的反差。

苏轼这样算下来，手中的积蓄大概可以支撑一年有余。换作旁人，会被这样的日子愁死，苏轼却说，到时候"别作经画，水到渠成，不须顾虑，以此胸中都无一事"。他甚至在笔记中说："马梦得与余同岁月生，少仆八日。是岁生者无富贵人，而仆与梦得为穷之冠。即吾二人而观之，当推梦得为首。"马梦得已经追随他二十多年，两个穷光蛋还要比试一下谁更穷，苏东坡之诙谐达观，真是独步天下了。

人们不会喜欢苏轼愁眉苦脸的样子。他天性中的本真、他心灵中的愉悦，才是大家急切盼望的。当他竹杖芒鞋，身披蓑衣，往来于浩淼的烟波之上，这才是人们心中的苏轼形象；而他穿着朝服，手执笏板，毕恭毕敬，侍讲经筵，总让人感觉是另外一个人，与苏轼无关。现在吃住暂时无忧，了无拘碍，迫不及待地想跟人分享他的心得。

他在给好友范子丰的信中说：

> 临皋亭下，八十余步，便是大江，其半是峨眉雪水，吾饮食沐浴皆取焉，何必归乡哉。江山风月，本无常主，闲者便是主人。问子丰新第园池，与此孰

胜？所以不如君者，上无两税及助役钱耳。

眉州与黄州，共饮一江水，何必要回老家去呢。江山风月，谁是主人？是皇帝吗？也是也不是。皇帝躲进深宫，连宫门都不出，几曾见过他的大好河山？实在憋得受不了了，就劳民伤财，让各地运来奇花异木、嶙峋美石，什么太湖石慈溪石灵璧石，精心雕琢，百般拼凑，搞成一处处人造景观，而那些天成佳境，反倒无缘得见。山川之秀、花木之美，是属于那些处闲居、得闲暇、有闲情的"闲人"的。因这些事无关吃喝，故常被人以为无用，可见人之五官，待遇的确不同。其实在有用的事情之外，人总要做些"无用"的事，在忙碌之余，品茶、赏月、看花、听雨，即所谓领略自然之天籁，庶几关乎一颗怜悯之心的养成。

苏轼得意地说，子丰先生新修葺的小花园，能与我身边的大江相比吗？我不如你的地方，无非是我穷得叮当响，不用交税不用交免役钱罢了！

理所当然的，他成了一个有文化的农民。苏轼如果不当农民，今天的读者都不会答应。陶渊明不为五斗米给小儿折腰，用自己不合作的态度，给人间的熙熙攘攘无尽的嘲讽；苏轼说"城东不斗少年鸡"，自然得拿出行动来。人从土地中来，那山那水，那人，那狗，总是会出现在读书人的梦中，让他们吟成诗篇，品味其中的闲适与宁静。可谢灵运、王维、常建、韦应物等人，这些人都是有钱的大户，哪一垄地是他们自己种的？所以士大夫说躬耕陇亩，并不是谦称自己是农夫，反倒是自抬身价，以示自己清风明月，淡泊名利。

苏轼却不同，他是要亲自种地的，他要在躬耕中养活家人,也要在躬耕中寻找田园的审美趣味。马梦得到郡里帮着张罗,州守徐君猷将黄州门外十亩废旧营地批给了苏轼。白居易贬忠州刺史时,也曾在州城东门外垦荒种植,还吟有《步东坡》:"朝上东坡步,夕上东坡步。东坡何所爱,爱此新成树。"可见诗人若是没种过地,那诗也不会有乡土气息,苏轼遂自号"东坡居士"。

现在我们可以叫他苏东坡了。从元丰四年(1081年)二月开始,东坡买牛买农具,率领全家老幼晨起夕归,开垦荒地。这处废旧营地遍布荆棘瓦砾,当年又久旱不雨,让全家人吃尽了苦头。

> 废垒无人顾,颓垣满蓬蒿。
> 谁能捐筋力,岁晚不偿劳。
> 独有孤旅人,天穷无所逃。
> 端来拾瓦砾,岁旱土不膏。
> 崎岖草棘中,欲刮一寸毛。
> 喟然释耒叹,我廪何时高。
>
> ——《东坡八首》其一

闲情偶寄在一定程度上就是心灵的奢华。黄州东门外这个缓坡,不是酒足饭饱之后徜徉其中的杭州美景,不是大观园中刻意营造的稻香村,也不是雇人耕种坐等收税的庄园,而是苏东坡一家生活之所系。锄禾日当午,汗滴禾下土,哪有闲情逸致吟出"采菊东篱下,悠然见南山"?真正的躬耕之余,所有人想的都只能是——收成。

东坡位于黄州城东一里之外,苏轼每日往返,日炙风吹,脸晒得黝黑。土地多时荒秽不种，倒是有很好的肥力，犁起来的泥土泛着光泽。他兴冲冲地蹲在高处，找几个朋友参谋，一起盘算稼穑农桑。他打算在低处种水稻，东面边界种上枣树和栗子。老乡王文甫答应给他一些桑树苗，桑树一定要栽的；竹子是他的最爱，宁可食无肉、不可居无竹呀，可是一想到竹子的根系在地下四处流窜，东家种竹西家遭殃，还得琢磨琢磨。有了田，自然要盖房，得把房址的方位圈出来。孩子兴冲冲地跑过来，说发现了一处暗井，溯流循之，原来水源在远处山岭上的一处幽泉，再远处是一个占地十亩的大水塘，一路逶迤，涓滴汇聚。这还真是一块风水宝地呢！

天有些旱，幽泉逐渐干涸了，就这时候，下雨了。雨有一犁深，正是清明时节，这个时候种稻，真是老天爷眷顾。稻子从地下钻出来，如针尖一般纤细，农夫叫它稻针。细雨如牛毛，蜘蛛丝一般轻柔地飘落，在近处看不见，远处那稻田却弥漫得朦朦胧胧的。初夏以后分秧，长势越发喜人，出息得一片葱翠，像绿茸茸的毯子一样，一块一块在冈峦上延伸开去。夏天的夜晚，月亮撒在稻田里，叶子上坠着圆润的露珠；到了秋天，稻秆顽强地挺直脊背，奈何还是要低下头来。田间蚱蜢纷飞，这样的野趣，有几人体验过？从前吃的都是官仓中的陈粮，肯定没有我的稻子香哦。

然而这些都是他的想象。把荒地拾掇妥当以后，已经来不及种稻子了，只能种一季麦子。种子落地一个月，田野里已经满眼都是郁郁葱葱了。邻家的农夫跑过来说，麦苗太密集了，株距不够，得把牛羊放出去践踏，这样产量才能上去。东坡听从了农夫的指点，果然获得了大丰收。

这一年苏家收获了二十石大麦。正好这时候稻米吃完了，便将大麦舂以为饭。麦粒粗粝，难以下咽，嚼起来吱吱有声，小孩子说就像嚼虱子。于是用米汤泡一下，感觉好多了，苏轼笑称有"有西北村落气味"。后来东坡又和家人不断调剂，将红小豆和大麦掺和在一起煮食，味道就好多了。夫人王闰之说："这种新式做法，叫二红饭。"

东坡乐颠颠地把这件事记载下来，篇名就叫《二红饭》，只有短短一百多字。什么是生活，生活就是你心灵的映射，它像一面镜子，你对它笑，或是对它哭，它都会给你相同的反馈。苏东坡总是能从一些日常生活琐事中，去发现别人忽视的生活乐趣，去捕捉一切美好的光影，从而把坎坷磨难消弭在旷达辽远的心境之中。

地种上了，东坡开始盖房子。就在他这十亩自留地的东侧，起居室三间，这里地势较高，下视冈垅高下，一览无余。房前建一茅亭曰"居士亭"，以为纳凉品茶之处。喜欢炫耀的苏东坡在亭子下方建了一个五间的厅堂，知州徐君猷出了不少力，左邻右舍的朋友们帮了不少忙，终于在元丰五年二月竣工。房子竣工时，正值大雪纷飞，东坡遂名之为"雪堂"。他自题"东坡雪堂"四字榜书，悬于门外。室内除一床一几，再无别物。作为文人画的标志性人物，自然不劳别人动手，他在四壁皆绘飞雪，不留任何缝隙，起居偃仰，环顾睥睨，皆是飞雪，仿佛置身天地之间，没有任何拘碍。

雪堂下将泉水引出，在堂前流过，溪流上横一小桥。堂东手植柳树，旁边就是孩子们发现的暗井，现在已经疏浚，成为家人取水之处，泉寒冻齿。缓坡下有桃花茶树橘树，有菜畦，有枣树桑树栗树，陶渊明说"榆柳荫后檐，桃李罗堂前"，远远望去，十足士大夫向往的田园景象了。

他已经将东坡比作陶渊明的斜川:

梦中了了醉中醒。只渊明。是前生。走遍人间、依旧却躬耕。昨夜东坡春雨足,乌鹊喜,报新晴。

雪堂西畔暗泉鸣。北山倾。小溪横。南望亭丘、孤秀耸曾城。都是斜川当日境,吾老矣,寄余龄。

——《江城子》

3

苏东坡听两个贫寒的读书人闲聊。一个说:"我平生不足惟吃饭和睡觉,当吃饱了就睡,睡醒了再吃。"另一个说:"我当吃了又吃,哪有闲工夫再睡?"

人最基本的需求无非就是吃饭和睡觉,能吃得饱,能有个睡觉的地方,几千年来地球上能做到这两点的时段少之又少。吃饭和睡觉,哪一个更为急需,看来苏东坡倾向第二人的观点,因为他把这件事郑重地记在他的《东坡志林》中。

今天有个新词叫"吃货",大概是调侃那些比较关注美食的人,这些人的共同特点,一是喜欢亲自动手,二是喜欢晒,晒微博、晒微信,各种各样的显摆;三是一定要别出心裁,如果不是这样,也就拿不出手,怎么好意思往出晒呢。

"吃货"是善意的揶揄,有的吃,吃的好,还能吃得动,一个人能同时做到这三点的时段也不多,多数人是能吃的时候没钱,等有钱了就吃不动了。于是所有人都敬佩武松和萧峰的好胃口,认为那种风卷残云是英雄的象征。

苏东坡是个喜欢吃的人。他在密州时,因为没的吃而写了

《后杞菊赋》，结果在乌台诗案中被说成讽刺朝廷削减"业务招待费"，成了一条罪状。刚到黄州时，和苏辙在路边的小饭馆吃饼子，粗粝不堪，苏辙难以下咽，吃得极慢。苏轼却一连吃了好几个，很快就吃完了，回过头来对苏辙说："你还真吃得下去啊？"原来他那不叫吃，而是三下五除二囫囵吞枣了。

假如只是为了满足肚子的需求，吃的过程就极为简单了。各种花样翻新的吃，满足的其实是视觉嗅觉味觉触觉多种感受。苏东坡走在赴黄州的路上，心里一边想着"不斗少年鸡"，一边盘算着"长江绕郭知鱼美，好竹连山觉笋香"，看到江就想到了鱼，看到山就想到了笋。但是到了黄州才发现，杭州那种精致典雅的美食在这里是找不到的，何况以他们的条件，只能是大麦搀着红小豆吃"二红饭"，离享用美食还很遥远。

苏东坡逐渐发现黄州的猪肉非常便宜，于是全家每日的一百五十文，很多都用在买猪肉上了。他写过一篇《猪肉颂》，把做法说得很清楚：

> 净洗锅，少著水，柴头罨烟焰不起。待他自熟莫催他，火候足时他自美。黄州好猪肉，价贱如泥土，富者不肯吃，贫者不解煮。早晨起来打两碗，饱得自家君莫管。

今天看来，这个烹饪方法实在是太简单了，无非是"文火慢炖"而已，鼎鼎大名的"东坡肉"，难道就是这个做法？这未免让人有点失望。

其实美食有两种，一种是富人的精心雕琢，另一种是穷人的一锅乱炖；前者名列各地菜系，后者进入街头小吃。北京的卤煮火烧、炒肝，山东的把子肉、煎饼卷大葱，吉林的李连贵熏肉大饼，四川的夫妻肺片，甘肃的手抓羊肉，这些都是给武松、萧峰准备的，慕容复见了自然会摇头。

口腹之欲，越是猎奇越是凶残。君不见有人非要吃燕子的窝棚，吃鲨鱼的背鳍，吃活猴的大脑，实在没的吃了，就跑到乡村路边吃野味。夏天的夜晚，土里的蝉开始拱出地面。将胶带缠在树干离地一米处，当蝉们爬到此处时，光滑的胶带让它们无法立足，于是纷纷落入陷阱，成为一盘盘的烤知了，据说有人一个夏天能收入几万元。一想到蛰伏地下十三年的蝉们，从虫卵到幼虫到蝉蛹，费尽周折，只为了两个月的歌唱，这最后的愿望都得不到满足，真的让人对这些小小的"夏日的歌手"生悲悯心。

有了钱就不知道怎么吃，今人如此，宋人也是如此。北宋的赵抃，官至参知政事，他喜欢吃驴板肠。天上龙肉，地下驴肉，驴板肠的确是一道难得的美味。有人到他家做客，见到后园养了好多驴子。宰相大人招待贵客，吩咐拿驴开刀。只见屠夫直接剖开驴肚子，号称活取驴肠才是美味。客人被吓得魂飞魄散，此后见到驴肉就想起在地上翻滚哀嚎的驴子，再也不碰一筷子。

苏轼在黄州发现了猪肉的好吃法，十年后在杭州任知州，修浚西湖。恰逢年节，有富人送来猪肉和酒，苏轼大笔一挥："酒和肉一起送"，吩咐送给工地的民工吃。传说工地上的厨子匆忙间看成了"酒和肉一起烧"，想不到做成之后肥而不腻，瘦而不柴，色香味俱佳，从此东坡肉名扬天下。

按说以今天的生活水准，东坡肘子、红烧肉之类的不会受欢迎，毕竟今人肚子里油水多，三高也很普遍，肉要少吃。但是东坡肉到今天仍然长盛不衰，究其原因，大概是因为它是属于老百姓的，隔三岔五用它来解馋，实在是再好不过了。而今天燕子们的窝棚越来越安全，姚明的广告也让鱼翅没了市场，还是东坡肉吃得坦然，吃着舒心。

江边鱼多，东坡对吃鱼很有心得：

> 子瞻在黄州，好自煮鱼。其法，以鲜鲫鱼或鲤治斫冷水下入盐如常法，以菘菜心芼之，仍入浑葱白数茎，不得搅。半熟，入生姜萝葡汁及酒各少许，三物相等，调匀乃下，临熟，入橘皮线，乃食之。其珍食者自知，不尽谈也。

据苏东坡自己说，他曾亲自下厨做鱼羹，操刀开膛破肚这种事都不用他人代劳。还自创了东坡羹，不用鱼肉，纯是菜羹，吃到的客人都交口称赞云。

苏轼好酒，但是酒量很差。他自己说，从前是闻到酒味就几乎要醉了，经过在杭州时期的锻炼，后来能喝"三蕉叶"，应该就是三蕉叶杯，估计是甚浅的小酒杯。到黄州后，新结识的朋友来看他都送酒，他将这些酒合在一起，来客人就倒出来一些分享。这又不是调鸡尾酒，把各种酒混在一起，一定非常难喝。恐怕朋友们送的也不是什么好酒，混在一起也没什么大不了。

喝酒的人至少可以分为两种，一种是真的喜欢酒，另一种是喜欢热闹的氛围。苏东坡是后者，喝什么对他不重要，关键是"喝"的过程。

也许是黄州的酒实在难以入口，他干脆和四川老乡杨道士

尝试酿酒,号称蜜酒。在文章中,他详细介绍酿造之法,并作《蜜酒歌》:

> 真珠为浆玉为醴,六月田夫汗流沘。
> 不如春瓮自生香,蜂为耕耘花作米。
> 一日小沸鱼吐沫,二日眩转清光活。
> 三日开瓮香满城,快泻银瓶不须拨。
> 百钱一斗浓无声,甘露微浊醍醐清。
> 君不见南园采花蜂似雨,天教酿酒醉先生。
> 先生年来穷到骨,问人乞米何曾得。
> 世间万事真悠悠,蜜蜂大胜监河侯。

写得如此诱人,属于典型的王婆卖瓜自卖自夸,因为有人揭发说他酿造的蜜酒,喝了以后腹泻不止。花蜜在酿造时腐坏变质,没法喝。苏过后来回忆说,他老爹天生好动,又耐不住性子,一时兴起酿酒,失败后就不再尝试了。

人到中年,一定会关心养生问题。苏轼曾和道士一起研究炼丹,也记载了一些稀奇古怪的事情,不过这与他酿酒一样,偶一为之,并未当真。

比如他说,下雨时,多放器皿于庭院中接着,用于煎茶煮药,可以长生。春分秋分,夏至冬至时取井水,储存起来,七天后水中有云母状物,道士说这是"水中金",可以养练为丹,今日一定会说宋人愚昧。清人曹雪芹让那个尼姑妙玉扫梅花上的雪,藏到地下放了五年,然后拿出来沏茶,也没见有什么科学道理。即便是到了今天,三十年前流行的红茶菌,直至这几年花样翻新的保健饮品,说到底主要成分仍然是——一氧化二氢。

　　苏东坡真正的健康秘诀是这样几句话：一曰安分以养福，二曰宽胃以养气，三曰省费以养财。还有与之类似的四句，号称四味长寿药：无事以当贵，早寝以当富，安步以当车，晚食以当肉。

第十二章
一蓑烟雨任平生

1

除了朋友来信嘘寒问暖，苏东坡很少知道黄州以外的事情，朝廷的事更是什么都不知道，也不必知道。布衣芒履，出入阡陌，他关心的是四时物候，是麦苗的长势。有一次他家的牛病了，找农夫来看，大家都束手无策，隔壁的农夫也看不出啥毛病。王闰之走过来看了看，说："这个牛是发豆斑疮了，应该喂青蒿粥。"家人立即煮了一大锅青蒿粥，给牛吃过，果然很快就好了。不知道这青蒿粥是否与屠呦呦先生发现的青蒿素有相同成分和相似效用。

雪堂主要用于接待朋友，东坡平日仍居于临皋亭。每日早起，他必到江边，消磨半晌时光。远远望去，一个人在江边踽踽而行，农夫村妇都知道那是苏学士徜徉山水之间，他们分明体会到苏东坡的孤独寂寞。有时候见到他独坐江边呆望，一动不动；有时候站起来拾起扁扁的石子，平平地冲着江面甩出，看着石子在水波中钻进窜出，一圈圈的涟漪扩散开来。苏东坡并不承认他的孤寂，他很享受每天早晨这一段宁静的时光。江天一色，慢慢变幻着浮云暗影，那色彩斑斓的江天交接处，千姿百态，美轮美奂，使人心旌摇荡，情趣丛生。远方此时此刻，有人正乱哄哄地忙忙碌碌，挣钱啦，挥霍啦，动心计啦，图谋啦，争吵啦，而他却远离尘世喧嚣，超脱人间利害得失，世上的噪音全都淹没在浩荡江声中，自觉平生从来没有如此安适。

黄州时期，苏轼的内心是痛苦的。宦海沉浮，悲欢离合，人生无常，足以让人惊惶。尤其是一想到很多朋友因为自己受到牵连，他的心就像被蒺藜刺了一下，再次勾起深埋的隐痛。王诜被削去了爵位，王巩被贬到万里之外的广西宾州。恶劣的生存环境让这些贬谪之人随时面临死亡的考验。王巩的儿子、苏辙的女儿，都是病死在贬所，这让苏轼悲痛又内疚。然而，苏东坡能够把苦难和悲伤咀嚼成超旷之美，在风雨如晦的逆境里，他品味孤独凄凉，安享江山风月，正是从这时候起，中国文人找到了超然旷达这一安身立命之所。

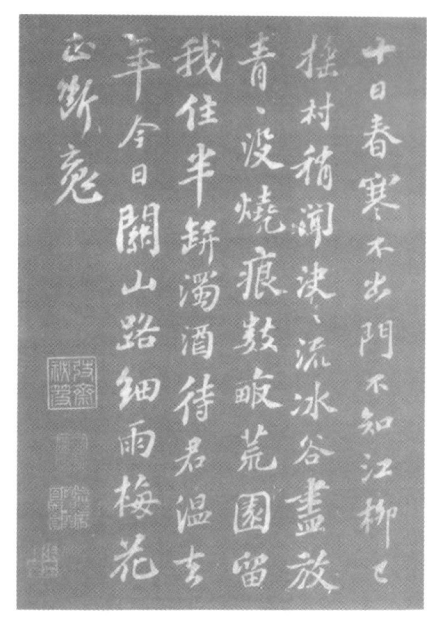

苏东坡是一个喜欢热闹的人，独处只是他检视自我的沉淀与冥思，多数时候他喜欢找人同乐。他曾经说："吾上可陪玉皇大帝，下可陪卑田院乞儿，眼前见天下无一个不是好人。"现在他的朋友果然五花八门，走到田间地头，他必与人谈世间奇闻趣事，举人秀才、贩夫走卒，各随高下，无不能言。有不

苏轼 往岐亭诗

能谈者,他就要求人家说鬼故事。有人实在心中空空,鬼故事也没的讲,他就说,姑妄言之,请姑妄言之。这也就是说,你咋编都行,现编都可以。人们或许会认为苏东坡实在是闲得无聊,心甘情愿听人忽悠,这当然是不懂文学家的一颗接近自然的本心。

每隔数日,苏东坡都会找一条小船,泛舟江上,听凭船夫任桨所至,或乘兴到江对岸去看望朋友。对岸是武昌县,住有他的四川老乡王齐愈、王齐万兄弟。东坡酷爱武昌山水,每过江必造访王氏兄弟,有时被风涛所隔,则经宿不还,兄弟二人为之杀鸡炊黍,数日不厌。还有一个朋友叫潘丙,是个屡试不第的读书人,在樊口江边开了个小酒馆。这人的酿酒手艺一般,酒经常发酸,像醋一样,东坡笑称他的酒是"错著水"。这里虽然是老少边穷,但物价低廉,猪、牛、獐、鹿价格如土,鱼蟹更是不值几钱。东坡有时候乘扁舟径至店下,沽一角酒,吃些鱼肉,酒足饭饱,醺醺然兴尽而归。

与朋友们的出游成了保留节目,他连续三年与穷朋友在正月二十日那天出城寻春,来黄州路上看到的那枝梅在他心里留下了深深的印痕,为此写了不少诗。知州徐君猷宅心仁厚,经常赠以酒食。雪堂之中,不论贵贱,士大夫与樵夫渔夫聚在一起,饮薄酒,话家常。一次与宾客饮酒,没有下酒菜,邻居把家中的一头病牛杀了,吃了一顿烤牛肉。纵酒欢歌之后,已是后半夜,城门已闭,只好翻墙而入。苏东坡也很珍视这样有趣的经历,三言两语记载下来,让我们得以窥探一代文宗的天真烂漫。人们长大以后,很少能再回归童心,像苏东坡、爱因斯坦、泰戈尔等人,或许能瞬间击穿世间的包装与假面,让我们领略生命中那纯洁童真。

还有一次归来已是半夜,家人以为他必定又是宿于对岸,安然就寝。东坡敲门半晌,但听草庐内家童鼾声如雷,只好在江边徘徊。

> 夜饮东坡醒复醉,归来仿佛三更。家童鼻息已雷鸣。敲门都不应,倚杖听江声。　长恨此身非我有,何时忘却营营。夜阑风静縠纹平。小舟从此逝,江海寄余生。
>
> ——《临江仙·夜饮东坡》

那些不得志的智者一定会泛舟江海。众人皆醉我独醒的屈原,行到水穷处,以死来逃避污浊的世界;而携西施泛舟五湖的范蠡,何尝不是对人世间的尔虞我诈有了大彻大悟;至于心游北溟的庄子,则反复以恣肆汪洋的想象,来表达对现实世界的失望。三者都属逃离,但境遇各不相同,有投身清流的,有富贵闲人的,也有穷困潦倒的。历代知识分子心中的理想状态是学习范蠡,功成身退。比如李白就曾吟道:"人生在世不称意,明朝散发弄扁舟","少年早欲五湖去,见此弥将钟鼎疏"。只不过李白等人的理想,实际上是个遥不可及的梦想。

苏东坡这首词第二天就传遍了黄州城,人们争相传告:苏东坡驾一叶扁舟,学范蠡飘然远逝,隐入江湖了!知州徐君猷吓坏了,苏轼是犯官,本州安置,连黄州地界都不能出,如今远遁,则自己罪责难逃。赶紧直奔临皋亭,却见东坡卧于榻上,鼾声如雷,睡得正香呢。

这件事一定出于人们的编造。试想东坡大半夜作一首词,如何能第二天清晨就传遍黄州,那时候一无报纸更无网络自媒体。但这个故事流传下来,却给这首《临江仙》注入了一缕清气,假如今天的人们心情郁闷,默念一遍"何时忘却营营","小舟从此逝,江海寄余生",必有心理疗伤之效。

头戴竹笠,身披蓑衣,脚踏芒鞋,再执一根竹杖,这是苏东坡现在的标准装扮。杖,不是现在我们见到的拐棍,而是五尺多高的一根细竹。不是谁都有资格拥有一根竹杖,那得是有一定年纪、可自称老夫的人,才能倚杖而立;或者是看惯了潮起潮落、云卷云舒的人,才能曳杖踽踽而行;又或者是无官一身轻、再无丝毫牵挂的山野闲人,才可以借助这样高雅的物件来显示自己的特立独行。

> 雨洗东坡月色清,市人行尽野人行。
> 莫嫌荦确[①]坡头路,自爱铿然曳杖声。
> ——《东坡》

如果有两三日看不见东坡出行,人们就会觉得奇怪。有一次苏东坡得了"赤目"病,大概就是"红眼病"吧,连续三个月没有出门。偏偏这时候东坡的好友曾巩病逝,于是坊间纷纷传言,说苏轼与曾巩在同一天驾鹤归西。谣言很快传到了京城,处于深宫中的宋神宗竟然也听说了,慌忙招尚书左丞蒲宗孟询问——蒲宗孟与苏轼稍稍沾亲。蒲宗孟据实禀告,坊间确有传闻,只是未知真假。

宋神宗正在用膳,听到蒲宗孟的回禀,再三叹息:"才难,才难。"放下筷子,饭也吃不下去了。

传言到许州,范镇听说后,伏案大哭,马上令儿子准备祭

[①] 荦确,怪石嶙峋貌。

品，要前往黄州吊唁。儿子倒很冷静，劝慰老父黄州闭塞，路途遥远，还是先打听清楚再说。于是范镇修书一封，派人星夜赶往黄州。等门人到达黄州，东坡的病已经好了，又是每日畅游山水田间呢！

苏东坡的朋友中，最有名的当数陈慥了。谪居黄州四年，陈慥七次由百里外的歧亭看望东坡，东坡也曾三次造访歧亭。陈慥为人豪侠，却有个悍妻，令他非常忌惮。东坡做客歧亭，宿于邻舍，半夜听到陈妻如杀猪屠狗般嚎叫，陈慥则唯唯诺诺，不敢接招。第二天，苏东坡作诗嘲笑陈慥，河东狮吼，遂千古流传。

苏轼 一夜寻黄帖，为致陈慥信札

龙丘居士① 亦可怜，谈空说有夜不眠。
忽闻河东狮子吼，拄杖落手心茫然。

---

① 陈慥号龙丘居士。

> 谁似濮阳公子贤，饮酒食肉自得仙。
> 平生寓物不留物，在家学得忘家禅。
> ……
>
> ——《寄吴德仁兼简陈季常》

苏东坡已经打算在此长久经营。听说黄州东南三十里外的沙湖土地肥沃，水草丰美，于是约了几个朋友，前往看田。正是三月天气，草薰风暖，无不适意。哪知风云莫测，转眼间下起雨来。雨具已随童仆先行，身处山间，连找农家寻个竹斗笠都不可得。同行皆狼狈不堪，唯独东坡仿佛不觉，吟诗啸咏，拄杖而行。

> 莫听穿林打叶声。何妨吟啸且徐行。竹杖芒鞋轻胜马。谁怕？一蓑烟雨任平生。　料峭春风吹酒醒。微冷。山头斜照却相迎。回首向来萧瑟处。归去。也无风雨也无晴。
>
> ——《定风波》

人生的旅途，一定是晦明晦暗，充满了不确定性。百年光景，不是计算机程序，不会按照设定好的节奏跳动指针。几乎无一例外，那些十八岁要进名校、三十岁要当成功人士、四十岁要发大财的美妙设想，往往结局不会太妙。真实的人生一般是这样，未曾饮得甘泉，先行尝到苦酒；机关算尽太聪明，反误了卿卿性命，正所谓人生不如意者十之八九。怎样面对人生道路上的艰难困苦，这才是走向成功的必答题。前几年有大学教授发微博称："当你四十岁时，没有四千万身价不要来见我，也别说是我学生。"在今天这个功利社会，任意一个犄角旮旯都在谈钱,没必要指责教授有违师德,我只是有点担心,因为留给学生们的时间,不多了。

苏东坡留给中国人最宝贵的遗产,就是教会后人健全人格,砥砺意志,豁达胸襟,笑对风雨人生。命运时常跟我们开各种玩笑,它有时候对我们极其慷慨,有时候又是无比吝啬。一蓑烟雨任平生,固难做到;也无风雨也无晴,则尤难保持。其实人在旅途,无所谓风,无所谓雨;无所谓阴,无所谓晴;无所谓悲,无所谓喜,关键在于一颗宠辱不惊、去留无意的旷达之心。只要人生还存在跌宕起伏,还在上演一幕幕大起大落的悲喜剧,这首《定风波》,就一定会是解读智慧人生的密码。

2

人这一辈子,不只需要一个睡觉的地方,关键是需要一个安心的地方。上下五千年,纵横几万里,这颗心放在何时、何地?

临皋亭给苏东坡提供了一张床,雪堂才是他的安心之所。他在这里会客谈天,在这里读书写字,在这里发愣发呆,在这里沉淀升华。欧阳修说:"于静中坐,自是一乐事。然患少暇,岂其于乐处常不足耶?"

能让心静下来,实在是一件不易的事,欧阳修感慨宦海忙碌,少有闲暇,实则对很多人来说,真的闲下来,那颗心越发没着没落,终日烦躁的人比比皆是,甚至由此憋出毛病来,也是大有人在。

人们经常羡慕古代生活节奏慢,活得从容。其实不论从哪个方面讲,今日都远远优于往昔。生活条件自不必说,就是每日不到五更就爬起来上朝，战战兢兢三拜九叩，然后给皇帝写公文、传旨意，开始一天工作，这些就够受的。有时候遇到不懂事的小皇帝，臣子还要给他当老师，小心翼翼地劝诫他学好。今天看来，这事得有多难？赵匡胤刚开国时，宰相奏报事情的时候是有座位的。有一次赵匡胤召宰相上前回话，等宰相退回时，发现座位已经被撤走了，从此大臣全部站着奏报。王安石曾经建议皇帝的老师应该有座位，引起吕诲的上书，强烈反对。这还是宽松的宋代，假如生在明代的酱缸中，遇到朱元璋这个流氓无赖，臣子只能化身其中的蛆虫。时间会逐渐抹去记忆，今天的我们已经忘了，古代的士大夫是每日在刀尖上讨生活的。

尽管如此，古代抑郁症患者并不比现在多。古代知识分子自有超越苦难的良方，他们往往在得意的时候是儒家，在失意的时候是道家，在绝望的时候是佛家，而苏东坡的儒释道杂糅，则给后世知识分子提供了安身立命的教科书般的答案。除此之外，琴棋书画，诗酒年华，这些都是知识分子心有所寄的趣事。如果站在文化发展的高度审视，会发现中国的艺术发展史，在很大程度就是一部士大夫的心灵史，是自然风物文人化、雅化的历史。

欧阳修转述苏舜钦的话："明窗净几，笔砚纸墨，皆极精良，亦自是人生一乐。"他感慨道："然能得此乐者甚稀，其不为外物移其好者，又特稀也。余晚知此趣，恨字体不工，不能到古人佳处，若以为乐，则自是有余。"这段话实在有太多信息。首先，艺术需要情境的生发，是物质和心灵的双重奢侈。中国书画最讲究仪式感，明窗净几，好纸佳砚，这些都关乎心灵的愉悦。一个污浊不堪的环境，一颗呆若木鸡的心灵，不会产生任何灵感。其次，审美需要训练和专注。世间既简单又好玩的事实在太多，写写画画这种事却是难度极大，注定只能是少数人玩、少数人赏。扬雄说文章小道，壮夫不为。书法更是"余事"而已，然而这种士大夫的业余消遣，却需要长期苦学，才能有所成。写了一辈子，能留下好书数行，已经不枉在世间走一遭了。唐代孙过庭说"通会之际，人书俱老"，字写到融会贯通的境界，人也就老了。第三，艺术是用来丰富人生的。中国艺术长期掌握在极少数人手中，近代以来仍然是偏重以科技启发民智，以至蔡元培呼吁以美育代替宗教。曾经见过不少写得很在理的文章，可是其中充斥着粗鄙不堪的语言，而拥趸甚众，不由得让人猜想电脑后面一定是一张张扭曲的面孔。今日科教兴国，成就巨大，但说到以艺术净化人心，仍然任重道远。2015年，一幅《清明上河图》在故宫展出，吸引来自全国各地的游客昼夜排队，让人惊叹中国文脉不但未断，原来需求竟然如此迫切。

如同诗歌在宋初走进死胡同一样，书法在宋初也是步履维艰。以东晋王羲之、王献之父子为代表，标志着书法从此正式成为士大夫观照宇宙人生的独特音符。唐太宗李世民把王羲之推崇至"书圣"的地位，从此唐人莫不以二王为宗。在书体上，唐代楷书高度成熟，法度严谨，欧阳询、虞世南、褚遂良、颜真卿等人将楷书推向了极致，这给宋人留下了极大的难题。从唐末至北宋中叶二百年时间里，都没有产生杰出的书家，直到黄州催生了苏东坡，书法史才迎来了宋代的代表人物。

苏东坡在书法上的创新，是创立了尚意书风。书法最讲究古意、古法，因为掌握前人之法，就意味着可以和古人沟通，这是学书的共识。但是越到后代，背负的前人越多，唐人可以直接学晋人，但宋人就要学唐学晋。越到后代，年代久远的东西越是难寻，路已经被前人走尽，继承都难，更不要说创造，这是后来者的悲哀。

清朝人总结书法发展脉络，说"晋尚韵，唐尚法，宋尚意，元明尚态"，尚意之说，显然来自苏轼的诗句"我书意造本无法，点画信手烦推求"①。什么是"意"？"意"就是心的映像、感受、联想，"尚意"，意味着不会纤毫毕现地反映客观事物，而是赋予更大的心灵自由。苏轼的主张一经提出，遂成为宋代最重要的文艺思潮，涵盖了整个文艺领域。

书风首先由审美主张决定。美是多样性的，美人之美，各美其美。书法的基本要素无非是笔画、结构和章法，但是这三个要素演化出的风格流派实在是太多，真草隶篆，碑帖简牍，从来没有任何一个书家能囊括所有书体、所有表现形式。为什么这样的笔画是好的，那样的笔画就是差的？为什么写这个体态就高妙，写那个体态就俗气？这类问题根本上都是对美的主张问题。

> 吾虽不善书，晓书莫如我。
> 苟能通其意，常谓不学可。
> 貌妍容有矉②，璧美何妨椭。
> 端庄杂流丽，刚健含婀娜。
> ……
> 吾闻古书法，守骏莫如跛。
> ……

---

① 苏轼《石苍舒醉墨堂》。

② 矉：同颦。

钟张忽已远，此语与时左。
——《次韵子由论书》

杜甫说："书贵瘦硬始通神。"① 苏东坡偏偏说：

杜陵评书贵瘦硬，此论未公吾不凭。
短长肥瘦各有态，玉环飞燕谁敢憎。
——《孙莘老求墨妙亭诗》

历来都主张临池苦学，苏东坡却说如果能通其意，不必要常学；西施貌美，即使捧心蹙眉，也一样是美；东施效颦，咋模仿也是丑；玉璧之美，不在乎是圆是扁；短长肥瘦、燕瘦环肥，各有其美。这些主张，都体现在了他的书法实践中。

艺首先是技，这意味着一切艺术都有它的基本技巧，不用功学习前人不会有所得。苏东坡天生就是创造规则的人，不是个亦步亦趋的胆小鬼，连执笔、研墨等小事，都显示他的特立独行。传统的执笔方法，是以五指执笔，笔管抵于无名指，指实掌虚，笔杆直立。苏轼的执笔方法，类似今天我们拿钢笔，三指执笔，握笔很低，手掌贴于案上，这使得他的笔管经常呈偃卧状，写字时笔画向左容易拉开，向右则难以伸展，是为"左荣右枯"，形成了独特的姿态。研墨时经常极浓，呈糊状，必然放慢速度，这让他越是年老，越是翰墨淋漓。米芾说他是"画字"，虽有揶揄之意，但也说出了他的特点。这种方法在当时就受到质疑，有一次苏东坡正端坐写字，好友孙觉从外

---

① 杜甫《李潮八分小篆歌》。

面进来，开玩笑说："尚未学会执笔乎？"对这种玩笑话，东坡是不会在意的。执笔无定法，能收放自如易于发力就行，管他啥法？

学书路径往往是一个人的不传之秘。都号称学晋人，但通向晋人的道路才是书法秘诀，这个路数决定了个人面目。把古代名家的路子弄清楚，找出来他们的内在联系，才不至于做无用功，不至于南辕北辙。但苏字很难看清路数，有人说他学唐代徐浩，徐浩虽是高人，毕竟不是超一流选手。苏东坡对此予以否认，但类似评价到底留下了痕迹。若干年后，苏过怒不可遏地替老爹争辩，说我父是直取王羲之王献之父子，言下之意是起点甚高，岂能看得上徐浩。虽然是替老爹辩诬，但确实说出了苏字来源。苏字以二王为宗，以颜真卿法筑基，以李邕为体，以肥为美，字取横势，字形宽扁，或丰腴秀润，或苍老古拙。在晋人与唐人之间，隋朝的智永是承前启后的人物，他是王羲之七世孙。苏东坡认为智永的字就像陶渊明诗，"初若散缓不收，反覆不已，乃识其奇趣"，[①]苏字的秀润从容，正是从智永来，这一点当时不被人知，今人也未必看得真切。

苏东坡这人，天分太高，学养太厚，他的书法理论也充满了洞见。在技法和学养之间，他更看重学养，比如他说："退笔如山未足珍，读书万卷始通神"，只在技法层面转悠，最终只能沦为"字匠"。他甚至反对苦学："不须临池更苦学，完取绢素充衾裯。"[②]东汉的张芝，每天临池写字，池水变成黑色，家里的衣帛，先用来写字，然后才染色做成衣服。苏东坡认为这样

---

① 苏轼《书唐氏六家书后》。

② 苏轼《石苍舒醉墨堂》。

苦学，如同孟郊的苦吟一样，无益于体会到书法带来的精神自由。这些主张给一些人找到了不学古人、不临摹碑帖的借口。有些人信笔为体，号称书写自我，独创一家，实际下笔就成墨猪，根本没有入门。在所有艺术门类中，书法是最抽象的，它是以汉字为表现方式的线的艺术。在不拿毛笔甚至很少拿钢笔的今天，书法已经成为小众在玩、大众难赏的东西，这给滥竽充数提供了可能。而苏东坡早年还曾说过一句话："笔成冢，墨成池，不及羲之即献之；笔秃千管，墨磨万铤，不作张芝作索靖。"可见他是曾经苦学的。东坡心中的理想境界是：含雄奇于法度之中，寄妙理于豪放之外。在法度与抒发之间，苏东坡拿捏得恰到好处。

书法既然是雅好，不可避免的，它成为君子人格的象征，从书品看人品，是否行得通，成为古人反复议论的问题。苏轼对这个问题认识很到位：

> 观其书，有以得其为人，则君子小人必见于书。是殆不然。以貌取人，且犹不可，而况书乎？吾观颜公书，未尝不想见其风采，非徒得其为人而已，凛乎若见其诮卢杞而叱希烈，何也？其理与韩非窃斧之说无异。[①] 然人之字画工拙之外，盖皆有趣，亦有以见

[①]《韩非子》中并无疑邻窃斧的故事，相似的是《智子疑邻》。是说宋国一家房子墙壁坍塌，儿子说如果不抓紧修缮会丢东西，邻居一个老人也如此说。结果此家果然被盗，于是家人称赞儿子很机智，却怀疑是邻家老人偷的。苏轼在两段题跋中都说到韩非窃斧，或许是记忆有误，或许是古籍版本不同，已不可考。

其为人邪正之粗云。

——《题鲁公帖》

《列子》中有一个故事，说一个人怀疑邻居偷了他的斧子，于是见到邻居，怎么看都像偷斧子的人，后来斧子找到了，再见到邻居，就不像窃斧之贼了。艺术水准的高低，与人的品行没有关系。以貌取人，尚且不可，何况以字取人呢？但是书法是要欣赏的，而欣赏是一个联觉的过程，颜真卿那种正大雄强的书风，凛然不可侵犯之态，很容易让人联想到他的千秋忠义，这使得颜字最适合悬挂于庙堂之上。

但有时候他的看法又自相矛盾：

> 柳少师书，本出于颜，而能自出新意，一字百金，非虚语也。其言心正则笔正者，非独讽谏，理固然也。世之小人，书字虽工，而其神情终有睢盱侧媚之态，不知人情随想而见，如韩子所谓窃斧者乎，抑真尔也？然至使人见其书而犹憎之，则其人可知矣。

——《书唐氏六家书后》

唐穆宗问柳公权用笔之法，柳公权说："用笔在心，心正则笔正。"柳公权其实是借书法劝谏皇帝要正大光明，是谓"笔谏"，已经超出了写字范畴。苏东坡这件题跋作于元丰四年五月，他赞同柳公权心正则笔正之说，"非独讽谏，理固然也"，小人们虽然写得也不错，但终究在字中露出谄媚乞怜之态，这显然是在借题发挥，意在讥刺那些幸进之徒。毕竟，被宵小们整治到这般田地，心中的郁结之气，时不时要发之于外的。

在此前两个月的寒食节,苏东坡作了两首诗:

> 自我来黄州,已过三寒食。
> 年年欲惜春,春去不容惜。
> 今年又苦雨,两月秋萧瑟。
> 卧闻海棠花,泥污燕脂雪。
> 暗中偷负去,夜半真有力。
> 何殊病少年,病起头已白。

> 春江欲入户,雨势来不已。
> 小屋如渔舟,濛濛水云里。
> 空庖煮寒菜,破灶烧湿苇。
> 那知是寒食,但见乌衔纸。
> 君门深九重,坟墓在万里。
> 也拟哭途穷,死灰吹不起。

——《寒食雨二首》

春秋时,介子推追随公子重耳逃亡十九年,历尽千辛万苦,甚至有割股事君的壮举。待重耳回到晋国,成了晋文公,介子推却隐居绵山,不食君禄。晋文公寻访介子推不得,便下令放火烧山想逼他出来,没想到介子推去志决绝,抱树被焚。晋文公后悔不迭,下令全国禁火一日,吃饭也只能吃冷饭,这就是寒食节的由来。寒食节在清明前两天,暮春时节,诗人大病初愈,但见外面冷雨霏霏,到处泥泞狼藉,如同寒秋肃杀时节。雨越下越大,小屋就像渔舟一样在风雨中飘摇,破灶湿柴,阴冷孤寂。谪居黄州,有家难回,穷途末路,不

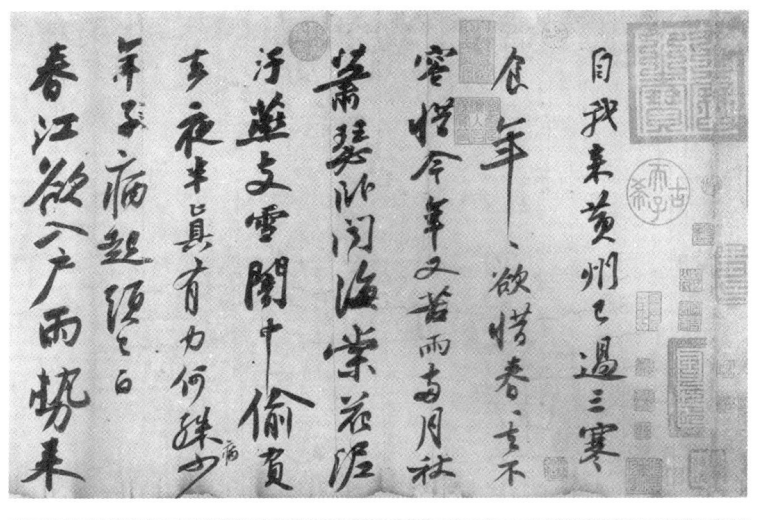

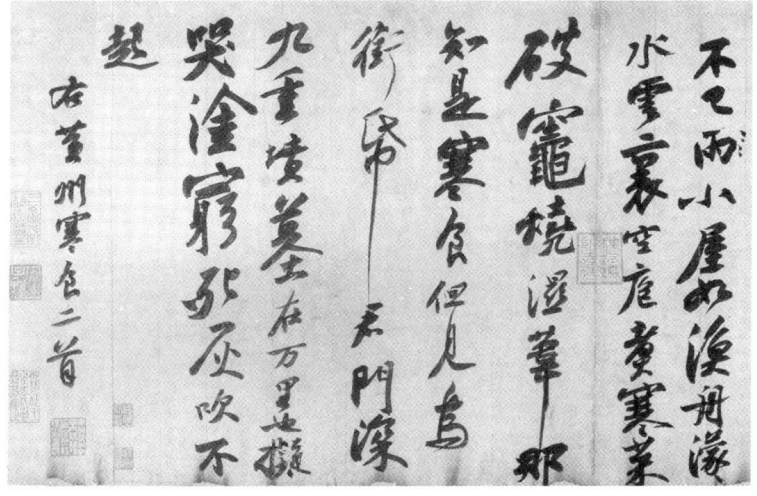

苏轼寒食诗帖

知埋身何处!

苦雨、泥污、破灶、湿苇,这些情境极大地激发了书家的情感,使这件不经意的作品成为天下第三行书,前两位分别是王羲之的《兰亭集序》和颜真卿的《祭侄文稿》。东坡曾说："书无意于佳乃佳"，就是说，在创作心态上，越是想着艺术创作，越是哆里哆嗦，越难以写好。这件作品，完全没有想着"书法"二字，开始三行，尚能理性控制，此后越写越激愤，落字错字、大小规整，这些全然不顾，只是顺着苍凉的意象，直抒胸臆，奋笔直书，将自己的情感和心境，喷薄于点画结构的变化之中，字体或大或小，间距或密不透风，或疏可跑马，恣肆奇崛，变化万端。此帖是形式与内容完美结合的典范，正如黄庭坚在此帖后面题跋曰："东坡此诗似李太白，犹恐太白有未到处。此书兼颜鲁公、杨少师、李西台笔意[①]，试使东坡复为之，未必及此。"

今人应该感到幸运，历经千年，此帖被完整保存下来。不要说宋代党禁，近代以来就有三次磨难。清末英法联军火烧圆明园，此帖流落民间。民国初流入日本，日本藏家在东京大地震中冒死将此帖从大火中抢出。二十世纪四十年代又幸运地躲过盟军东京大轰炸。二战结束后由当时的国民政府购回，现藏台北故宫博物院。

[①] 颜鲁公，唐颜真卿；杨少师，五代杨凝式；李西台，北宋李建中。

第十三章
大江东去

1

元丰五年七月十六日,我与两个朋友泛舟游于赤壁之下。

庄周说:"巧者劳而知者忧,无能者无所求;饱食而遨游,泛若不系之舟,虚而遨游者也。"① 按照庄周的看法,手巧的人就会劳苦,有智慧的人就会感到忧愁,反倒是什么都不懂的人优哉游哉。还是吃饱了就到处去逍遥吧,就像那无牵无挂的小舟,凌虚而游。其实庄子提出的是一个悖论,饱食终日的人是不会有泛舟情怀的,巧者智者固然有烦恼,可是只有这种人才会懂得泛舟逍遥之趣啊。

独怜幽草涧边生,上有黄鹂深树鸣,春潮带雨晚来急,野渡无人舟自横。② 春涨潮急,只有一条小船系在岸边,空荡荡地托于水面。韦应物营造的动与静、清与幽的意境,全凭一叶小舟点睛。

舟是漂泊的。在渡头经历的人事悲欢,都是最值得歌之咏

---

① 庄子《列御寇》。

② 韦应物《滁州西涧》。

之的人生片段。乘舟之人，虽有遣怀的钓客，但更多是洒泪离别的游子，为了生活而奔波。"君家何处住，妾住在横塘。停船暂借问，或恐是同乡。"① 舟的飘移不定，成了古人羁旅情结的对应物。长距离迁徙意味着生命的放逐，背井离乡的游子最容易由舟的漂泊联想到身世的流离，羁旅之苦的感伤油然而生。在孤寂的心灵看来，有一个稳定的栖息之所、有一个能够倾诉的对象也是难得的。

"细草微风岸，危樯独夜舟。星垂平野阔，月涌大江流。名岂文章著？官应老病休。飘飘何所似？天地一沙鸥。"② 杜甫晚年离开成都，岸上细草微风，江上一叶孤舟，天地相接，岸上星垂，一轮明月映照在江水中。在静静的夜里，在凄凄的江上，杜甫独自一人守着孤舟，时运不济，颠沛流离，这命运之舟要漂泊到何时何方？！

舟又是隐逸的。越王勾践卧薪尝胆，终于灭吴，佐臣范蠡则退隐江湖，携西施西出姑苏，泛舟而去，出没于太湖，遨游于七十二峰之间。范蠡隐退后，自号陶朱公，专一经商，遂成巨富，后世民间有尊陶朱公为财神者。范蠡的功成身退，使泛舟远游成为逍遥人生的大境界。

"抽刀断水水更流，举杯销愁愁更愁。人生在世不称意，明朝散发弄扁舟。"③ 李白这个人，从来不否认对功名的追求，但同时又向往超凡脱俗的生活，希望两者都取得完美的结局。

---

① 崔颢《长干曲》。

② 杜甫《旅夜书怀》。

③ 李白《宣州谢朓楼饯别校书叔云》。

"待吾尽节报明主，然后相携卧白云"①，他的理想是功成名就之后飘然而去，是想二者得兼的，这使他的人生之舟一直处在桀骜的抗争之中。

我如今也是背井离乡，也是泛舟于江湖，但却与他们都不同，我纯粹是为了泛舟之乐而来的。百年人生，汲汲功名，难得有悠闲的飘荡；沉浸在水月年华中，真是赏心悦目的乐事。

无月，微风，水波不兴。光影暗淡，稍稍有些遗憾。我们举杯邀月，唱道：

> 月出皎兮，佼人僚兮。
> 舒窈纠兮，劳心悄兮。
> 月出皓兮，佼人懰兮。
> 舒忧受兮，劳心慅兮。
> 月出照兮，佼人燎兮。
> 舒夭绍兮，劳心惨兮。
> ——《诗经·陈风·月出》②

多么皎洁的月光，让我想起秀美的姑娘。你窈窕娴静的倩影，引发我淡淡的忧伤！

多么皓然的月光，让我想起娇美的姑娘。你婀娜娉婷的倩影，牵动我淡淡的愁肠！

---

① 李白《驾去温泉宫后赠杨山人》。

②《赤壁赋》原文为"举酒属客，诵明月之诗，歌窈窕之章"，并未引出所诵之诗。此处引自《诗经·陈风·月出》，是一首爱情诗，因《赤壁赋》后面有"渺渺兮予怀，望美人兮天一方"之句，故作此臆想。

多么清澈的月光，让我想起俊美的姑娘。你妩媚轻盈的倩影，激起我淡淡的惆怅！

那月亮听到我们的歌声，一定会应邀而来吧。果然，她如期而至了，有些羞怯，倚在山头，久久徘徊。白茫茫的水气笼罩整个江面，看不见江水，看不见江岸，清冷的水光横贯天际。小舟如一枝芦苇一般，在茫然无际的江上飘荡，好像不是行在水上，而是凌虚御风而行，不知道会游到哪里。思绪在虚空中消融，躯体在虚空中消融，无水无月，无客无我，仿佛远离了尘世，超然独立，羽化成仙。

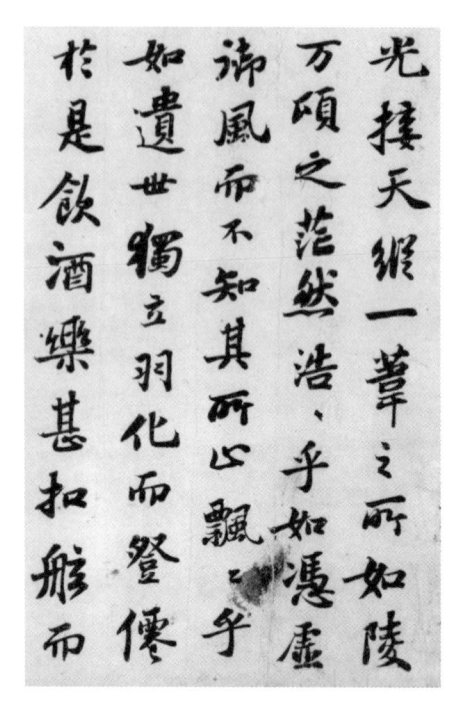

苏轼 赤壁赋

2

在仙境中快活地饮酒，畅快地扣舷而歌。歌曰："桂棹兮兰桨，击空明兮溯流光。渺渺兮予怀，望美人兮天一方。"

桂棹兰桨，拨开清澈的水波，让小船在江面飘荡；我们逆流而上，月光在水面荡漾；我期盼的美人啊，在那遥远的地方。

在那遥远的地方，牵动我淡淡的惆怅……

歌声中，一缕箫声幽幽透过，分明就在身旁，却仿佛来自遥远的远方。远方是一处空谷，是一抹白云，是一片紫竹。溪流淙淙，竹影婆娑，没有欢快，没有忧伤。一定是风流的少年，或是那多情的女郎，将它带到人间，于是唱尽人间所有的孤寂与凄凉。很奇怪同是一枝瘦竹，横吹为笛声色清越，竖吹为箫声色清幽。也许低首凝眉，本就是抒发胸中的沉郁；也许那颀长的箫管，更加伸展了亘古的幽思。箫声如怨如慕，如泣如诉，余音袅袅，像一根轻柔的细丝线延绵不断，仿佛能使深谷中的蛟龙为之起舞，能使孤舟上寡居的少妇泪洒衣裳。

苏轼 赤壁赋

那遥远的地方，是庙堂之上，牵动着我的忧伤……

刚刚还是仙境，马上回到了人间。

我正襟危坐，问客人道："怎么忽然如此悲凉？"

苏子啊东坡，你看这浩瀚的长江。月明星稀、乌鹊南飞，这是曹孟德的诗，正是我们如今看到的景象啊！这里西望夏口，东望武昌，山川相接，郁郁苍苍。这不正是曹孟德和周瑜赤壁鏖兵的地方吗？想当初他攻荆州，占江陵，剑指江南，正要纵横寰宇。你看他修书孙权，只用短短三十个字："近者奉辞伐罪，旌麾南指，刘琮束手。今治水军八十万众，方与将军会猎于吴。"

只有曹操才有资格下这样的战书。他以雄才大略，破黄巾、擒吕布、灭袁术、败袁绍，深入塞北，平定北方。如今沿长江顺流东下，麾下战船绵延千里，旌旗蔽空，把酒酹江，横槊赋诗，委实是一代枭雄。

曹操并不是忘乎所以，才为周瑜所败。试读其诗，古今人物，有几个有此等气魄和胸襟？

对酒当歌，人生几何？
譬如朝露，去日苦多。
慨当以慷，忧思难忘。
何以解忧？惟有杜康。
青青子衿，悠悠我心。
但为君故，沉吟至今。
呦呦鹿鸣，食野之苹。
我有嘉宾，鼓瑟吹笙。
明明如月，何时可掇？
忧从中来，不可断绝。
越陌度阡，枉用相存。
契阔谈䜩，心念旧恩。
月明星稀，乌鹊南飞，
绕树三匝，何枝可依？
山不厌高，海不厌深。

周公吐哺，天下归心。

可惜曹操面对的是二十六岁的孙权、三十四岁的周瑜。当年的长江两岸，绝不会如这般风平浪静，而必定是乱石穿空，惊涛拍岸，卷起千堆雪，不知是江山如画，还是画如江山，引得无数英雄豪杰大展身手，不枉这一生一世。遥想当年的周公瑾，小乔刚刚嫁给他，这个精音律、通诗赋的青年统帅，雄姿英发，轻摇羽扇，谈笑之间，就让曹操的水师狼奔豕突，灰飞烟灭。三国鼎立，由此发端。

可是转瞬之间，那曹操、那周瑜、那美貌的小乔，而今他们又在哪里呢？他们都像这浩浩江水一般，随风而逝了。

如今英雄已经远去，只剩下我与你渔樵于江渚之上，前不见古人，后不见来者。我们孤独地与鱼虾为伴，与麋鹿为友，驾一叶小舟，品一壶浊酒。在浩瀚的宇宙中，我们只是蜉蝣一般的微尘；在苍茫的大海上，我们就像粟米般的微不足道。生命实在是太短暂了，不由得让人羡慕长江的无穷无尽，妄想与仙人遨游，与明月永存。

我知道这是不可能的事情，抚今追昔，悲从中来，因此只能将这箫声寄托给这苍凉的秋风了！

3

你对这水月也有这么多感触吗？试为汝析之。

水是柔顺的，是淡泊的，是刚强的，它带来鲜活的生命，它寄托离愁别绪，它昭示飞逝年华，它是时间的溪流。孔子面对壮美的江河，只能感叹曰："逝者如斯，不舍昼夜。"花有重开日，人无再少年，谁都留不住飞逝的时光，时间对谁都是公平的。

你看那广袤无垠的宇宙星空。什么是宇？四方上下谓之宇；什么是宙？古往今来谓之宙。宇宙就是时间和空间的集结。所以李白说：夫天地者，万物之逆旅；光阴者，百代之过客。[①]此时，此地，在时间和空间的交汇点上，我们以天为庐，以地为舍，这就是在享用宇宙万物啊。

如果从变化的角度看，那么天地万物都会瞬息万变。这就是时间留给我们的悲哀，你不能改变时间的节奏，你不能说今天百无聊赖，就可以让时光停滞；你不能不用，也不能储存起来，把多余的时间放到箱箧中，用多少取多少。时光悠然而来，又飘然而去，只有一代又一代的人们看着落花飞絮，绿水悠悠，带来年华似水的感伤。

时光恰如流水一般，它的流逝常给人错觉。少年的时候，它像狡猾的暗流一般，悄然而去；难以入眠的时候，它如停滞一般，长夜漫漫。似将海水添宫漏，共滴长门一夜长。[②]一夜有多长呢？在深宫幽怨之人看来，似乎是把海水续进沙漏中，一点一滴，不知道何时才到天明。时间就是用这种方式来掩盖它对容颜的刻痕，让你误以为可以芳龄永继，既寿恒昌。然而蓦然回首，却发现自己什么都没做，不知不觉已经到了中年。

正因为生命是如此短暂，所以溪流的音乐，最能使人迷想，使人感叹，使人深沉地作往事留恋的感想，使人增加对身世飘零的感慨。"林花谢了春红，太匆匆，无奈朝来寒雨晚来

[①] 李白《春夜宴从弟桃花园序》。

[②] 李益《宫怨》。

风。胭脂泪,相留醉,几时重?自是人生长恨水长东。"[1] 这是南唐后主李煜用生命写出的人生感叹,语尽而意不尽,意尽而情不尽,朝霞暮霭,细雨斜风,晦明变化,都寄托着人们对时光流逝的无奈。

所以朋友啊,人总要老去,恰如这滔滔江水。江山代有才人出,各领风骚数百年,在历史长河中,一代人终会让位,新一代人挺立潮头,这是谁也阻挡不住的潮流。君不见古今多少功业,都是年轻人创立的。曹操说,"老骥伏枥,志在千里,烈士暮年,壮心不已。"赤壁之战,他已经五十三岁,此后虽然是壮心不已,也到了迟暮之年,有心无力了。

我今年四十七岁,二十岁中进士,二十四岁中制科,历任三州最高长官,只因为老百姓说了几句话,就被抓进监狱之中,如今反成了戴罪之身。虽有曳杖而行的洒脱,虽有躬耕东坡的闲适,但看到镜中华发已生,致君尧舜的理想已经幻灭,当然也会羡慕当年周瑜的丰功伟业,慨叹逝去的大好

苏轼 赤壁赋

---

[1] 李煜《相见欢》。

年华啊!

但从不变的角度看,那不断流逝的就像这江水,花谢花又开,水流水不断,并未真正逝去;那或圆或缺的就像这明月,循环往复,照耀古今,并未增减分毫。李白诗云:功名富贵若长在,汉水亦应西北流。[①]可我却反其道而行之:

> 山下兰芽短浸溪。松间沙路净无泥。潇潇暮雨子规啼。 谁道人生无再少?门前流水尚能西。休将白发唱黄鸡。
>
> ——苏轼《浣溪沙》

一切都在于我们怎样去看待。曹操与周瑜固然早已化为泥土,但赤壁山川,折戟沉沙,足以让后人感慨、凭吊。他们的功业让后人感怀,他们的智慧给后人启迪,天地间这种勃勃生机,延绵不绝,这才是万古不朽的啊!

所以说,天地与我同生,万物与我为一,生命、思想、精神都会无穷无尽,又何必羡慕这浩荡的长江呢。况且天地间,凡物各有自己的归属,你不能像山一样峻拔,你无法像鸟一样高飞,你能当多大官,你能发多大财,你能写几首诗?把不属于我们的东西据为己有,这样的强行索取,这种无知的贪欲,除了玷污这大好河山,除了让自己精神变态,除了给后世留下笑柄,还会有什么别的意义呢?只有江上之清风,山间之明月,飘到耳边就成天籁,进入眼帘便成画卷,取之不尽,用之不竭,这才是大自然无穷无尽的宝藏,才是

---

① 李白《江上吟》。

你我可以随时享用的啊!

客人听了很高兴,欣然大笑。我们洗净杯盏,重新斟酒,菜肴果品,杯盘狼藉,然后在船中东倒西歪,很快进入了梦乡。

东方既白。

第十四章
千里快哉风

1

雪堂不断迎来奇异之士,除了陈慥等好友,几年中雪堂接待过的人物有:一个道士、一个僧人、一个逃犯、一个书生、一个琴师、一个贬官。

道士,是四川绵竹的杨世昌。这人善丹青绘画,通音律,东坡在《赤壁赋》中,那个"客有吹洞箫者"即是,在《后赤壁赋》中,他化身一个羽衣蹁跹的仙鹤。

和尚,是老朋友参寥子。自从在杭州与苏轼相识,参寥子这辈子就跟定了他,苏轼到徐州,他去徐州;到黄州后,开始还是通信往来,后来干脆来到黄州,每日与东坡游历四方。出家人号称世外之人,其实他们从来没有远离红尘,他们只不过是换了一种方式,来体现对尘世的关怀而已。他们有的躲进深深庭院,有的则游历四方,踏遍名山大川,有的干脆混迹于士大夫中间。前者以有道高僧面目出现,需要人们赴深山寻隐者;后者以文化使者面目出现,主动出来兜售,唐代那个著名书法家怀素和尚就是代表人物。

参寥此时已经俨然是文化界的秘书长,游走于各地文化大家之门。参寥有一句诗很是清新：隔林仿佛听机杼，知有人家在翠微。东坡写信告诉朋友和尚来访，朋友马上回信询问：莫非是那个隔林仿佛听机杼，知有人家在翠微和尚耶？苏东坡跟参寥开玩笑说这是你的十四字诗号。古代称呼最长的是皇帝，活着时有尊号，死后有谥号，又有庙号，以至如今经常搞不清这些皇帝尊姓大名。这种拍马屁的文字堆砌越搞越长，宋神宗的尊号有二十个字，到清乾隆竟然搞到二十三字之长。苏东坡笑称和尚有十四字的所谓"诗号"，如果被朝中小人听到了，也许又是一条大不敬之罪呢。

逃犯，是苏东坡的同乡巢谷。这人年轻时读书考进士，到京城后，结识了一帮应武举的朋友，臭味相投，于是决定弃文从武，后来进入名将韩存宝军中做幕僚。元丰四年，在征讨西南少数民族的战役中，韩存宝因讨伐无功得罪被杀。巢谷将韩存宝托付的几百两积蓄交给他的妻儿，从此不再回军中，浪迹江湖。此番前来，五十多岁的巢谷潦倒不堪，苏东坡欣然接纳，顺便请巢谷教两个儿子读书。

巢谷并没有空手投奔，而是带了一份见面礼。那是一个药方，叫圣散子方，据说凡伤寒不论症候如何，服用就痊愈，颇为神奇。此方不载前世医书，巢谷只说得之异人，一直秘不示人，连自己儿子都没见过。恰好此时黄州病疫流行，巢谷出此方，大有效用，活人不少。苏东坡死乞百赖，求巢谷传此药方。巢谷让他指江水发誓，不得传与他人，然后相授。但是后来苏东坡终于毁约，将此方传给了名医庞安时。庞将药方载于他的著作《伤寒总病论》中，东坡亲作《圣散子方序》，流传至今。

因为苏东坡的缘故，此方一度非常流行。北宋宣和年间，此药盛行于京师，一些太学师生尤其笃信，传得神乎其神，不看个体，不看症状，造成了严重的后果，直到南宋时期，仍有服此方被害者。苏东坡可能是最早为药品代言的名人，他的《圣散子方序》简直就是一篇大广告。这里没必要指责苏东坡，不要说宋代，君不见当今科技昌明社会，名人药品广告仍充斥电视荧屏，简直比宋人还无知。更有这个功，那个茶，这个神，那个精，很多也是名人效应。《新广告法》禁止名人代言药品，也不过是近两年的事么。

书生，是东坡的学生李廌。他的父亲是苏轼的同年进士，早早就去世了，家道中落。李廌谒见东坡，呈上文章求教，东坡称赞他的文章"笔墨澜翻，有飞砂走石之势"，拊其背曰："子之才，万人敌也，抗之以高节，莫之能御矣。"李廌是个极为刚强的人，他因为有三十多个先人没有归葬，如今拜师已毕，坚持第二天就告别东坡，称不让先人安息绝不出山。苏轼只好馈赠银两，送他上路。此后数年，李廌把历代先人灵柩收集起来，归葬于华山之下，范镇为之表墓。黄庭坚、秦观、张耒、晁补之为苏门四学士，这四人加上李廌、陈师道，被称为"苏门六君子"。

琴师，是从庐山专程拜访东坡的崔闲。东坡是古琴大行家，对这样人物自然是热烈欢迎。

东坡在听琴中，写了这样一首诗：

若言琴上有琴声，放在匣中何不鸣。
若言声在指头上，何不于君指上听。

——《琴诗》

这个问题琴师是回答不上来的，也许该问和尚，方能解得禅机。一次座间闲谈，东坡说起一件事。当年欧阳修被贬到滁州，创作了千古名篇《醉翁亭记》。过了几年，一个叫沈遵的琴师，为《醉翁亭记》的意境所感，抱琴亲赴滁州，日夕在琅琊山亲近林泉，聆听鸟啼飞瀑，谱了一曲《醉翁操》。后来欧阳修听到疏朗绝伦的琴曲，作了一首词，但与琴声不合；又以楚辞体作《醉翁引》，好事者依词作曲，但琴曲为歌词所制，总不如沈遵之曲浑然天成。如今过去了三十年，欧阳修、沈遵都已谢世，众人颇多感慨，崔闲信手弹起了《醉翁操》。东坡边听琴边构思，一曲弹罢，稍一沉吟，挥笔填词：

琅然。清圆。谁弹？响空山。无言。惟翁醉中知其天。月明风露娟娟。人未眠。荷蒉①过山前。曰有心也哉此贤。　醉翁啸咏，声和流泉。醉翁去后，空有朝吟夜怨。山有时而童巅。水有时而回川。思翁无岁年。翁今为飞仙。此意在人间。试听徽外三两弦。

——《醉翁操》

孔子周游列国，传播自己的政治主张，但是到处碰壁。一天孔子正在击磬排遣心中郁闷，门外有人经过。这人不知道多大年纪，有没有胡子，是否鹤发童颜，这些都不知，远远地只

---

① 荷蒉，语出《论语·宪问》。子击磬于卫。有荷蒉而过孔氏之门者，曰："有心哉，击磬乎！"既而曰："鄙哉，硁硁乎！莫己知也，斯己而已矣。深则厉，浅则揭。"子曰："果哉！末之难矣。"荷，担负，蒉，竹筐。

见他背了一个土筐,显然是个农夫。听到屋内铿锵之声,这人驻足听了一会儿,说:"里面的人,你有什么心事吧?"顿了一顿,又说:"敲得真难听!别人不了解你,怡然自处就是了,有什么大不了的。就像过河,水深了游过去,水浅了撩起衣服蹚过去,如此而已。"孔子听了后说:"的确如此啊,再不必难为自己了。"

既然是犯官,没有政务,意味着苏东坡如今跟当年孔子四处碰壁一样,不必再为难自己了,他的事业已经完全转型。大概是从这时候开始,苏东坡出行必背一行囊,每有所感,则随时记下,三言两语,放入囊中,称为"手泽袋"。他有一双异乎常人的睿智的眼睛,总是能捕捉到生活中的美,捕捉到其中的诗意,他的手泽袋逐渐鼓了起来。

这时候黄州来了另一个贬官,他叫张怀民,当时只是主簿类的小官。他寓居承天寺中,常与东坡游玩,《东坡志林》中记载:

> 元丰六年十月十二日夜,解衣欲睡,月色入户,欣然起行。念无与为乐者,遂至承天寺寻张怀民。怀民亦未寝,相与步于中庭。庭下如积水空明,水中藻荇交横,盖竹柏影也。何夜无月?何处无竹柏?但少闲人如吾两人者耳。
>
> ——《记承天寺夜游》

不到一百字,写尽了闲适的心境,情景交融,而且充满哲理:何处无月?何处无竹柏?但是发现其中之美,则需要一颗心和一双眼睛。

苏东坡丰富发展了一种新的文体,即小品文,此后招猫逗狗、养花养鸟、熬粥煮茶,皆可为文,为散文打开了新天地。即便是现代散文名家,都要到东坡文集中取一杯羹的。

苏轼曾对苏辙说:"吾视今世学者,独子与我上下尔。"苏辙也觉得与乃兄不相上下,但到黄州以后,苏轼参悟佛老,苏辙深感东坡杂取儒释道三家,"茫然不见其涯","驰骋翰墨,其文一变,如川之方至,而辙瞠然不能及",自己再也赶不上兄长了。

张怀民在住所旁边修了一个亭子,苏轼名之为"快哉亭",苏辙为之作记,东坡赋词,遂使张怀民这个小人物传名千古。

> 落日绣帘卷,亭下水连空。知君为我,新作窗户湿青红。长记平山堂上,欹枕江南烟雨,杳杳没孤鸿。认得醉翁语,山色有无中。　一千顷,都镜净,倒碧峰。忽然浪起,掀舞一叶白头翁。堪笑兰台公子[①],未解庄生天籁,刚道有雌雄。一点浩然气,千里快哉风。
>
> ——《水调歌头·黄州快哉亭赠张偓佺[②]》

战国时宋玉陪楚襄王在兰台游赏,有风飒然。楚襄王说:"快哉此风!寡人之风与庶民之风感受应该相同吧?"宋玉说:"您这是大王之雄风,别人哪配享用呢,老百姓感受到的只能算庶民之雌风。"楚襄王跟他老爹楚怀王一样,是个昏聩的笨蛋。

---

① 兰台公子,指宋玉。

② 偓佺,张怀民的字。

宋玉看似是拍马屁,实际是骂他,楚襄王自然是听不出来。

苏轼说,宋玉啊宋玉,你竟然不懂庄周天籁之说,硬分什么雄风雌风。心中存了浩然正气,不论走到哪里,都会无往而不适,自然体会到"千里快哉风"。

这是元丰六年十一月,很快,苏轼开始了"千里快哉"之旅。

2

几年来,宋神宗数次想启用苏轼,不仅如此,像司马光、范祖禹、吕公著等人,也都曾在考虑之列,只是皇帝身边老是有人嚼舌头,始终没能成行。

直到元丰七年(1084年)正月,宋神宗不再找任何人商量,亲书手札:"苏轼黜居思咎,阅岁滋深,人材实难,不忍终弃,可移汝州团练副使,本州安置。"汝州离京师近,生活条件当然远胜黄州;摘掉了"不得签署公事"帽子,意味着苏轼不再是犯官身份。

"乌台诗案"过去了五年整,似乎有了松动的迹象。在此之前几个月,被贬广西宾州的王巩遇赦北归。一年后苏轼与王巩在京师相会。苏轼发现王巩在瘴毒弥漫的岭南呆了五年,不但没有落魄江湖的窘态,反而面红如玉。座间王巩令歌姬柔奴献歌。柔奴姓宇文氏,眉目娟丽,其家向来住在京师,从未去过南方。苏轼问:"广南风土应是不好?"

柔奴回答说:"此心安处,便是吾乡。"苏轼大为惊讶,作词赠之:

常美人间琢玉郎。天应乞与点酥娘。自作清歌传皓齿。风起。雪飞炎海变清凉。　万里归来年愈少。微笑。笑时犹带岭梅香。试问岭南应不好？却道。此心安处是吾乡。

——《定风波》

此心安处是吾乡，少小离家，四处漂泊，豁达放旷也好，和光同尘也好，把这颗心放下，才意味着接纳。游子的惶恐，就在于他的心始终没着没落，找不到家的感觉。"昔我往矣，杨柳依依；今我来思，雨雪霏霏。"①《诗经》中最美的诗句，隐含其中的意象就是——家。

苏东坡一家在临皋亭寓居了三年多，狭小简陋不说，那房子也不是他的。雪堂是读书会客的地方，不是安寝的地方。直到元丰五年十月，才在朋友帮助下建了一座新居，称为南堂。南堂建筑雄阔，俯视大江，如果作为终老之地，也是不错。

在许州退休的范镇来信，邀请苏东坡来许州买房，以为将来养老之地。东坡谢绝了范镇的邀请，打算安心经营黄州。他听说荆州附近有个小田庄要卖，就打发苏过去相看，但没有买成，只有另做打算。

宋神宗的诏令还在路上，春天来了。苏东坡兴致勃勃地约参寥到城外寻春访梅，到古耕道家看竹，到东坡那块"自留地"的茶圃中翻地，到朋友的海棠花下饮酒。他很喜欢那丛海棠，甚至大晚上跑去赏花，写下了"只恐夜深花睡去，故烧高烛照红妆"的名句。田园生活虽然清苦，但在一颗诗心看来，却是

---

① 《诗经·小雅·采薇》。

如歌如画，情趣盎然。苏东坡经常从东家要点菜籽，从西家顺一个花根，把自己的房舍装点得花谢花开，花期不断。

正当苏东坡想着房前屋后的花花草草的时候，诏命到了。他完全没有思想准备，这搅乱了他长住黄州的心。他完全可以不奉诏，比如可以请求朝廷恩准"黄州安置"，只把犯官的身份去掉，其他一切不变。但略一思考，他决定奉诏。汝州毕竟是大城市，医疗教育交通都远胜黄州，没有理由不接受诏命。生活不止有一个频道，当有了其他选择，那颗安定的心就会蠢蠢欲动，遥控器的按钮就会比较忙碌，生活中就会出现更多的悲喜剧。黄州的海棠虽好，看来也只能告别了。

苏东坡要走的消息迅速传遍了黄州，这次是真的。前来道别的朋友络绎不绝，有将近二十人，前来帮着忙里忙外的乡亲就更多了。东坡将雪堂托付给潘丙的两个侄子大观和大临，让他们耕于东坡。两个人愉快地应允，同时希望得到东坡手书《赤壁》二赋。苏东坡说更喜欢写陶渊明的《归去来辞》，结果俩人变本加厉，希望都要。苏东坡没有理由不满足，颇费了些气力写这些长篇小字。东坡说自己"性不耐写小楷"，因此竟然推迟了几天行程。

古今都一样，读书人搬家是个麻烦事，最累赘的就是书。北宋印刷术开始发达，藏书成为读书人的大事。苏东坡的好友李常，是宋代藏书大家，藏书九千多部，专门建有藏书楼，东坡曾专门作文记载李常捐献图书的善举。晏殊的儿子晏几道，在词坛与父亲齐名，合称"二晏"，也是个爱藏书之人。晏殊死后，家道中落，每次搬家，老婆都会拿他的藏书抱怨。其实书有何罪，人穷了，书也被连累。

幸好苏东坡不藏书。黄州有个朱司农，有一次拜访东坡，在外面恭候了好久。过了半晌，苏东坡才走出内室，抱歉地说："刚刚做了一些功课。"朱司农问做什么功课，东坡说读《汉书》。朱司农很奇怪，您这样的大学问家还有必要复习《汉书》吗？东坡拿给他一个本子，上面写满了字，只是全不成句。东坡让他随便读出一字，然后脱口接续，背诵出来的全都是《汉书》篇章，朱司农目瞪口呆。苏东坡不藏书，他是把书吃到了肚子里。

尽管没什么东西，也收拾了好多天。临行的日子近了，黄州知州设宴饯行。黄州虽是穷乡僻壤，但苏轼常受邀参加官府宴集，遇有歌姬索要词章，东坡也绝不吝惜笔墨。座中有个叫李琪的歌女，运气比较差，从来没得到片纸书作。这次郑重准备了一方丝巾，请东坡写诗。苏东坡提笔写道：

东坡七岁黄州住，何事无言及李琪？

写了两句，恰好有官员敬酒，于是忙着应酬。过了一会儿，客人们说，您这写了两句大白话，简直不是诗啊，而且又没终篇！东坡慌忙抱歉，续写道：恰似西川杜工部，海棠虽好不吟诗。

一座皆惊，轰然叫好。

杜甫在四川留下了大量诗作，唯独没有吟咏过海棠。他见到邻居花开正好，写道：黄四娘家花满蹊，千朵万朵压枝低。留连戏蝶时时舞，自在娇莺恰恰啼。黄四娘是一个村妇，能在杜甫诗中留名，已经够荣幸；李琪是一个歌女，能让东坡如此夸奖，简直是千古奇缘了。

苏东坡在黄州，岂止吟咏过海棠，黄州的山川风土、鱼鳖花木，无不能入其诗。他一生走过的地方太多，黄州只是个不起眼的江边小埠。但是研究苏东坡的历史，发现没有一个地方能与黄州相提并论。杭州固然是大美,但苏东坡与杭州,那是高富帅与白富美的结合。而他在黄州脱胎换骨,甚至连孩子说话都作楚语,他与黄州,才称得上是患难之交。

归去来兮,吾归何处?万里家在岷峨。百年强半,来日苦无多。坐见黄州再闰,儿童尽、楚语吴歌。山中友,鸡豚社酒,相劝老东坡。 云何?当此去,人生底事,来往如梭。待闲看,秋风洛水清波。好在堂前细柳,应念我、莫剪柔柯。仍传语,江南父老,时与晒渔蓑。

——《满庭芳》

一个黄昏,他渡过长江,回望东坡,忍不住潸然泪下。

3

朝廷诏命下达,仍然要上谢表。宋神宗看了以后,喃喃自语:"苏轼真是天才。"

旁边大臣仍然嚼舌头:"臣看他仍有怨言。"

宋神宗说:"何以知之?"

大臣说:"他说他和弟弟应过制科,却用'惊魂甫定,梦游缧绁之中',言外之意,他应试科目就是坦诚批评朝政的,结果后来却以此得罪。这说明他心里还是有怨气,不服啊。"

神宗说:"我了解他,他内心是光明的。"

小人们这才闭嘴。

苏东坡决定先到高安看望弟弟苏辙,然后从九江顺流东下,再北上去汝州。朋友们送行到慈湖,陈慥和参寥却一直随行,到九江后,陈慥才返程。参寥四海为家,本来就是云游四方,有苏东坡这样的人相伴,而且能同游庐山,实在是难得的机缘。

东坡由庐山北麓经过,因为急于去筠州看望子由,所以没有弄出多大动静。金山寺佛印禅师来信约他同游庐山,东坡答复说从筠州返回时,再上庐山。

兄弟俩已经七年没有见面,苏辙职位低微,生活非常艰难,债台高筑。东坡的三个侄子已经长大成人,他一口气给孩子们写了好几首诗。两兄弟在一起呆了十天,临行前,苏辙再次以口舌戒之,告诉他少说话。走到郊外,一路无话,直到分手该当话别时,东坡仍然是不开口,只以手指了指嘴,两人同时哈哈大笑。

分宁县有条河叫修水,一条支流有渡口叫"来苏",说是东坡去筠州时路过此地,当地引以为荣,故有此名。实际上苏东坡的线路离修水有几百里,不可能绕远过修水。可见抢夺名人古已有之,只是今古动机很不相同。君不见如今帝王将相、才子佳人都已被各地抢光,为了争夺名人故里还经常打架。经济搭台,文化唱戏,运用得好,事半功倍;运用得不好,就闹笑话。文化既然只是个唱戏的,那么生旦净末丑就可以你方唱罢我登场,唱什么不重要,赚钱就行。一些地方闹腾了几年,搞了几百个西游记宫、龙王宫、哪吒宫及各种人造景观,终于发现一个简单的道理——没文化,是赚不了钱的。

这次苏东坡由南麓进入庐山,佛印如约而至。满山的和尚奔走相告:"苏子瞻来啦!"

和尚们欢呼雀跃,争相一睹明星风采。也有个别和尚动机不纯，试图找到给自己脸上贴金的机会。路过一处温泉，只见壁间有和尚叫可遵的题诗云：

禅庭谁作石龙头，龙口汤泉沸不休。
直待众生尘垢尽，我方清冷混常流。

意思是洗尽世尘垢，我才会跟普通溪水一样变得清冷，表示自己愿意普度众生，献身佛法。东坡见后，遂和一首：

石龙有口却无根，自在流泉谁吐吞。
若信众生本无垢，此泉何处觅寒温。

可遵见后大喜，马上再写一首，呈与东坡：

君能识我汤泉句，我却爱君三峡诗。
道得可咽不可漱，几多诗将竖降旗。

几多诗将竖降旗，写得如此丑怪，且专心为自己扬名，东坡方知道夸错了人，于是不再理他。可遵跑到三峡桥，和尚们正在刻东坡诗，可遵要求将此诗一并镌刻，被和尚们一顿诟病狂批，撵走了。

可遵愤愤不平，说："子瞻护短，嫉妒我而去。"

几年后佛印从京师归金山，恰逢可遵也在，可遵作诗赠之：

上国归来路几千，浑身尤带御炉烟。

凤凰山下敲篷咏，惊起山翁白昼眠。

今天的人们已经很难看出诗中对名利的极度渴望与艳羡。佛印毫不客气，和之曰：

打睡禅和万万千，梦中趋利走如烟。
劝君抖擞修禅定，老境如蚕已再眠。

你应该禅心安定，不要做梦都想着名利二字，否则哪里还像个出家人？

苏东坡来到庐山，是下决心不作诗的，因为有李白的"飞流直下三千尺，疑是银河落九天"，他岂敢再逞诗才。一路山谷奇秀，平生未见，耐不住诗情，但也只写了三首五言绝句，这与他往常作风迥异。途中读到唐代徐凝的诗：

虚空落泉千仞直，雷奔入江不暂息。
今古长如白练飞，一条界破青山色。
——徐凝《庐山瀑布》

传说白居易在杭州当刺史，主持州府考试。当时已很有诗名的张祜自负才学，自以为必是解元头名。徐凝作《庐山瀑布》一诗，张祜愕然，白居易也给予极高评价，于是荐徐凝为首。

苏东坡认为徐凝的诗不佳，白居易眼光绝不会如此之差，这个传闻肯定是没谱的事。他写道：

帝遣银河一派垂，古来唯有谪仙词。

飞流溅沫知多少，不与徐凝洗恶诗。

"今古长如白练飞，一条界破青山色"，按说这样的诗句不应给差评。苏东坡不客气地评为"恶诗"，当然是因为李白《望庐山瀑布》在前的缘故。李白登黄鹤楼，因有崔颢诗作在前，而不敢题诗；徐凝不自量力，苏东坡于是小小地嘲笑他一下。

诗是最难作的，今人作古诗尤难。古诗因为有格律限制，技法上束缚手脚，今人连格律都不懂，分辨古诗优劣的本事更是没有，更不要说创作了。今天常有人不知天高地厚，写个顺口溜也称古诗，不知其丑，到处乱刻，恬不知耻。如果说可遵的诗，雅得俗气；今天有些人作古诗，简直是狗屁不通，令人发指。

庐山没有因为苏东坡的自矜而留下遗憾，他寥寥数首诗，仍有千古名作：

横看成岭侧成峰，远近高低各不同。
不识庐山真面目，只缘身在此山中。
——《题西林壁》

大千世界，芸芸众生，只有人才是最复杂的系统。人可以看清世界甚至飞入太空，却未必能看清自我。恰如庐山横看、竖看、远看、近看均有不同，只有超越纷纭的迷局，才能真正认识自我。

当第二年苏东坡回到京师，重新变回苏轼，他会发现，看清庐山真面，是多么难的一件事情。

4

苏东坡于元丰七年（1084年）六月底到达金陵，他的第一件事就是拜访王安石。

王安石听说苏轼要来，早早骑着毛驴出来，在渡口迎候。东坡船到，也是早早立于船头，躬身施礼："轼今日敢以野服见大丞相。"

王安石说："礼岂为我辈设哉？"

这一问一答，隐含的东西太多，感触太深，实在是太真实，太有情节，太符合二人此时的身份了。

苏轼这时候是贬官身份，当然不愿意着官服；而王安石此时已经退隐赋闲，但他的爵位俸禄均在，苏轼身着老百姓衣服拜见，显得并不恭敬。

而王安石的回答不但巧妙，简直令人肃然起敬了。

在古代中国，"礼"，远远超过礼仪、礼貌、礼节的范畴，而是进入了哲学、政治领域，甚至具有宗教属性。当刻意夸大人的社会属性，对人的行为作出刻薄、繁琐的规范，这个社会必然会等级森严，必然会生产僵尸人甚至伪君子。父母死了，要守孝三年，终日穿着丧服，不许宴饮，不许娱乐，如有出格，轻的被人耻笑，重的就是大逆不道；皇帝死了更是天大的事，谁要是敢动长陵一抔土，那就是谋反之罪。《国语》记载，楚国的国君屈到喜欢吃菱角，临死前嘱咐家人说，祭祀我的时候，一定要用菱角。等到祭祀时，家奴摆上菱角，儿子屈建却要求拿掉。他说，按规定，祭国君要用牛，祭大夫用羊，祭士用小猪和狗，祭普通人用烤鱼，不能因为老爸自己的嗜好而违反国家的法典。于是便不用菱角。想想这国君也够可怜的，临死前这么一个小小的愿望都得不到满足。

古代礼教无孔不入，可笑的事情发生过太多。汉代田登当太守，不许老百姓说灯，点灯只能叫放火。元宵节官府出告示：放火三日。于是，只许州官放火，不许百姓点灯。北宋名臣文彦博，本来姓敬，祖上为了避后晋石敬瑭之讳，改姓文，后晋灭亡以后，又改回来姓敬；到了宋代，赵匡胤的爷爷叫赵敬，于是又一次姓文。

这种无聊的东西多了，人们自然就会戴着面具说话。随着汉王朝的覆灭，魏晋一些文人向着束缚人的条条框框发出了怒吼。

礼岂为我辈设哉？这是阮籍的名言。即使在今天看来，阮籍也容易被当成神经病。邻居的漂亮女孩未出嫁就死了，他跑去大哭一通。可是他老娘死了，他喝得大醉，披散着头发瘫坐在床上，来人吊丧，他也不哭一声。直到下葬，阮籍吐血成升，昏倒在地。可见阮籍并非不孝，但是他的行为无法被人接受。

王安石说，礼岂为我辈设哉，是在告诉苏轼，他们俩都已经从官员回归了普通人的身份。官场一定要讲尊卑、讲上下、讲先后，否则朝堂上就乱套了。但是官场的风气不能全都带入民间。同学们毕业后多年再聚，如果是官大的、发财的端居上座高谈阔论，布衣的、没钱的蹲于下座赔着笑脸，这样的聚会就成了少数人的炫耀大会，不会再有第二次。假如一切随意，或者是按年龄、按宿舍床位，甚至男女搭配列位次，那么庶几还能找到当年的同窗之谊、那个青涩的年代。遗憾的是，变味的同学聚会导致友谊的小船一翻再翻，早就是如今这个浮躁年代百变人生的缩影了。

脱了官服，让王安石与苏轼做回了普通人。如今都不是官身，不必再遵守朝廷规矩，也不必在乎什么礼数。世间的事就是如此奇怪，在位的时候，争得一塌糊涂；退下来的时候，会突然感慨，怎么当初那么傻呢？如果双方都不是那么意气用事，朝堂上也不会有那么多是非，国家也不会有那么大的损失啊！

值得欣慰的是，他们都是文学大家，官场上的那点小小的得失实在是微不足道，他们的诗文却会辉映千古。两人一同游览金陵形胜，吟诗作赋。四十八岁的苏东坡褪尽铅华，尽显本色，让六十四岁的王安石喃喃自语："不知再过几百年，世间方有如此人物！"有时候老迈的王安石无法同去，就让人及时传抄苏轼的诗作，先睹为快。他读到苏轼"峰多巧障日，江远欲浮天"之句，击节赞叹："老夫平生诗作，无此二句！"

> 北山输绿涨横陂，直堑回塘滟滟时。
> 细数落花因坐久，缓寻芳草得归迟。
> ——王安石《北山》

苏东坡的和诗写道：

> 骑驴渺渺入荒陂，想见先生未病时。
> 劝我试求三亩宅，从公已觉十年迟。
> ——《次荆公韵四绝》之三

王安石见后说:"现在若是回到十年前后,我也就不厮争。"人都是这样,经历之后,才会发现过去的诸般可笑。

尽管他们都小心翼翼有地回避朝政,但一首诗就让他们从江湖回到了庙堂。

苏轼说:"我有话要对您说。"

王安石以为苏轼会提起两人从前的纠葛,表情很不安。

苏轼说:"某所言天下事也。"

王安石说:"姑言之。"

苏轼说:"汉唐亡于战事与大狱,我朝祖宗以仁厚治天下,极力避免重蹈覆辙。但是现在却在西北用兵不断,在东南盐法峻急,数度兴起大狱。你为何不阻止?"

王安石说:"两种事是由吕惠卿发动,我现在一个退休之人,哪来的权力干涉?"

苏轼反驳说:"不在其位,不谋其政,只不过是常情。皇上待你非常之礼,你也应以非常之礼事君才是啊。"

王安石厉声说:"我跟你说——"

转念间欲言又止,嘱咐道:"今天的话,出在安石口,入在子瞻耳。"——咱们的话,不要对别人说。

王安石接着说:"行一不义,杀一不辜,得天下弗焉。人非如此不可。"

行一不义,杀一不辜,得天下弗焉,这话出自孟子,意思是说,做一件不义的事,杀一个无辜之人,就算因此而得到天下,这种事也不能做。王安石说这样的人才算可取。

苏轼说:"可是现在的人为了一官半职的升迁,即便是杀人也在所不惜!"

王安石笑而不语。

无法证实两人的对话是历史真实。但是他们的话却提前印证了此后的政局走向——如果不是有祖宗家法，北宋后期的历史，一定是一次次的人头落地。实际情况是此后的若干年，士大夫们除了没有品尝到掉脑袋的滋味，其他种种人生悲剧，几乎都感受到了。

两年后，六十六岁的王安石去世。对他主持的熙丰变法，千年以来争论不休，但对他的政治品行，却没有什么分歧——他是个君子，当年的不同政见，也是君子之争。王安石死后，司马光也卧病在床，他说："介甫无他，但执拗耳，赠恤之典，宜厚大哉。"朝廷追赠王安石太傅之位，苏轼代皇帝拟了一道敕书："瑰玮之文，足以藻饰万物；卓绝之行，足以风动四方。"

北宋中后期，是英杰辈出的年代。但是国家的政治生活，却在一群风光霁月的君子手中，变得很不正常，这才是值得后世的君子们反思的。

5

给了你生活的选择权，你愿意在哪里度过余生？

这真是一个很难回答的问题。

我的同窗好友王小帽，二十年前拽着另一个同窗好友张大头，在缺乏必要装备的情况下，横贯西藏墨脱。当时墨脱尚不通公路，两人历时二十多天，走得形销骨立，能活着出来都堪称奇迹。像王小帽这种人，似乎生下来就在东寻西找。他曾经只带了一个老式的军用水壶，穿越二百里腾格里沙漠；曾经一个人安静地坐在纳木错水边，直到最后一抹斜阳隐去；还曾经游荡在西藏古格的佛寺、宫殿遗迹之中,在黑魆魆的夜晚,他像个幽灵。三十个暑假,走遍了塞北江南,最后他发现自己的心仪之地是云南大理。于是在四十四岁高龄攻读博士学位,只为能去大理工作,然后终老于苍山洱海之间。不久前我见到他那张幸福的脸,我知道他的梦想即将实现。

说到我的愿望,有几间瓦房,房前有一个大菜园子。菜园子里有一口水井,有两垅小葱,一畦韭菜,茄子豆角辣椒西红柿要多种。夏天专门挑中等个头、红中泛青的西红柿采摘,掰开全是沙瓤的;偶尔揪一个细长的紫茄子,水嫩水嫩的。这样的西红柿和茄子,井水稍冲一下就吃。园子南头种几排北方常见的甜高粱,比甘蔗还甜。四月份的时候,把埋在灶台附近的细粉莲花根挖出来,种在房前向阳处。这种大红大粉大脸盘的花有点俗,不必与山谷的幽兰、野百合去比静雅,更不必费心去修剪,咱要的就是那种张狂的盛开,大俗就是大雅,透着敞亮。园子外围点缀一些牵牛花,这些紫白相间的喇叭攀上玉米秸秆围成的最简易的栅栏。栅栏防得了黄狗防不了顽童,为了防止小顽童钻进来偷吃我的甜高粱,我得时时巡视一番,看得紧点。

晚上在似睡非睡之际,脑海里泛出这样的影像,会感到心跳极为平缓,四肢百骸无比舒坦,很快就睡着了。

这只是梦罢了。真实的情况是,我一定会左顾右盼,做各种各样的评估,甚至采取设置权数、综合考评打分的办法搞个城市乡村排名,也不奇怪。只想着茄子辣椒细粉莲的事,岂不是很孩子气、太幼稚?

所以世界上有两种人,真给了他生活选择权,一种是持续做梦,另一种是努力去接近心中的梦想。我只能是前者,王小帽，还有苏东坡，无疑是后一种人。

王安石劝苏东坡在金陵买田，两人比邻而居。苏东坡虽然回答说"从公已觉十年迟"，但他仍然委婉谢绝了王安石的邀请。他心中已经有了理想的养老之地，那就是常州。

苏东坡在倅杭时，曾经数次到过常州，这里的风土人情给他留下了深刻的印象。而他对常州的好感，甚至可以追溯到嘉祐二年（1057年）他二十岁时，当时他刚刚进士及第，与同科进士蒋颖叔相识。朝廷为新科进士举行琼林苑宴会，蒋颖叔向苏轼极力吹嘘自己的家乡宜兴，让苏轼极为向往。元丰七年（1084年），苏东坡离开金陵后，路过仪征，与蒋颖叔唱酬，作了一首诗：

> 月明惊鹊未安枝，一棹飘然影自随。
> 江上秋风无限浪，枕中春梦不多时。
> 琼林花草闻前语，罨画溪山指后期。[①]
> 岂敢便为鸡黍约，玉堂金殿要论思。
>
> ——《次韵蒋颖叔》

当年虽然有卜居阳羡之议，但是玉堂金殿之上，青年俊才正要雄心勃勃做一番事业，还不可能践行一起养鸡种黍之约。如今情形不同了，已经是近天命之年，此生恰如溪流，总要选择一个归属。在常州、宜兴期间，他越发觉得此地意思豁然，甚合平生意趣。不要说湖光山色、轻舟短棹，单说那河豚美味，

[①] 苏轼自注，当年琼林宴与蒋颖叔约卜居阳羡。阳羡，今宜兴。罨画，溪水名。

都对他充满诱惑,让他大加称赏。有朋友胆小不敢吃,问他河豚味道如何,苏东坡的回答简短有力:"值那一死。"

> 竹外桃花三两枝,春江水暖鸭先知。
> 蒌蒿满地芦芽短,正是河豚欲上时。
> ——《惠崇春江晚景》其一

假如在这里躬耕田园,还能时常享受河豚美味,那真是神仙日子,不枉此生了。于是在蒋颖叔的帮助下,苏东坡买了一处小田庄。靠这处田产,不会太富裕,但养活一家人没问题。在赴汝州途中,他两次上表,请求居住常州,说得非常动人:

> 禄廪久空,衣食不继。累重道远,不免舟行。自离黄州,风涛惊恐,举家重病,一子丧亡[①]。今虽已至泗州,而资用罄竭,去汝尚远,难于陆行。无屋可居,无田可食,二十余口,不知所归,饥寒之忧,近在朝夕。
>
> 臣有薄田在常州宜兴县,粗给饘粥,欲望圣慈,许于常州居住。

上表到达朝廷,结果是"朝报夕可",神宗答应得极其痛快。苏东坡到达扬州时,准许居住常州的诏命传来,他极为高兴,这期间的很多诗词都提到了即将卜居阳羡、无所拘碍的快活心情。

---

① 指朝云之子苏遁。

十年归梦寄西风，此去真为田舍翁。
剩觅蜀冈新井水，要携乡味过江东。

道人劝饮鸡苏水，童子能煎莺粟汤。
暂借藤床与瓦枕，莫教辜负竹风凉。

此生已觉都无事，今岁仍逢大有年。
山寺归来闻好语，野花啼鸟亦欣然。
　　　　——《归宜兴，留题竹西寺三首》

就在这时候，牵动众多士大夫命运的大事发生了。元丰八年（1085年）三月五日，三十八岁的宋神宗驾崩，而苏东坡此时写的"山寺归来闻好语，野花啼鸟亦欣然"，后来又给他带来了麻烦。

古代当个文人真的是不容易。文人是靠一支笔、一张嘴讨生活，谁知道这张嘴什么时候会跑火车。苏东坡路过泗州，与知州刘士彦交游甚密。一次众人同游南山，直到半夜方兴尽而归，苏东坡兴致勃勃地写了一首词：

北望平川。野水荒湾。共寻春、飞步屏颜。和风弄袖，香雾萦鬟。正酒酣时，人语笑，白云间。　飞鸿落照，相将归去，澹娟娟、玉宇清闲。何人无事，宴坐空山。望长桥上，灯火乱，使君还。
　　　　——《行香子》

哪知刘知州看到这首词后，大惊失色，对苏东坡说："学士名满天下，一有新作，马上就会传遍天下。朝廷律法规定，夜晚宵禁以后，夜过长桥者判两年徒刑。如果被朝廷知道此事，那我可是知法犯法，罪莫大焉。"

苏东坡很是抱歉，随后解嘲道："我这一辈子，开口就会得罪，而且均不在两年徒刑以下。"

得到朝廷诏命之后，苏东坡赶回常州，已经是元丰八年五月。从黄州辗转来到东南，历时四百多天，一家人舟车劳顿，辛苦不堪。他急于要买一所房子，把二十多口人安顿下来。经过众多朋友的物色，终于选定了一处。苏东坡将所有积蓄全部掏光，迅速成交，然后迁入新家。一个晚上，苏东坡在月下散步，忽然听到有哭声，循声而去，只见一个老婆婆在啜泣。东坡问老婆婆所为何事，老婆婆说，儿子不孝，没跟自己商量，就把祖上的百年老屋给卖了。

苏东坡心念一动，问是卖给了何人？

老婆婆说，听说是卖给了那个名闻天下的苏学士。

东坡大吃一惊，无暇多想，他说，勿要悲伤，我就是你说的苏学士，我会把房子还给你。

他把新办妥的房契烧了，租了一个住所，然后搬出了新家，闭口没谈房钱的事。而这时候囊中已空，没钱再买房子了。

命中注定，苏东坡一生都难以有一个安定的家。宋神宗去世，十岁的哲宗继位，这个小孩子的祖母太皇太后高氏垂帘听政。高太后摄政后所做的第一件事就是启用司马光任门下侍郎（副宰相）。第二年，公元 1086 年，改年号为元祐。二月，司马光任尚书左仆射兼门下侍郎（宰相）。六月，苏轼被任命为登州（山东蓬莱）知州。

命运专门跟人开玩笑,他总是让人事与愿违。他在你历经磨难、好容易制住心魔的时候,却给你来一个一百八十度的大转弯。在苏东坡已经作归隐田园打算的时候,早年"致君尧舜"的心弦,却再次被拨动。于是,东坡居士又做回了苏轼。卜居阳羡的梦想,仅仅在现实中晃了一晃,就戛然而止了。

第十五章
翰林学士

1

苏轼被重新起用，亲朋都为他高兴，家人更是欢呼雀跃，他自己却怎么也高兴不起来。经过黄州的磨难，他对人生有了更深入的体悟，世事变幻，人生无常，功名利禄已经不萦于怀。他这个人，儒释道杂糅，还是儒家层面的东西多一些，这符合中国知识分子的基本特征。所以当朝廷有令，他仍然选择出来做事，他是大宋官员，不是隐士，也不是和尚道士，他想不出不做事的理由。

宰相韩琦在老家修了一座"昼锦堂"，欧阳修为此写了散文名篇《昼锦堂记》，文章开头就说："仕宦而至将相，富贵而归故乡，此人情之所荣，而今昔之所同也。"① 对绝大多数人来说，当了大官或发了大财，一定要回老家显摆。项羽攻下咸阳，火烧阿房宫，谋士劝项羽称霸关中，项羽说，"富贵不归故乡，如锦衣夜行"，穿了一身新衣服，却要晚上出行，谁看得见啊？非要回老家。谋士说："我听说楚人沐猴而冠，果然如此。"韩

---

① 欧阳修《相州昼锦堂记》。

琦修昼锦堂,自然是顺着项羽的话,取"锦衣昼行"之意。欧阳修为了把韩琦与项羽这只猴子区别开来,费了好大周折,短短的几百字转了好几个弯,才算把文章拔高。不过人们仍然重点记住了开头的这句话,连皇帝都支持大臣回老家炫耀——既然卖命替我做事,我就让你享受这种荣光,又是修祠堂又是修庙宇,所以古代名臣的老家,都有一座恢弘的建筑。

古代知识分子,也就是这点事——寒窗十载,出去做官,致仕后教化乡里,最后仍然回到土地。大概只有转了一圈,人生才是完整的。严格来说,苏东坡现在已经转到第二圈了,因此在告别常州时,他更加强烈地表达了将来回归乡野的愿望。

> 云水萦回溪上路。叠叠青山,环绕溪东注。月白沙汀翘宿鹭。更无一点尘来处。　溪叟相看私自语。底事区区,苦要为官去。尊酒不空田百亩。归来分得闲中趣。
>
> ——《蝶恋花》

元丰八年七月,苏轼启程前往登州,十二月路过密州。老百姓还记得他为密州做的好事,江湖野老在路旁箪食壶浆,夹道欢迎。当年他从府库中专款专用,用于救济弃婴,如今这些孩子已经长大成人,他们纷纷叩谢知州大人的救命之恩,这真令苏轼感到高兴。到达登州地界,早早地就有百姓伫立路旁,他们却不是来欢迎新任知州大人的,而是直接问苏轼一句话:"大人为政爱民,能不能像从前的知州马默大人一样,心怀百姓呢?"

马默在登州任知州时,登州沙门岛是发配犯人的监狱。官府向来按照三百人的数量供给粮食,如果犯人多了,嘴多粮少,就把多余的犯人扔到海里。马默了解后,上书朝廷,修改《配岛法》二十条,对多余的犯人进行甄别,关押时间久又没有大过的犯人,则押还登州,自此囚犯多有活命者。

数千年的王朝更迭,百姓承受的苦难实在太多,他们除了望眼欲穿,希望朝廷派来一个好官,没有别的办法。而一个人政绩如何,这是一个多维度的评价问题。官员对皇帝是否尽忠,对国事是否勤勉,一个聪明的皇帝也许能够甄别,唯独对百姓是否宽仁,吏部未必能全面了解,皇帝更是很难听到真实情况,只有百姓心如明镜。在百姓看来,像马默这样的官员,就是好官。老百姓不关心马默是否能够经天纬地,他们关心的是马默能否带来实实在在的利益。很可惜,皇帝尽管也教导官员要爱民,但是他听不到百姓的声音,这使得评价一个官员的政绩,简直是世界上最复杂的问题。

苏轼在北宋中后期的历史中,如果按照官职来看,他占不到多么显赫的位置,因此后世多把他划入文学家行列。但是在百姓心中,他是治世能臣。他在密州救助弃婴,在徐州医疗病囚,即便是在黄州时,以一个犯官身份,他仍然想方设法为百姓做事。当时黄州有溺婴的野蛮风俗,孩子生多了,养不起,就溺死了。苏东坡听说后,立即给鄂州太守朱寿昌写信,建议组织民间捐款,送给贫苦的孕妇,让她们允诺不会溺婴。

苏轼的为政思想并没有超出孔子的"仁者爱人"主张。而佛家讲究慈悲为怀,道家讲究无为而治,在悲悯情怀上,儒释道是可以互通的,没有隔阂。文字都是那些文字,自汉武帝独尊儒术,读书人对孔子的主张烂熟于胸,关键还在于践行。而古代官场自有官场的发明,如果专注于苏轼、马默抓的具体

"小事",则容易被称作妇人之仁,很多人不屑去做;说得再难听点则成了沽名钓誉,于是官员不敢去做;如果进而成了收买人心甚至是别有用心,那可惹了大麻烦了。因此事关老百姓的一些"小事",永远不会有人去做,皇帝即便是知道这样的弊政,也是毫无办法。直到官员搞得哀鸿遍野,四处揭竿而起,于是人们说天数已尽,眼睁睁地看着朝代更迭。

苏轼到任后,按惯例先了解本地情况。有一个主簿汇报起来没完没了,反复聒噪,苏轼听得寡然无味,颇为困倦,于是推托说晚上再来见我,意思是以后再说吧。哪知主簿不懂眉眼高低,晚间真的来了。苏轼只有会见,他正在读《杜甫诗集》,于是拿出一句杜诗问主簿:"江湖多白鸟,天地足青蝇,白鸟是鸥鹭之类的鸟吗?"

主簿说:"白鸟,蚊蚋也,用以比喻脏吏。江湖之间,距朝廷远,多藏脏吏。青蝇,小人也。天地之间,小人多而君子少。"

苏东坡大惊,想不到一个小小的主簿竟然有如此见识,待之上宾。

虽然说普天之下莫非王土,率土之滨莫非王臣,可是山高皇帝远,这个广袤的国土还得依靠及时雨宋江、美髯公朱仝之类的小人物来治理。皇帝坚信人之初、性本善,于是一道一道地下圣旨,苦口婆心地劝诫官吏忠君廉政爱民,妄图通过君子人格来管理国家,可是收效甚微。这种德化教育对百姓也许容易奏效,对官吏则要难得多,因为官吏手中有权力,欲望会吞噬圣人之言。假如皇帝懂得"小人多而君子少"的道理,也就不必煞费苦心妄图把小人都变成君子,从而在其他途径多想想办法了吧。

苏轼上任的第五天,诏命又到了,朝廷任命他为礼部郎中。他匆匆登上蓬莱阁，领略了一下海景，就向着阔别多年的京城进发了。

又有百姓聚在路边，这次不是欢送他，也不是嘱咐他到京城好好做官，而是争相说道："寄谢司马相公，勿去朝廷，厚自爱，以活我！"

看来民间真的有高人。如果苏轼像百姓说的那样，向司马光辞谢朝廷任命，专心当个地方官，也许真的是对自己的保护，又是地方百姓的福音。可是命中注定，苏东坡在庙堂与江湖之间，还要再转上一圈。

2

元丰八年十二月，苏轼到达京城。自从熙宁四年出京，已经过去了十四年，恍如隔世。朝局发生了重大变化，现在他开始官运亨通。

礼部郎中，是主管祭祀、礼仪、贡举等事务的官员，从六品，职位不高。仅仅十天以后，改迁起居舍人。与礼部郎中一样，这是一个从六品官，但地位却是大大不同。身在朝廷，壁垒森严，除了少数高级官员，绝大多数人一辈子都未必获得皇帝召见。即使是皇帝想了解下情，想找一些生面孔聊聊，那也不是随便找谁都行，否则执政大臣会说皇上擅听擅见。起居舍人却是离皇帝最近的人，与起居郎一同负责编修皇帝起居注，皇帝日常的一言一行，都要记录下来，作为将来撰修国史的基本资料。

唐代褚遂良就曾任起居郎。他有随时记录皇帝言行的职责，皇帝却没有过问起居注的权力。也就是说，皇帝的起居注，对皇帝本人都是保密的绝密档案。有一次唐太宗忍不住问褚遂良都记了些啥，褚遂良说，自古没有听说过君王可以随便看起居注的。唐太宗问，朕有不善，卿亦记之耶？褚遂良不让步，回答说，臣载笔天下，不敢不记。这时，黄门侍郎刘洎插话说："即使褚大人不记，天下亦皆记之。"这无疑是告诉皇帝，起居注可以篡改，可历史是篡改不了的。自负千古圣君的唐太宗后来仍然厚着脸皮过问起居注，给后世君王留下了效仿的借口。所以说破坏一项制度极其容易，可是再想重建，可就难上加难了。

苏轼连续上了两道表章，推辞这一职务，没有获得批准，只好上任。实际上，这一职务早就该是他的，早在治平二年（1065年），宋英宗就提议苏轼同修起居注，宰相韩琦认为年轻干部需要历练，遂作罢。如今将近二十年后，干这点活，自然是众望所归。

三个月后，苏轼升任中书舍人。这是一个四品官，主要负责起草皇帝诏命，凡是任免百官、发布政令等事务，都由中书舍人负责起草，称为"外制"。如发现决议有失当处，可以提请皇帝重新考虑，这实际上已经参与了朝廷选人用人、大政方针的议定等核心事务。中书舍人一般兼任知制诰，按照规定，知制诰需要考试通过后才能任命。苏轼得以免试，宋代开国以来，只有杨亿、欧阳修等三人免试任知制诰。即便是苏轼这种豁达之人，面对这种连升四级，也不敢不反复辞让，不管是否诚心，姿态是必须要做的。当然喽，请辞肯定一再不允，恩宠再三加身，为的就是换取臣下反复的叩谢天恩。

苏轼迅速达到荣耀的顶峰。元祐元年九月，他被任命为翰林学士知制诰，官居三品。翰林学士被称为"内制"，任命宰执重臣、册封皇后、册立太子、外交国书等事务，都由翰林学士负责起草，同时还要帮助皇帝批阅各地官员奏章。这是皇帝的大秘，也是皇帝的顾问，向来被称为"内相"，如果再升官，就会成为参知政事，成为宰辅重臣。宋代宰相如晏殊、欧阳修、司马光、吕惠卿、章惇等人，都有翰林学士的任职经历。

今天看苏轼的墨迹碑刻，对他那一长串职衔颇为糊涂。比如，翰林学士承旨朝奉郎知制诰兼侍读轻车都尉武功县开国子食邑六百户赐紫金鱼袋，这里面有的是他的职务，有的是没有实际意义的官衔，有的更属于纯粹的荣誉。

刘备去拜见诸葛亮，请童子通禀："汉左将军、宜城亭侯、领豫州牧、皇叔刘备拜见孔明先生。"童子不干了："阿弥陀佛，这么老长，我记不住。"言下之意是你别跟我端架子，你头衔再多在我这也没用，来将通名。

但是朝堂一定要体现等级。按照宋代官制，官分九品，每一品又分正、从，共十八级。官员服饰亦有区别，七品以下穿绿袍，五六品官员穿红袍，四品以上穿紫袍。鱼袋是文官的重要饰物。据《宋史》记载，从前学士并不佩鱼袋，蒲宗孟任翰林学士时，宋神宗说："学士职清地近，非他官比，而官仪未宠。"于是诏令学士佩鱼，从此成为制度，服紫袍者佩金鱼袋，服红袍者佩银鱼袋。此后鱼袋逐渐成了身份地位的象征，并因此得到极度尊崇，遍布朝堂，以致后来赏赐过滥，反而没人当回事了。

所有这一切，除了维护朝廷秩序以外，也都是做给天下读书人看的，就是让他们全都留意功名，谁都不要胡思乱想，专心读圣贤之书，当个大官，博个封妻荫子，然后锦衣昼行，荣耀乡里。试想那紫袍金带，人前显胜，哪个绿袍不羡慕，哪个士人不眼红？遂使后代知识分子，专心研究仕途经济学问，偶尔出个贾宝玉这样的人，连薛宝钗都要劝诫一番。

从绿袍到紫袍金带，连升六级，这个跨度实在太大。

有一次，太皇太后问他："学士前年任何职？"

苏轼答："臣前年为汝州团练副使。"

"今为何官？"

"翰林学士。"

"为何升官如此之快？"

"皆因太皇太后恩典。"

太皇太后说："不关老身事。"

苏轼说："皆因皇帝陛下恩典。"

"亦不关皇帝事。"

苏轼有点害怕："臣虽轻狂无状，亦不敢以他途求进。"

太皇太后说："早就想说给你听，这是神宗皇帝的遗命。神宗皇帝在位时，有时候边吃饭边读书，每每读得专注，停箸不食。左右纷纷说，这一定是在读苏子瞻的文章。神宗皇帝读你的诗文，经常夸赞'奇才，奇才'！可惜还没来得及用你，他就仙去了。"

苏轼忍不住哭出声来，太皇太后与哲宗俱都落泪。

太皇太后令人给苏轼看座奉茶，继续嘱咐说："学士要尽心辅佐皇帝，以报先帝大恩。"

苏轼躬身下拜。太皇太后将御座前一对金莲烛赐给他，令人烛照引至学士院中。这不仅仅是一对蜡烛。唐宣宗夜半召见令狐绹，奏对后赐以金莲花烛送之学士院。院吏远远望见灯光，惊呼"圣驾来了"，到跟前一看，原来是令狐绹。院吏说："金莲花烛是引圣驾之物，令狐学士竟然用之？"不久，令狐绹出任宰相。现在高太后赐给苏学士金莲花烛，此中深意，苏轼岂能不知？

所谓士为知己者死，文人要的是赏识。知识分子让人感觉不好管，那是因为他们没有得到被赏识的感觉。武人要的是信任，路边撸个串子喝个啤酒，就成了弟兄——这领导行，看得起咱，咱得给兜着，真有急活咱不能掉链子。所以跟武人就得在一起摸爬滚打，否则队伍也不好带。如今社会生产远超古代，文武界限亦不再分明，可是用人的艺术，仍然没有超出"信任赏识"这四个字。

不久，苏轼又被任命为经筵侍读，这是为皇帝专门安排的御前讲习，由饱学之士为皇帝讲解圣人经义、历史典籍、兴衰成毁的经验教训。同任侍读的还有吕公著、范纯仁、范祖禹等人。宋哲宗刚刚十岁，这些人实际上就是皇帝的老师。一次苏轼对哲宗说："臣小时候，被父兄督促学习，开始的时候感到学得很苦，渐渐体会到其中的趣味，时间久了，则体会到其中的快乐。有了学习的快乐，则学问日有进境。正如古人云，知之者不如好之者，好之者不如乐之者。"这番经验之谈，哪里是臣子奏对皇帝，分明是慈父诱导小儿。今天所有名师的风范，全部体现在善于培养孩子"好之乐之"上面。

苏轼雄心勃勃，他要自汉至唐，选择君臣大节政事之要编纂成书，以备进读。自己从小的理想是"致君尧舜上，再使风俗淳"，现在他的理想就要实现了。

3

1934 年，沈从文因母病回湖南老家，在路上看到一则寻人

启事,他在给张兆和的信中,全文转述了这则启事:

> 立招字人钟汉福,家住白洋河文昌阁大松树下右边,今因走失贤媳一枚,年十三岁,名曰金翠,短脸大口,一齿凸出,去向不明。若有人寻找弄回者,赏光洋二元,大树为证,决不吃言。谨白。

沈从文在信中说:"我一个字不改写下来给你瞧瞧,这人若多读些书,一定是个大作家。"

作家与官员都是吃文字这碗饭的,作家的作品叫文学,官员的作品叫公文。同样都是文章,有时候文学与公文迥然而异,有时候又很难区分。王安石写给司马光的《答司马谏议书》,这是两个官员在讨论改革问题,典型的实用文体,可也是一流的政论文、散文。司马迁的《史记》是一部史书,但它也是伟大的文学作品。杜甫说"文章千古事,得失寸心知",写得好不好只有"寸心"知,是谁知呢,愚以为除了自知,还有你知他知,甚至还有"后人知",这样才能称得上是关乎千古的事业。汉高祖刘邦刚刚统一国家,陆贾就在他耳边唠叨应多读些书。刘邦是个不读书的家伙,不耐烦地说:"老子在马背上夺得天下,读这些书干什么?"陆贾说:"你从马上得天下,难道还能在马上治天下吗?"你刘邦再能,也还得靠文章治国、靠文化治国、靠文人治国不是?曹丕说:"夫文章者,经国之大业,不朽之盛事。"一个皇帝,把文章提到如此高位,自然是希望通过讲道理、有情感、打动人,得到民众的支持。从治理国家的角度讲,文风就是政风,官样八股文章之所以可憎,就因为它是无思想、无情感、无个性的"三无产品",这种东西多了,百姓就不再有阅读的兴趣，实在是为政大害。

走失了童养媳的钟汉福，三言两语描画了金翠的相貌，更难得的是语言个性鲜明，让人过目不忘，难怪沈从文兴致勃勃地全文抄录。想必沈氏文章，一定是从民间汲取了很多营养的。

现在苏轼从一个作家变成了皇帝的秘书，他的一项重要工作是起草公务文章，吟诗作赋的时间大大减少，以至于欠下不少文债，给朋友写信一再解释，请求宽限时间。升职翰林学士，皇帝赐给官服两件，金腰带一条，镀金银鞍马一匹。每日五更时分即起，更衣洗漱，然后靠在椅背上小憩一会儿，待神完气足，出门骑上御赐的高头大马，直奔皇宫，家中小儿尚在熟睡中。一天国事已毕，已是晚间，经常半夜才能休息。

翰林学士的办公处叫学士院，实际上就是皇帝的秘书处。为便于皇帝随时宣召，翰林学士轮流宿值，以便第二天发布圣旨。苏轼当值时，常工作到深夜，天气寒冷时，太皇太后会送来蜡烛与热酒，以示慰问。有时候他觉得今晚不会有什么事，于是多喝一杯酒，带着微醺，信笔写字，心手双畅。结果恰在这时太后宣召，赶紧漱口洗脸，通过学士院的小门，一路小跑到达内廷。对多数人来说，跑个腿办个事，都抢着去干；领导一说写文章，转头下属全跑光了。苏轼恰恰相反，他曾经说："某平生无快意事，惟做文章，意之所到，则笔力曲折，无不尽意，自谓世间乐事无逾此矣。"《苏轼文集》中，现存几百道苏轼起草的敕书、诏命、口宣、批答、国书等公文，今日读来，仍然感觉生趣盎然。可以肯定，对这些固定格式的与套路的官样文章，他也同样是以一颗文学之心、在畅快适意的状态下写成的。

一次苏颂、刘攽与苏轼闲聊，苏颂、刘攽说我们少年时读的书，老来就忘了，苏轼谦虚地说自己也是一样。苏刘二人说："我们从前读书，都是做一些笔记抄录，过后才能勉强记得，看你们苏氏兄弟二人未尝抄录，而下笔引据精切，乃是真记得也。"苏颂与刘攽并不是恭维，南宋时的洪迈也曾有所耳闻。洪迈用四十年时间写了一部《容斋随笔》，此书融历史、治世、文学于一炉，宋代以后的人们要想了解经世致用之学，这是必读书目。洪迈也当过翰林学士，有一天起草了二十多道圣旨，忙活完毕，在院子中遛弯踱步，只见一个八十多岁的老者在晒太阳。两人攀谈几句，得知老者曾经是翰林院的书吏，自称见过元祐年间的学士。洪迈得意地问："一天之内起草二十多件文书，想苏学士也不过如此吧？"老者说："苏学士敏捷亦不过如此，但他写文章时从来不用翻书。"

生活就是这样捉弄人，去年还在为不知如何安家发愁，如今他已富贵。苏辙也已调回京城，先任右司谏，后又任起居郎、中书舍人、户部侍郎、御史中丞。转瞬之间，苏氏一门达到极盛。富在深山有远亲，何况在繁华的京城。有一故人与他们兄弟有旧，来求苏辙，希望谋得一个差事，苏辙秉公办事，迟迟没有遂其心愿。这人于是来求苏轼，希望苏轼找弟弟通融。苏轼当场编了一个故事，说给他听：

有一人很是穷困，无以为生，于是去盗墓，希望挖一些金银铜器。挖了一墓，只见一人裸坐，说："汝不闻汉世杨王孙乎，裸葬以矫世，没什么东西能帮到你。"又挖开一墓，只见是一帝王，说："我是汉文帝，临死前诏命墓中不得陪葬黄金美玉，全是陶瓦器皿，瓶瓶罐罐，同样帮不到你啊。"又见二冢相连，掘开一个，见一人说："我伯夷也，饿死首阳山下，帮不到你。"盗墓者叹息说："我用力如此之勤，却无所获，再看看另一个墓吧，也许有所得。"墓中的伯夷说："劝你还是到别的地方看看吧，你看我形骸如此，我兄弟叔齐，怎么可能帮到你呢？"

故人听了，哈哈大笑，告辞而去。

这就是苏轼，信手拈来三个典故，串起来就编成极具内涵的笑话，即所谓"雅谑"。西汉时有个人叫杨王孙，久居长安，家有千金。临终嘱其子说："吾死，裸葬，以复吾真。"他对劝告的亲友说："厚葬无益死者也。"死后裸葬于终南山。伯夷叔齐兄弟是商朝遗民，二人耻食周粟，逃到山中采薇而食，饿死首阳山下。苏轼做了半天铺垫，最后自比伯夷，将苏辙比作叔齐，当然是向故人表达自己的守节之心。穷且益坚，固然不易；富贵已极，而不改君子固穷的本色，则尤为难能。自古贫寒之士发愤努力，终于逆袭成功的励志故事层出不穷，可是故事往往只讲一半，一些人富贵了，发达了，然后奢靡了，腐败了，堕落了，祸事了，这种荒唐事自古屡见不鲜。如果我们需要告诫子女洁身自好，那么给洁身自好安上一个生动的实例，苏轼讲的故事再合适不过了。

苏轼的亲戚蒲宗孟，这人也是当过翰林学士的，他写信给苏轼说，近年来别无所得，惟有对养生之道体会颇深。他向苏轼介绍自己的养生之术，每日洗脸两次，洗脚两次，隔日洗澡一次。洗脸分为"小洗面"和"大洗面"，"小洗面"比较简单，"大洗面"却复杂，要五个佣人侍候。洗脚也分为"小濯脚"和"大濯脚"，当然喽，洗澡同样分为"小澡浴"和"大澡浴"，要八九个人服侍。沐浴中要用各种中药，洗后穿的衣裤要用名贵的香料薰染。这一套享乐方法，浪费点清水倒也没什么，可那时间也像流水一般，消耗在这种无聊的享受之中，更不要说消耗那么多人力，只为伺候他这一位高官。苏轼对此很不以为然，也毫不客气，他给蒲宗孟回信说："闻所得甚高，固以为慰。然复有二，尚欲奉劝。一曰俭，二曰慈。"

由俭入奢易，由奢返俭难。大半生东奔西走挨累，眼见老去，于是善待自己的愿望越发强烈。韩维，他的哥哥是韩绛——韩氏一门在宋代出过七个宰相，堪称第一旺族。韩维在知许昌时，春天时常在西湖设九个客座，嘱咐门吏有读书人经过就邀请入内，客满辄与众人饮酒终日，不问客人是何来路。有人问："没有遇到过不对脾气的人吗？"韩维说："你还年轻，哪里知道。我老了，不知还有几春，如果非要等能坐在一起饮酒的人，那我就没有几次快乐日子了，而春天亦不等我啊。"

韩维的宴饮方式的确很别致，也很古雅。官场应酬，一般目的性很强，谁没事凑在一起胡吃海喝，多数时候都是被风气绑架，不得已。韩维能超越这些俗务，颇有"行乐须及春"[①]的诗意。他致仕以后，女婿去拜见苏轼，说韩维自以为日子不多了，打算沉浸于酒色歌舞之中，以娱晚年。苏轼说："正因为已到了残年，才应该做些自家事，不应该耽于声色犬马之中。"他给韩维的女婿讲了一个故事：

从前有一位老者，平生未尝参详禅理，而对死生之事极为了然。有一天他突然要求置办酒席，大宴亲朋。酒至半酣，老者说："我今日要走了。"说完果然气息奄奄。几个儿子齐声呼唤，希望老爷子临终留句话，以为后世家训。老人说："只且第一五更起。"儿子不明白什么意思，老人说："只有五更起来，才

---

① 李白《月下独酌》。

可以办自家事。日出之后就干不了了。"儿子们说:"咱家比较富裕,哪里用得着早起?家中的事都是自家事,哪里有分别?"老人说:"不。所谓自家事,是死时带得走的东西。我如果平日忙于添财置产,衣食劳碌,那我今天要去了,又有什么可带得走呢?"

苏轼对韩婿说:"你回去替我带个话儿,请转告你岳父,赶紧预办自家事,不要把精力浪费在醇酒美妇上面。最好多想一想,临终时自己能带走什么?"

苏轼所说的"自家事",应该是参透世间功利的修养功夫,是精神上的富足。真的到了人生旅途的尽头,是否能带走什么,苏轼也不敢肯定。每日或读书自娱,或发呆凝思,或杖履桥东,这真正属于自己的时间,做的才是自家事,才是生命浓缩的精华。

4

一个名满天下的作家,现在成了朝廷高官、天子近臣,可以想象会在士林引起多么巨大的反响。书生们争相模仿苏轼的风格作文,以致后来有"苏文熟,吃羊肉,苏文生,吃菜羹"的说法,是说熟读苏轼文章,自然不愁做官,否则就只有落第吃菜叶了。

他的几个学生已经成为声名远播的学者,这时候也纷纷来到京城做官,其中秦观的职位来自苏轼的推荐。自元丰元年(1078年)结识秦观,苏轼就鼓励秦观参加科考,可是秦观两次应考均名落孙山。在黄州时,苏轼几次给秦观写信,劝他不要灰心。他已经成为一个农夫,仍然要求别人留意功名,这其中真是充满玄机。苏轼从不放过任何奖掖后进的机会,在金陵拜见王安石时,向王安石极力推荐秦观的才学,王安石称秦观的诗歌清新似鲍、谢。两大文坛前辈的赞赏和期许,让秦观下决心再度赴京应试,终于在元丰八年进士及第。元祐二年(1087年),苏轼推荐秦观任太学博士,后迁秘书省正字,兼国史院编修官。

巧合的是,黄庭坚、张耒、晁补之都在这期间担任过秘书省正字、校书郎等职。这些职位很低,充其量是九品官,大概相当于皇家出版社的编辑一类,但这种岗位非饱学之士不能承当,因此仕途往往看好。唐代刘晏自幼天资聪颖,七岁就被唐玄宗授为秘书省正字,后来官至宰相。他的事迹进入了《三字经》:唐刘晏,方七岁,举神童,作正字,彼虽幼,身己仕。

那些供职馆阁的学者官无权无钱,但是受人尊敬,一般尊称为"学士"。这几人同出苏门,一时间"四学士"声名大噪。自嘉祐年间欧阳修、王安石等同在京师以后,如今东京再次成为全国瞩目的文学中心。

现在苏东坡就像一个明星,连他自己设计的帽子款式都被称为"子瞻帽",引得人们效仿。服饰是文化的重要元素,服饰的风格走向,最能体现某一群体的社会地位。四十年前,工农商学无不崇尚军帽,那一顶极其普通的的确良帽子,不要说由此发生无数盗窃案,甚至引发过骇人听闻的命案,这自然是源于社会上对军官身份的羡慕。苏轼的帽子,是一种高筒短檐帽,配以宽衣博带,大袖飘飘,果然风度翩翩,超凡脱俗。对这种时尚,有人作对联说:伏其几而袭其裳,岂惟孔子;学其书而戴其帽,未是苏公。

苏轼陪同哲宗看戏,一群优伶争相自夸文章高明。一个优人说:"我的文章,汝辈不可及也。"

众优说:"何也?"

那个优伶说:"你不见我头上戴着子瞻帽吗?"

哲宗看了笑出声来,忍不住频繁转头看苏轼头上,可这时候他戴的是官帽。

翰林学士这种岗位,属于典型的不定时工作制,忙的时候白天黑夜连轴转,闲的时候整日没事。他有时候在学士院闲坐发呆,任凭大脑信马由缰,一次显然是心驰神往黄州风物,忽命左右取纸笔,写"平畴交远风,良苗亦怀新"[①]两句,大字、小楷、行书、草书,凡七八纸,掷笔叹息"好!好!",将字付与手下书吏,任由一帮人抢夺收藏。

这段记载的真实性无可置疑,因为它准确地道出了艺术

苏轼 李白仙诗卷

---

① 陶渊明《癸卯岁始春怀古田舍》。

创作的情境生发问题。汤显祖的《牡丹亭》，写到侍女春香追忆杜丽娘，结果作者自己躲到柴房痛哭失声。陈忠实写《白鹿原》鹿三杀儿媳小娥，自己忍不住潸然泪下。艺术创作首先要感动自己，才会感动别人。书法以文字为创作内容，赵朴初写《心经》，弘一法师录《金刚经》，顺理成章。假如大家都一本一本地抄《心经》，流水线作业，总觉得这时候文字只是符号，不再有任何生命气息。

苏轼给人作书，喜欢抄录陶渊明、李白、杜甫、韩愈、柳宗元诗文。他从不吝惜自己的笔墨，兴之所至，写完随手送人，但若是旁人索要，他经常予以拒绝。大概是他懒得背负笔债，绝不是自负盛名端架子——带着完成作业的心态，那种创作不但失去了应有的乐趣，反倒成为负担。他还喜欢酒后作书，曾

苏轼 李白仙诗卷

经说："吾酒后,乘兴作数千字,觉酒气拂拂从指出也。"这是宋人尚意书风与东坡个性的绝佳注脚。酒后微醺,信笔为之,少了左顾右盼的羁绊,往往有意外之喜。可惜的是,翻遍现存的苏轼墨迹与刻本,这类风格的作品并不多见,所谓"文章本天成,妙手偶得之",这种心手相应的天成之作,在艺术家的一生,也是极为少见的。

殿前都指挥使姚麟,虽然是个武人,但却是个有眼光的收藏家。他非常喜欢苏字,但苦于无缘与苏轼结交。他的朋友韩宗儒,是韩维的侄子,经常与苏轼往来。姚麟于是找韩宗儒说:"你如果给我找一纸苏子瞻的墨迹,我就送给你十几斤羊肉。"

韩宗儒性饕餮,用今天的话说是个吃货,于是满口应承。他的办法是给苏轼写信,苏轼肯定有回函,于是隔三岔五就有羊肉吃了。这事后来被黄庭坚知道了,他跟苏轼开玩笑说:"从前王羲之喜欢鹅,经常手书小楷《黄庭经》,拿来同道士换一群白鹅,人称'换鹅书'。现在韩宗儒用学士的字跟姚麟换羊肉,可称为'二丈书为换羊书'了。"

苏轼大笑。一天在学士院,公务繁忙,韩宗儒又有信来,苏轼无暇回函。韩宗儒等得心焦,又写了好几封信,遣人在门外催促回信。苏轼又好气又好笑,告诉仆人说:"传语本官,今日断屠。"

北宋是当时的文化中心,周边的西夏、辽、高丽都在学习汉文化。苏轼兄弟的诗文在辽国也享有盛誉。元祐四年,苏辙出使辽国祝贺辽主生辰。辽人每每问子由,大苏学士安否?苏辙在涿州寄诗云:

谁将家谱到燕都，底事人人问大苏？

莫把声名动蛮貊，恐妨他日卧江湖。

朝廷派往辽国的使节张舜民曾经读到辽人在驿馆的墙壁上题写的苏诗，甚至在当地发现了苏轼的诗集，名为《大苏小集》，里面收录了苏轼的几十首诗，按照今天的说法，属于盗版无疑。不过这书名起得真是高明，今日学者动辄出全集、选集，再不见"小集"。张舜民兴致勃勃地买回一本，在后面题道：谁题佳句到幽都，逢着胡儿问大苏。

宋与辽多年和平，经常互派使臣。恰逢辽使来到京城，朝廷命苏轼全程接待陪同。派翰林学士这种工作，再合适不过，因为这种礼节性的走访，完全是文化交流。在宴席上，辽使端杯向苏轼敬酒："痛饮从今有几日，西轩月色夜来新。"[①] 这是苏轼的诗句，吟其诗敬其人，恭敬到无以复加。

苏轼大惊，他想不到辽使如此精通汉学，后来回忆说："虏亦喜吾诗，可怪也。"

辽使显然是个诗文行家，他立即给苏轼出了一个难题："在我大辽，旧有一对，无人能对出下联。三光日月星，请学士赐教。"

苏轼应声答道："我能对而君不能对，这代表不了大国体面，权当游戏罢了。四诗风雅颂，应是天生妙对。"《诗经》分为风雅颂三个部分，雅又有大雅、小雅，因此亦称"四诗"。

辽使大为钦服，苏轼继续说："还有一对，四德元亨利。"

元亨利贞被认为是《易经》中的乾卦"四德"，辽使方要

---

① 苏轼《闻乔太博换左藏知钦州，以诗招饮》。

反驳，苏轼继续说："我们两朝兄弟邦，卿为外臣，也应知道，最后那个字是仁宗皇帝庙讳。"宋仁宗名赵祯，臣下要避讳，省去此字，极具巧思。

苏轼跟中书舍人刘攽吹嘘，自己和弟弟苏辙年少时生活简朴，在准备科考的时期，每天也只吃三白饭，味道极美，几乎不相信世间再有山珍海味。

刘攽很奇怪，问什么是三白。

苏轼说，一撮盐、一盘白萝卜、一碗饭，即是三白。

过了几天，刘攽差人送来请柬，请他吃皛饭。苏轼很奇怪，不知道是什么特色佳肴，欣然前往。却见桌上只摆了一撮盐、一盘白萝卜、两碗白米饭，才知道自己上当了。没办法，吃吧。临别时，苏轼说："明日请你吃毳饭，请赏光。"刘攽明知其中必定有诈，可是仍然耐不住好奇心，意欲一探究竟。到了苏轼府邸，请上座，喝好茶，两人谈天说地，极是投机。不知不觉已过晌午，可苏轼仍然不张罗开饭，只好开口请求品尝"毳饭"，苏轼回曰少待。如是者三。直待刘攽饥肠辘辘，苏轼才彬彬有礼地将其引至餐厅，却见餐桌空空如也。苏轼说："菜也毛（没有），饭也毛，盐也毛，是为三毳，不必客气，请，请！"

他有时候玩笑开得有点过。给事中顾临字子敦，一如其名，是个敦实的胖子，外号顾屠。一次顾子敦凭几假寐，苏轼在案上写四个大字——顾屠肉案，又抓出一把铜钱掷于案上，顾子敦惊觉，苏轼说："且快片批四两来。"同行皆大笑。

也许苏轼的性格真的不适合官场，官场中的人们习惯于勤勉、谨慎、低调，就像刚进贾府的林黛玉一样，处处加小心，生怕说走了嘴得罪人。苏轼拒绝这种做派，他不是不懂，而是懒得去面对各种为官的秘诀。

很可惜,翰林学士不仅仅是写个文章,他仍然要卷入是非之中。

第十六章
司马牛·鳌厮踢

1

中国历史上五百多个帝王，宋神宗排进前四分之一，相信不会有太多异议。假如真的像梁启超说的，王安石是三代以下第一人，那宋神宗就得堪称千古圣君了，毕竟熙丰年间长达十八年的改革，宋神宗才是总后台。

王安石退隐金陵以后，宋神宗成了新法的操盘手，后续的很多措施包括官制改革都是宋神宗亲自抓的。他怎么也想不通，他的出发点明明是好的，可他的勤勉，他的务实，他的诚恳，都无法换来丰硕的果实。他不要虚名，一生拒绝加尊号，这在历史上是绝无仅有的；他厉行节俭，临死前还要求薄葬，不要增加负担。可就是这样，老天爷仍然跟他作对：连年的旱灾、洪灾、地震，没个消停；也许真的是老天爷发怒，让他三十七岁时就已疾病缠身，来日无多；他生有十四个儿子，有八个早夭，第六子成了长子，就是继位的宋哲宗，当时只有十岁。

历史上不管是一家还是一国，每当大厦将倾之时，站出来的，往往是个女人。宰相王珪连续奏请三次，立皇六子为太子，请高太后垂帘听政，得到了病榻上的宋神宗首肯。"三旨相公"

十几年没什么建树，最后这件事办得很是稳妥。宋代先后有九位后妃临朝听政，堪称历史之最，这也从一个侧面反映出赵宋政权续接真是费劲。后宫听政，最容易酿成外戚专权、宫闱惨变，汉代吕后，唐代武后、韦后都是典型案例。传说神宗病危时，宰相蔡确想找高太后的两个侄子高公绘、高公纪商议，结果两个人根本不来。蔡确谎称说邢恕家里有桃花开白色，能为神宗治病，结果两人到邢恕家一看，满树全是红花。这时候蔡确才和盘托出，皇六子才十岁，应该立神宗的弟弟岐王为储君。高太后的两个弟弟吓得魂飞魄散，扭头就走。

要知道武则天也有两个侄子，这二高如果动点歪心眼，与蔡确联手，政局如何走，还真不好说。宋代这些后宫女性，不贪恋权力，对自家人更是严加约束，待小皇帝长大成人，就把权杖交出，人格固然没的说，也体现了制度设计的成熟。

现在垂帘听政的太皇太后高氏，是宋哲宗的奶奶。史书上说她是"女中尧舜"，因为她当政期间，实行宽仁之术，与民生息；也有人说她落后保守，因为她尽废新法。

不久，太皇太后发布诏书："先皇帝临御十有九年，建立政事以泽天下，而有司奉行失当，几于烦扰……"皇帝是没错的，错在大臣把事办砸了。明眼人一见便知，风向要变。果然，此后太皇太后把蔡确、章惇等执政大臣撂在一边，召见远在洛阳的司马光，商议国事。

司马光和他的助手刘恕、范祖禹等人，穷十九年之力，编纂了规模空前的历史巨著《资治通鉴》。在洛阳期间，他除了与一些老友偶尔一聚，大门不出，每天写作，倦了就在他的独乐园中小憩。有一次他外出多呆了几天，回来后被老仆人一顿数落，责怪他荒于写作。他的一辈子都交给了这部书，元丰七年书成，宋神宗御赐书名，亲自作序。也因为这个原因，此书在后来的党禁中得以幸免被毁的厄运。

神宗晏驾后，司马光到京奔丧，据说走到城门时，守城士兵额手致敬："此司马相公也。"更有上千民众夹道高呼："相公勿返洛，留相天子，活百姓！"《宋史》中的记载来自宋人笔记，真实性不好说，不论如何，司马光在朝野享有崇高威望，这是事实。嘉祐、治平年间的重臣如韩琦、富弼等人均已作古，文彦博年老，在这种情况下，高太后要想对朝局进行全面评估，第一个要找的，当然就是司马光。果然，司马光奔丧后刚刚返回洛阳，太皇太后就将其宣召进京。

起用司马光，成了高太后落后保守的第一个证据。然而事实并不是这么简单。宋神宗在生命的最后两年，已经开始集中反思。实行新法的目的是富国强兵，国库的确是充盈了，全国设立三十多个府库，财货堆积如山，够国家支出二十年。可是这些财货封存在库里，号称以备不时之需，其实既没有用于国家财政，更不参与民间流通，积累越多，各地政府越是没钱，老百姓越是穷困。强兵也有了一些成效，熙宁六年，王韶经略熙河（今甘肃临洮一带），大败羌人，形成了对西夏的包围之势。王韶是苏轼的同年进士，书生带兵，取得了北宋八十多年以来对外战争的重大胜利。然而元丰四年，由王珪、蔡确议定，朝廷分五路征讨西夏，在灵州（今宁夏灵武）、永乐（今陕西米脂）一带被西夏所败，六十余万大军土崩瓦解。消息传来，宋神宗恸哭失声，几天没有吃饭。

他不想当一个守成之君，他的梦想是铸就汉唐那样的丰功伟业。可惜超越现实条件，一定会付出代价。他现在想起富弼所说"愿陛下二十年不言兵事"的主张，真是老成持国之语。

元丰五年，神宗突然提出"新旧人两用之"，也就是说新党旧党要调和着用。他想任司马光为御史大夫，然而蔡确、王珪坚决反对。元丰七年，神宗想以司马光、吕公著为太子老师，同样因为阻力太大只有暂缓。不得已，他采取一个折中办法，想把范纯仁、李常调回朝廷。范纯仁是范仲淹之子，曾任同知谏院，在朝野威望极高，蔡确、王珪编造说范纯仁有病，只把李常调回朝廷任礼部侍郎。后来神宗见到范纯仁的弟弟范纯粹，问及范纯仁的病情，范纯粹说我哥没病，神宗才知道自己被蒙蔽了。

总的来说，宋神宗生前，已经开始对反对新法的人有所松动，所以苏轼突然解禁，根本原因来自神宗的思想变化。

高太后急迫地召见司马光，问道，今日朝廷，当以何为先？

司马光给出了一个极为务虚的建议：广开言路。

这是再正常不过的建议，皇帝晏驾，新皇登极，太皇太后垂帘，要想全面把握朝局，当然要听一听真实情况、舆论反映。但无论司马光还是蔡确、章惇、王珪都非常清楚，这一举措对新法意味着什么。过去的若干年里，朝廷严令不许对新法指手画脚，郑侠画了流民图，结果被贬窜流放；苏轼写了几首诗，甚至被投进监狱，朝野没有怨气才怪。因此在草拟广开言路的诏书中，蔡确做了一些文章，严禁不怀好意，严禁非其所分，严禁造谣中伤，严禁曲意迎合，严禁侥幸希进，严禁希图虚名，否则要予以处置。高太后将稿子给司马光看，司马光说这哪行，言者无罪闻者足戒，既然是广开言路，就得让人说话。而只要开口，就无不犯这"六个严禁"，这哪是纳谏，分明是拒谏。于是高太后重新下诏，请官员、民众直言朝政阙失、民间疾苦，结果上书者达数千人，自然，主题非常集中，就是陈新法之弊。

元丰八年五月，司马光拜门下侍郎（副宰相），后又任尚书左仆射兼门下侍郎,正式出任宰相。自隋唐开始,朝廷官制框架基本都在三省六部制的框架内微调。尚书、中书、门下,是为三省。因唐太宗当过尚书令,因此唐朝尚书令概不授人,而以左右仆射为最高长官,自此成为惯例。宋代官制此时已经改革,从前的中书门下平章事(宰相)已经取消,尚书左仆射兼门下侍郎,为左相;尚书右仆射兼中书侍郎,为右相。

经司马光举荐,从前反对新法的人,文彦博、吕公著、苏轼、苏辙、刘挚、范祖禹、朱光廷等人纷纷出任要职。

高太后反对新法是事实,而改革也确实到了调整期,不调整不行。北宋进入了新的历史时期,史称元祐更化。始料不及的是,政局迅速演变,就像一辆马车从乡间小道冲进了高速公路,你不撞别人,别人也会撞你,而车上的人们还以为这是一条宽敞的金光大道呢。

2

太皇太后让司马光出任宰相,司马光一开始并没有答应,说自己"龄发愈衰,精力愈耗",这话一半是姿态,一半也是实情。他当了八个月宰相就去世了,可见身体确实不行。可是从另一个角度分析,他司马光被压制十五年,现在有机会翻身扬眉吐气,有机会践行自己的政治主张,他没有任何理由继续当个旁观者,何况宰相位极人臣,将来会名垂青史、万古不朽呢?

这些回到朝廷的人们,都是这种想法。我们说过,从熙宁初年变法开始,台谏系统就逐渐成了党争的工具。现在司马光为相,苏辙、刘挚、朱光廷、贾易、王岩叟等人纷纷进入台谏系统,这些人肚子里早已装满了炮弹,现在可以开火了。

刀笔吏,刀笔吏,书生报国无他物,惟有手中笔如刀。台谏官们首先纷纷弹劾吕惠卿,其中就有苏辙的弹劾奏章:"安石之于惠卿,有卵翼之恩,有父师之义。方其求进,则胶固为一,更相汲引,以欺朝廷;及其权位既均,势力相轧,反复相噬,化为仇敌。惠卿言安石相与为奸,发其私书,安石由是得罪……"吕惠卿被一贬再贬,最后贬窜为建宁军节度副使。

贬窜官员需要有谪词,就是给个说法。这种活没人愿意干。文章可以花花轿子人抬人,也能够刀刀见血挖骨剜心;宣读升官的恩旨,臣下会说叩谢天恩,没人注意起草人;扔给贬官的谪词,臣下也得叩谢天恩,只是背地里肯定要打听这稿子谁写的?这就好比到请客吃饭,客人吃得好,他会说这饭店不错;吃得不好,他会埋怨这菜是谁点的?

这活本来是刘攽的,他正要落笔,苏轼进来说:"贡父平生作刽子,今日才斩人也。"刘攽一见苏轼来了,马上借口有病,扔下笔跑了。他确实有病,晚年得了风疾,鼻子都塌了,苏轼曾经开玩笑说"大风起兮云飞扬,安得猛士兮守鼻梁"。苏轼对吕惠卿实在是太了解了,他一挥而就,吕惠卿揣着一篇怒责之词当他的贬官去了。二苏是文坛巨匠,这一篇弹劾文章,一篇谪词,流传极广,以至后来的宋人笔记、《宋史》中写吕惠卿,都纷纷引用苏氏兄弟的素材。

俗话说,宁得罪君子不得罪小人,像苏轼这种人,得罪他也没什么。前年从登州召还,路过青州。当时李定任知州,不知是因为苏轼此时仕途看好,李定要修复两人关系,还是因为有愧于往事,要借机表示歉意,反正大摆筵席,为苏轼接风。苏轼欣然前往,相谈甚欢,就像"乌台诗案"从来没有发生过。唐朝陆贽在当宰相时,把员外郎李吉甫贬为忠州刺史,后来陆贽被贬为忠州别驾,相当于秘书长,正好是李吉甫的手下。陆贽的朋友都担心李吉甫会报复,但李吉甫却对陆贽非常尊重,就像他仍然是宰相一样。陆李二人遂为至交,李吉甫后来亦为宰相。陆贽的奏折一流,他的奏章叫《翰苑集》,苏轼对这部书下了大功夫,他不但学到陆贽的文风,而且学来了前贤的品格。

但是吕惠卿这种人不同,他这人权力欲太重且睚眦必报。恰好这时苏轼长子苏迈调任江西德兴县尉,而当时吕惠卿的弟弟吕温卿知饶州,德兴在其治下,苏辙担心吕温卿报复,上疏请罢苏迈德兴之行。苏轼苏辙看人是准确的,几年以后,二苏贬谪南方,吕温卿时任两浙转运使。有一个和尚与苏轼的朋友参寥有隙,告发说参寥的度牒冒名。参寥本名昙潜,是苏轼改名曰道潜,尽人皆知。吕温卿索牒验之,果然名实不符,竟然勒令道潜还俗,编管兖州。

比起吕惠卿的沉浮,蔡确的命运堪称悲剧。高太后垂帘,司马光入朝,蔡确就看出风向不对。此前神宗发丧,蔡确担任山陵使,御史就弹劾他不在外住宿,路上又不侍从。现在御史刘挚、王岩叟接连弹劾他,说蔡确有十个应该罢职的理由。知趣的蔡确于是接连上表请求外任。元祐元年二月二日,蔡确知陈州,同日,司马光任左仆射兼门下侍郎。

蔡确于元祐二年转任安州(今湖北安陆),在游览车盖亭时,写了十首诗,其中几首是:

纸屏石枕竹方床,手倦抛书午梦长。
睡起莞然成独笑,数声渔笛在沧浪。

> 风摇熟果时闻落,雨滴余花亦自香。
> 叶底出巢黄口闹,波间逐队小鱼忙。
>
> 西山仿佛见松筠,日日来看色转新。
> 闻说桃花岩畔石,读书曾有谪仙人。
>
> 矫矫名臣郝甑山,忠言直节上元间。
> 钓台芜没知何处,叹息思公俯碧湾。

元祐四年,知汉阳军吴处厚上奏朝廷,说蔡确这十首诗,其中有"五篇皆涉讥讪,而二篇讥讪尤甚,上及君亲"。吴处厚曾在蔡确手下做官,求蔡确引荐升迁,蔡确没搭理他,遂怀恨在心。可是蔡确官越做越大,吴处厚只有隐忍不发装孙子。现在机会来了,他要凶残地报复。

吴处厚的解释极为可笑。比如他说第一首不怀好意,方今朝廷清明,不知蔡确所笑何事?第二首"波间逐队小鱼忙",这是在讽刺朝廷现在都是幸进的小人,他自己摆老资格。"读书曾有谪仙人",谁都知道谪仙人是李白,可是吴处厚说蔡确在发泄被贬的不满。真正要命的是第四首。郝处俊是唐代大臣,因做过甑山令,故称郝甑山。唐高宗晚年多病,想让位给武则天,郝甑山上书反对,吴处厚说蔡确是将高太后比作武则天,把郝甑山比作自己。郝甑山是安州人,蔡确在此做官,无非是吟咏前贤,跟高太后根本扯不上什么关系。

台谏官们如获至宝,左谏议大夫梁焘、右谏议大夫范祖禹、右司谏王岩叟、右正言刘安世纷纷上书,请求治蔡确之罪。

尽管蔡确为自己辩解很到位，仍然被贬为分司南京应天府（今河南商丘）。御史中丞傅尧俞、侍御史朱光庭等人变本加厉，认为处罚太轻，说蔡确"罪状显著，法所不赦"，于是再贬为英州（今广东英德市）别驾，新州安置（今广东新兴县）。当时新州被视为烟瘴之地，到了那里就等于判了死刑。宰相范纯仁等人以蔡确老母年高为由，建议改贬他处。但高太后说："山可移，此州不可移。"

蔡确到新州贬所，一个叫琵琶的侍妾相随。蔡确养了一只鹦鹉，他呼唤琵琶时，只要敲一下小钟，鹦鹉就会叫："琵琶姐、琵琶姐。"不久，琵琶死于瘴毒，从此蔡确再没敲过那个小钟。一天，蔡确衣带钩误将小钟击响，鹦鹉闻声，又呼琵琶姐。蔡确悲从中来，作诗一首：

鹦鹉声犹在，琵琶事已非。
堪伤江汉水，同去不同归。

此后不久，蔡确得病，死于贬所。

乌台诗案的臭气历久弥新。吴处厚固然是典型的小人，可是这些台谏官们，哪一个不是饱学之士、博学鸿儒？哪一个不知道吴处厚是在牵强附会？高太后何尝不知道蔡确并无谤讪之意？车盖亭诗案与乌台诗案一样，无非是打击政敌的手段而已。乌台诗案的主角是苏轼，于是人们纷纷谴责这种下作手段；车盖亭诗案的主角是名声不佳的蔡确，于是用这种手段就顺理成章。值得注意的是，车盖亭诗案开启了贬窜蛮荒之地的先河，此后官员们越贬越远，直到把苏轼等人贬到化外之地的海南岛去了。

坏事发生一次，就有了再次发生的理由。这些会作诗会写锦绣文章的君子们，突然发现，原来寻章摘句就可以置人死地，于是他们握紧了手中的笔，兴冲冲地等待第三次。

3

朝堂上旧党对新党大加挞伐，旧党之间为某一问题争论不休。太皇太后按下葫芦起来瓢，不断有人被贬有人升官。小皇帝一天天长大，他必须端端正正地坐着，每日对着这些重臣们的屁股——这些人弓着身子向他祖母奏报，根本不把他放在眼里，这让他恨得咬牙切齿。

这就是元祐初年的政局。这些看似不相干的现象，都会在今后几年汇集在一起，左右北宋后期的历史。

从元祐元年二月开始，司马光用了八个月时间，就将新法全部废除。蔡确被贬，现在变法派的重量级人物是章惇，可以说新法的每一个细节都凝聚着章惇的心血。这个人能力极强，且心直口快，经常当堂与司马光争辩，让他下不来台。苏轼与章惇私交笃厚，背地里劝章惇："从前许靖有名无实，刘备看不起他。法正对刘备说，许靖闻名四海，主公如果不礼遇他，朝野会说你不纳贤的。刘备听从了法正的建议，任命许靖为司徒。许靖都不可怠慢，何况如今时望甚重的司马君实呢？"

许靖在蜀国，虽然居于高位，但能力远远比不上法正和诸葛亮，苏轼以许靖类比司马光，似乎隐含着非常微妙的评价。司马光不问政事十五年，而章惇从地方州府，到朝廷翰林学士、枢密院、参知政事，走过多个岗位，苏轼更是长期在基层任职，他们远远比司马光了解真实情况。新法已经实行将近二十年，初期暴露的一些弊端已有所修补，同时苏轼在地方任职时发现，当年他对新法的一些看法也有失偏颇。这些从实践中得出的认知，司马光当然是体会不到的。

　　章惇听从了苏轼的劝解，从此尽量给司马光留面子，但尊重和礼貌消弭不了政见的分歧。尤其是免役法的废留问题，争议最大，最头疼。司马光主张废除免役法，实行差役法，对此章惇坚决不同意，苏轼也不赞同。章惇与司马光大吵一通，甚至公开在高太后面前激烈争辩，他从前在神宗皇帝面前都向来直言，倒不是对高太后不敬。但由此也引来众多台谏官的弹劾，章惇一怒之下不管了，爱咋咋地，任由各种大事小情在殿堂上争论。这时右司谏苏辙又上书，指责章惇明知司马光考虑不周，

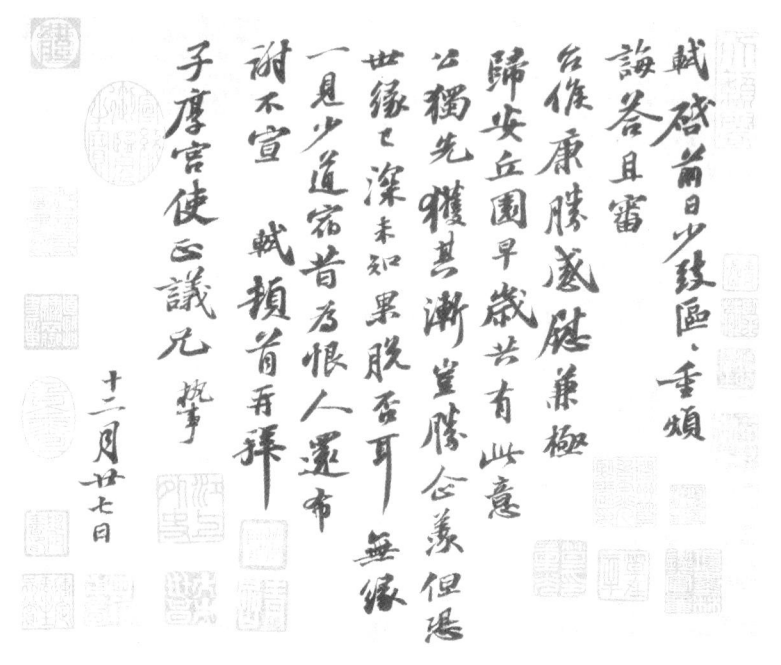

苏轼 归安丘园帖，为致章惇信札。章惇被贬，信中颇有宽慰之意。

却撂挑子看笑话。于是章惇左右都不对，里外不是人，被罢知汝州。此后章惇被台谏官反复整治，贬窜多地。苏辙的弹劾状，成为章惇与苏轼交恶的原因之一。

司马光要求在五天之内完成免役法改差役法，明眼人一见便知，这根本行不通。然而一切皆有可能，知开封府蔡京立即行动起来，在规定时间里迅速改为差役，征集一千多民夫充役，然后去报告司马光。司马光非常高兴："假如官员都像你一样少发牢骚多干事，天下还有什么事情干不成？"蔡京的确是个能臣，否则后来也当不上宰相，可是作为变法派的他，转弯如此之快，那背后的动机，岂不是一目了然？

苏轼反对免役改差役，是因为他看到了免役法的好处。新法实行之初，见人就收免役钱的乱象，早已得到纠正。按照贫富差距收取不同比例的免役钱，用这些钱雇役，官民两便。他在密州时，曾经实行给田募役法，官府手里有闲田，充役者由官府给田，这样就使得没田的穷汉有田种，官府又不用出钱，确实是个惠民的好政策。苏轼连续上书，论免役法的诸般好处，司马光不为所动，一意孤行。远在金陵的王安石听说此事以后，喃喃道："连这个也要废吗？这可是我和先帝研议两年的成果啊！"元祐元年四月，王安石带着莫大的遗憾离开了人世。

要说苏轼目前在朝中最亲近的人，非司马光莫属。第一，从私交来说，司马光是苏洵的好友，可以说是苏轼长辈，苏轼母亲程夫人的墓志铭就是司马光撰写的。第二，从成长经历来看，司马光是他的老师，当年参加制科考试，司马光是考官，此后更是对他一再眷顾。第三，从仕途看，司马光是他的引路人，没有司马光的拔擢，哪有他苏轼连升数级，身居如此高位呢？对这样一位长辈、老师、恩公，苏轼是非常尊重的。然而君子之交，代替不了国事之争，这是北宋文人的共识。

从前韩琦想在西北招募义勇充军，司马光认为太过扰民，不同意。韩琦说："有我在，你就放心吧，肯定没错。"

司马光说："我不能相信，恐怕你也不敢如此自信吧？"

韩琦有些不高兴："你竟然如此轻视我？"

司马光说："相公居相位，自然令人放心。但假如有一天换了别人坐在此位，也像你一样听不进不同意见，会是什么样子？"

韩琦听了很受触动。

苏轼与司马光争论中，苏轼说："当年你埋怨韩琦不让你说话，如今这个座位上换成你了，你不是同样不让我说话吗？"

为什么千古以来只有唐太宗一个人虚心纳谏，就是因为靠自我修养来抑制权欲是极难的事情。在台下的时候，思忖如果自己当权，一定会洁身自好，从善如流；可一朝权在手，便把令来行，马上前后判若两人，这样的教训实在是太多了。现在的司马光已经不是十五年前的司马光了，因为他的位置变了。看到他如此执拗，范纯仁背地里说："又一个王介甫[①]矣。"

一次苏轼与司马光辩论甚久，谁也说服不了谁，回到家中，苏轼一边烦躁地解去朝衣，一边高呼："司马牛！司马牛！"埋怨司马光简直像牛一样的犟脾气。

还有一次，两人争执不下，苏轼说："你这说法，简直是鳖厮踢。"

司马光问："鳖怎么会厮踢？"

---

① 王安石字介甫。

苏轼说："所以说你是鳖厮踢啊。"

鳖厮踢，说白了就是甲鱼乱蹬腿。乌龟甲鱼遇到攻击，会把头脚缩进壳中，如果真有厮踢，除非是四脚朝天，无所凭依，于是四腿乱蹬。苏轼打这个比方，是说司马光乱弹琴瞎指挥，凡是新法都无端指责，四面出击，必欲尽除之而后快。

司马光孱弱的身体被连日的操劳迅速拖垮。他在病榻上，仍然念念不忘废除"免役法""青苗法"等新法，对看望的吕公著说："吾死不瞑目矣！"又说家事有儿子司马康可以托付，可是国事没人可以托付，这简直又是一个"但恨不见替人"。话已经说到这个份上，执政大臣只好按照他的意见，很快将新法全部废除。元祐元年九月，王安石去世五个月后，司马光也走完了自己的一生。

王安石与司马光，两个政见完全不同的人，却有着惊人的相似之处。

第一，他们都有着崇高的政治理想。他们伴随着宋神宗的富国强兵梦而走上历史舞台，最终却都留下了事业未竟的遗憾。

第二，认准的事，他们都不遗余力地干成。如同一个硬币有两面，一个人也会兼具正确和错误。他们正确的时候，这种性格叫矢志不移坚韧不拔百折不挠；可在错误的时候，他们就成了"拗相公""司马牛""鳖厮踢"。

第三，他们都有高尚的君子人格。苏轼与司马光曾经有过一段对话，似乎可以成为王安石和司马光德操的注解。司马光说："茶与墨正相反，茶欲白，墨欲黑；茶欲重，墨欲轻；茶欲新，墨欲陈。"苏轼说："奇茶妙墨俱香，是德同；皆坚，是操同。如同贤人君子，黑白美恶都不相同，但是德操是相同的。"这样的两个人，又曾经是好朋友，可就是走不到一起，真的值得后世的管理者反思。

苏轼这时候还不知道,司马光去了,可北宋朝堂的"鳖厮踢",越发花样翻新了。

第十七章
君子小人之辨

1

苏轼吃饱了在院子里遛弯，拍着肚子问左右："你们说这里面都是什么？"一个人说："都是文章。"东坡不以为然；另一个人说："满腹都是识见。"东坡仍觉平平。侍妾朝云说："学士一肚子不合时宜！"东坡捧腹大笑。

一肚子不合时宜，这评价实在是太贴切了。他似乎天生就是一个唱反调者，是一个提意见的角色。王安石当政，他反对盲目实行新法；司马光当政，他反对盲目废除新法。当两股势力势同水火，他的独立、他的个见，只能是招致来自两面的攻击，而不是获得双方的理解。

现代政治在制度设计上就会保证多方征求意见和建议，但是古代缺失这样的环节。自从李世民将魏征置于左右，就注定了后半生他要忍受魏征的喋喋不休。不要以为李世民愿意被魏征训斥，他也经常气恼，魏征能善终，堪称千古奇迹。魏征死后，李世民找个借口，就把他的封号全都褫夺了，可见魏征的絮叨还是给皇帝留下了心理阴影。苏东坡也想当官，给他升官他也高兴。他如果一心想官至宰辅，有司马光这层关系，有太皇太后的恩宠，那是轻而易举的事情。不过在向上爬与说真话之间，他宁愿选择后者；不是他不善于玩弄权术，而是对此全无兴趣。

司马光如果不死，元祐年间的朝堂还能消停一些。苏轼跟他唱反调，他虽然不高兴，但是也不能把苏轼怎么样。现在他死了，苏轼的侧后方已经完全暴露了。

朝廷对司马光极尽哀荣，大臣们纷纷到司马光家中拜祭。恰好这一天朝廷举行神宗的灵牌供奉仪式，宣布大赦天下，百官放假三天。仪式后，苏轼准备带领翰林院及中书省同人前去吊祭司马光。这时候，崇政殿说书程颐说："你们没读过《论语》吗，子于是日哭，则不歌。"意思是说孔子在这一天吊丧哭过，那么就不再作欢歌笑语。你们早上参加供奉先帝灵牌时已听了乐曲，同一天怎么能来哀悼逝者呢？

程颐是宋明理学的奠基人，青年时与兄长程颢从学于周敦颐。嘉祐二年，程颢和程颐参加进士考试，程颢考中，程颐落榜，此后三十年在洛阳一带讲学，门人遍及天下。司马光执政时，推荐他任崇政殿说书，为皇帝讲学。宋代经筵的讲官分为侍讲、侍读和说书，程颐没有通过科举考试，于是担任职级不高的"说书"，同样有"帝师"之实。程颐刻板教条，不看对象，不看条件，凡是圣人说的话，就机械地理解照搬。苏轼面对程颐的质疑，说："《论语》说子于是日哭，则不歌；但是没说'是日歌，则不哭'嘛。"

程颐引《论语》中的话，无非是要表达，《论语》中说过的，就是圣人之言，是古礼，不能违背。苏轼顺着他的逻辑，却得到相反的结论：《论语》中没说过的，那就可以为之。

苏轼本是开个玩笑，带领众人继续走，而程颐是当真的。

一行人进府后，却发现司马光的直系亲属等人都没有出来接待和答谢，一问原来又是程颐不许，说是儿子假如真的孝顺，应该悲痛万分，悲痛到根本无法接待客人的程度，这才算孝，才符合古礼。苏轼当众对程颐说："你这是鏖糟陂俚叔孙通所制的礼吗？"

汉高祖刘邦是个大老粗，他当了皇帝以后，不喜欢秦朝那些繁琐的礼法，而且他也不懂什么礼法。朝堂上众臣工大呼小叫，随意走动，无序扎堆站班，没个规矩。秦朝旧臣叔孙通对刘邦说："儒生虽然不能帮你攻城略地打天下，却可以帮你守天下，让我来帮陛下制定一套朝廷上使用的礼仪。"叔孙通删繁就简，借鉴秦朝礼法，同时参详夏商周礼仪，制定了包括宗庙祭祀、皇帝加冕、众臣上朝等一整套礼乐制度。恰逢长乐宫建成，但见皇帝高高坐于御座之上，众大臣鱼贯而入，不敢越雷池一步，负责掌控礼仪的官员高声下令，或跪拜或叩首，整齐划一，极其庄重。刘邦高兴地说："今天我才真正体会到了做皇帝的滋味！"乃重赏叔孙通。刘邦这人没什么文化，但他从来不装作有文化，经常说一些大实话，因此他的做派还能显示出几分可爱。没尝到权力的滋味，会觉得一点意思都没有；真的披龙袍坐御座，所有人都战战兢兢，向自己三拜九叩，那种如坐云端的感觉真是无以复加。儒家之礼，一旦被皇权利用，它统率国人的功效就显现出来了。

后世对叔孙通的评价也有不同。司马迁称赞他因时而变，为大义而不拘小节，称之为"汉家儒宗"。司马光则指责叔孙通制定礼乐的后果严重，使古礼失传。苏轼说程颐，你这是乡野泥沟里的叔孙通，你的"古礼"并不古。时代在向前发展，礼仪、风俗、风气等等都会发生变化，叔孙通制定的礼法都不再是古礼,你程颐的这套说辞,更与古礼不沾边了。

程颐是理学宗师,他认为"万事皆出于理",社会秩序为天理所定,遵循秩序便合天理,否则就是逆天。他发展孟子"人之初,性本善"的观点,认为人之所以有恶行,是因为人欲蒙蔽了本心,因此倡导"存天理、灭人欲","饿死事小失节事大"。要想去掉恶行,就得恪守一个"敬"字,加强自我修养。毫无疑问,这种思想统治者一见便喜,而程朱理学的抬头直到一枝独大,也使中国文化这条长河,越来越难以激荡扬波。为了灭人欲,程颐甚至认为"作文害道",他曾经读到秦观的一首词:

> 小楼连远横空,下窥绣毂雕鞍骤。朱帘半卷,单衣初试,清明时候。破暖轻风,弄晴微雨,欲无还有。卖花声过尽,斜阳院落,红成阵、飞鸳甃[1]。 玉佩丁东别后,怅佳期、参差难又。名缰利锁,天还知道,和天也瘦。花下重门,柳边深巷,不堪回首。念多情但有,当时皓月,向人依旧。
>
> ——《水龙吟》

名缰利锁,天还知道,和天也瘦,是说为了名利,不得不与女友分离,如果上天有情,天也会变瘦的。此句显然是从李贺的"天若有情天亦老"化出,但一个"瘦"字,更道尽了相思之苦。程颐看到后问秦观:"天还知道,和天也瘦,是学士作的吗?上穹尊严,你怎么能侮辱上天呢?"道学家的可笑,可

---

[1] 甃,砖砌的井壁。

见一斑。

程颐还见到欧阳修写给常秩的诗：笑杀汝阴常处士，十年骑马听朝鸡。常秩考进士不中，本想隐居乡里，结果被人推荐入朝，十年来每天闻鸡即起，早早上朝，再难寻找早年的愿望。程颐读后说："夙兴趋朝，不是什么可笑的事，欧阳永叔怎么能这样说呢？"在程颐看来，每个人不但要成为道德上的模范，而且还得每天向皇帝表忠心，连写诗都得这样写。这就是程颐所主张的"敬"，按照他的主张，文学必死无疑。

苏轼对人性的看法与程颐截然不同。孟子说人之初，性本善，苏轼认为人性本质是一种无善无恶的自然本性和生理本能。他与人聊天，朋友说养生难在去欲，比如苏武，作为汉臣，在苦寒之地放羊十九年，也绝不屈服于匈奴。但在一件事上他无法守节，就是情欲，因为苏武娶了个胡人媳妇，还生了孩子。苏轼听了大笑，很郑重地把这件事记载下来。在苏轼看来，世间只有男人女人之分，并无大汉男人与匈奴女人之别，苏武娶胡人妇，无碍他作为大汉使节的高大形象。

人心的净化不能只靠道德说教，理学家在这方面很让人讨厌。一次经筵侍讲，中间少歇，哲宗在外折了一个柳枝玩。十岁的小孩子，天性使然。结果程颐拉着脸说："现在正是春天，万物复苏时节，这时候不可摧折生命，致失天地和气。"哲宗很不高兴，狠狠地把柳枝扔在地上，接下来的一堂课，一直闷闷不乐。教育是一项复杂工程，一个大学者未必是一个好老师，程颐在皇帝面前非常庄重严肃，小皇帝很怕他。九十岁的文彦博在小皇帝面前慈眉善目、毕恭毕敬，可是程颐在皇帝面前向来阴沉着一张老脸，有人问他缘由，他回答很直接，因为我是皇帝老师。他这个老师不知道，这个被祖母和一群大臣反复训导的小皇帝在一天天长大,等到他到了逆反的年纪,事情可就闹大了。

当时司马光还活着,听说程颐如此教育皇帝,说:"人主不愿意接近儒生,正是因为有这样一群迂腐之人的缘故啊。"

在崇尚个性、热爱自由的苏轼看来,程颐何止有些迂腐,简直有些不近人情了。有一次恰逢国家忌日,众大臣都到相国寺祈祷,中间要吃饭。从前这时候一般都吃素食,但素食粗粝,逐渐就都吃肉食。这次程颐下令寺方供应素菜,苏轼说:"正叔,你又不信佛,为什么要食素呢?"

程颐说:"根据礼法,守丧期间,不可以喝酒食肉;忌日,是丧事的延续,自然也应该遵守不喝酒、不食肉的规定。"

苏轼说:"为刘氏者左袒。"

汉高祖刘邦死后,吕后专权。吕雉死后,她的两个弟弟一个把持军权,一个把持朝政。太尉周勃手持将印进入军中,对兵士们说:"愿意拥戴刘氏者袒露左肩,愿意拥戴吕氏者袒露右肩。"兵士纷纷袒露左肩,遂铲除诸吕,迎立代王刘恒,即汉文帝。

苏轼这话说得有些过头了,吃荤吃素,不是原则问题,何必拿出周勃的典故。众人看气氛有点不对,于是默默地各自选边,范祖禹等人食素,秦观等人食肉。

人和人之间的关系就是这样,一些鸡毛蒜皮的小事,积累起来就逐渐形成了看法。苏轼显然不是处理人际关系的高手,他有话就说,倒是痛快淋漓,可是在旁人看来,他已经把程颐深深得罪了。

2

元祐元年十一月，学士院举行馆职考试，苏轼担任主考官，他出的考题是：师仁祖之忠厚，法神考之励精。题解中说：

> 今朝廷欲师仁祖之忠厚，而患百官有司不举其职，或至于媮①；欲法神考之励精，而恐监司守令不识其意，流入于刻。夫使忠厚而不媮，励精而不刻，亦必有道矣。昔汉文宽仁长者，至于朝廷之间，耻言人过，而不闻其有怠废不举之病。宣帝综核名实，至于文学理法之士，咸精其能，而不闻其有督责过甚之失。

用今天的话说，苏轼出的是一道命题材料作文。题目已经给定了，就是如何既要师法宋仁宗的忠厚宽仁，又要取法宋神宗的励精图治。如今朝廷想师法仁宗的忠厚政治，但是担心官员惰政、不作为；想取法神宗的励精图治，又怕官员过于操切，刻薄寡恩。从前汉文帝实行休养生息，朝廷官员连互相指责过失都不好意思，但并没有听说朝政有怠废不举之病；汉宣帝眼睛里不揉沙子，朝臣都勤于政务，但并没有管理太过严苛之失。

这是一道紧贴时政的题目，就是当今治理国家，该当如何综合仁宗、神宗两朝之长。为了拓展思维，给定的材料中举了汉代的例子，汉文帝放得宽，汉宣帝收得紧，都能把国家搞好。考生尽可以贯通古今论开去，给出大宋时政的要务。

---

① 媮，苟且。

苏轼门生中，张耒、晁补之、李昭玘都是在这次考试中被授馆职。

就在这时，左正言朱光庭上书，说苏轼的考题"谤讪朝廷"，人臣应该颂扬仁宗、神宗，不应当置之议论，现在不但论"谕"论"刻"，而且拿来汉文帝汉宣帝作比较，分明是说仁宗神宗不如汉朝的两个皇帝，不忠之心昭然若揭，请求治考官之罪。

侍御史王岩叟、御史中丞傅尧俞等人纷纷上书支持朱光庭，认为苏轼有讥讽之意，弹劾奏章一道接一道，大有淹也要把苏轼淹死的势头。

淹死的都是会水的，苏轼是文字大师，于是文字之祸就一直跟着他。自乌台诗案以后，他已经小心多了，一则他的诗风已经变得醇厚，年轻时喜欢批评现实，现在已经过了知天命的年纪，尖锐的话本来就少了。二则他也有意保护自己保护他人。众多朋友找他写墓志铭，他都给推了。文起八代之衰的韩愈，生前给人写过不少墓志铭，应该是收了不少润笔费的，以至于后来得到"谀墓"的讥评——收了钱就得给死人脸上贴金。苏轼对外坚称不写墓志铭，他撰写的墓志碑记，除了至亲，只有师友寥寥数人。司马光和范镇曾经有约，谁先死，则另一个人作墓志铭。范镇履行了约定，他的稿子写得毫不含蓄，把王安石为代表的新党骂得体无完肤，写好后请

苏轼 司马温公碑

苏轼写字上石。苏轼看过之后对范镇说：如果我按照你的稿子来写字摹刻上石，恐非三家之福。苏轼后来作了大幅度修改，但最后仍然没有避免毁碑的命运。

想不到如此谨慎，仍然会惹来麻烦。苏轼这道考题的本意，是不要矫枉过正。新法已经实行了将近二十年，很多东西已经相当成熟，没必要一刀切全部废除。然而中国的事就是这样，换一拨人，就重新折腾一番。苏轼这番话如果在新党在朝的时候说，也许还能得到不少人的赞同，如今朝中再无新党之人，出这样一道考题，他可真是不识时务、不合时宜了。

朱光庭是程颐的弟子，王岩叟、傅尧俞是司马光旧部。

朱光庭是为他老师出气，傅尧俞等人附和朱光庭，当然是因为苏轼反对司马光尽废新法。

这就是所谓"蜀党""洛党""朔党"之争的发端。变法派即新党已经被打翻在地，贬到外地去了，于是旧党内部互相掐起来，分裂为三党。蜀党以苏轼、苏辙为领袖，吕陶、黄庭坚等人为羽翼；洛党以程颐为首，朱光庭、贾易等人为羽翼；朔党势力最大，以刘挚、梁焘、王岩叟、刘安世为领袖，多达三十余人。三党之说，只是当时人们背后的一些议论，今天看这样划分也极不合理。比如蜀党、洛党，区区几个人，如何能称一党？这些当事人也不会承认结党，苏轼后来听说有蜀党之说，就表示自己一点也不知情，这个说法可信。

策题事件再一次证明，所谓文字谤讪，根本都是幌子，阎王打鬼，借助钟馗，宋仁宗宋神宗都成了钟馗，隐藏在背后的动机是说不出口的。

连续的攻击让苏轼无法再保持沉默，他在自辩状中说：

> 臣之所谓"媮"与"刻"者，专指今之百官有司及监司、守令不能奉行，恐致此病，于二帝何与焉？至于前论周公太公，后论文帝宣帝，皆为文引证之常，亦无比拟二帝之意。

本来就是子虚乌有的指责，不值一辩的东西，非要辩个子午卯酉，所以这篇文字显得非常苍白。

殿中侍御史吕陶，在众多台谏官攻击苏轼时，愤然上书为其辩护。吕陶道出了苏轼和程颐结怨的原委，毫不客气地指出朱光庭是在挟私报复："台谏之地，为天子耳目，要在维持纲纪，分别邪正。凡所弹击，当徇至公，不可假借事权，以报私怨。万一及此，是谓欺君。"吕陶说苏轼戏弄程颐，确实不该，但"若指其策问为讥议二圣而欲深中之，以报亲友之私怨，诚亦过矣"。吕陶说话，遂被指为蜀党成员，实际上他仅仅是四川人而已，与苏轼没什么瓜葛。他的名言是：在朝孤立。做人讲品德，做官讲官德，"在朝孤立"这四个字几乎构成了官德的理想状态。皇帝永远告诫官员不要趋炎附势、趋红踩黑，要出以公心，持论公允，不要说假话空话违心话，可惜这种事从来就没几个人能够做到。

同知枢密院事范纯仁持论更加公允，他说："苏轼只是临文偶失周虑，本非有罪。朝廷本置谏官，盖为补朝廷阙失及奸邪害政，今人臣小过，本无邪心，言官不须深论。"于是太皇太后把此事压下，没当回事。

哪知台谏官们并不罢休，他们一直争到高太后座前，坚称试题出得不妥，坚持要个说法。太皇太后说："此小事，不消得如此，且休。"

傅尧俞说:"试题虽是数句言语,却关系朝廷大体,不是小事,应当理会。"

高太后说:"苏轼不是讥讽祖宗。"

傅尧俞说:"若是讥讽祖宗,则罪当死。臣等并未说他讥讽祖宗,既然是思虑言辞不当,有伤事体,总要明确个说法。"

王岩叟从袖子中取出苏轼所撰策题,就帘前指陈。没等说完,高太后忽然在帘后厉声说:"更不须看文字也!"

按照惯例,大臣被台谏弹劾,应静待处理结果,如果劾奏不实,台谏官要受处罚,总之必有受伤者。经过权衡,高太后采取了和稀泥的做法,把苏轼、朱光庭等四人召来,严令往事不要再提,各自回到岗位上,该干啥干啥去。

谁知贾易蹬鼻子上脸,上奏说吕陶党附苏轼,文彦博、范纯仁是苏轼后台。高太后大怒,将贾易逐出朝廷,任怀州知州。同时,因左谏议大夫孔文仲的弹劾,程颐罢经筵说书,苏轼进侍读学士。可想而知,程氏门人认定这是来自苏轼的阴谋。

苏轼在这件事上能够全身而退,完全是因为高太后的眷顾。在随后的几年中,苏轼不断受到这些人的攻击,若没有太皇太后的袒护,恐怕乌台诗案又会隆重登场了。

策题风波昭示了两点:

第一,北宋朝堂,真正具有经世致用之学的人已经难以立足。司马光编了十九年史书,一千三百多年的历史,宋神宗号称用这部书"资治通鉴",可是这些迂腐的文人,这个不许说,那个不许说,这还资什么治,通什么鉴!司马光已经远远比不上司马迁、魏征,如今司马光已经作古,朱光庭等人更是比司马光还差了十万八千里。国家的财富固然可以增长,北宋固然是富得流油,但思想的侏儒不可能催生巨人的基因,北宋王朝的好日子算是快到头了。

第二，苏轼这一生总是吃亏，就在于他不看政治风向，不唯上，不跟风，这使得苏轼的政治品格具有现代意义。朔党领袖之一的刘安世虽与苏轼见解不同，但也给出了公允评价：东坡立朝大节极可观，才高意广，惟己之是信。在元丰则不容于元丰，人欲杀之；在元祐则虽与老先生议论，亦有不合处，非随时上下人也。

然而无论是苏轼的"非随时上下"，还是吕陶的"在朝孤立"，在那种体制下，总会付出代价的。

3

宋仁宗庆历三年，范仲淹、富弼、韩琦等人发起了以吏治改革为核心的"庆历新政"，涉及政治、经济、文化等共十项措施。改革遭到了御史中丞王拱辰、张方平等人的反对，御史们纷纷指责范仲淹等人为朋党。枢密使夏竦因与石介有隙，让家中女奴偷学石介的笔迹，伪造了一封石介写给富弼的信，内容是废掉仁宗另立新君。宋仁宗并不相信，但这种事实在太吓人，范仲淹等人纷纷请求外放，离开朝廷，庆历新政实行一年半的时间，就全部废止了。

欧阳修向来被认为是范仲淹一党，此期间愤然上书为范仲淹等人鸣不平，结果被贬知滁州。在贬谪期间，欧阳修写下了《醉翁亭记》，范仲淹写下了《岳阳楼记》。据说范仲淹并没有亲临岳阳楼，而是根据好友滕子京寄来的一幅《洞庭晚秋图》，写下的这一千古名篇。

> 若夫淫雨霏霏，连月不开，阴风怒号，浊浪排空；日星隐曜，山岳潜形；商旅不行，樯倾楫摧；薄暮冥冥，虎啸猿啼。登斯楼也，则有去国怀乡，忧谗畏讥，满目萧然，感极而悲者矣。

这哪里是写景，分明是写一颗远谪之心，也正因如此，先忧后乐的伟大情怀，才会流芳千古。

庆历四年四月的一天，宋仁宗问诸大臣："自昔小人多为朋党，亦有君子党乎？"同日，欧阳修写下了著名的《朋党论》，这篇文章不但深刻影响了北宋的政治观念，而且影响了此后七百年士大夫的政治心理品格。他在文章中说：

> 君子与君子以同道为朋，小人与小人以同利为朋。
> 然臣谓小人无朋，惟君子则有之。
> 故为人君者，但当退小人之伪朋，用君子之真朋，则天下治矣。

欧阳修正面回答了宋仁宗的问题，那就是君子有党。他认为君子以同道为朋，小人以同利为朋，因此小人没有真正的朋友，当这些人有共同利益时，就互相党附；当利益有冲突，就会互相反目。君子之朋则不同，他们是以道义、忠信、名节为黏合剂，同心共济，志同道合，终始如一。作为帝王，应当退小人之伪朋，用君子之真朋。

君子和小人之辨，贯穿了中国古代的政治史。君子坦荡荡，小人长戚戚；君子和而不同，小人同而不和；君子怀德，小人怀土；君子喻于义，小人喻于利；君子周而不比，小人比而不周。孔子提出的这些主张，被后世君王反复用于国家政治生活中，企图用人的自我约束，实现国家的长治久安。因为中国古代从来没有真正树立起法制观念，于是只好在以德治国上做文章。一辆车应该有两个轮子，但古代中国的政治生态，向来是一辆独轮车。

孔子还说，君子不党，是说君子不搞团团伙伙，拉帮结派。欧阳修敢于提出新的见解，在一定程度上代表了士大夫主体意识的进一步觉醒，为士大夫争取政治地位提供了理论支持。这篇文章影响极大，宋朝就有司马光、苏轼、范纯仁、刘安世、秦观、李纲等人或专门撰文，或奏议阐发，元明清又有多人论及朋党问题，直到清朝雍正皇帝亲自动笔撰写《御制朋党论》，主张"君子无朋，惟小人则有之"，斥责欧阳修的文章为邪说，这场超级马拉松，才算结束。

专制皇权政治解决不了君子小人问题。诸葛亮告诫刘禅"亲贤臣，远小人"，哪个是贤臣，哪个是小人？平庸的刘禅分不清，他孔明先生就能分得清？吕惠卿是小人吗？他可是欧阳修当作得意门生推荐给王安石的，这样的"贤良"怎么又会背叛王安石，以致后来无论是章惇还是蔡京，谁执政都不让他回朝，《宋史》又把他列入奸臣传？吴处厚是君子吗？他断章取义，把蔡确往死里整，连儿子都说："此非人所为。大人平生学业如此，今何为此？将何以立于世？柔嘉为大人子，将无容迹于天地之间矣。"这样一个卑鄙小人，为什么高太后痛贬蔡确，然后升他的官？宋人笔记说，吴处厚到任后，疽发于脑，自嚼舌断而死，一看就是后人编造的，无非是憎恨这种小人行径而已。

君子人格论作为个体道德标准则可，但君子有党论妄图用群体君子人格来治理国家，则无异于痴人说梦。宋人所说的君子党也好，小人党也好，都不是现代意义上的政党，而只能是帮派，是团伙。谁都会说自己是君子，对方是小人，只要有了争端，就拿来作为打击政敌的武器，屡试不爽。无论是范仲淹时代的庆历党争，还是王安石变法时的改革派与保守派之争，还是元祐三党之争，都是君子小人之辨、义利之辨的翻版。

苏轼任职翰林学士不久，就有传言他会升任宰辅大臣。元祐元年九月，监察御史孙升奏论：苏轼为翰林学士，其任已极，不可以加。如用文章为执政，则国朝赵普、王旦、韩琦未尝以文称。王安石在翰苑为称职，及居相位，天下多事。以安石止可以为翰林，则轼不过如此而已。若欲以轼为辅佐，愿以安石为戒。

孙升出于什么心态且不去管他，这段话说得却极为在理。王安石、司马光、苏轼，这些人都是君子，司马光为相，变成了另一个王安石，谁又能保证苏轼为相，不会成为第三个王安石呢？

南宋朱熹说："东坡只管骂王介甫，介甫固不是，但教东坡做宰相时，引得秦少游、黄鲁直一队进来，坏得更猛。"朱熹因为程颐的关系，对苏轼颇有微词，这话虽有成见，但也无形中充分说明，面对权力这个怪兽，君子人格是驾驭不了的。

宋人普遍持君子有党论。范纯仁对此有不同见解。他说："朋党之起，盖因趣向异同。同我者谓之正人，异我者疑为邪党。既恶其异我，则逆耳之言难至；既喜其同我，则迎合之佞日亲。以至真伪莫知，贤愚倒置。国家之患率由此也。"

按照孔子的君子小人论，翻遍《宋史》，可能只有范纯仁一个人堪称君子。这是个仁义的好人,向来主张对反对派应宜宽不宜苛,从来不用什么整人手段。章惇被贬,他替章惇说话;车盖亭诗案,他坚称蔡确无党,反对将蔡确贬到新州,以至自己被贬官。苏辙和范纯仁意见经常分歧,一次殿前奏对,苏辙将宋神宗比作汉武帝,哲宗很生气,范纯仁赶紧为苏辙打圆场解围,苏辙大为感动。几年后新党上台,章惇反倒将范纯仁贬到永州,当时范纯仁双目失明,儿子大骂章惇,他反而呵斥儿子不该心存怨恨。他的名言是:"有愧而生者,不若无愧而死。"

范纯仁自称平生所学,得"忠恕"二字,一生得益不尽。儒家"忠恕之道",所谓"忠",即"己欲立而立人,己欲达而达人",这简直堪称伟大,因此古人称为"金律"。所谓"恕",即"己所不欲,勿施于人",这是做人的底线,故称为"银律"。对绝大多数人来说,既非高尚的君子,也不是什么卑劣的小人,能守住做人的底线,做个好人、厚道人、老实人,也就是践行圣人之言了。

范纯仁坚决反对寻章摘句迫害他人,他说:"不可以语言文字之间,暧昧不明之过,诛窜大臣。"然而朝中那些"正人君子"们,却连做人的底线都不要。元祐六年,苏辙任尚书右丞,苏轼在杭州任两年知州后亦被召还,任翰林学士承旨、知制诰。苏辙屡次上书,乞求回避兄长,朝廷不允,二苏仕途达到了顶峰。这时贾易也已回朝任侍御史,他又从苏轼的诗中发现了"大问题",就是前面说到那个"山寺归来闻好语,野花啼鸟亦欣然。"这首诗作于元丰八年五月一日,当时苏轼在扬州,听说在阳羡买田已成,因此说"山寺归来闻好语"。宋神宗三月去世,贾易借此大加推理,奏章写的堪比侦探小说,说苏轼根本不是因为什么买田阳羡而高兴,那点事值得如此兴高采烈?

以至于野花啼鸟都跟着欣然？当时先帝山陵未寝，正应人臣泣血、号慕摧绝，他却如此猖狂放浪，分明是谤讪先帝，大不敬之至！

于是又有御史跟上，说蔡确是前车之鉴，应比照蔡确案论罪！

难题又甩给了太皇太后。苏轼又得回家待罪，写劄子自辩。这时苏辙想了一通说辞，解释说当时苏轼听到寺外数十个父老说话，其中一个老者说，新皇登极，好一个少年官家。闻好语，就是这个好语，是赞美新皇帝的！

有了这样一种解释，太皇太后借坡下驴，苏氏兄弟也就过关了。

苏轼在家，极为郁闷，晚上枯坐，听到有老鼠咔嚓咔嚓咬床脚。童子用皮袋子设伏，把老鼠罩住，打开一看，老鼠已经死了。倒出来，老鼠马上活过来，迅速逃走了，原来是装死。苏轼叹息道，都说人最聪明，哪知道还比不上一只老鼠。这样想着想着，快睡着了，蒙眬中好像有人说："你被老鼠所戏，是因为你不专心。人能碎千金之璧，不能无失声于破釜；能搏猛虎，不能无变色于蜂虿，这都是因为没防备、不专一的缘故。这话本来就是你说的，你怎么忘了呢？"

是啊，朝廷之上，一个位置得有多少人盯着！像苏轼这样大大咧咧，毫不设防，只能是一再被鼠辈所戏了！还是尽早离开这是非之地吧！

第十八章
西园雅集

1

欧阳修五十一岁的时候,嘱咐苏轼要以振兴文坛为己任;现在苏轼也五十一岁了,他开始说欧阳修一样的话了,他在给张耒的信中说:"我老了,使后生得见古人之大全者,正有赖黄鲁直、秦少游、晁无咎、陈履常与君等数人耳。"

元祐年间的京城,在苏轼周围,形成了一个庞大的文人集团,有的是他的弟子,有的则谈不上。苏门到底包括了多少人,后世一直争论不休,除了"四学士",又有"六君子",还有"后四学士"之说。出现这种情况,根本原因在于苏门的自由与开放。

苏轼在政治上的独立精神,与他在文艺上的包容与创新是相辅相成的。他说:文字之衰,从未像今日这般,其根源出于王安石。王安石的文章,当然是好得很,但他的问题是喜欢强人同己。土地之美,相同之处在于能生长植物,不同之处在于植物各异。只有荒瘠斥卤之地,弥望皆是黄茅白苇。

孔子说君子和而不同,小人同而不和。比如唱歌,大家唱不同的声部,那才叫大合唱;大家整齐划一,那叫大齐唱。相比于在朝为官，文艺界形成各种学派，是顺理成章的事。亚里士多德说，我爱我师，我更爱真理；可多数情况往往是我爱我师，我师才是真理。所以程颐弟子为了学术上的一些分歧，不惜在政治上对苏轼恶意攻击。本来应该是笔墨官司，非要搞成政治斗争，这才叫同而不和呢。

苏门不是这样，没有任何一个文艺团体能像苏门那样开放与包容。苏轼看到朱光庭每天严肃端正、一本正经，跟弟子们说："何时打破那个'敬'字？"的确，苏门中的"敬"，不是表面上的师道尊严，更不是把老师奉为"星宿老仙"，而是对文学的敬仰，是维护文艺多样性的一种责任。他们这一派被称为苏氏蜀学，孔孟老庄、释家禅宗，甚至战国纵横之术，无所不学。因此，苏门之中一直洋溢着广泛的学术自由，他们在一起唱和、讨论甚至戏谑，真正体验了文学带来的乐趣。

在诸多弟子中，苏轼最偏爱秦观，他未必肯承认，但他的弟子们都这样说。秦观去拜见苏轼，苏轼说："想不到分别以后，你竟然学柳永作词。"

秦观不服气，说："某虽无学，也不会学柳永啊。"

苏轼说："销魂当此际，这分明是柳永格调么。"

似乎是师徒二人都对柳永有微词。苏轼曾问幕僚："我的词与柳永相比如何？"幕僚说："柳郎中词，只合十七八岁女郎，执红牙板，歌杨柳岸，晓风残月。学士词，须关西大汉，铜琵琶，铁绰板，唱大江东去"。东坡绝倒。

其实苏轼对柳永非常推崇，而且从柳词中汲取了很多营养。他说："世言柳耆卿词俗，非也。如《八声甘州》云，霜风凄紧，关河冷落，残照当楼。此不减唐人高处。"

创新是文艺家的特质，跟在他人后面亦步亦趋，拾人牙慧,那可就真俗了。文艺家最忌讳的,无非一个"俗"字而已。苏轼问"我词何如耆卿",这是推崇与较量交织,没有超越的心态,哪有文学的繁荣。他不但与前人比,也与弟子比,有一次问张耒:"我词何如少游?"

张耒说:"少游诗似小词,先生词似小诗。"这一评价极为精当。苏轼以诗为词,拓展了词的境界,使词不再局限于歌者之口,与诗等量齐观,并驾齐驱,开一代新风,这是苏词的意义所在。秦观的诗跟词一样,太过精巧,就好像用乒乓球动作打羽毛球。南宋张孝祥也学会了东坡之问,他每作一词,必问门人:"比东坡如何?"这不但有推崇、较量,分明还有些自许了,毕竟他面对的是苏东坡这样一座高峰。

苏轼虽然调侃秦观,但并没有影响他的自由发展,他经常说:"山抹微云秦学士,露花倒影柳屯田",称秦观为"山抹微云君",这大大提高了秦观的地位,后人由此将秦观与柳永并称。而下一个接续柳秦衣钵的,是那个旷世才女李清照。也许正因如此,李清照对苏词也时常流露批评之意。

苏轼与秦观戏谑,毕竟多了几分长辈对晚辈的期许,他与黄庭坚的关系,简直就像好友一样亲密无间,毫无拘碍。黄庭坚自幼有神童之称,八岁时,同乡参加进士考试,读书人纷纷送行。有人打趣让黄庭坚也赋诗一首,想不到黄庭坚顷刻而成:"万里云程着祖鞭,君到玉皇香案前。若问旧时黄庭坚,谪在人间今八年。"满座皆惊,据说他的老师见到这首诗,自愧不如,留下一封书信,辞职了。

几年后参加乡试,诗题是"野无遗贤",就是说人才都被朝廷所用,没有埋没乡野者。这种所谓的颂圣诗,并不好作,甚至非常难做,写得太露骨,被人嘲笑没文化也就罢了,暴露幸进之心，那可真的打脸。黄庭坚的诗中有"渭水空藏月，传岩深锁烟"，正合野无遗贤之意，且意境不减唐人。考官击节称赏，批云："此人不惟文理冠场，他日当以诗名擅四海"，推为第一。

自从元丰末年拜在苏轼门下，直到七年以后，两人才在京师见面。这俩人亦师亦友，说话自然不须客气。黄庭坚曾在一园中避暑，在壁上题诗云：

> 荷气竹风宜永日，冰壶凉簟不能回。
> 题诗未有惊人句，会唤谪仙苏二[①]来。
> ——《避暑李氏园二首》其二

秦观知道后跟苏轼说："黄庭坚称先生为苏二，很不恭敬。"苏轼对此毫不在乎，他自有对付黄庭坚的手段。一次他读到黄庭坚的词：

> 新妇滩头眉黛愁。女儿浦口眼波秋。惊鱼错认月沈钩。　青箬笠前无限事，绿蓑衣底一时休。斜风吹雨转船头。
> ——《浣溪沙》

黄庭坚对此词非常得意，自云清新婉丽，自己评价说："以水光三色，替却玉肌花貌，此乃真得渔夫家风也。"苏轼却说："才出新妇矶，又入女儿浦，此渔夫无乃太澜浪也。"这样

[①] 苏二，苏轼排行第二，其兄早夭。

的词,这样的评语,如果是程颐这种人看到,估计鼻子都得气歪了。

两个文学大家甚至公然讥诮对方的诗。苏轼说:"黄鲁直诗文,如蝤蛑江珧柱①,格韵高绝,盘餐尽废,然不可多食,多食则发风动气。"黄庭坚亦说苏轼:"盖有文章妙一世,而诗句不逮古人者。"苏轼评黄诗,恰中要害;黄评苏诗,也把他掉书袋用典故逞学问的老底给掀了。弟子不必不如师,师不必贤于弟子,那些调侃并不妨碍他们的师生关系。苏轼逝世以后,黄庭坚每日早起,必对东坡画像焚香施礼。有人说苏黄并称,何须如此。黄庭坚愠怒:"庭坚望东坡门,弟子耳,安敢失其叙哉!"

但苏轼对后学英才向来提携鼓励有加。黄庭坚曾拿晁载之②的文章给苏轼看,苏轼说:"晁君的文章,细看甚奇丽。有一个问题你要注意逐渐劝导他,凡做文章,一定要先平和,然后再作新奇之词,晁君求新求奇太早。你要注意不能直言,别伤了他超迈求进之气。"苏轼说出了作文的首要法则,就是先求平和。中学生刚刚打开阅读眼界,恨不得把肚子里的所有新词都用上,等到长大,锦绣浮华的词固然忘光了,想改弦更张写平淡文字,也不可得了。

元祐三年(1088年)春,苏轼知贡举,黄庭坚、张耒、晁补之、李昭玘等人为参详、编排、点检各官。苏轼的学生李廌亦来应考。李廌自从黄州谒见苏轼后,游历四方,经常带着诗文出入王公之门,名气越来越大。苏轼听说后曾经告诫他:

---

① 蝤蛑,一种蟹类;江珧柱,干贝。

② 晁补之堂弟。

"以你之才,自然不会埋没,应当循序渐进,不要学那些躁进之人的做派,王公之门还是少进。"自此李廌常引以为戒,学业大进。

苏轼对这个学生寄予厚望,李廌也是信心满满。年纪轻轻,文名远扬,又名列苏门"六学士",各路举子,人人欲识李廌。考完以后,李廌说:"苏公知贡举,我的文章必不在前三名之后。"待阅卷,考官推荐一文,苏轼读后非常欣赏,对黄庭坚说"此必吾李廌也",擢置第一。及拆号,原来第一名是章惇的儿子章援,继续向下放榜,前十名不见李廌,大家都很紧张,继续向下抄录,最担心的事终于发生了,李廌名落孙山。欧阳修和苏轼都错猜了卷子,而结局却是大不相同。宰相吕大防听说后叹息说:"有司试艺,乃失此奇才耶!"

苏轼为错失这样一个人才而深深自责,他与范纯仁商量,找机会破格拔擢李廌,但苏轼不久外任杭州,此后朝廷官场巨变,再无机缘促成此事。李廌于元祐六年再次应考,仍然落第,自此隐居乡里,终身不仕。

李廌落第以后,苏轼、黄庭坚纷纷作诗赠之,苏轼写道:

> 与君相从非一日,笔势翩翩疑可识。
> 平生谩说古战场,过眼终迷日五色。
> 我惭不出君大笑,行止皆天子何责。
> 青袍白纻五千人,知子无怨亦无德。
> 买羊酤酒谢玉川,为我醉倒春风前。
> 归家但草凌云赋,我相夫子非癯仙。
> ——《余与李廌方叔相知久矣,领贡举事,而李不得第,愧甚,作诗送之》

唐德宗贞元年间，李程参加进士考试，赋题为《日有五色赋》。李程交卷离场，碰到员外郎杨于陵，杨于陵询问考题，李程把抄录的文稿从靴筒中取出来给他看。杨于陵读后说："你能中状元。"

没想到录取完毕，李程名落孙山。杨于陵把李程的文章抄下来，去见主考官，说你今年考试，怎么用从前的题目？主考官说没有这回事。杨于陵拿出李程的文章，主考边读边叹赏。杨于陵说，如果这次考试有人写成这样，你怎样判卷？主考官说，我会让他中状元。杨于陵说："这样说来，你已经遗漏贤才！"主考立即调阅李程试卷，不差一字。于是擢置李程为状元。

所以，试卷上野无遗贤这种事，现实中是不会有的；而小说中范进中举这样的事，在生活的真实中早已一再发生过了，不过是一正一反、一悲一喜而已。

2

魏晋时期有个风俗，就是每年七月七日要晾晒衣物。阮咸，阮籍的侄子，竹林七贤之一。他们这一支阮姓，家道中落，生活窘迫，住于南城；而同宗另一支阮姓，则是大富大贵，家住北城。七月七日这天，北城阮姓晒出绫罗绸缎，满院生辉，全城人投以艳羡的目光。阮咸家一穷二白，没的可晒，他以竹竿挑了一条"布犊鼻裈"晾晒，大概就是一条大短裤吧。有人很奇怪，这样的破烂还值得晒吗？阮咸说："咱也未能免俗，别人晒，咱也晒，如此而已。"

有个叫郝隆的人,在这天仰面躺在庭院中。人问他在干什么,他回答说:"我晒肚子里的书。"

阮咸和郝隆如果生在宋代,一定会意气风发,因为宋代士大夫不"晒"金钱等俗物,晒的都是文人雅事,甚至真的晒书。每年夏秋之际,天气晴好,馆阁会晾晒图书以防虫蛀和受潮,平日秘藏的珍本图书都会在这时候得见真容,引得这些饱学之士争相品鉴。自然,在这种雅集场合,大家也会拿出自己的宝贝显摆。米芾就曾带着自己珍藏的二王法帖,帖尾还有自己的小字题跋,到曝书会上炫耀。苏轼见到二王真迹,兴致勃勃地与米芾唱和:

三馆曝书防蠹毁,得见来禽与青李。①
秋蛇春蚓久相杂,野鹜家鸡定谁美。
玉函金龠天上来,紫衣敕使亲临启。
纷纶过眼未易识,磊落挂壁空云委。
归来妙意独追求,坐想蓬山二十秋。
怪君何处得此本,上有桓玄寒具油。
巧偷豪夺古来有,一笑谁似痴虎头②。
君不见长安永宁里,王家破垣谁复修。

元章作书日千纸,平生自苦谁与美。
画地为饼未必似,要令痴儿出馋水。
锦囊玉轴来无趾,粲然夺真疑圣智。

---

① 来禽、青李,指王羲之法帖。
② 晋代画家顾恺之小名虎头。

忍饥看书泪如洗，至今鲁公余乞米①。
——《次韵米芾二王书跋尾二首》

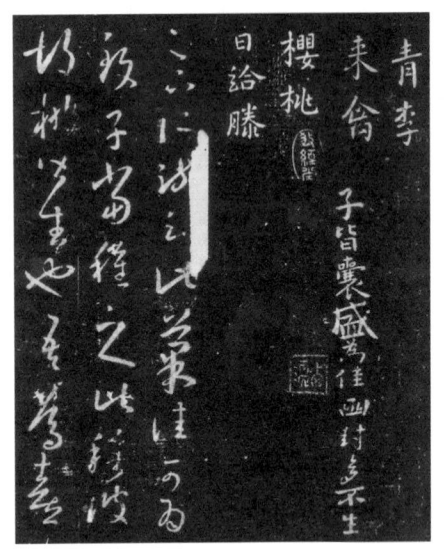

王羲之十七帖，中有来禽青李帖

元丰五年春天，年仅二十二岁的米芾从湖南赶到黄州，拜见东坡。东坡见了米芾的字，极为兴奋，嘱咐他上溯魏晋，以二王为宗。临别之时，东坡特意为米芾作《枯木怪石图》。这幅画后来被王诜借去赏玩，就此据为己有。米芾不敢索要，只好恨恨地在他的《画史》中记下一笔："后晋卿借去不还！"

米芾于名家法帖，强取豪夺远超王诜。自从在黄州苏轼劝他学习魏晋以后，他遍访晋人法帖，日夕临帖不辍。传说他借人法帖一观，马上临摹，能临到纤毫毕现的程度，然后把临本送还，真本留下。有时候他搞恶作剧，将临本与真本同时还人，让人选择，主人分辨不了，气急败坏。有时候他也被拆穿，有人拿一幅《牛图》请米芾鉴赏，米芾借口拿回去看看，几天后归还的是摹本。又过几天，那人拿着临本找他要真迹，米芾很惊讶："你如何知之？"来人说，我那真迹，牛眼中画的是牧童

---

① 乞米，指颜真卿乞米帖。

影子，你这个没有！

自古以来，只有书画界从来不打假，愿者上钩，看走眼了是你水平不够，活该交了学费。有人跟启功说市场上到处都是假启功，启功开玩笑说比启功写得好，这也是吃饭的本事，还是别砸人家饭碗了。所以米芾这样搞法，后世也没有人说他缺德。他曾经和蔡攸乘船游玩，蔡攸取出一张东晋王衍的字共赏，米芾卷轴入怀，站在船舷上作跳水状。蔡攸大惊，问他干什么。米芾说："平生所藏，唯独没有王衍的字，干脆死了算了。"蔡攸只好赠给他。

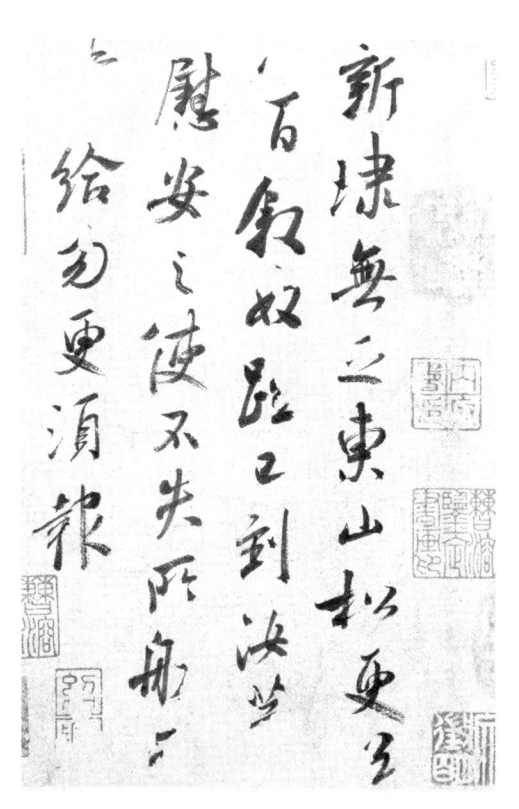

王献之 东山帖，为米芾所临

宋代苏黄米蔡四大书家，蔡本是蔡京，后人鄙视蔡京为人，改为比苏轼年纪大的蔡襄。此时苏黄米三人经常在一起切磋书艺，这真是书法史上的幸事。米芾在行书技法上最是高妙，也最具表现力。黄庭坚在草书上成就最高。苏轼则最具"写意"书风，他是以学养胜，以胸襟胜，以才情胜。正如黄庭坚所说："学问文章之气，郁郁芊芊，发于笔墨之间，此所以他人终莫能及耳。"① 如果说米芾是天才勤奋各半，苏轼就是七分天才加三分勤奋，他的字是真正的天才字，是学养的外在流露。自宋以后，没有人能够跟苏轼比学养，只能在技法上下功夫。有人跟苏轼说蔡卞每天临兰亭一过，苏轼说："这样写下去，岂能超胜？"章惇被贬出朝廷以后，也是日临兰亭一本，苏轼听说后，笑道："工临摹者非自得，章七终不高耳。"现今保存下来的章惇墨迹，的确宗法王羲之，在北宋也算是高手无疑，只是离苏黄米蔡的高度，还差得很远。

其实苏轼的说法，米芾就不会同意，因为米芾同样是临帖极勤，现在流传下来的王献之、颜真卿的一些法帖，就是米芾所临。只是米芾的勤学苦练，并没有导致食古不化，而是在继承的基础上创新，这使得他的书法成就足以与苏轼比肩。一天，米芾邀苏轼饮酒，长案相对，吃的没几样，却各摆精笔、佳墨、妙纸，每喝两口酒，就写几张字，以两个小吏研墨，几乎供不上二人。至薄暮，酒喝得差不多了，纸也写没了，于是相互交换，各自归去。

苏轼与黄庭坚同朝为官，两人均是震古烁今的

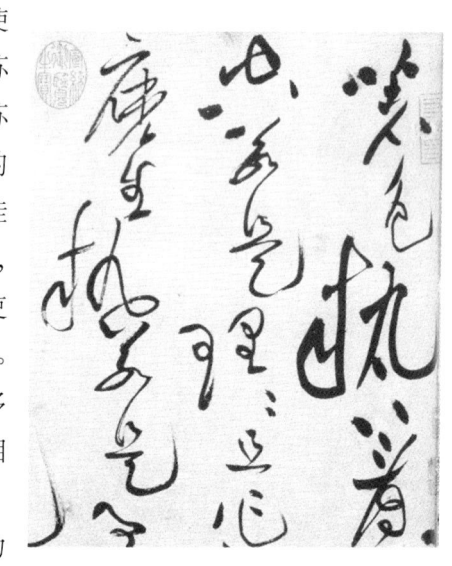

黄庭坚 诸上座

---

① 黄庭坚《跋东坡书远景楼赋后》。

书法大家，经常拿对方的字开玩笑。苏轼说："你最近的字虽然清劲，但笔势有时太瘦，就像树梢挂蛇。"黄庭坚反唇相讥："您的字不敢轻论，只是觉得字势过扁，就像石压蛤蟆。"两人哈哈大笑，均觉说中了对方的不足。这才是真正的大师，他们从来不会拒绝批评。实际上黄庭坚的字出于苏轼，在书法上真正隶属苏门，但是黄有独特的创造，尤其在草书领域，成就远超苏轼。

苏轼对于绘画的看法，与其书法主张是一致的，他竖起了文人画的旗帜。他说"论画与形似，见与儿童邻"，是说作画只看形似，这种见解与不懂事的小孩子一样幼稚。他认为不能简单地满足于形似，而是要追求更高层次的神似；不但要表达景物，还要表达意境，追求意蕴，体现作者的情感与格调。他还说"味摩诘之诗，诗中有画；观摩诘之画，画中有诗"，画中题诗，使得诗书画高度融合。这些主张极大地拓展了绘画的思维模式，使得万里江山，俱可进入一卷图轴，写意的中国画遂成为人们思索宇宙人生的哲学表达。

东晋永和九年（公元 353 年）三月，谢安、王羲之、王献之等三十三人，在会稽山阴的兰亭集会，这就是著名的兰亭雅集。王羲之的《兰亭集序》被誉为天下第一行书，据说就是在这次集会上写的。永和九年这次集会，得到后世知识分子的广泛响应，从那时起，文人的这种交流活动已经成为"雅文化"的象征，延续了一千五百年之久。

雅与俗并非壁垒森严。若究其根源，只是由于玩的群体不同，才强行分界。宋真宗时，鲁宗道任太子谕德，就是随时劝谏太子，教谕道德。家门口有一个酒家，酒有名于京师，他经常微服去饮酒。一次宋真宗晚上召见鲁宗道，太监四处找不到他，只好在他家等候。待鲁宗道回来，太监领着他进宫，对他说："如果皇上怪罪你不在，应当如何对答，咱俩要约定好。"

鲁宗道说："据实相告。"

太监说："那可是要获罪的。"

鲁宗道说："饮酒，人之常情；欺君，才是大罪呢。"

果然，宋真宗诘问："何故私入酒家？"

鲁宗道说："臣家贫无器皿，酒肆百物具备，宾至如归，适有乡里亲客自远来，遂与之饮。"

可见当时是不允许士大夫与李逵、鲁达之类的人一起划拳行令的。他们出入私人会所，拒绝进入勾栏酒肆。元祐二年（1087年），苏轼、苏辙、黄庭坚、米芾、秦观、张耒、晁补之等十六人在王诜的西园集会，著名画家李公麟作《西园雅集图》。今天看到的这幅画作，被认为是后人摹本，不过这不妨碍还原当年聚会的场景。苏轼单勾执笔，正欲作书，王诜躬身细观，面露贪婪之色，似乎盘算着要据为己有，旁边钱勰斜眼看着王诜，似乎要与之一争。孤松盘郁，芭蕉围绕，下有大石案，陈设瑶琴，童子正在摆放酒具。米芾旁若无人，立于大石前正在题壁。李公麟坐在大石旁，正在画陶渊明《归去来图卷》，黄庭坚、晁补之等人或坐或站，在旁边观看。苏辙不受干扰，独自看书。秦观在远处听人拨阮弹琴。更远处圆通大师在说佛法，当然旁边少不了粉丝谛听。

米芾作《西园雅集图记》，记载了这一文坛盛事，他说：

"水石潺湲，风竹相吞，炉烟方袅，草木自馨，人间清旷之乐，不过于此。嗟呼！汹涌于名利之域而不知退者，岂易得此耶！

"后之览者，不独图画之可观，亦足仿佛其人耳。"

超越名利的清旷之乐，这就是米芾心中的雅。不过雅集、雅事未必能产生高雅的艺术作品。一味附庸风雅，则成俗不可耐。乡谣俚曲登上大雅之堂，大俗即成大雅。雅俗逐渐既可分界，又可共赏，更与人的身份地位没有关系了。

有个叫王祈的，跟苏轼说："我作了一首竹诗，有两句最得意。叶垂千口剑，干耸万条枪。"

苏轼说："好是极好，只是十条竹竿，一个叶！"

还有个叫王禹锡的，他与苏轼有姻亲，曾经写雨：打叶雨拳随手重，吹凉风口逐人来。写得粗劣不堪，他却自以为得意，读给苏轼听。苏轼说："你写诗怎么如此不入规矩？"

王禹锡借口说："我醉时作的。"

过两天又拿诗来请教，苏轼读后说："你又醉了？"

梁实秋先生有篇散文《写字》，里面写道：写字的人有瘾，瘾大了就非要替人写字不可，看人家的白扇面，就觉得上面缺点什么，至少也应该有"精气神"三个字。相传有人爱写字，尤其爱写扇子。后来腿坏，以致无扇可写。人问其故，原来是大家见了他就跑，他追不上了。

像苏轼、梁实秋笑话的事，今天仍然一再发生。如今工作生活压力都很大，雅集这样的事可以多多益善，图个清旷之乐么。站在街边拿个茶壶，吼两嗓子京剧，典型的以俗为雅，大俗就是大雅，多好！但是让交响乐团给自己的二胡伴奏，或者没什么基础就写狂草送人，这样的傻事可千万别干了。至于那些搞了一大堆头衔、滥竽充数冒充名家的"南郭先生"，迟早会被拆穿的。

3

米芾喜欢奇石,他任涟水军使①时,山川俊秀,搜罗了很多精美的石头。朝廷按察使前来巡视,知道米芾喜欢玩石,正色对他说:"朝廷把郡邑交付给你,每天汲汲于公务,尚担心有缺,哪能终日玩石?请君抓紧收敛一些,否则我报告上峰,可就悔之晚矣。"

米芾不接这茬,从左袖中取出一石,嵌空玲珑,色极清润。他在手中反复把玩,对按察使说:"如此石安得不爱?"

按察使面无表情。米芾将石头纳于袖中,又拿出一个,叠嶂层峦,更胜前者,又纳于左袖,变戏法似的又拿出一个,巧夺天工,奇巧之至,又对按察使说:"如此石安得不爱?"

按察使忽然说:"非公独爱,我亦爱也!"上前揪住米芾的袖子,搜刮一空,登车而去。

奇石最能表现大自然的鬼斧神工,这些大自然的遗珠似乎可以让文人更加看透这个世界。石之丑,则不媚俗;石之怪,则其领异;石之坚,则有节操;石之润,则其高洁。苏轼也很痴迷奇石,在赤壁下,他捡得二百七十枚红黄的石子,用一古铜盆注水养之,时时观赏;他在登州寥寥几天,于蓬莱阁下,拾得海浪磨洗圆润石子数百枚,用以养菖蒲,摆在案头,白石绿植,素雅之至。九江有一人藏了一块有九峰的奇石,苏轼看后,认为它形似安徽九华山,取名曰"壶中九华",并为之作诗。苏轼本想找机会买下,结果他的诗一出,"壶中九华"名声在外,被人以八十千钱捷足先登买走了。

---

① 涟水军,与县平级,米芾相当于知县。

苏轼在扬州得了两块异石，一白一绿，绿色的石头冈峦透迤，冈峦上还有洞穴。杜甫诗有"万古仇池穴，潜通小有天"，道教认为仇池山可通昆仑，达于上天仙境，于是苏轼给石头取名曰"仇池"。苏轼将两块石头置于高丽铜盆中，垫以登州白石子，以水滋养，置于几案。王诜的耳朵非常灵敏，听说苏轼有这等好石，立即提出"借观"。苏轼岂有不知王诜用意，马上作诗：

> 风流贵公子，窜谪武当谷。
> 见山应已厌，何事夺所欲。
> 欲留嗟赵弱，宁许负秦曲。
> 传观慎勿许，间道归应速。
> ——《仆所藏仇池石，希代之宝也，王晋卿以小诗借观，意在于夺，仆不敢不借，然以此诗先之》

将石头比作赵国的和氏璧，告诉王诜抓紧归还。哪知王诜脸皮比秦王还厚，一心想赖着不还。于是苏轼提出以王诜所藏的韩干马图来换"仇池"，这下王诜犯难了。其他朋友听说此事，纷纷凑趣帮闲作诗，有说画与石都要抢夺的，有说要碎石焚画让二人两手空空的，最终这场"官司"如何收场，不得而知。

文人雅玩，虽然都花费不菲，毕竟不是金钱，因此彼此之间抢夺之风大盛。苏轼在黄州曾作《黄泥坂词》，家里小孩随处乱放，时间久了不知所踪。一天黄庭坚、张耒、晁补之造访，三人进门就翻倒几案，搜罗箧笥，希望找到什么稀罕物。结果把《黄泥坂词》手稿给翻出来了，张耒大喜，抄录一本留给苏轼,将手稿揣在怀里扬长而去。这事第二天竟然又被王诜知道了,马上可怜巴巴地来信说:"我日夕买你苏学士的字,前日刚刚以三张缣换了两张小纸片。如果最近有书作,稍给我几张行吗,别让我再费绢了。"苏轼于是用澄心堂纸、李承晏墨,又抄了一遍《黄泥坂词》,还了笔债。

苏轼不仅仅是被抢的,他也抢别人。黄庭坚书名越来越盛,求他写字的络绎不绝,很多人以好纸佳墨作为润笔,黄庭坚有一个小锦囊,里面装满了好墨。一天苏轼将锦囊抢过来,从中寻得李承晏墨半铤,遂据为己有。黄庭坚颇舍不得:"群儿贱家鸡,嗜野鹜。"直接译成白话会很乏味:这帮小子轻贱自家的鸡,却喜欢野鸭子。可见黄庭坚不知道被多少人抢过。

纸位列四大发明,墨也是中国古代最伟大的发明之一,当中国书生用固体的墨块在石瓦陶器上研出墨汁时,西方人还在用天然颜料写树皮或羊皮。到唐宋之交,制墨工艺已经相当高超,宋代最推崇的是南唐李廷珪的墨。据记载,李廷珪制墨,每用松烟一斤,用真珠三两,玉屑一两,龙脑一两,和以生漆,捣十万杵,坚如玉石,价与金同。中国书法和水墨山水,全靠墨色浓淡干枯点染,上佳的好墨,墨色如漆有神采,清透有层次,实在为书画家垂涎。

墨能成固体,全靠其中拌以动物胶,经过无数次捶击方能制成,随着时间久远,其中的胶逐渐退去,墨会越发好用。古时候这种伟大的手工作品,没有工业化标准,效能如何,全靠墨工。到北宋中后期,李廷珪墨已经所剩无几,士大夫家中偶有所藏,也是稀世之宝了。苏轼在黄州时,名医庞安时送给他半铤李廷珪墨。当时庞安时救了一人的命,病人以此墨相赠。此后,庞安时将此墨赠予苏轼,只要求苏轼写几幅字。像这样的宝贝，苏轼肯定是不敢被黄庭坚等人看到的。

相比于奇石，苏轼藏墨成痴，好友知道此癖，经常赠他佳墨。孙觉不善书法，在侍讲经筵时经常得到皇帝赐墨，于是都给了苏轼。王诜曾一次送给苏轼好墨二十六丸，苏轼知道这些东西并不安全，就像当年在黄州时，诸友送的酒称为"雪堂义尊"一样，这些墨保不定也被人抢夺，于是干脆叫"雪堂义墨"了。

俗话说善书者不择纸笔，这话其实大错特错。苏轼对纸和笔都很挑剔，他喜欢用宣城诸葛家的笔、澄心堂的纸。澄心堂纸是南唐后主李煜推崇的上等纸张，到宋代已经非常稀少——与墨一样，纸也是放得越久越好用。苏轼有钱时会奢侈，没钱时只好将就。一次他遇到一种很差的纸，抱怨说这种纸只配"劖钱祭鬼"①，感叹说自己的字五百年后会价值百金，应有锦囊玉轴之宠，这种破纸怎能有这么好的运气过我之手，可见物有遇有不遇啊。苏轼还是过谦了，哪等到五百年，他死后三十年，就千金难求一字了。

我一个小友，工科硕士男，自幼喜欢书法，手段很高明。一次出差二十多天，带去的纸全部用光，在附近遍寻卖纸店铺，都没有找到。见到一个花圈店，里面有大幅冥币出售，十块钱拎走一捆，临走时说："用得好我再来。"店主大骇，不知该如何回话。我听说后一样惊骇：这分明是苏东坡用过的纸啊！

苏轼说："遇天色明暖，笔砚和畅，便宜作草书数纸，非独以适吾意，亦使百年之后，与我同病者有以发之也。"明代陈继儒说："文人之有砚，犹美人之有镜也。一生之中最相亲傍。"

---

① 劖，挖、凿。

没错,毛笔时代,读书人案头最重要的物件,就是砚台。

与奇石怪石不同,砚兼具用与赏的功能。研墨不是轻松活,《红楼梦》里晴雯给贾宝玉研墨,手都酸了,结果宝玉跑出去一整天,回来后晴雯一顿抱怨。研墨要求既快且细,省力省时。要说快,用磨刀石肯定快,但是墨汁颗粒太粗,这就形成了矛盾。苏轼给定的砚台标准是:"砚之美,止于滑而发墨,其他皆余事也。"漂亮的纹理、奇崛的外形等等,都不是第一位的,而是余事了。

苏轼在黄州时,有个道人有一方澄泥砚,这种砚在当时位列四大名砚之一。后来道人死了,他偶然在一个黄姓人家见到此砚,黄氏不知其珍贵,被苏轼捡漏要走了。捡了个大便宜,这让苏轼得意了好长时间。

有人拿了一块福建南平凤凰山产的砚台请苏轼鉴赏,苏轼试墨后,肯定这是一种上好的砚材,取名为"凤味砚",并作砚铭:

残璋断璧泽而黝,治为书砚美无有。
至珍惊世初莫售,黑眉黄眼争妍陋。
苏子一见名凤味,坐令龙尾羞牛后。

龙尾就是产于歙州的龙尾砚,也叫歙砚,宋时已经名扬天下。苏轼说龙尾砚成了"牛尾巴",因此得罪了歙州人。他派人去歙州买砚,歙人说:"何不只用凤味石?"其实苏轼并无贬低龙尾石之意,他为友人题龙尾砚铭:"涩不留笔,滑不拒墨,瓜肤而縠理,金声而玉德",成为龙尾砚的最权威评价。后来,苏轼用家传宝剑同友人换了一方龙尾子石砚,终于遂了心愿。

对于这种收藏之癖,他说:"仆少时好书画笔砚之类,如好声色,壮大渐知自笑,至老无复此病。昨日见张君卵石砚,辄复萌此意,卒以剑易之。既得之,亦复何益?乃知习气难除尽也。"

都官郎中杜君懿有一方风字砚,端溪紫石,下墨如风,相传是唐朝宰相许敬宗的遗物。苏轼开始不信,后来渔人在杭州江中捞出一个铜砚匣,其中有"铸成许敬宗"字样,用以放砚,严丝合缝,方确凿无疑。杜君懿说:"家中没别的好东西,我死之后,求子瞻为我作墓志铭,以此砚做润笔。"杜君懿死后,儿子持砚求上门来,苏轼因不为人作墓志铭,坚辞不受。对有收藏癖好的人来说,能抵御诱惑,不为物所囿,实在是太难得了。

李廷珪有藏墨诗:赠尔乌玉玦,泉清研①须洁。避暑悬革囊,临风度梅月。墨最怕的是开裂,李廷珪的诗的确是藏墨真言。有人藏了很多李廷珪墨,不许人磨,苏轼听到后说:"非人磨墨墨磨人,你不磨墨,墨就磨你。"写字的人,号称砚田笔耕,磨着磨着就老了,而当"人书俱老"之时,才会达到人生的最高境界。

---

① 研,即砚。

第十九章
西湖之长

1

元祐四年（1089年）三月，经过再三请求，苏轼以龙图阁学士知杭州，到达杭州已是四个月以后。在朝四年，除了给皇帝当秘书，再就是跟司马光争论政事，此后两年更是四次遭到台谏官的攻击，几乎没什么成就感。现在不同了，他是统辖浙西杭州、湖州、秀州、常州、润州等七州的最高长官，不必看谁脸色，尽管去干就是了。

十八年后再赴杭州，苏轼的心情充满了兴奋与期盼。元丰年间倅杭三年，那是他一生最快活的日子，人生这样的日子并不多。到达杭州以后，苏轼发现他首先面对的是严重的灾情。从上年冬季开始，阴雨连绵，田中积水长久不退，无法播种早稻。五六月水退之后，补种晚稻，结果老天爷又吝啬起来了，一滴雨不下，眼见绝收之势已成。粮价是丰歉的晴雨表，七月份粮食价格是每斗六十文，到十一月已经涨到九十文，这样下去，到来年开春，定然是一场大饥荒。熙宁八年，浙西曾经发生灾害，粮价飞涨到每斗二百文，饿殍遍地，五十万人死亡，至今让人心有余悸。

苏轼的荒政思想非常明确,就是预则立不预则废。他认为,没发生饥荒时而早做准备,无非是少缴纳一些皇粮,官家并没有损失多少而民众受益。若灾荒如洪水猛兽般袭来,到时候老百姓受灾,朝廷花大钱,官民两失。实际上他是站在百姓一边的,宁可百姓少交粮,别让百姓挨饿。

十一月,苏轼上书朝廷,请求减收浙西路上供钱粮一半或者三分之二,等年成好转时逐步偿还;官家停止在浙西收购上供米、军粮,以平抑粮价。奏报上去以后,迟迟不见答复,而地方官府民众也没什么警惕,到处优哉游哉,莺歌燕舞。苏轼只好于第二年春天亲自致书宰相吕公著,这封信写得很有意思,不是斥责官府不作为,而是直接分析浙西民风:

> 三吴风俗,自古浮薄,而钱塘为甚。虽室宇华好,被服粲然,而家无宿舂之储者,盖十室而九。

由民及官,苏轼说:"吏不喜言灾,十人而九。"两个"十分之九",明白无误地告诉朝廷,我的预报是准确的,假如不早筹划,恐怕有饿殍盗贼之忧。他甚至威胁说,假如不听我的,那就给我一个小地方当长官,另选他人来杭州吧。

在那个只能靠文章传递信息的年代,基层奏议写得如何,直接关系到请示是否获得批准。现在苏轼是孤军奋战,只有他自己坚称来年会有大灾,不惜与地方民风对抗。终于,他的上书起到了作用,朝廷准许浙西保留三分之一上供米,这与苏轼提请保留一半或三分之二有很大差距。面对不断上涨的粮价,苏轼下令开放常平仓,把粮价压下去。常平仓是官府的储备粮仓,米价低时高价收入,米价高时低价售出,以平抑物价。同时，苏轼严令所辖官员立下字据，来年如有饿殍出现，依法治罪。

准备的粮食仍然不够，苏轼只好打僧侣度牒的主意。度牒是官府发给僧侣的身份证明，当时每个度牒价值一百三十千钱。

宋代佛教兴盛，僧侣不用服兵役徭役，而且在佛教兴盛的地方，大户人家纷纷给寺庙捐助，致使一些庙产相当可观。于是在宋代，当和尚成了热门职业。很多寺庙中也未必都是潜心佛法的释家弟子，鲁达躲进五台山，再到京师相国寺看菜园子，也有生活真实的影子。这使得政府必须严加管理，控制数量，这就是度牒的由来。各地是无权滥发度牒的，要朝廷批准才行，于是这样的指标就有了价值。武松摇身一变成为行者，靠的还是一个别人的度牒。

权力会深入到社会各个角落，那山林中隐逸的寺庙，从来没有真正藏起来过。禅宗六祖慧能因为题写了"菩提本无树，明镜亦非台，本来无一物，何处惹尘埃"，被五祖弘忍授之衣钵，只能连夜逃走。曾巩在福建做官时，当地寺庙的和尚争相当主持，可见庙里的主持也是官。一时间寺庙投机钻营之风大盛，和尚们纷纷贿赂官府，以期借助官员的力量谋求化外之地的高位。曾巩为了刹住这股歪风，派出官员前往各地寺庙监督，让和尚们采取无记名投票的方式推举住持，然后上报州府批准，发布聘任文书。他在政治上倾向于新法，吕公著跟宋神宗说他"为人行义不如政事，政事不如文章"，对曾巩的为人为政都评价不高，看来也有未尽公允之处。

苏轼向朝廷申请度牒三百道，获得了朝廷的批准。哪知转运使叶温叟将这些度牒给各地平均分配了，只分给杭州三十道，因为浙东、淮南都开始缺粮，他要顾及整体。苏轼此时表现非常强梁，马上上书朝廷，认为分配不公，于是朝廷又给杭州追加一百道。这点小小的争执后来引起了叶温叟儿子的注意，很多年后，他仍然写文章，解释说老爹和苏轼都是出以公心，绝非私怨，显然是他担心老爹名声受损。

元祐五年这个春天，杭州人很幸运，尽管灾荒不比熙宁八年轻，但是粮价平稳，没有饿死一个人。大灾之后有大疫，那个年代这是必然规律。面对疫情，苏轼把巢谷赠予的圣散子方拿出来，按方配药，命人在街边架起大锅熬煎，过往病人，只需一个大子儿，就可服一大盏。

苏轼这时候做了一项超越同时代的事情。杭州是东南重镇、水利交通枢纽、大运河的起点，往来于钱塘江和大运河的客商络绎不绝。杭州如果爆发流行病，传播速度更快，危害更大。如果能有一个集中收治病人的病坊就好了。

他的想法来自在徐州医疗病囚的实践，一个连囚犯都会尽心医治的官员，当然会更加爱护良民百姓。所以很多时候未必是没有条件，做起来也未必有多难，而是缺乏一颗悲悯之心。苏轼从府库拨出两千缗①，大概相当于两千两银子，自己又捐出五十两黄金——这应该是四年京官的积蓄，用这些钱开办了一所病坊，名为安乐坊。后来有友人赠送银两，这个不是受贿所得，而是人情往来，苏轼全部以朋友的名义捐给了病坊。安乐坊由寺院的僧侣负责日常管理，官府每年拨付经费维持病坊的运转。每年开春以后是疾病多发季节，免费向贫苦的人们发放圣散子方。苏轼甚至采取了激励措施，三年内如果治愈上千病人，则赐紫衣袈裟和度牒各一道，以示奖励，朝廷批准了这一

---

① 串铜钱的绳子，一缗即一串，一千钱。

动议。这样的措施，与曾巩推行寺院主持"公推直选"，堪称两位文学家在管理学上的经典实践。

这是中国第一所公立医院，它的核心内涵是人道主义。

2

元祐五年，苏轼上书朝廷，请求疏浚西湖。这是一项很大的工程，需要找朝廷要钱。在《杭州乞度牒开西湖状》中，他陈述了西湖"不可废"的五个理由，而第一个理由竟然是这样的：

> 天禧中，故相王钦若始奏以西湖为放生池，禁捕鱼鸟，为人主祈福。自是以来，每岁四月八日，郡人数万会于湖上，所活羽毛鳞介以百万数，皆西北向稽首，仰祝千万岁寿。若一旦堙塞，使蛟龙鱼鳖同为涸辙之鲋。臣子坐观，亦何心哉！此西湖之不可废者，一也。

苏轼说，天禧年间，宰相王钦若奏请西湖为放生池，禁捕鱼鸟，为皇上祈福。自那时候起，每年四月八日，数万人放生，稽首仰祝皇帝陛下千秋万岁。假如一旦淤塞，水中蛟龙鱼鳖就都成了困在车道沟里的小鱼了，也就没法给皇帝祈福了。

放生祈福，这是一个宗教理由。苏轼认为这个理由摆在第一位，能够打动高太后。古人必定看不懂今天的世界，但是今人应该弄懂古人的内心。如果按照今天的普遍看法，杭州正在受灾，人都吃不饱，哪里还顾得上水中的鱼鳖？苏轼应该从饮水、灌溉、水利、经济效益等方面论证必要性和可行性，这样才科学，讲什么祈福，岂不是迷信？其实这几个理由苏轼都讲了，只是在苏轼心中，保住西湖这汪清水，让鱼虾畅游其间，是一个同样重要的理由。至于顺手牵羊，拿来为皇帝祈福说事，只是个狡猾的幌子而已。

上面的分析，并不是作者的臆测。他在开篇就说：

> 杭州之有西湖，如人之有眉目，盖不可废也。
> 使杭州而无西湖，如人去其眉目，岂复为人乎？

一个大城市、一个小城镇、一所大学、一个百年老字号，甚至一个几十户的小村庄，总会有他的标志，或是一栋楼阁，或是一处湖泊，或是一棵几百年的老树，这是人们的群体记忆，是贯通时光的音符。

我小时候村庄西面是一条小河，叫招苏台河，河不宽，水深只到小腿，雨季的时候上游会下来大水，能淹死人。河边长出一人多高的柳树趟子，有青蛙藏身其间，夏日几百米外的村里都听得见片片蛙鸣。河的两岸冲出宽阔的河滩，蒲公英在河滩上自由地开花，然后播撒它的种子。前几年回老家，直奔那条河，它还在，只是变得不到一米宽，抬腿就能迈过去了。一切只是因为上游四里外的一个小水泥厂，先是污染，然后是小鱼死了，再后来是青蛙跑了，只剩下一些癞蛤蟆扯着哑嗓子孤独地呱呱呱。现在连癞蛤蟆都没有了，因为一百米外就是玉米地，除草剂杀虫剂让虫子死光了，癞蛤蟆也断粮了！远房表弟是个农民，小时候我们经常下河洗澡，抓蛤蟆，逮蝈蝈，他蹲在河边说："多好的河啊，再也不能下去摸鱼了。"

我站在雨后的泥地里，呆若木鸡。我惊诧表弟的话竟然带有美学意义，他的话几乎同苏东坡一样高明。杭州西湖也好，家乡的小河也好，济南的老火车站也好，没了就没了。它们没了，我们还活着，它们没了似乎不妨碍我们活着。可是，当一切都用"有用"和"无用"来衡量的时候，人类的精神也就死掉了！

众所周知，放生具有环保意义。几年前去某名山，主人兴致勃勃地介绍，当地把八百只狐狸放归山林，让它们野化。这让我们感佩他们对环保工作的重视。峰回路转，却见一只只狐狸趴在路边，我们很奇怪，问主人。主人说："没吃的，饿的，听说饿死一半了。"还真是，仔细一看，那一只只狐狸瘦骨嶙峋，气若游丝，那哀求的目光一直追着过往车辆。狐狸要吃兔子，一只狐狸周围，要有若干只兔子，这是最基本的生物链常识，但是山上没有兔子。我真的害怕这些狐狸化为聂小倩的冤魂！

今天有钱人很多，花大钱买来鱼虾龟鳖然后放生者比比皆是。但很多动物根本不适合放生，很多时候放生就是杀生。遍地大学生，到处理科男，这仅仅需要一点点生物学知识的事情，却一再闹笑话——其实对很多人来说，放生只是个游戏，他们关心的是放生这件事情，却不关心放生之后是死是活。也许我们缺的并不是专业知识，而是人文通识，是诗，是美，是心性，是一颗对大自然的敬畏之心吧！杜甫，这个穷诗人说："邻鸡野哭如昨日，物色生态能几时？"[①] 多读一读这样的诗，或许可以软化那些无知无畏僵硬无比的心。

---

① 杜甫《晓发公安》。

杭州建于隋朝，是京杭大运河的起点。由于濒临大海，涨潮时海水倒灌，古时候水是苦的。唐代宗大历年间，杭州刺史李泌开凿了六井，引西湖水饮用，居民饮水得到了改善，此后历任长官都会关注饮水问题。公元822年，白居易出任杭州刺史，他疏浚六井，经营西湖，留下了著名的"白堤"。白居易任满离开杭州时，百姓倾城相送。白居易也对杭州充满感情：

> 江南忆，最忆是杭州。
> 山寺月中寻桂子，
> 郡亭枕上看潮头，
> 何日更重游？
>
> ——《忆江南》

白居易的中秋赏月，赋予了西湖特殊的含义，此后杭州不断迎来懂得西湖的人。十八年前苏轼通判杭州时，那时候苏轼就对杭州水利有了长远的设想，现在他可以大胆去实现自己的想法了。

现在这里的水利设施比从前还要糟糕。运河狭窄，极其拥堵，有时候航船需要好几天才能出城；物流不畅，越发导致米价居高不下；六井又开始淤塞，几乎面临废弃，嘉祐年间开凿的沈公井也已许久不用。西湖水草乱生，居民侵湖种田，水面迅速缩小，百姓慨叹："十年以来，水浅葑横，如云翳空，倏忽便满，再过二十年，就没有西湖了！"

苏轼首先要解决居民饮水问题。当年他曾经协助知州陈襄疏通六井，恰逢大旱，百姓却无缺水之虞，苏轼写下了著名的散文《钱塘六井记》。从前疏通六井工程的"项目部"由四名僧人组成，苏轼派人寻访，现在只剩下一个叫子珪的老和尚，年已七十。子珪认为，六井易堵，原因在于引水的竹管易坏，必须把这些竹管全部换掉，才可一劳永逸。苏轼采纳了子珪的建议，组织实施了输水管道升级改造工程，将引水竹管一律改为瓦筒，并用石槽围裹，使其"底盖坚厚，锢捍周密，水既足用，永无坏理"。当时江南一带大旱，"自江淮至浙有井皆竭"，而杭州居民有赖于此，西湖甘水遍被全城。汲水工程竣工以后，苏轼兴奋地给子珪请功，请朝廷赐其尊号。

连接钱塘江与大运河的，是盐桥河与茅山河，盐桥河横贯城区，茅山河从城东穿过，两条河在城北汇合，进入大运河，连接钱塘江。因江河相混，涨潮时江潮挟带大量泥沙倒灌淤积到河内。远则五年，近则三年，就得开挖一次，每到这时，底层的官吏兵丁纷纷公然索贿，这里置泥土，那里挖沟渠，居民赖以生存的小店铺全都得为工程让路，小民只能花钱消灾，忍气吞声。等到修浚完成，杭州城内到处狼藉，积水荡漾，污浊不堪。苏轼调集一千多名地方兵卒，用半年时间疏浚两条河道，各长十里，深八尺以上。古今都一样，彼时杭州也有居民侵占河道的情况，苏轼根据二十多年前修浚河道时所立石碑记载的河界，亲自动笔写告示，然后将违规建筑一律拆除，航运迅速畅通无阻。杭州民众都说："三十年以来，开河未有若此深快者也。"

但是钱塘江潮涨潮落，照此下去，过几年又会泥沙淤积，一切又得重新来过。苏轼采纳临濮县主簿苏坚的建议，在两条河的交汇处建造闸门，潮水来时关闭闸门，让挟带泥沙的潮水沿着茅山河北去，潮退时打开闸门，让清水注入盐桥河与西湖相通，这样就确保了主航道不被淤塞，城市的给水问题也无后顾之忧了。茅山河虽然仍会有淤积，但地处人户稀少的村落之中，此后疏浚，亦不会扰民。

现在他开始集中对付西湖。他做了很详细的工程测量，不由得朝廷不相信他的概算。清除湖面的水草共二十五万丈，大概需要二十万工时，赈灾所用钱粮还有些富余，他请求朝廷再拨付一万七千贯，仍然是采取出卖度牒的方式，计一百道。

元祐五年四月，大规模疏浚西湖工程开始了。梅雨季节，葑草浮动，正适合开工。苏轼每日必到现场巡视，一天走了大半晌，饿了，吩咐具食。过了一会儿食盒未到，遂于堤上取工人餐具，满满地盛上陈糙米，狼吞虎咽地吃光，看得旁边的官吏目瞪口呆。施工中遇到的大问题，就是淤泥葑草应该如何处置，苏轼心中早就有了绝佳的对策。沿湖从南至北足有三十里，行走不便，用湖中淤泥筑起一条贯通南北的长堤，不但方便了游人，而且增加了一道景观，工程量却并没有增加，简直是一举三得。半年后，长堤飞跨，横截湖面，堤上造六桥九亭，夹道种植芙蓉杨柳，烟柳画桥，宛如仙境。两年后，苏轼仍然兴致勃勃地与友人回忆修湖筑堤的盛况：

六桥横截天汉上，北山始与南屏通。
忽惊二十五万丈，老葑席卷苍烟空。

苏轼去任后，继任者是他的同年进士林希，亲自榜书"苏公堤"，从此苏堤春晓，传扬天下。

葑草除去以后，湖面拓宽了十万丈。为了防止葑草再长，苏轼采纳钱塘县尉许敦仁的建议，动员百姓租赁湖面种植菱角，因为吴人种菱前，务使寸草不遗，然后才好下种。苏轼专门成立了"开湖司",将雇人种植菱角的收入作为维护西湖的费用。为了防止百姓逐渐蚕食湖面,在新开边界上,立三座石塔,规定石塔以内水面不许开辟为田,这就是"三潭映月"的原型。

西湖的荣幸,在于它不仅遇到了一个工程师,而且遇到了一个文学家、书画家、诗人、园艺师、美学大师,这个人的多种头衔货真价实,他让西湖成了一件美的杰作。大凡人工雕琢,总让人觉得并非自然本真,但西湖不同,西湖的人工痕迹,不但没有违背自然美,反而如同西子上了淡妆,让她有了常驻的容颜。苏堤春晓,西湖梦寻,这是梦中的风,梦中的雨,梦中的间关莺语,梦中千古不变的情怀。

黄仁宇说,中国传统政府以具有美术观念的人才为官僚,有其用心设计之奥妙,虽说两人①同在西湖留名也算事出偶然,但其注重环境之保养与生态学则已胜过一般官吏。

3

西湖中的一个小亭子,成了苏轼的办公场所。他每天起得很早,洗漱完毕,车驾仪仗已经候在府邸门外。一大早的前呼后拥太拘束,让他失去很多乐趣,于是经常单独行动,只带一两个老兵,从涌金门泛舟直达湖中,旌旗车马则出钱塘门,从陆路逶迤而来。这时太阳刚刚升起,普安院已经为知州准备好了早饭,饭后在灵隐天竺等处稍作盘桓,来到冷泉亭,时间刚好。他开始一天的办公。

---

① 指白居易与苏轼。

苏轼形成了一个习惯，就是每天的公事都记在日历上，当日事当日毕，做完后当晚勾销，绝不拖到第二天。面对钱粮调配、诉讼纷争、捕盗治安诸般事宜，但见知州大人据案判决，落笔如风，谈笑而办。诸事已了，则与僚属饮酒烹茶，赏湖作诗，勾留大半晌。至薄暮，乘车马归，夹道少男少妇争观太守风采，以为一时盛事。

这并不是苏轼讲排场、图享受，实际上年纪越大，他的饮食衣服越是草草。有时候他到寺院中的僧房小憩，夏日炎热，进入内室则脱衣服摘头巾，令一虞候挠痒痒。和尚见到苏轼束发之物，竟然是一根麻绳。第二次到杭州，他与秦少章[①]等人出游，感慨地说："十五年前，杖藜芒屦，往来南北山，此间鱼鸟皆相识，何况道人乎？再来，惘然皆晚生相对，但有怆恨。"故人开始先走了，范镇、滕元发走了，孙觉和李常也先后谢世，当年与自己畅饮的张先、陈襄等人更是早已故去。这就是人生，逝者已矣，留下生者孤独。

既然满眼的晚生，今后的乐趣就是大力提携他们。有一个叫吴味道的举人，运了两大卷货物，外包装上写明送京城苏辙侍郎宅，而托送者竟然是苏轼。沿途官吏起疑，稍加盘问，马上就露馅了。苏轼问为啥冒名，吴味道说，小人刚刚中举，乡里集资为我赴省试，以一百千钱买了一些建阳纱，期望到京城能卖个好价钱。因所经道路要抽税，如果层层过卡，最后肯定所剩无几。窃以为当今天下负盛名且奖掖后进的，就只有大人和苏侍郎了，于是假借大人头衔，估计沿途也没人敢查问，想不到还是被拿获了。苏轼大笑，呼唤左右拆去旧封，亲笔写上

---

① 秦少章，秦观之弟。

东京竹竿巷苏辙收,另外还附上一封写给子由的信,说明情由。苏轼说:"这回全是真的,你就是上天去也没人管你了。"吴味道千恩万谢,欢天喜地去京城考试。想不到第二年竟然得中进士,吴味道专程来到杭州致谢,苏轼极为高兴,留他宴饮数日,方才作别。

另一个读书人的轨迹则完全不同。一个叫颜几的人,俊伟不羁,嗜好饮酒,无日不饮。适逢州府乡试,颜几冒名顶替富家子弟应考。结果他考得太好了,得了第一名,被其他举子举报,颜几遂被下狱。狱中没酒喝,颜几托狱吏给酒友传信:

龟石灵兮祸有胎,刀从林甫笑中来。
忧惶囚系二十日,辜负醍醐三百杯。
病鹤虽甘低羽翼,醉龙尤欲望风雷。
诸豪俱是知心友,谁遣尊罍向北开?

狱吏把诗呈送苏轼,苏轼觉得这个书生也不容易,于是不久就把他放了。几年后,颜几醉卧西湖寺中,起来题壁云:"白日尊中短,青山枕上高。"几天后死去。宁肯替别人考试,自己却不要功名,他是看透了"刀从林甫笑中来"的官场。

有人到衙门告状,说一个卖扇子的店铺欠了自己两万钱。苏轼将店主传来,店主说:"我家向来以制扇为业,父亲刚死,最近又连月天寒阴雨,扇子卖不掉,不是我不想还债,实在是还不起。"苏轼说,你回去取来二十把扇子,我替你卖。店主拿来扇子,苏轼当场行书诗赋,或画枯木怪石,顷刻而成。店主带了扇子,还没进家门,就被人以千钱一把抢光了。

灵隐寺的和尚了然,一直与妓女秀奴有勾连,衣钵当尽,钱花光了，秀奴不再理他。一晚，了然乘醉将秀奴杀死。官司到州里，苏轼断案，一切勘察已毕，证据确凿，和尚必死无疑。只见了然臂间刺字：但愿生同极乐国，免教今世相思苦。苏轼提笔写下判词：

　　这个秃奴，修行忒煞。云山顶上空持戒。一从迷恋玉楼人，鹑衣百结浑无奈。　毒手伤人，花容粉碎，空空色色今何在。臂间刺道苦相思，这回还了相思债。

　　　　　　　　　　　　——《踏莎行》

苏轼与佛印的交往最有传奇色彩，佛印法名了元，住持润州金山寺。他知道东坡喜欢吃肉，每次都烧上一锅猪肉款待。谁知有一天做好的佳肴被人偷吃了，苏轼戏作一绝：

　　远公沽酒饮陶潜，佛印烧猪待子瞻。
　　采得百花成蜜后，不知辛苦为谁甜。

　　　　　　　　　　　　——《戏答佛印》

一次苏轼问佛印："《镬汤狱图》为何不画和尚？"
佛印说："人间怕阎罗，阎罗怕和尚。"
"怕你什么？"
"若是阎罗有犯，亦须和尚忏除。"
苏轼与佛印打机锋，输的都是苏轼。有一次他问佛印："读古人诗，有'时闻啄木鸟，疑是打门僧'，又有'鸟宿池边树，僧敲月下门'。奇怪古人经常以僧人对鸟，必有深意。"

佛印说:"所以老衲今日常对学士啊。"

唐代诗人贾岛向来以苦吟著称,一次骑在驴背上得了两句诗:"鸟宿池边树,僧推月下门",仔细品读,想用"推"字,又想用"敲"字,作势以手作推敲状。韩愈当时是京兆尹,相当于首都市长,恰从对面来。贾岛得意忘形,不知回避,冲了仪仗,被捉到韩愈面前。韩愈问缘由,贾岛说缘以推敲。韩愈想了想说:"还是用'敲'字好。"两个大诗人改一句诗,于是推敲对写作就很重要了。

试想宁静的夜晚,月朦胧鸟朦胧,和尚轻轻叩门,一动一静,以动衬静,意境全出。大大咧咧推门,硬邦邦闯入,这是花和尚鲁智深干的事,不合有道高僧的身份。佛印面对苏轼这种俗客的戏弄,总不能强硬弹回,以彼之道还施彼身,正符合涵养二字。

苏轼寻机报复,一次挟歌女登山,将佛印灌醉,然后让歌女陪侍。佛印醒来后,发现东坡伎俩,题诗道:

夜来酒醉上床眠,不觉琵琶在枕边。
传语翰林苏学士,不曾弹动一条弦。

俗家人挟歌女游寺院,在宋代很普遍,寺院一般也比较宽容。一次苏轼携歌女拜访大通禅师。这禅师操律高洁谨严,人非斋沐,不敢登堂。东坡携歌女造访,禅师面有愠色。苏轼作词,命歌女唱之:

师唱谁家曲?宗风嗣阿谁?借君拍板与门槌。我也逢场作戏、莫相疑。 溪女方偷眼,山僧莫皱眉。

却愁弥勒下生迟。不见老婆三五、少年时。

——《南歌子》

老和尚你装什么装？歌女偷看了你一眼，你就皱眉。如今寺中的和尚都生得晚，不知道你的过去。你年轻没出家的时候，不也是三五个老婆吗？要知道，凡有所相，皆是虚妄，得道高僧，你怎的如此没有定力？大通听后，心服口服，面露微笑。

苏州有个禅师叫仲殊，听说后和词一首：

解舞清平乐，如今说向谁。红炉片雪上钳锤。打就金毛狮子、也堪疑。　　木女明开眼，泥人暗皱眉。蟠桃已是著花迟。不向春风一笑、待何时。

文殊菩萨的坐骑都未必可信，可见那歌女也是个木头，你这个泥胎何必皱眉呢？

苏轼与僧人交游，虽然留下了不少戏谑故事，但是隐含

苏轼　辩才诗帖

了人生的高级话题。他不是找和尚抽签算命，然后和尚趁机赚几个香火钱。天竺寺的辩才大师，当年为苏迨摩过顶的，此时年事已高，退居龙井山，从此不再复出。苏轼前去拜见，终日交谈不倦。告辞时，辩才相送，不知不觉出了凤凰岭。左右惊呼："大师，过虎溪了。"辩才说："杜子美不是说过吗，与子成二老，来往亦风流。"为纪念和苏轼的交游，辩才在岭上建造了"过溪亭"，也叫"二老亭"。

东晋时，有一高僧叫慧远，在东林寺内居住，从来不出山。寺外有一桥，桥下有溪，山上有虎，故而桥下之溪叫虎溪。有一次，陶渊明与友人拜访慧远大师，谈话很投机缘。告辞时，慧远在送二人出门后还一直边走边谈，后来竟不知不觉地走过了虎溪桥。山上的老虎看见平时从不过桥的慧远大师从桥上经过，也觉得奇怪，就啸了一声，这时，慧远才发现自己居然破例过了桥，于是三人大笑。这就是有名的"虎溪三笑"，后人多以此为题诗作画的题材。

亭成之后，辩才赋诗呈苏轼：

过溪虽犯戒，兹意亦风流。
自惟日老病，当期安养游，
愿公归庙堂，用慰天下忧。

苏轼和之，他写道：

我比陶令愧，师为远公优。
送我还过溪，溪水当逆流。
聊使此山人，永记二老游。

大千在掌握，宁有离别忧。

像辩才这样的人，在家出家都没有什么区别，他们从来没有离开过尘世。而他劝慰苏轼回归庙堂，为天下忧，竟然很快应验。不久，苏轼就离任杭州，再次回京了。

杭州没有忘记苏轼与辩才。后人在西湖建了两处"三贤堂"，一处在孤山竹阁，纪念白居易、林和靖、苏轼，自然是因为西湖；另一处在辩才当年的龙寿圣寺院，纪念辩才、赵抃、苏轼，释家纪念的三贤，竟有两个是朝廷重臣、俗家中人。南宋宝庆年间，袁韶任临安京兆尹，将竹阁三贤堂移到了苏堤附近，在原址卖官酒。有人题诗曰：

和靖东坡白乐天，几年冷落在湖边。
如今往事都休问，且为袁韶办酒钱。

按照今天的观点，这个袁韶是个商业奇才，旅游点不做生意，简直是太浪费资源了。如今中外都一样，连伦敦贝克街本不存在的 221 号，都在靠福尔摩斯赚钱。但这种事在宋人看来，与文化是不沾边的。

第二十章
历任三州

1

元祐六年（1091年）二月，朝廷以翰林学士召苏轼回朝。苏轼不愿意回朝，接连上了三道表状辞免，无奈太皇太后就是不允。苏轼下定决心在翰林院略坐一坐，找机会仍去外任，因此连家眷都没带，只身入京。

苏辙这时候已经是尚书右丞，处于执政位置，住处也从竹竿巷搬到了东府。东府西府是宋神宗时专门为执政大臣准备的八套宅邸，苏轼孤身一人，于是搬入东府与子由同住。苏轼的预感非常准，刚一回朝，贾易、赵君锡就炮制了"野花啼鸟亦欣然"事件，向他发起攻击。苏轼连上四道表章请求外任，终于获得批准。这样，在京师呆了仅四个月，苏轼知颍州。

颍州位于安徽西北部，四十三年前，欧阳修曾知颍州，致仕后又选择在此终了。杭州有西湖，颍州也有西湖。颍人听说过苏轼在杭州西湖办公的趣事，对苏轼说："内翰但消游湖中，即可了郡事。"可见此地政事之简。秦观为此写诗寄苏轼曰：

十里荷花菡萏初，我公身至有西湖，

欲将公事湖中了,见说官闲事亦无。

苏轼也觉得这一辈子就没离开过水,到任后给执政上谢启说:入参两禁,每玷北扉[①]之荣;出典二邦,迭为西湖之长。

然而稍一了解情况,却发现颍州的最高长官并不好当,这里夏天大雨,冬天大雪,灾害频仍。苏轼到任时,颍州正在实施"八丈沟"工程,这项工程不但关系到颍州百姓的生路,而且受到全国瞩目。从陈州到颍州,连年水灾,甚至直接威胁首都开封。为了永绝水患,前任知州决定,在古时候邓艾沟的故道上,从陈州境内挖一条三百五十里的新沟,引颍水入淮河,泄陈州之水。

这时候工程已经在六处开挖,苏轼却没有满足一个实施者的角色。他亲自带人到现场勘察,仔细测定上下游水位。沿着蔡口到淮河,在三百里长的人工河道上,每隔二十五步立一个竿,一共竖立五千八百一十一竿。经过缜密的测量,苏轼在两个月内取得了详尽的水文、地形等资料。他发现工程前期根本没有进行详细勘测,是一个典型的"拍脑袋"决策。主张建设八丈沟的官员称,淮河水涨不过四丈,但苏轼测量的数据是,淮水涨痕五丈三尺。淮河在雨季时的最高水位,要比上游蔡口水位高八尺五寸,就是说本来是用于泄洪的河道,却比上游水位还高。这样的工程竣工之日,就是淮河水泛滥三百里、直逼颍州之时,到时候不但不能宣泄陈州之水,还会使颍州受到双面夹击,这将是灭顶之灾。苏轼还详细核定了工程预算,发现原定的三十七万贯石钱米和十八万夫役,"全未是实数",是一

---

① 指翰林院。

个大大缩水的数字,开工以后,所用钱粮会大大追加,此项工程决不可开。苏轼在奏章中处处以数据说话,有理有据,直达事实,引起了朝廷的重视,最终同意停止八丈沟工程。

苏轼是水利专家,他的治水思想集中在《禹之所以通水之法》一文中,这不但是他工作实践的总结,也体现了他作为一个文学家对大自然的哲学认知。他在文中写道:

> 治河之要,宜推其理,而酌之以人情。河水湍悍,虽亦其性,然非堤防激而作之,其势不至如此。古者,河之侧无居民,弃其地以为水委。今也,堤之而庐民其上,所谓爱尺寸而忘千里也。

苏轼说,治河之要,应该站在人情的角度看待水情,就是说应该赋予水以生命。河水湍急凶悍,这固然是它的本性,但如果不是堤防围追堵截,让它无处宣泄,它也不会如此肆虐。古时候河之侧没有居民,水的地盘就是属于水的,人们不进入水的地盘。如今却围上大堤,在大堤上盖房子住人,这是只顾眼前的短期行为,根本没有长远眼光。

这篇论文已经超越了技术层面,成为一篇具有普遍意义的生态学文献,它所体现的是哲学与文学的思维。自古以来,江河平缓时盖房子圈地,水来了加固堤坝,洪水滔天时仓皇逃跑,水退了再回来。年年也在大力治水,其实这只是"爱尺寸而忘千里"的浅层行为。水患的根本原因在于人类活动过分挤占水的生存空间,与水争地,甚至破坏植被、土壤,越发使水"激而作之",加倍报复人类。认识不到这一点,就是不明水情的鼠目寸光。因此,要想治理水患,单纯依靠筑堤防水是远远不够的，要像懂得人情那样懂得水情，让人与江河和谐相处。

苏轼在一千年以前的论述，在今天仍然有积极的意义。如今城市化进程大大加快，不管是大城还是小镇，那些水塘、河岔、沟坎都是江河的锅碗瓢盆，也许这些锅碗瓢盆现在是空的，但是如果把这些都填平，或挤占河道，或种地盖房，真的大水来了，它往何处去？只能是向人们的房子去。

阻止了八丈沟的开挖之后，苏轼开始梳理颍州水系。他奏请朝廷同意，将原来计划维修黄河的劳役，留下一万人工开发颍州境内的沟渠。颍州城西有一条清河，因长期疏于管理，泥沙淤积，河道几废。他组织民众疏浚清河，沿河修建三座水闸，又在上游建了一个叫清波塘的水库，大水来时有处可泄，平时又可作为蓄水之处，还能灌溉沿河两岸六十多里的农田。

这件事做完以后，他还想疏浚颍州西湖，可惜他的任期已到，后来是他的签判赵令畤完成了他的规划。

不知不觉已到冬天。颍州的冬天十分寒冷，十二月中旬，大雪纷纷，连日不断，一直下了十多天才稍稍见晴。与颍州相邻的寿州、庐州等地已经闹起饥荒。苏轼早晨跟夫人王闰之唠叨："我一夜没睡，担心百姓要挨饿。我的想法是出数百千钱，做成干粮炊饼，以备百姓饥荒。"王闰之说："听说赵令畤在陈州赈灾有功，这件事交给他去办，肯定妥帖。"苏轼于是紧急召回赵令畤协商。雪灾之中，一是粮二是柴，两件事全部准备停当，颍州人度过了一个平安的严冬。

元祐七年春天，苏轼动身赴扬州任。正当初春，踏入扬州地界，他经常遣开随从吏卒，走街串巷与农户聊天。他发现，此时的乡村，商旅不行，百业凋敝，究其原因，仍然是历史遗留下来的积欠所致。新法中有一项法令叫市易法，就是官府干预物价,在货物积压时以平价买进,在货物紧俏时卖出。这在一定程度上可以打击囤积居奇的奸商,但是实行中也侵害了商户的利益。商人为了生意,不得已从官府手中赊欠进货,又要付出利息,朝廷坐收巨额利润,风险由商户承担。苏轼在扬州看到的情况是,大户破产的十有八九,中小商户全都存在大量积欠。农户也是普遍欠官府青苗钱,如遇灾年,则忍饥挨饿;如遇丰年,则官吏上门讨债,棍棒加身,苦难尤甚于受灾。过了这么多年,各地方已经形成了利益链条,就是养了一帮专门催收欠款的胥吏。苏轼估计,每州专门用于催欠的吏卒不下五百人,以此推之,全国大概养了"二十余万虎狼"。

苏轼愤然给朝廷上了一道七千字的奏议,他说:

臣闻孔子曰,苛政猛于虎。昔常不信其言,以今观之,殆有甚者。水旱杀人,百倍于虎,而人畏催欠,乃甚于水旱。

这也就是高太后垂帘听政,换作旁人,哪容他如此批评朝政。奏议上去以后,迟迟得不到批复,苏轼又上了一道表状,终于获准宽免了各种积欠,扬州百姓终于可以喘口气了。

扬州漕运发达,那些官船水手艄公经常私带一些货物,异地出售,赚点小钱。政府发现这一问题,严格查禁走私,这个口子一堵,这些船民生活窘迫,于是经常盗窃官物。苏轼认为,这点蝇头微利,完全应该睁一只眼闭一只眼,要求准许船民捎带私货,也获得了朝廷的批准。

作为一个古代官吏,忠君与爱民的关系,无非就是对上负责和对下负责的关系。苏轼在这一点上,堪称千古为官的典范。

不过，他一生为小民奔走相告，为了给百姓争取一点可怜的利益，不惜怒吼"苛政猛于虎"，这才是他屡屡遭到迫害的根本原因啊！

2

元祐七年，烟花三月，苏轼到达扬州。当地官府正在筹办一年一度的芍药花会。

要说物质条件，宋代远远逊于今天，但是他们的精神生活未必比我们逊色。今天没有电脑、没有手机，我们不知道该咋活，古人却可以活得有声有色。他们赏花、踏青、游园、登山、泛舟、观雪，这些花样更加亲近自然。从前王安石和司马光同任群牧司判官，包拯是两人的上司，向来以严厉著称。一天群牧司牡丹盛开，包公于花下置酒，与同僚赏花饮酒赋诗，是为赏花宴。包公开赏花宴，在戏文中是看不到的，然而却是生活真实。韩琦在扬州任职时，后园中开了四朵芍药，上下红，中间黄，人称"金带围"，非常罕见。恰逢王珪、王安石此时都在扬州，韩琦就邀请二人前来赏花，但花有四朵，尚少一人。于是韩琦就随便找了一个官员凑数，结果这个官员当夜暴下，第二天只能卧病在床。正好陈升之路过扬州，于是赶紧请陈升之赴会，四人每人头上簪了一朵。后来这四个人都做了宰相，是谓"四相簪花"，人们说半夜跑肚子的官员果然没有升官命。此后谁家再遇"金带围"这种花，那显然门中是要出宰相了。

花成为城市名片，是从洛阳开始的。洛阳牡丹，冠绝天下，每年谷雨时节，牡丹盛开，城中遍布各种花会，人们纷纷走出家门，踏春赏花，如同盛大的节日一般。这种新民俗得到了官府的支持，后来干脆由官府主导，每年举办盛大的"万花会"，宴集之所，以花为屏障；至于梁栋廊桥，全都以竹筒贮水簪花钉挂，举目皆花。士大夫，文人名士纷纷前来观花、宴饮，席上觥筹交错，赋诗歌词，最是一年中难得的风雅之事。

然而这样赏心悦目的乐事，也会传出不和谐音。钱惟演留守西京时，每年将牡丹中的珍本精品进贡给朝廷，派遣专人，乘驿马昼夜驰至京师。进贡的只有姚黄、魏紫三四朵，用菜叶小心卷起来，装于笼中，又以蜡封花蒂，可数日不落。姚黄、魏紫都是牡丹名品，以培植人姓氏命名，一年不过花开数朵，而以姚黄为冠。钱惟演曾说："人谓牡丹为花王，今姚黄真为王，而魏紫乃后也。"

钱惟演一生富贵，却没什么纨绔习气，惟好读书，生活亦非常节俭。他有一个珊瑚笔架，玲珑剔透，极是钟爱，这种东西若是米芾看见，估计又得想方设法弄到手。家中小厮苦于钱氏简约家风，捞不到什么油水，就把他的笔架藏起来。钱惟演四处找不到，小厮趁机说在市面上看见了笔架，显然是被人偷走了，得花钱买回来，于是就能得到上千零花钱。就这样反复七八次，钱惟演懵然不知，他的心思都在读书上，没工夫注意这些闲事。据说他"坐则读经史，卧则读小说，上厕则阅小辞"，欧阳修总结自己读书"三上"——马上、厕上、枕上，也是受到这个老长官的启发。

钱惟演在洛阳时，他的周围聚集了欧阳修、尹洙、梅尧臣等一大批著名作家，对宋代文学的发展贡献很大。这样一个学者、诗人，却一直对功名情有独钟。他四处结交权贵向上爬，当过翰林学士、工部尚书、枢密使，还不知足，梦寐以求当宰相。后来终于任同中书门下平章事，可惜给他的只是个头衔，没有让他实际到任。晚年的钱惟演对人说:"我平生的遗憾,就是未曾在黄纸案卷上画押。若得于黄纸尽处押一个字,足矣。"就是说没能在中书门下任职,无缘在皇帝下发的文件上签名。

有两种开风气之先,一种是树一代新风,另一种是引朽落之风。按说送几朵鲜花算不得什么大事,但前任开了头,继任者跟风,此后洛阳贡花成了传统。

风气就是这样,岭南有荔枝,洛阳有牡丹,武夷有岩茶,自古各地进贡之风一代高过一代。建州武夷山所产粟粒芽,为茶中极品。丁谓在建州时,专门采摘这种初春嫩芽,制成所谓龙团茶。后来蔡襄继任,将其列为贡品。欧阳修听说后,叹息说:"蔡君谟,士人也,何至做此事!"欧阳修还是有些书呆子气,上有所好,下必甚焉,与品行是否高洁没有太大关系。此后建州贡茶之风愈演愈烈,发展成官府组织斗茶大会,然后进贡朝廷。苏轼曾写过《荔枝叹》,对这一进贡之风大加挞伐,诗中仍然顺带捎上钱惟演:

洛阳相君忠孝家,
可怜亦进姚黄花。

诗人不可能不爱名花,而且大凡与民同乐的事,苏轼更是要凑热闹的。和洛阳牡丹一样,芍药名品也有他的作者,他观看赵昌培育的芍药,兴致勃勃地题诗:

倚竹佳人翠袖长,天寒犹著薄罗裳。

扬州近日红千叶[①]，自是风流时世妆。

——《赵昌四季·芍药》

扬州万花会是从蔡京主政时开始的。蔡京的手笔要比钱惟演大多了，他不是摘几朵芍药进贡，而是要办成扬州芍药节，营造浓厚的芍药文化。按说这也没什么不好。可是蔡京举办的万花会，搞一次需费芍药十余万朵，名义上盛世欢歌、与民同乐，其实是劳民伤财，虚假繁荣。那些老百姓辛辛苦苦栽培出来的名品芍药，被以很低的价格征收，编成花篮、花轿、花宝塔放置于街头，热闹几天，然后繁华落尽，一片狼藉。有的地方官吏趁机大发横财，或是公然索贿，或是低收高卖，或是野蛮采摘，从而把一件风雅之事，办成了扰民的坏事。元代王和卿有一首幽默的散曲，里面写的大蝴蝶，很有些暗合扬州那些"采花大盗"。

撞破庄周梦，两翅驾东风。三百座名园一采一个空。难道风流种？唬煞寻芳的蜜蜂。轻轻地飞动，把卖花人扇过了桥东。

——《仙吕·醉中天》

当时晁补之任扬州通判，他认为，老师刚来，芍药节一开，满城的花海一定让老师心花怒放，于是积极筹备。哪知苏轼走街串巷，了解到实际情况以后，一声令下，停办花会。在《以乐害民》中，申明了他的主张：

[①] 芍药，古称千叶红花。

> 扬州芍药为天下冠，蔡延庆为守，始作万花会，用花十余万枝。既残诸园，又吏因缘为奸，民大病之。予始至，问民疾苦，遂首罢之。万花会，本洛阳故事，而人效之，以一笑乐为穷民之害。意洛阳之会，亦必为民害也，会当有罢之者。钱惟演为洛守，始置驿贡花，识者鄙之。此宫妾爱君之意也。蔡君谟始加法造小团茶贡之。富彦国[①]曰："君谟乃为此耶？"

文中点名批评三个人：蔡京、钱惟演、蔡襄。

这个蔡京是个能臣，这不妨碍他成为奸臣。他是大书法家，这点特长恰好大合宋徽宗胃口，宋徽宗作画，蔡京给题诗，真是杰出的艺术品。此后蔡京越玩越有花样，大搞"花石纲"，硕大的太湖奇石运往京城，这背后挥霍的是人民的血泪。北宋王朝，沉溺在这种所谓的风雅爱好中，再无任何励精图治的上进之心。

苏轼叫停面子工程以后，扬州再也没有举办过大型花会，但扬州芍药仍然冠绝天下，民间种植芍药的风俗延续至今。

3

元祐八年，对苏轼非常重要的两个女人相继离世。先是八月一日，夫人王闰之去世，享年四十六岁。以苏轼疏旷豪迈

---

① 富彦国，富弼。

的个性，也许只有像王闰之这样的女人，才会任其放纵情怀。二十几年颠沛流离，共同遭受贬谪之路的艰难困苦，王闰之没有丝毫怨言，只是默默地照顾几个孩子，包括对堂姐王弗留下的苏迈都视同己出。苏轼除了作文许诺与其同穴，再没有别的报答了。

九月份，太皇太后高氏病逝。宋哲宗这时候已经十八岁了，在这之前就已经做好了亲政的准备，如今皇祖母归天，他是真正的皇帝了。

苏轼在扬州仅半年就被召回，任端明殿学士、翰林侍读学士、礼部尚书，苏辙任门下侍郎（副宰相），这是兄弟俩的最高官职。苏轼对朝廷中没有任何意义的互相挞伐已经非常厌倦，他还是喜欢做点实实在在的事情。八年以前就已经买田阳羡，如今他已经五十八岁了，这个年纪说致仕还早，可也不要太留恋。当年欧阳修就批评钱惟演太贪恋官位，不知急流勇退，结果此后果然郁闷，不到六十岁就去世了。人都是气死的，窝囊死的，有几个是干活累死的？在知足的状态下工作，那俸禄拿得心安，日子才过得甜美。

但是生活就是这么善于开玩笑，越不想要，越要往你手里塞；越眼巴巴地看着，越没你什么事。苏轼并不想当什么宰相，但是有些人不这样想。从前庄子到梁国去，惠子为相，有人跟惠子说庄子要来取代他。惠子惶恐，到处找庄子，找了三天三夜终于找到了。庄子说，鸱嘴里叼个腐鼠，鹓鶵从辽远的高空中飞来，恰好经过这里。鸱以为鹓鶵会来跟自己争抢，害怕得不行，其实鹓鶵非梧桐不栖，根本对死耗子没兴趣！曹植诗曰"巢许蔑四海，商贾争一钱"，巢父、许由拒绝尧的禅让，属于清高之士；他曹植无意当什么皇帝，志向仅仅是饮酒作诗，虽然比不上巢许二人，可也不落俗套。可是他哥哥不这样想，非逼着他七步成诗，其实这和小商贩没什么区别，所争的无非是那几个小钱儿而已。

人哪，说来说去都是为了嘴里那点粮食。现在朝廷中一些人就像叼着个死耗子一样，生怕苏轼从他们嘴里夺食。对有些人来说，像麻雀一样每天叽叽喳喳抢那几颗谷粒，实在是太有趣了；可在苏轼眼里，这样的日子实在没意思，于是仍然上书请求外任。

苏轼获准以端明殿学士、翰林侍读学士、充任河北西路安抚使兼马步军都总管，知定州，即今天的河北定州市。临行前，苏轼入朝辞行，谁知哲宗以面见的官员太多为由，不予召见。

定州地理位置险要，北面紧邻契丹，是一座重要的军事重镇。苏轼到任后发现，在这样一个前哨，却是军纪涣散，军备废弛。自从澶渊之盟之后，七十多年没有大的战事，文恬武嬉，将骄卒惰，隐含着巨大的危机。北宋对文官宽厚，对武将防得很紧，朝廷中主管军事的枢密院长官往往由文官担任。

苏轼首先面对的是军队中严重的贪腐。一个叫张全的管库兵卒，一年之内，先后盗窃了十二面铜锣，军中监官明明知道却不报告查察；还有人在两年中盗窃军中物资获赃银二百五十余两。境内的一些豪强大户，公然在禁区霸占田地，开荒种田，官员不但不加以查办，反而公开征税，将违法变为合法。苏轼在给朋友的信中说"边政颓坏，不堪开眼"。他果断拿贪赃开刀，将张全等人绳之以法，按律治罪。

定州城中有百姓公然贴出告示设立赌局，召集军队将佐参加赌博。苏轼没有惩治地方民众，而是认为根源在于军官腐败，带坏了整个队伍。一到晚上，军营饮酒赌博，甚至军士与百姓混杂一起，寻欢作乐。云翼指挥使孙贵，到任仅四个月便贪赃九十八贯八百文，苏轼察访属实，立即将他投入监牢。

北宋有一支庞大的军队，然而由于纪律松弛，训练很差，正规军已经成了乌合之众，人越多越没用，白白浪费军饷。到宋徽宗时，金兵南侵，很多兵士骑在马上只能是两手抱鞍，根本没有战斗力。宋与大辽虽然和平，但是边境并不安宁，经常有数十人一伙的辽兵越境打劫，骚扰百姓。当地百姓自发组织起来，不论贫富，每家出一人，自备武器，组成名为"弓箭社"的地方武装。宋神宗时，这类地方武装因保甲法而没落，苏轼上书朝廷，建议加强这种民间组织，弥补朝廷禁军的不足。弓箭社的再度推行，对加强边备警戒、维护地方治安起到了积极作用。

更迫切的还是军队建设。军官腐败，然而下层士卒的生活却十分艰苦，他们常年住在破屋之中，营房破旧，难以安身。苏轼向朝廷申请经费，改造军营，改善军人的生活条件。同时严令禁止军卒出营酗酒作乐，军队面貌一新。

军队是为了打仗的，适应打仗的需要，它的上下等级极为森严。苏轼看到的现实情况却是"将吏久废上下之分"。为此他要求必须严格执行朝廷规定，各级军官要着装整齐，终日指挥训练。然而副总管王光祖自恃武官身份，军龄又长，摆起了老资格，竟然第一天就称病不到。苏轼当即起草奏议，要求朝廷予以惩治。王光祖闻讯，立即出勤，再也不敢倚老卖老，从此无人敢于挑战军纪。

第二年春天，苏轼举行盛大阅兵式。但见兵马森严列队，接受统帅的检阅。定州百姓在校场外围观，纷纷竖大拇指："自韩琦去后，不见此礼至今矣。"

著名诗人李之仪,这时候是苏轼的幕僚。他的妻子叫胡文柔,性格有点像王弗,经常躲在屏风后头偷听丈夫与人公干。一次苏轼来访,与李之仪闲聊,正在这时有人公事奏报,胡氏在屏风后面听到苏轼沉着安排政务,是非曲直,明明白白。苏轼告辞后,文柔对丈夫说:"我以为苏子瞻未能脱书生谈士空文游说之弊,今见其所临不苟,信一代豪杰也。"

　　胡文柔的话是可信的,事实上我们今天仍然大多认为苏轼仅仅是一介书生,而对他治世之才多有忽视,可以说他是历史上被严重低估的一个人。

第二十一章
自 传

关于做官,韩愈有一首诗:

> 居闲食不足,从仕力难任。
> 两事皆害性,一生常苦心。
> 黄昏归私室,惆怅起叹音。
> 弃置人间世,古来非独今。

——《从仕》

这首诗把中国文人的尴尬境地展现得淋漓尽致。一个人如果读了一些书,他就会想办法出来做事情。如果每天只是一去二三里,经过烟村四五家,坐在青草如茵的山坡上放羊,自然不需要读书,可是这样就吃不饱饭。读了书之后,只有当官一条路,皓首穷经谋得一官半职,每天案牍劳形、虚苦劳神不说,有时候还要说违心话做违心事,甚至要昧着良心,实在不是自己的本心。

韩愈用大白话说了别人不敢说的大实话。他是朝廷高官,又是大文学家,按照一般人的思维,为皇帝尽忠、为朝廷效力,即便不能说得高大上,也不应该说得如此坦白,如此"颓废"。外行人当然不明白,古今所有的大文豪都一样,无非是把人人心中都有的看法，用他人想不出的语言，以别致的方式表达出来而已。

朝廷上是靠着手中的笔讨生活的。纸在东汉才发明出来，此前的很久以前，中国的书生们已经用毛笔写字。那时候只能写在竹简上，今天我们看到出土的竹简，削磨得非常薄，即便如此，一部书也是相当有厚度。今天我们说汗牛充栋、学富五车，是说这人学问好大，读过的书得用车拉，装了满满一屋子。想想司马迁忍受宫刑的屈辱，在竹简上写下五十多万字的《史记》，得装几个屋子？

等到纸出现的时候，中国文人帮助皇帝治理国家的所有学问，已经全都齐备。于是这些文人天真地以为，凭着自己手中的毛笔，把肚子里的才学展现出来，把古代的经验教训总结出来，就一定可以说服皇帝，让江山永固，河晏海清，欣欣向荣。

韩愈在五十一岁的时候，写了一篇《谏迎佛骨表》。当时陕西凤翔扶风县法门寺有一座佛塔，塔内藏有释迦牟尼指骨舍利，每隔三十年开一次塔，让人们得见舍利真容。唐元和十四年（819年），唐宪宗将佛指舍利迎入宫中，供奉三日，引起全国礼佛膜拜的热潮。韩愈当时任刑部侍郎，写了这篇奏疏，认为儒家思想才是正统，反对如此拜佛，还举例说东汉以后，信奉佛教的皇帝都是短命的，可见礼佛无用。唐宪宗盛怒，幸亏很多大臣求情，韩愈才得免一死，被贬潮州（今广东潮安）。

这一职业的风险就在这里。无法知道那句话让皇帝不高兴。唐宪宗也委屈，说你韩愈也太嚣张了，竟然说东汉以后信佛的皇帝都短命，那不是说我也会短命吗？身为臣子，怎么能如此说话！

韩愈认为自己一片赤诚，绝非对皇上不敬，只是手中的毛笔跑偏了，一切都是毛笔惹的祸，于是他写了一篇《毛颖传》，就是为毛笔作传。

韩愈煞有介事地说毛颖是中山人，秦朝大将蒙恬征讨中山时，将中山之兔一网打尽，将毛拔光，拣选毛颖带回，扎在一起，束于笔管之中，封为"管城子"。

毛颖记忆力极强，三教九流、诸子百家，无所不记，还通晓当代的各种事务，官府公函、市井钱货账目，无所不晓，从秦始皇到太子扶苏、胡亥、丞相李斯、太监赵高，到天下百姓，没有不爱重他的。他历任多职，后拜为中书令，与皇帝更加亲密无间。皇帝亲自决断公事，太监只能端茶倒水，没事时远远退开，唯独毛颖一直在旁边侍奉，皇上休息他才休息。

在一次觐见时，皇帝要继续委以重任，毛颖脱下帽子谢恩。皇上看见他的头发已经秃了，写出的笔画也不再挺拔，于是讥笑他说："我曾经称你是中书，现在是不中书啊。"于是就不再召见他，让他在管城终老。

韩愈模仿司马迁太史公曰：秦灭诸侯，毛颖有功，赏不酬劳，以老见疏，秦真少恩哉！

韩愈在潮州讲学育人，引领一代学风，潮州人很感激他，为他建了一座庙。元祐八年（1093年），潮州重新修建了韩愈庙，知州委托苏轼撰写碑文。苏轼构思了好久，写了很多开头，都不满意。

苏轼现在和韩愈手中的那支毛笔一样，老了。他读过韩愈这篇诙谐中带有心酸的《毛颖传》，心有感触，于是作了一篇《万石君罗文传》，就是给砚台作传。

罗文，歙县人。性情温润如玉，心思细密令人喜爱。他本想隐居山野，后来被石工发现于龙尾山，认为他是国家俊才，不能埋没岩穴之间。于是将他带下山来，让他跟读书人一起学习，与士大夫交游。见到罗文的人都很喜欢他，敬重他。

汉武帝正有志于学，勤于书札、笔墨之事，用毛颖的后人毛纯做中书舍人。一天毛纯上奏说："我有幸被陛下收录，但是臣愚钝，不能独当大任。如今我的同僚皆器小顽滑，肚量不够，不足以随侍陛下，希望能够征召我的朋友罗文相助。"于是汉武帝在文德殿召见罗文，皇上大为惊奇，将罗文拿在手里把玩，惊喜地说："卿久居荒土，泽于寒泉，温润濡染，竟然全无枯槁。"皇帝叩击之，声音铿锵悦耳，高兴地说："古人所谓玉质而金声，说的就是你啊。"于是不久拜罗文为中书舍人。

这时，毛纯、罗文、墨卿、楮先生都因为擅长文墨而被宠幸，四人同心同德，意趣相投，相处非常和谐，人们称他们为文房四宝。皇上曾喟叹说："这四人，都是国宝啊。"罗文尤其持重敦厚、节操坚定、品行无瑕，从食邑二千石到百石的官吏中，都没有比得上罗文的。于是以金作屋，以蜀文锦为帐，并赐高丽所献铜瓶作为他的茶具，这样的宠幸，毛纯等人是不敢奢望的。

汉武帝重用各色人才，对内建制度、修律历、讲郊祀、治刑狱，对外征伐四裔、诏书万邦，这种笔墨之事都由罗文等人参与。皇上考虑到他的功劳，说："论律法，常失于太苛；论功劳，常失于太薄。中书舍人罗文，久典书籍，助成文治，居功至伟，把歙县祁门的三百户分封给罗文，号称万石君，世世不绝。"

罗文为人方正，不可侵犯，然而他不擅长与人争斗，他喜欢与老成持重知书达礼的人交往，常说："我与年轻后生相处，往往担心有被污损的危险。"如此自爱，因此小人们大多对他怀有嫉恨之情。有人在皇上面前说他的坏话:"罗文天性贪墨,而且色黑不白。"汉武帝说:"我用罗文掌管书札翰墨,图的是利于治国。罗文贪墨,我当然知道,但这样才正是发挥他的才能啊。"从此左右的人不敢再说什么了。

罗文有寒疾,冬天的时候,表面会结冰不能运笔,皇帝常赐之饮酒,然后才能写字。元狩年间,朝廷举贤良方正,淮南王刘安推荐端砚紫石,端紫对策,得中高第,先是待诏翰林院,后拜尚书仆射,与罗文共掌文墨。端紫虽乏文采,但颜色可喜,因此常伴与皇帝左右,罗文渐渐不被重用。

皇上临幸甘泉,到河东祭祀,巡视朔方,端紫往往随奉左右,而罗文留守在长安。汉武帝出巡归来,见罗文蒙尘垢面,颇怜惜他。罗文借此进言道:"陛下用人,确实如汲黯所说,后来者居上啊。"

皇上说:"我并非不挂念你,因为你年纪大,不能稍有变通的缘故啊。"

左右侍从听了汉武帝的话,以为皇上不再喜欢罗文,于是不再顾恤省视罗文了。

罗文伏地叩拜,请求告老还乡,皇上命令驸马都尉金日磾[①]从旁搀扶起罗文。金日磾是胡人,不通文墨,一向憎恨罗文的作为,趁机将罗文挤倒,摔在大殿之上,罗文触地而亡。皇上深为忧伤,将他安葬在南山之下。

《毛颖传》与《万石君罗文传》虽然都是托物讽喻,但两篇文章立意并不完全相同。《毛颖传》是借以抒发不平之气,抨击历朝历代君王德薄寡恩的现实,《万石君罗文传》则完全是苏

---

① 金日磾,匈奴人,汉武帝临死前,指定他和大将军霍光辅佐太子。

轼的自传。如果说《赤壁赋》是苏轼在困境中的观照与哲思，《万石君罗文传》则是苏轼元祐在朝仕宦生涯的总结。

如果说他苏轼是那块方正不阿的歙砚，韩愈就是那支不惜秃头的毛笔，两人的为官生涯、文学历程、为人品格、平生际遇都有太多相似之处。韩愈能够"文起八代之衰，道济天下之溺，忠犯主人之怒，勇夺三军之帅"，靠的什么？靠的就是胸中的浩然正气！想到这，苏轼灵光一闪，得到两句：匹夫而为百世师，一言而为天下法。没有任何铺垫，如同一声惊雷，劈空而来。由此发端，情感磅礴而出，一泻千里：

> 匹夫而为百世师，一言而为天下法。是皆有以参天地之化，关盛衰之运。其生也有自来，其逝也有所为。故申、吕自岳降，傅说为列星，古今所传，不可诬也。孟子曰："我善养吾浩然之气。是气也，寓于寻常之中，而塞乎天地之间。"……是孰使之然哉？其必有不依形而立，不恃力而行，不待生而存，不随死而亡者矣！故在天为星辰，在地为河岳。幽则为鬼神，而明则复为人。

中国文人以天下为己任，源于孟子的"养气"说。他们之所以激扬文字，不避斧钺，是因为他们相信天地之间充溢着看不见摸不着的"气"，这种"气"就是天地至理，就是天下正义，就是苍生秩序，所以他们一定要蓬勃朝气，吞吐清气，涤荡浊气，弘扬正气，抵制暮气，旗帜鲜明地反对歪风邪气。假如一个人太过小气，整没了底气，心中存了怨气，肚子里堆积郁气，每天生着闷气，最后泄了元气，那就只能是被气死了。

中国人观照天地人,"气"是一个基本元素,用"气"来组词,随便就能说出上百个。

苏东坡是前一种人,后一种气与他无关。他在朝堂之上,向来是大气磅礴、英气勃发,即使是走出庙堂,他或是混迹于民众之间接地气,或是逍遥于林泉之下养静气,总之是潇洒地活着,就是不散丹田中的那一缕真气。

几十年后,文天祥写了一首《正气歌》,全然是从上面苏轼那段文章中来:

> 天地有正气,杂然赋流形。
> 下则为河岳,上则为日星。
> 于人曰浩然,沛乎塞苍冥。
> 皇路当清夷,含和吐明庭。
> 时穷节乃见,一一垂丹青。
> ……

皇帝每每教育臣下,要公忠体国,要勤于王事,要正大光明,支撑所有这些的,无非是孟子养气说衍化而来的"气节"二字。"气"既然充塞天地,无所不至,那就要有节制,有所为有所不为,这就是气节。

气节有两种。一是忠节,这是一种合作的态度,属于庙堂价值观。它不是简单的忠心耿耿、忠贞不贰、忠字当头,也不是愚忠傻忠,更不是谄媚阿谀之忠,而是"士大夫与皇帝共治天下"的主体意识,是身无半亩、心忧天下的责任感,是在朝独立、敢于触逆龙颜的"孤臣"境界。柳宗元走向贬所,写下"孤臣泪已尽,虚作断肠声",千年以来都能听到他的凄凄惨惨。

马上，苏轼也要带着诗走向远方，他路过那个叫惶恐滩的险要之地的时候写道：

> 七千里外二毛人，十八滩头一叶身。
> 山忆喜欢劳远梦，地名惶恐泣孤臣。
> 长风送客添帆腹，积雨浮舟减石鳞。
> 便合与官充水手，此生何止略知津？
> ——《八月七日，初入赣，过惶恐滩》

我分明就是官家的水手，此生何止见过一两个渡口呢？孤臣会经历哪些风浪，会付出哪些代价，我是太了解了！若干年后，文天祥也路过这个滩头，他的"人生自古谁无死，留取丹心照汗青"，仍然是从苏诗中来。所以，由汉至唐到宋，文人的这种宿命，是有清晰逻辑的。

第二种气节叫名节，这是一种不合作的态度。从庙堂之高跌入江湖之远，想尽忠却无从尽忠，那就只能顾自己名声了。庄子、陶渊明固然是秉承不合作的态度，屈原是合作态度吗？实际上屈原的不合作最是决绝，他以投身清流的行为，捍卫了自己的气节，却把楚怀王变成了从古至今第一号的大傻瓜。

马上，朝廷中的金日䃅们把苏轼这个万石君摔出了朝廷，他是否会给"气节"添加新的诠释？

第二十二章
逐 客

1

高太后临死前,召见范纯仁、吕大防等人:"老身殁后,必多有调戏官家者,宜勿听之,公等宜早求退,令官家别用一番人。"她已经预感到年轻的皇帝肯定会改弦更张,要他们早寻退路。

按说皇祖母垂帘听政,这个关系是比较好处理的,老太太毕竟年老,用不了太久就会还政小皇帝。历史上两个最有作为的皇帝——汉武帝和康熙,都是靠着祖母的庇护,从而在长大后干出惊天伟业的。宋哲宗天资也很不错,八九岁就能背诵《论语》。他刚继位时,契丹派出使节吊唁宋神宗。蔡确担心两国服饰不同,小皇帝看了辽人打扮会害怕,于是反复给哲宗讲契丹人形貌衣着。哲宗耐着性子听蔡确讲完,问道:"辽国使者是人吗?"蔡确回答:"当然是人。"哲宗说:"既然是人,怕他个什么?"

这样聪慧、有胆识的孩子,有皇祖母的精心培养,又有程颐、范纯仁、范祖禹、苏轼等人作老师,竟然越来越乖戾刻薄、脾气暴躁,只能说明他们的儿童教育是失败的。这些人反复跟小皇帝唠叨，要学仁宗，不要学神宗，他们可能忘了，神宗是小皇帝的老爹。哲宗的御案是个旧桌子，高太后命人给换成了新的，过了两天，小皇帝又给换了回来，高太后问为什么，哲宗说，这个桌子是先皇用过的。

这孩子如果是个木讷晚熟的人，也许会好一些，偏偏他心智早开，而且很有主意。朝堂上，哲宗的御座与太后座位相对，大臣们奏事时都是面向帘中之人，小皇帝长大后抱怨整天看的是官员的背影。每次大臣奏报，哲宗都沉默不语，有一次高太后问哲宗为啥不发表看法，哲宗回答道："娘娘已处分，还要我说什么？"晚上，这孩子要在皇祖母寝宫中的阁楼上就寝，因为老太太担心小皇帝过早接触女色。不过这并没有看住他，十四岁那年宫中就传出寻找乳娘，刘安世、范祖禹找高太后告状，高太后竟然还不知道此事。

一个孩子，整天听一群老头老太太絮絮叨叨，这实在是太烦人了，而到了他逆反的时候，那种反弹是很可怕的。哲宗十七岁时大婚，皇后姓孟。对于老太太的安排，小皇帝并不满意。一年后太皇太后去世，哲宗亲政，宠幸的是刘美人。后宫中这种事并不奇怪，让人惊骇的是哲宗找个借口，很快废黜了孟皇后，把她赶出皇宫，让她当了个女道士。几年后，哲宗死了，徽宗即位，向太后垂帘听政，孟皇后被召回宫中。在短暂的政治调和之后，宋徽宗重新起用蔡京等人，贬谪旧党人士，又把孟皇后赶出了皇城。

过了很多年，金兵南侵，将徽宗、钦宗等皇室中人一网打尽，孟皇后因在外当道士，反而避免了被俘的厄运。金兵退去后，北宋王朝成了没头苍蝇，朝中大臣才想起皇室中还剩下一个老皇后，于是把她搬了出来。这个一生坎坷的女人，并没有因受到不公正待遇而心存怨恨,而是马上主持大局,积极光复赵氏天下。宋徽宗的第九子赵构因不在京城,因此金兵南侵时没有被俘,在孟皇后的支持下,赵构称帝。此后南宋政局的稳定,孟皇后出力尤多,她有两次垂帘听政的经历,堪称大智大勇,而政局一稳,马上交出权柄。两度被废,两次复出,两次垂帘,这样的传奇人生,任何小说情节与之相比,都相形见绌。

北宋中后期的政治斗争,甚至让一个女人跌宕起伏,可以想象朝中大臣会是什么结局。在哲宗看来,凡是高太后定的事情,全是错的,包括她送给自己的女人。只能解释为这是一种逆反心理,他固然是不满意高太后"母改子政",期待拨乱反正、励精图治,不过这解释不了他的出格行为。

元祐八年九月,哲宗改元绍圣,第一个措施就是起用章惇为相。章惇这几年辗转各地做官,非常辛苦。朝中的台谏官们变着法地整治他,他们不是一起弹劾,而是今年这个挑毛病,明年那个发难,这种猫戏鼠的游戏,让章惇满腔愤恨与怨毒。如今他满血复活,他的报复手段要远超八年前的司马光。

同是世间人,有的人得罪不得。章惇果敢决绝,治国为政是一把好手,对待政敌也决不客气。早在少年时,苏轼和章惇就有交往,友情笃厚。苏轼在凤翔任职时,两人同游太白山升天潭。下面是万丈深渊,仅一横木为桥,对面是悬崖峭壁。章惇让苏轼过桥在壁上题字,苏轼不敢过。章惇神态自若地走过木桥,以漆墨大书石壁之上:章惇苏轼来游。苏轼拊章惇背曰:"你将来一定能杀人。"章惇说为啥,苏轼说,能拿自己的命开玩笑,当然也就能杀人。还有一次,章惇袒露着肚子躺在床上,恰好苏轼从外面进来,章惇拍着肚皮问:"你说我这肚子里都是什么东西?"苏轼说:"装的都是谋反的家事!"章惇哈哈大笑。即便是好友之间，谁人敢开这种玩笑？只能说明两人绝对相知，说者无心，听者也不在乎。这种满不在乎的人往往有另一种人格，他们一旦"在乎"起来，后果就很严重了。

章惇第一个清算的，就是司马光，他说："司马光奸邪，所当急办！"司马光、吕公著已经死了，他们的封号、官职都被追贬，章惇与蔡卞等官员还要求将他俩"掘墓劈棺"，有大臣认为这种事太缺德，"发人之墓，非盛德事"，哲宗才没有同意。他们甚至打算追废高太后，造谣说高太后在神宗病危时，打算立子不立孙。向太后听说此事后，哭着来见哲宗，作证说绝无此事，哲宗生母朱太妃也说："皇上一定这么做，也就容不得我。"太后太妃一起闹腾，哲宗才没有听从章惇等人的挑唆。

连高太后与司马光这两个死人都可以整治，收拾那些活人就顺理成章了。刘挚、吕大防、苏辙、梁焘四位宰执被一贬再贬，无一例外全部踢向岭南瘴疠之地。范纯仁，这个当年替章惇、蔡确说好话的宽厚君子，也被安置永州。到崇宁年间，有七十多人被发配到岭南各地。与此前的党争不同，此前还有政见之争、学术之争、君子小人之争、意气之争，至此只剩下赤裸裸的报复。

苏轼的罪名非常好找。他在乌台诗案中有供词，这个历史问题无论如何是抹不掉的。此后他的策题、他的"山寺归来闻好语"，也都是明摆着的，前几年这些材料虽然没有整倒他，但是如今大有用场。不但如此，台谏官们又发现了新的证据。殿中侍御史来之邵，当年曾经百般攀附苏氏兄弟，二苏觉得此人两面三刀，资性奸谲，向来不给他好脸，更不要说推荐拔擢。果然，这个来之邵先生成了第二个吴处厚。他说：

> 轼在先朝，久已罢废。至元祐擢为中书舍人、翰林学士。轼凡作文字，讥斥先朝，援古况今，多引衰世之事，以快忿怨之私。行吕惠卿制词曰："始建青苗，次行助役。均输之政，自同商贾，手实之祸，下及鸡豚。苟可蠹国而害民，率皆攘臂而称首"。行吕大防之制词则曰："民亦劳止，愿闻休息之期。"撰司马光神道碑则曰："其退于洛，如屈原之在陂泽。"

《诗经·大雅·民劳》中说：民亦劳止，汔于小康，这是劝诫周厉王的诗句，老百姓已经太苦了，应该休养生息，不要聚敛太过。这是中国文化中第一次出现"小康"的表达，当然今日所说的"小康"，涵义已经全然不同。来之邵说，苏轼分明是把神宗比作横征暴敛的周厉王。几年前苏轼拒绝采用范镇所撰司马光墓志铭，而今一样逃不过鸡蛋里挑骨头。"屈原之在陂泽"，这分明是把神宗皇帝比作楚怀王！

文字狱充分发掘了人的恶行，这样险恶的政治气候，想要静观人间的恩恩怨怨都不可能。官员唯恐与元祐旧党有牵扯，为了聊以自保或是为了升迁，到处寻章摘句，告密揭发。一时间整个朝廷的最大政务，就是揪出"奸党"，把他们赶出朝廷，放逐到远方。

绍圣元年四月十一日，苏轼被罢端明殿学士、翰林侍读学士，以左朝奉郎知英州。此后不久，蔡卞进呈重修《神宗实录》，指出该书诋毁熙宁法令，参与修撰的黄庭坚、秦观、晁补之、张耒全部被贬，黄庭坚历涪州、戎州、黔州；秦观先后徙郴州、横州、雷州。

朝廷中充斥着恐惧、彷徨、兴奋、期盼的混合物，这使得京城的气氛非常诡异。苏家倒霉了,人们开始躲着走。那个著名画家李公麟,给苏轼画过多幅画像的,遇到二苏两院子弟,以扇障面,招呼都不打一个,苏过很愤怒。晁补之听说后,更是把收藏的李公麟画作全都随手送人,不留一幅。

李公麟不过是害怕惹祸上身而已,最多有点势利,苏过实在没必要恼怒。朝廷中的位置又空出了好多,这才考验人品。林希,苏轼的同年进士、多年好友,很多年没有进入朝廷中枢,章惇这时候让其任中书舍人。从司马光到苏轼的十几人贬谪之词,全都出自林希之手,把这些昔日旧交骂得污浊不堪,甚至在制词中暗斥高太后"老奸擅国"。有一次草制完毕,林夕掷笔长叹:"这回坏了名节矣!"可见他也痛苦。更为痛苦的是,本想露脸,却成了现眼——如此积极表现,章惇也没让他再升官,而是很快又把他排挤到一边去了。

这种时候,男人往往不如女人。庆历年间,吴鼎臣与李京交好。李京写信推荐自己的朋友,请吴鼎臣替其扬名。结果吴鼎臣将其书信上奏朝廷,李京被贬官。李京的妻子找吴妻告别,吴妻惭愧不出,李妻在庭院中说:"我来是因为两家交好,欲求一别。另外你家官人也有几封书信与我丈夫商量私事,我都带来了。"索火焚之而去。这件事见于苏轼的记载,想必他是诸多感触,才记录下来的。

苏轼与李之仪两家交好,苏轼命儿媳和王朝云多多向胡文柔请教佛法,称她为"法喜上人"。现在苏轼要去遥远的英州,胡文柔说:"我一女子,得这等人知,我复何憾。"亲手做了一件衣服,让李之仪送给苏轼。

女人不参政,无所求,无所求才会有真性情。男人不同,男人要养家糊口,为了嘴里的粮食,往往会委屈嘴里的言语,这会受到良心的责备。比如林希，他断送了与苏轼的友谊，然而仍然精心藏了苏轼论浙西赈灾的多幅手稿，传给子孙，不知道他晚年是如何面对老友手迹的。

一大批人回来了，一大批人被赶走了，乱哄哄你方唱罢我登场。若干年后，有无名氏感慨官员举选艰难，将苏轼的《行香子》略微改动①，很有些暗合北宋中后期几十年的熙熙攘攘、吵吵闹闹：

> 清要无因，举选艰辛。系书钱、须要十分。浮名浮利，虚苦劳神。叹旅中愁，心中闷，部中身。　虽抱文章，苦苦推寻。更休说、谁假谁真。不如归去，作个齐民。免一回来，一回讨，一回论。

2

绍圣元年四月三日，苏轼穿上胡文柔缝制的新衣，匆忙动身赶赴英州。按照当时的规定，被贬官员接到朝廷旨意，应立即离任，不得拖延逗留。这时候又一道诰命下来，他被降为充左承议郎，仍知英州，此前的左朝奉郎是正六品上散官，现在成了正六品下。

升官像登山一样，气喘吁吁；降职像从坡顶滑落一样，连滚带爬。当年苏轼应制科考试后，就是这一品秩，现在又回到

---

① 苏轼《行香子》：清夜无尘，月色如银。酒斟时、须满十分。浮名浮利，虚苦劳神。叹隙中驹，石中火，梦中身。虽抱文章，开口谁亲。且陶陶、乐尽天真。几时归去，作个闲人。对一张琴，一壶酒，一溪云。

了起点。他已经五十八岁了,升官不足喜,贬谪不足悲,何况这早就是意料之中的事。这一生有两大愿望,一是致君尧舜,这个不完全取决于他,他只能在自己的职权范围之内,尽量对老百姓好一点。二是接过欧阳修的衣钵,振兴文坛。这个他做到了,作为文坛盟主,他周围的文人,但凡有一言之善,他都鼓励提携,让他们有所发展。他手下的小文员高俅,聪明伶俐,书画诗词都有功底。去年赴定州前,他专程找曾布,希望高俅在曾布手下谋个差事,曾布不要,于是送给了王诜。苏轼可没想到,他手下这个连功名都没有的小书吏,后来得以认识端王赵佶,而这个赵佶后来当了皇帝,使得高俅青云直上。

这就是命。人到老来,与年轻时会有很大不同,那就是相信冥冥之中自有天意。八年以后,他从岭南归来,有人问迁谪之苦。苏东坡回答:"此乃面相所致。年轻的时候到京师,有看相的给我算命,说我是一双学士眼,半个配军头,异日文章虽知名,然有迁徙不测之祸。"

临行前,他写了一首诗告别诸同僚:

人事千头及万头,得时何喜失时忧。
只知紫绶三公贵,不觉黄粱一梦游。
适见恩纶临定武,忽遭分职赴英州。
南行若到江干侧,休宿浔阳①旧酒楼。
——《被命南迁,途中寄定武同僚》

沿着太行山脚出发,山高万仞,人如蚁行,此去五千里行

---

① 浔阳,白居易贬所,在那里创作了《琵琶行》。

程，茫无际涯。到滑州（河南安阳一带），这个将近六旬的老者，已是两目昏障，仅分道路，左手麻木，右臂缓弱。多年来从不知给自己攒点银子养老，如今沿途道路花费，囊中已空。英州派人来接，迟迟未到；定州送行，终须一别，连雇人买车买马的钱都没有。如此困窘，他只好给朝廷上了一道行状，请求自汴泗乘舟而行，这样虽然倍道而行，但却免去了车马劳顿。

小皇帝对他这个老师还有三分旧情，批准了他的请求。然而紧接着第三道诰命下来，诏命苏轼不得叙复。按照官制，官员如果没有重大过失，每隔一定年限，就会升职，苏轼虽是被降职，但是还有叙复的希望。现在这条路也被堵死了，只有作长期谪居岭南的打算。人在倒霉的时候，厄运不会只有一次，打击会接踵而至。苏轼已经意识到，此去最终的落脚之处，还不知是哪个犄角旮旯呢。

半个月后，苏轼到达陈留，顺路到汝州会见苏辙。子由此时已罢门下侍郎，以端明殿学士知汝州。苏辙给了哥哥七千缗，以便苏迈带领大半家人去常州安顿生活，那里有一些田产，加上这些钱，暂时没有后顾之忧。兄弟俩只在一起待了三天，就匆匆分别。此后不久，苏辙就被降为左朝议大夫，知袁州；后又降为分司南京，筠州居住。

六月，他到达金陵，第四道诰命也追来了，责授建昌军司马，惠州安置，不得签书公事；此后不久，又改贬为宁远军节度副使、惠州安置。一路五改诏命，而最后两道与此前是有本质区别的。此前虽被降职，但仍是小郡长官，如今惠州安置，则成了戴罪之身。北宋文官的刑事处罚，包括刺配、编管、安置、居住等形式，居住自由度最大，安置次之，这意味着他又变回了什么事都没得做的农夫苏东坡。

在过雍丘时,他将马正卿劝回了老家,这个追随自己三十多年的老友是雍丘人,还是让他落叶归根吧,别再跟着自己受苦了。如今成了犯官,苏东坡改变了计划,让苏迨带着家小去阳羡跟苏迈一同过活,自己只带苏过和王朝云赶赴岭南。此去路途险恶,父子不知是否再得相见,苏轼在一天内抄写了自己的六篇赋作,留别二子。

他的学生张耒此时知润州,派了两个老军一路护送,另外还有两个婢女照顾,总算不至于让他过于劳顿。八月初,行船到达彭蠡(即鄱阳湖)之滨。一天晚上,本路发运司听说朝廷对苏轼已经有了新的处置,派了五百人赶赴码头夺舟,因为苏东坡乘坐的是官船,犯官到贬所是要自掏腰包自行前往的。苏东坡与为首官员交涉,请求允许他星夜出发,赶赴到较大的集市渡口,到那里就可以自行买船雇人,否则一家人就只好露宿在荒郊野外了。官员还算好说话,同意他了请求。可是此地离星江渡口还有一百八十里,苏东坡立于船头,祷告龙王保佑:

> 轼往来江湖之上三十余年,王与苏轼堪称故人,故人之失所,当哀怜之。达旦至星江出陆至豫章,则吾事济矣。不然,复见使至,则当露宿潊浦。

也许他真的感动了龙王,顷刻风起,扬帆借力,顺流而下,第二天一早到达星江,中午到达南昌。三十多年前,他们父子三人顺流东下,一路领略长江风光,弹琴赋诗,何等意气风发,如今却是如此狼狈惊惶。眺望鄱阳湖,秋意萧索,无限凄凉:

> 八月渡长湖，萧条万象疏。
> 秋风片帆急，暮霭一山孤。
> 许国心尤在，康时①术已虚。
> 岷峨家万里，投老得归无。
>
> ——《望湖亭》

过大庾岭，意味着踏上了岭南的土地，苏东坡的心反倒异常宁静，也许这里可以修道成仙的。

> 一念失垢污，身心洞清净。
> 浩然天地间，惟我独也正。
> 今日岭上行，身世永相忘。
> 仙人拊我顶，结发受长生。
>
> ——《过大庾岭》

绍圣元年十月二日，经过半年的长途跋涉，苏东坡终于到达惠州贬所。岭南，在当时号称蛮荒之地，这里气候炎热潮湿，生活条件极为艰苦，北方人往往谈岭南色变。杜甫在《梦李白》中说：

> 死别已吞声，生别常恻恻。
> 江南瘴疠地，逐客无消息。
> 故人入我梦，明我长相忆。

---

① 康时，即匡时，匡正时弊。因避赵匡胤讳，改匡为康。

在杜甫看来，李白被流放夜郎，就是生离死别；而同样流落江南的人，白居易在江州，韩愈在潮州，柳宗元更是被贬永州十年之久，"但看古来盛名下，终日坎壈缠其身"[1]，那些在文学领域取得辉煌成就的人，往往一生颠沛流离，郁郁不得志。

如同在黄州时躲进寺中参禅一样，这次苏东坡想以百日为期，学习道家炼丹之术。不过分析他的性格，参照一些旁证，可以肯定他没有坚持下来。释家也好，道家也好，都是他用来感悟人生的工具，他终究不是和尚道士。但他在前贤留下的蛛丝马迹中，又有新的感悟：

> 乐天作庐山草堂，盖亦烧丹也。欲成而炉鼎败。明日，忠州刺史除书到。乃知世间、出世间事不两立也。仆有此志久矣，而终无成者，亦以世间事未败故也。今日真败矣。
>
> ——《东坡志林·乐天烧丹》

白居易学道士炼丹，结果丹快烧成了，炉子却坏了，第二天朝廷任命他忠州刺史的敕书就到了。可见入世和出世是不能两立的。我早就有修道之心，但都不成，这是因为仕途未尽，今天仕途算是走到头了，可以潜心修道了。

中国文人一直妄图给自己留一条后路，就是穷则独善其身，达则兼济天下，那么是否有第二条路，就是以出世的思想做入世的事业？苏东坡尝试了一辈子，就是这样一条路。中国文人这种独特的自我心理按摩，在苏轼以后，越加成熟，成为

---

[1] 杜甫《丹青引赠曹将军霸》。

后世人们安身立命的一剂良方。

但是目前他觉得自己一生的尝试并不成功,所以他体会到"事不能两立",既要当大文豪,又要当大官;既要守名节,又要受宠信;既要超然物外,又要成就功业,这些看来都是不可能的。一辈子想要两者得兼,如今却要舍弃一头,这让他烦恼。

惠州嘉祐寺外有山,山上有松风亭。他在爬山途中,偶然歇脚,忽然茅塞顿开:

> 余尝寓居惠州嘉祐寺,纵步松风亭下。足力疲乏,思欲就林止息。仰望亭宇,尚在木末,意谓是如何得到?良久忽曰:"此间有甚么歇不得处?"由是心若挂钩之鱼,忽得解脱。
> ——《东坡志林·记游松风亭》

人们总是喜欢给自己定一些目标,不达目的不能歇脚,这固然是好的。可是凡事没有绝对,当只想着目标的时候,不但会忽略眼前的风景,失去行程中的乐趣,而且会画地为牢,自寻烦恼。活得太累,根由就在于放不下。

惠州,此间有什么歇不得处?

3

苏东坡初到惠州,知州詹范将他安排在合江楼住下。詹范是个有同情心的人,这一安排是违反朝廷规定的,因为合江楼是一处官舍。犯官到达贬所,住宿只能自行解决,其他生活便利朝廷也一概不管。因此十几天后苏轼就迁居到嘉祐寺中,此后知州又动员他回到合江楼,如此反复了两三次。

惠州立刻给了他家的感觉,虽然这里气候风物与北方迥异,但是民风淳朴,鸡犬相闻,这正是苏东坡心中理想的栖居之地。人们很奇怪这么偏远的小地方,怎么会迎来这么著名的一个大官、大诗人,纷纷问他所犯何事。

> 仿佛曾游岂梦中,欣然鸡犬识新丰。
> 吏民惊怪坐何事,父老相携迎此翁。
> 苏武岂知还漠北,管宁自欲老辽东。
> 岭南万户皆春色,会有幽人客寓公。
> ——《十月二日初到惠州》

苏武在漠北牧羊,终归有回归中土之日;而东汉末年的管宁为了避乱,隐居辽东三十多年,要不是后来曹丕征召,他甚至不会回到中原。岭南风物总要远过漠北和辽东,现在自己是客,也许以后就成了主人了呢。

苏东坡在京城,虽然朋友很多,可也经常招致小人攻击,而他一旦远离朝廷,即便是无权无势谪居山野,也会立即受到所有人的喜欢。当时党祸已起,州县官员无人敢与贬官结交,但这丝毫没有影响到苏东坡的交友。一天,苍梧太守李公安专程赶来拜见东坡,苏轼并不认识他,与之慨然论世间事,商略古人物,下至医卜技艺,皆出人意表。苏东坡惊喜,以相见为晚,两人结伴交游十天,李公安才告辞起行。

当地的州县官员纷纷来看望苏东坡,又有人不断给他送酒送吃食,他又开始自己酿酒,这回他酿的是桂酒。据他儿子苏过说,这个桂酒与他在黄州酿造的蜜酒相仿,也不怎么好喝,只是他老爸在诗中写成了玉液琼浆。惠州小市,每天只有一些羊肉卖,即使是这样,他也没钱买大块的,而是同屠夫商量,花点小钱把剔肉后的羊脊骨买回来,放在锅里一通水煮,洒一些盐粒作料,再放在炉上烧烤,如此啃上大半响。苏东坡给苏辙写信说,这吃法如同剔螃蟹一般,甚是美味,隔几天吃一次,绝对大补。他开玩笑说,只是如此吃法,狗肯定是不高兴了!

他结交的江湖隐逸之士,在他富贵的时候,都离他远远的,而在他倒霉的时候,又都纷纷出现在他的生活中了。有的致信问候,有的说要到岭南来看他,这其中就有陈慥。东坡在京城当高官时,陈慥曾到访过一段时间,很快就又回到歧亭优哉游哉。苏东坡赶紧去信,劝陈慥这么大年纪了,千万不要来惠州。他的老友吴复古道士这时候出现在岭南,此后几年,吴复古频繁往返于惠州与雷州,与苏轼苏辙相伴。东坡向吴复古请教长生之法,吴复古并没有传授什么炼丹之术,而是告诉他,一曰安,一曰和,安则宁一而精神不扰,和则优柔而情思不躁。后来这个道士又出家成了和尚,云游四方,没人知道他下一站是哪里。

远在江浙的佛印,想给东坡写一封重要的信札,可是远隔万里,无人送信。有个叫卓契顺的道人听说后,豪迈地说:"惠州不在天上,行即到矣。"于是怀揣佛印的信,历尽艰辛,辗转来到惠州。东坡见到契顺,开玩笑说:"你所为何来?"

契顺说:"惟无所求,故来惠州。"

真正的友谊,是心与心的沟通,不需要假借旁物。有所求,则有欲;有所欲,则失其本心,友谊也常常会变了味道。有一诗句说:

你走，我不送你；
你来，不管多大风雨，
我去接你！

大富大贵之时，门庭若市，高朋满座，有些朋友偏偏不会去凑这个热闹；而当你困窘时，凄风苦雨，门前冷落，这时候风雨故人来，才最是难能可贵。人的一生能有几个这样的朋友，已经不枉在世间走这一遭了。

佛印不是只会与苏东坡戏谑的花花和尚，他在信中说的话，跟看仓库大门的老大爷说话一样，直截了当——权臣忌惮你苏轼当宰相。而他劝慰东坡的话，又写得极为深刻：

> 子瞻中甲科，登金门，上玉堂，远放寂寞之滨，权臣忌子瞻为宰相耳。人生一世间，如白驹过隙，二三十年功名富贵转盼成空，何不一笔勾断，寻取自家本来面目，万劫常住，永无堕落，纵未得到如来地，亦可以骖驾鸾鹤，翱翔三岛，为不死人，何乃胶柱守株，待入恶趣。昔有问师，佛法在何处？师云：在行住坐卧处，着衣吃饭处，屙屎撒溺处，没理没会处，死活不得处。子瞻胸中有万卷书，笔下无一点尘，到这般地位，不知性命何在，一生聪明要作什么？三世诸佛，则是一个有血性的汉子。子瞻若能脚下承当，把一二十年富贵功名，贱如泥土，努力向前，珍重珍重也。

富贵当然是好事，可是一心专注富贵，也会迷失了心性。

苏东坡曾讲了一个故事，有一贫寒之士，家徒四壁，只有一瓮。一天晚上，心里做起了发财梦，如果以后富贵，就花大钱买房子买地，买家奴歌女，其他如高车肥马，当然都不在话下。这样想着，不觉手舞足蹈，结果把仅有的那个大瓦罐也踢碎了。于是后来就把痴心妄想叫作瓮算。

这样的瓮算在今天仍然比比皆是，攒钱半辈子买个小房子，继续攒钱换个大房子，两居室不行，得换三居，最好四居。然后要有书房，四面都是书，有个大条案，伸手够不到头，伏在这样的案上，读书写字作画，那该多么多么的美啊！可是真的有了这样的条件，反倒读不进去了，写不下去了，画不出来了，最终发现，原来还是自己的三尺小桌子最好用。佛印所说一点都不玄虚，这就是真实的人生。

苏东坡把这些全都想通了，他感到无比安适。可是这时候新的烦恼又来了。他说，古人所贵者，就在于真实。比如陶渊明，他耻于为五斗米给小儿折腰，弃官归去乡野，过了很久，再到城郭一游，也有些羡慕城里的雕栏画栋、华美房屋。这就是人，热闹的时候想清净，清净的时候爱热闹。陶渊明这样的高洁之士，也会偶尔羡慕奢华的生活，重要的是他不掩饰自己的羡慕，这就叫真实。

苏东坡拿陶渊明说事，无非是想表达自己也是真实的。如今他是犯官，无所事事，可是他仍然忍不住关心政务。他一生心仪佛道，但他仍然是儒生。现在他连上奏朝廷的权力都没有，但是他可以当一个热心公益的慈善家，只不过做着做着，连他自己都分不清到底是政府官员还是戴罪之身了。是的，他正在推翻自己刚刚得出的"事不能两立"的结论。

他在黄州时，当地农民有一种插秧的工具，叫秧马。插秧是非常辛苦的农活，人们弓着身子，左手攥一把秧苗，右手不间断地把秧苗植于泥水中。在吟诗作赋的人看来，水村山郭，稻田如镜，农人在田间劳作，如诗如画，其实诸如"又趁微雨去锄瓜""深巷明朝卖杏花"之类的诗句，都是填饱肚皮之后才能享受的愉悦。黄州的秧马，人可以骑在其间，用脚使其滑动，这样就免收了长久弯腰之苦。苏东坡在南迁路过庐陵时，读到一个叫曾安止的官员所著《禾谱》一书，感觉很有意思，只是书中不载农器，有些遗憾。于是他作了一首《秧马歌》，详细介绍秧马的构造、制作，附于书后。如今他把制作方法全盘告知县令林抃，林县令亲自率人制作改进，很快就在惠州推广开来。

绍圣二年正月，县里官员来访，说是广州提刑程正辅专程派人传话。这位程正辅，是苏东坡的表哥，也是他的姐夫。当年苏轼的姐姐嫁到程家，受到公婆虐待，不到一年就抑郁而死。苏洵得知后非常愤怒，从此与程家断绝关系。如今几十年过去了，想不到在这里能与表哥相遇。苏东坡立即写信："昔人以三十年为一世，今吾老兄弟不相从四十二年矣。念此令人凄断，不知兄果能为弟一来否？"

不久，程正辅来访，少年时代离别，如今俱都垂垂老矣，往日恩怨早已不萦于胸，两人相从九日，饮酒赋诗，极慰老怀。临别时，程正辅专门嘱咐惠州官员，请苏轼回到合江楼的官舍居住。

有了这层关系，惠州官员经常请苏东坡参详政务，苏东坡也不客气。一次他在江边散步，看见无人掩埋的骸骨，暴露于野外，于是找知州詹范商量，拨钱收集掩埋。苏东坡还亲自作祭文：

暴骨于野，莫知何年，非兵则民，皆吾赤子。

惠州驻军营房破败，很多军士无房可住，只好散居于民间。这些军士少了管教，赌博酗酒，几如地痞帮闲。苏东坡察知此事，建议建造营房三百多间，大力整肃军纪。

绍圣三年正月初一，博罗县发生大火，全城化为灰烬，官衙也没能幸免。苏东坡给程正辅写了一封长信，提醒他说县令林抃在大火时正在休假，不应严厉处罚。惠州推官黄焘在灾后出力很多，应予褒奖。官署衙门都被烧了，马上就要重建，苏东坡担心建设的物资又要摊派到百姓头上，告诫程正辅如果不依实价购买，而强行征集科配，则"害民又甚于火矣"。这封书信的刻本被完整保存了下来，让我们得以一窥全貌。字里行间，完全看不出犯官身份，倒像是苏尚书在交代工作。

苏轼 致程正辅信札

现在他已经把惠州当作杭州来经营。东江从惠州城穿过，江上人们往来一直靠简易的竹桥通行，经常被洪水冲垮。苏东坡联络程正辅和詹范，建议建设一座新桥，由道士邓守安董其事。邓守安的方案是用几十条小船连接成二十个基座，以铁索和大石坠落江底，船上铺以木板，建成浮桥一座，是为东新桥。

惠州西面有湖泊曰丰湖，又名西湖，湖上原有长桥，如今已破败。苏东坡极力游说知州建设了西新桥。资金不足，寺院的僧侣积极协助化缘，苏东坡捐出了皇帝赐给的玉带，并致书子由，子由夫人史氏甚至捐出了太皇太后赐给的金子。

南宋诗人杨万里写诗赞叹：

三处西湖一色秋，钱塘颍水更罗浮。
东坡原是西湖长，不到罗浮便得休？
——《游丰湖》

除了这些，他还在广州引入泉水，设立公立医院，恨不得把几十年的治世经验都推广到岭南。有些事也许无关为政大局，但是"小事"积累在一起，就汇聚成了人间大爱，树立一代新风。宋人在这方面有很多成功的实践，士大夫或是致仕归乡，或是地方为官，或者仅仅是地方乡绅，他们往往从一乡做起，那些能教化一个乡的人，也就慢慢有能力、有资格管好一个县。然而以一个犯官身份，仍然如此热心参与政务，苏东坡堪称第一人，而在他之后，也没有再出现过。

4

绍圣三年，程正辅和詹范先后到任调离，苏东坡又主动搬回了嘉祐寺中，他不想给继任者惹麻烦。半年前，朝廷大赦天下，但是明确被贬的元祐大臣不在赦免之列，并且终身不得北迁。

苏东坡一直悬着的心现在放下了，此前他无法知道此生会在哪里终了。人心不安，源于生命的不确定性。曹丕、李白、苏东坡都说过"人生如寄"，生命如此短暂，就像小件寄存一样，总得在天地间找一个安置的地方。对于绝大多数人来说，有一个属于自己的房子，有一张睡觉的床，假如再有一个属于自己的小空间，就很满足了。

苏东坡再次决定盖房子，他要倾其所有，起一座远超黄州雪堂的宅子。绍圣三年（1096年）四月，他买下白鹤峰上的几亩地，开始筹划动工建设新居。这里从前建有白鹤观，紧邻归善县城北部，居高临下，是个绝佳的位置。

就在他开始经营夕阳人生时，他的第三任夫人王朝云却病倒了。

苏东坡在富贵时，家里也养了几个歌姬。他既不像晏殊、宋祁等人那样姬妾成群、日夜笙歌，也不像王安石、司马光一样清心寡欲，而是像一个平常的大户人家，生活富足而有节制，有几个歌儿舞女以娱人生。苏东坡对歌姬持否定态度，他在黄州时，知州徐君猷有不少侍妾，一个叫胜之的最受宠，宴集时经常出来一展歌喉。后来徐君猷死，东坡北上，在南都朋友宴集时竟然见到了改换门庭的胜之。东坡非常感慨，与其谈起徐君猷往事，潸然泪下，哪知胜之已经全然忘却故主，看到东坡伤感，忍不住咯咯大笑。此后东坡逢人就讲，千万不要指望歌姬能有什么真情。

这显然是苏东坡的偏见。现代作家周作人，不但有一双敏锐的眼睛，还有一张刁毒的嘴。他发现东坡指责胜之绝情，赞许王巩的侍妾柔奴"我心安处就是我乡"，其实胜之改换门庭冷落一个死鬼，何尝不是"我心安处"？这就是相隔千年的观念差异。

在远赴惠州之前，苏东坡家里的歌姬纷纷选择离开。他觉得这很正常，这一路不知生死，他没有理由让这些女人跟着自己受苦，只有朝云执意要追随这个比自己大二十七岁的男人。苏东坡在读白居易诗集时，发现了与白居易相同的境遇，于是写了一首诗：

> 不似杨枝别乐天，恰如通德伴伶玄。
> 阿奴络秀不同老，天女维摩总解禅。
> 经卷药炉新活计，舞衫歌扇旧姻缘。
> 丹成逐我三山去，不作巫阳云雨仙。
> ——《朝云诗》

白居易年老时，决定遣散歌姬，侍妾樊素不忍离去，于是他将樊素留了下来。不料第二年，樊素还是选择了离开。白居易作诗叹息："病与乐天相伴住，春随樊子一时归。"好友刘禹锡也作诗："春尽絮飞留不住，随风好去落谁家？"苏轼称赞朝云不像樊素在白居易年老时离开，而似那陪伴伶玄[①]的聪慧女子通德。

王朝云初不识字，后来跟东坡识字学书，初识楷法。来到岭南以后，朝云和东坡一道参禅学道。《维摩经》中说，众菩萨与弟子们研习佛法，空中突然出现一个天女，将花瓣洒落下来，花瓣落在菩萨身上，则从容飘落，落在弟子们身上，却怎么也无法抖落，因为那些境界高超的菩萨已经不为外物沾染。苏东

---

① 伶玄，汉代官员，妾名叫樊通德。

坡以天女维摩比喻朝云,说她专心礼佛,手不释卷。舞衫歌扇、声色娱人的事情早已成为过去时,一旦得道成仙,则再不会像巫山神女那样受到的尘世羁绊了。

绍圣二年的秋天来的有些早,不知不觉浓郁的夏季已经过去。岭南四季花开,风和日暖之时,感受不到秋天的来临。只是夜间,但听窗外秋声已起,萧瑟的风带来忧郁而潮湿的空气和雾霭。苏东坡不喜欢这种天气,尤其是如今自己的命运如此悲凉。于是他让朝云置酒,央求她唱一首自己在春天刚作的《蝶恋花》:

花褪残红青杏小。燕子飞时,绿水人家绕。枝上柳绵吹又少,天涯何处无芳草。　墙里秋千墙外道。墙外行人,墙里佳人笑。笑渐不闻声渐悄,多情却被无情恼。

朝云站起来,歌喉将转,泪满衣襟。东坡很奇怪,问她怎么哭了。朝云说:"妾所不能唱者,是'枝上柳绵吹又少,天涯何处无芳草'两句。"东坡哈哈大笑:"我正悲秋,你却又伤起春来。"

这个年轻的女人总是能一眼看穿他的内心。男人和女人不同,男人是愤怒的公牛,女人永远不会理解男人的世界,不明白他们为了什么咋咋呼呼、吵吵嚷嚷、打打杀杀。但是朝云了解苏东坡,她的一句"不合时宜",给苏东坡留下了永恒的记忆。如今繁华过去,只剩下无尽的落寞,他虽然妄图强颜欢笑,可是这一切都瞒不过朝云。苏东坡有过三个女人,王弗可以成为一个贤内助,只是死得太早;王闰之对他的世界不闻不问,只是在背后尽自己的义务；朝云与她们不同，她出身卑微，身世凄苦，然而她更加关心苏东坡的命运，更加关注他的所思所想。如今不但追随苏东坡到这瘴疠之地，而且她的存在，分明成了他晚年的最大慰藉了。

绍圣三年(1096年)春，朝云生日，苏东坡把这一天当作一个极为重大的节日，为朝云庆生。虽然没有奢华的宴席，也没有满座高朋，但是他竟然非常正式地作了一首《王氏生日致语口号》。这种"致语口号"，一般只用于庄重的场合，比如皇太后生日、朝廷重要庆典，有时候高官为母亲祝寿，也请文学名家写一首这种文字。在苏东坡心中，这个不能有任何名分的女人，超过任何一个一品诰命夫人。他和朝云早已超越恋人的关系，他们不但是伴侣，还是师徒、是道友、是知己。我们可以在《红楼梦》中宝玉与晴雯的交往中，在宝玉祭奠晴雯的《芙蓉女儿诔》中，发现这种复杂的情怀。

苏东坡没有想到这一世情缘这么快就走到了尽头。六月下旬，天气酷热，朝云染上了时疫。不要说惠州偏远，就是大都市的人染上这种病，也没有什么好办法。挨到七月五日，朝云病逝，享年三十四岁。弥留之际，她口颂《金刚经》四句偈：

> 一切有为法，如梦幻泡影。
> 如露亦如电，应作如是观。

苏东坡此生再也没有唱过那首"花褪残红"。

这年十月，他作了一首《西江月》，从中可以看到王朝云的影子，也许那月下孤清的梅花，才最是超凡脱俗。当男人把一个女人比作仙子，那就说明她在这个男人心中可以永恒。受这首词启发，人们还发现，他的很多词作可能都与朝云有关，这让考据的人们大伤脑筋。

  玉骨那愁瘴雾，冰姿自有仙风。海仙时遣探芳丛，倒挂绿毛幺凤①。 素面常嫌粉涴，洗妆不褪唇红。高情已逐晓云空，不与梨花同梦。

  按照朝云生前的遗愿，苏东坡将她葬在西湖边的松林中。他天才的设计理念，全都倾注到了朝云墓中。自惠州西门过西新桥，沿着西湖那一汪清水向北，至栖禅寺，寺庙面湖背山，宝刹庄严。寺东的缓坡上，建有泗州塔，与寺院的暮鼓晨钟遥相呼应。再向东是放生湖，那是苏东坡和朝云花钱修造的。这几处建筑靠山各占一坡，若连若续，不出二里，在泗州塔与放生湖之间，有一处低缓幽静的坡道，朝云墓就在那里。
  如果站在湖的南面向北看，几处景观相隔甚近，一目了然，实则它们各成系统，互不干扰。进入寺中，则不知外面有塔；登塔则不见旁边有墓；攀上墓地的高处，只能看见紧邻的塔尖。风声过去，铃语悠扬，松涛互答，旁边寺院晨钟夕梵，仿佛在超度逝者的亡灵。王朝云在这里一睡千年，无人惊扰。
  一个黄昏，苏东坡来到这个安宁的地方，他拿出一张纸来焚化，那是一首悼亡诗，用的是《朝云诗》原韵：

---

  ① 绿毛幺凤，岭南的一种鸟，当地俗称"倒挂子"。

苗而不秀岂其天，不使童乌①与我玄。
驻景恨无千岁药，赠行惟有小乘禅。
伤心一念偿前债，弹指三生断后缘。
归卧竹根无远近，夜灯勤礼塔中仙。

——《悼朝云》

栖禅寺的僧人在墓前为朝云建了一座纪念亭，叫六如亭，取朝云临终诵金刚经"如梦、如幻、如泡、如影、如露、如电"之意。借着昏暗的星光，可以看到亭柱上刻的一副对联，那是苏东坡的手笔：

不合时宜，惟有朝云能识我；
独弹古调，每逢暮雨倍思卿。

---

① 童乌，汉扬雄之子，九岁时助父著《太玄》，后早夭。此处喻苏轼与朝云之子早夭。

第二十三章
孤　岛

1

苏东坡的新居很快就有了规模。他买地造房的消息一经传出,闾里百姓纷纷来帮忙。架设房梁是一项技术性最强的工作,意味着建筑进入了关键阶段。苏东坡盖房上梁那天,成了附近乡邻的庆典,热闹如同节日。他亲自撰写了一篇《上梁文》,祷告神灵保佑,让他的新居在白鹤峰永远不倒。最后他还说了几句与新居毫无关系的话:

> 伏愿上梁之后,山有宿麦,海无飓风。气爽人安,陈公之药不散;年丰米贱,林婆之酒可赊。凡我往还,同增福寿。

苏东坡在新居外种植了柑橘、荔枝等好多花木,蓊蓊郁郁的。穿过花木,院落中掘地四十尺,凿成一口泉井。左右各起房屋三间,左为"德有邻堂",右边叫"思无邪斋",他托人制作了两个巨大的匾额,亲自榜书,每个字二尺见方,越发衬托新居雄阔。山上有两个邻居,一个是年老的林行婆,另一个是落魄书生翟逢亨，不必担心太过冷清。

绍圣四年二月十四日，新居落成，他从嘉祐寺中迁入白鹤峰。长子苏迈全家和苏过的家属也经过近一年的长途跋涉，到达惠州。分别三年以后，一家人终于团聚了。

苏东坡坐在思无邪斋中，举目远眺，但见江上风云百变，极目江山之盛。睡足饭饱，倚于几上，白云左绕，清江右回，重门洞开，林峦齐入。然而一天晚上，他却做了一个怪梦，梦到自己在一片月色中又登上官舍合江楼，韩琦也在楼上，他说："我奉命再次同领百官，特来相报。他日北归中原，当不久也。"

苏东坡醒来，不知道此梦有何兆头，想不通，也就不去再想。睡在自家床上，真是舒坦，他兴致勃勃地写了一首诗：

白头萧散满霜风，小阁藤床寄病容。
报道先生春睡美，道人轻打五更钟。
——《纵笔》

苏东坡的梦做反了。就在这年二月，朝廷当权派加大了打击旧党的力度。章惇等人先是编辑元祐大臣奏议奏疏，把元丰八年以来的这类资料全部汇集分类，从中找出各种问题，依次定罪。连那个绘制"流民图"的郑侠，都没有放过，再次编管英州。据说章惇在贬谪元祐党人时，以人的名字来确定贬所。刘挚贬新州，因为"新"字音近似刘挚字莘老之"莘"；黄庭坚贬宜州，因为"宜"字似其字鲁直之"直"字；有人说刘安世曾算过命，说自己命极好，章惇就在昭州上一指，说："刘某命好，让他去昭州试试。"苏辙贬雷州，因为"雷"下之"田"类似子由之"由"字。于是苏轼被贬儋州，因为子瞻之"瞻"

类"儋"。

还有记载说,章惇听说苏东坡近作有"报道先生春睡美,道人轻打五更钟"之句,说苏子瞻过得挺舒坦啊,不行,不能让他睡得这样美,我还整天睡不好觉呢,再贬!这种说法没有根据。人就是这样,做了一次坏事,所有的坏事就都归他身上,于是这人就成了痰盂了!

坏消息很快传来。苏迈本已授韶州仁化县令,现在又有新的说法,谪官的亲属不得在贬所附近做官,这使得苏迈这个官职算是丢掉了。

苏东坡预感一场大规模的风暴又要袭来。他给广州知州王古写信,请他代为打探消息:

> 录得近报,舍弟复贬西容州,诸公皆有命,本州亦报近贬黜者,料皆是实也。闻之,忧恐不已,必得其详,敢乞近以示下。不知某犹得久安此乎否?若知之,可密录示,可作打叠擘画也。忧患之来,想皆前定,犹欲早知,少免狼狈。

贬谪、罢官、流放,这些都不可怕,让人恐惧的是无法确定厄运什么时候到来。那些魑魅魍魉青面獠牙的样子其实并不吓人,它出现前的鬼气森森,才让人提心吊胆。好在苏东坡并没有焦虑多久,四月初,诰命正式下来了,责授琼州(海南琼山县)别驾,昌化军(海南儋县)安置,不得签署公事。

这意味着他刚刚住了一个月新居,就要再次颠沛流离,命中注定,他晚年必须成为无房户!如今顾不上感叹,他现在囊中空空,全部积蓄都拿出来盖了房子,而他作为宁远军节度副使,虽然是不得签署公事,朝廷也是要发放一些实物作为俸禄的,这点东西朝廷却是一直欠着,屡请不到。他马上给王古写信,请他代为催促,大概能变现二百千钱。

四月十九日,苏东坡与家人诀别。当时海南岛虽然属于中国版图,但岛上多数人不是汉族,说汉语的人都不多,属于化外之地。这一去,要渡过茫茫琼州海峡,苏东坡不再作生还之望。

苏东坡对死亡极为达观,他在给王古的信中说:

> 某垂老投荒,无复生还之望。昨与长子迈诀,已处置后事矣。今到海南,首当作棺,次便作墓,仍留手疏与诸子,死便葬于海外。……生不挈棺,死不扶柩,此亦东坡之家风也。此外宴坐寂照而已。

三十年来,朝中那些小人、坏人、恶人,千方百计想要把他整倒,想看他笑话,看他沮丧,看他凄惨,看他痛哭流涕,看他痛不欲生,这样才能满足他们阴暗的心理,才能让他们的小人之心感到平衡。身可辱而论不可易,名可毁而理不可诬,他就是屹立不倒。他可以一贫如洗,但却是精神上的富翁。如今陷入绝境,生死未卜,他又在诗中说:"年来万事足,所欠惟一死",即便是死,苏东坡仍然无法被击垮,这就是他的浩然之气!

人生观,其实是"人死观"。因为人总是要死的,所以才有了生的意义。

> 霜风扫瘴毒,冬日稍清美。

年来万事足，所欠惟一死。

澹然两无求，滑净空棐几。

——《赠郑清叟秀才》

苏东坡仍然带幼子苏过前往贬所。朝廷开始逐渐查禁旧党官员的著作，他为朝廷撰写的上清储祥宫碑记都被铲掉，由蔡京重新书写。这是一座道教宫殿，建于宋太宗时期，后毁于大火，神宗元丰二年重建，元祐六年诏苏轼撰文并书丹。苏东坡听说此事后，说在馆舍内墙壁上看到一首诗，于是记录下来：

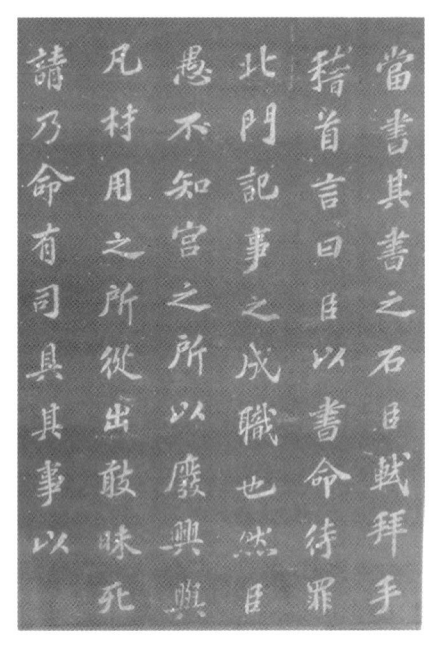

苏轼 上清储祥宫碑

淮西功德冠吾唐，
吏部①文章日月光。
千载断碑人脍炙，
不知世有段文昌。

——《流甯馆中得二绝句》

---

① 吏部，指韩愈。

唐代裴度平定淮西藩镇吴元济，为表彰功绩，朝廷立《平淮西碑》，由韩愈撰文。韩愈盛赞裴度的功业，引起了平淮前线将佐李愬等人的不满——李愬雪夜入蔡州，仗是他们打的。这些人一顿闹腾，唐宪宗于是又让人磨去了韩愈的碑文，让翰林学士段文昌重新写了一篇，造成一碑两文。但是碑文可以磨去，韩文却流传千古，李商隐的《韩碑》，就是再现此碑撰写、刻石、被毁的著名诗作。

东坡记录的这首诗被认为是他本人的作品，清代纪晓岚等人都持这种观点，于是把这首诗收入苏轼诗集中。苏东坡没有说错，文可以禁，碑可以毁，但禁毁只能是一时的，人心向背终究无法左右。他的这件作品，如今仍有拓本传世，而蔡京的文章与书作，反倒湮没到历史的尘埃之中了。

朝廷一些人在磨去一代人的印记，而民间却在珍惜。蔡京专权以后，将司马光、文彦博、吕公著、苏轼等人列为奸党，刻元祐党人碑颁行天下。长安有一个石匠叫安民，在刻字的时候说："我不知道碑文的意思，但像司马光这样的人，天下皆知他是好人，现在又说他奸邪，我不忍心刻。"监工的官员发怒，要治其罪。安民哭着说："那请求不要刻安民二字于碑尾，我怕得罪后人。"古人刻碑，刻石之人一般署名于后。安民的发言，让周围的官员感到惭愧万分。

九江有个刻碑人叫李仲宁，手艺特别好，太守曾为其家题字曰"琢玉坊"。官府找他刻元祐党人碑，他说："小人从前家境贫苦，只因刊刻苏轼、黄庭坚诗词文章，才有饱暖。今日说他们是奸人，我可下不去手。"太守感叹地说："贤哉，士大夫都不及你。"赠其酒从其所请。

南宋绍兴二年，盗贼谢达攻陷惠州，纵火焚烧官舍民居，几无幸免,唯独没有碰白鹤故居的一草一木。不但如此,这些强盗还率人整修了王朝云的六如亭,烹羊致奠而去。这让我们对这些强盗有了一些敬意。

苏东坡启程后,听说苏辙正在前往雷州,于是赶紧差人送信,相约于藤州相会。五月初,他终于赶上了弟弟,难兄难弟不敢在途中停留,但可以尽量走得慢一些,以便在一起多呆几天。一个月后,他们到达雷州,知州张逢率同僚亲自出州府迎接,请他们居住馆舍,临行又差人护送。

苏东坡在雷州呆了三天,苏辙把兄长送到海边的徐闻,两人一同走过了最后两天的路程。这是他们的最后一面。

2

苏东坡站在海峡南端的那个岛屿上,环顾水天无际,但觉此生从来没有觉得如此孤独无助,黯然神伤:"我什么时候才能出此孤岛呢?"

转念一想,天地都在积水中,九州在大瀛海中,中国在四海中,哪一个生命不是在岛上呢?试想将一盆水泼在地上,草芥浮在水上,一只蚂蚁趴在草芥上,茫然不知道会漂浮到哪里去。一会儿水干了,蚂蚁径直从草叶上下来爬走了。见到同类,蚂蚁哭着说:"差点再也见不到你了,谁知道这么一会儿后就出现了四通八达的大路呢?"

想到这儿,苏东坡笑了。

此时他面临一生中最大困境,食无肉,居无室,病无药,出无友,冬无炭,夏无寒泉。这样的晚年窘境,却被他用一介蚍蜉的比喻消弭无形。

八月份,原昌化军使离任,继任者叫张中,他稍稍修葺了一下官府驿馆,将苏东坡接入官舍中。这也是一所简陋的小房子,秋雨淅沥,雨脚如麻,夜里他不得不把床挪来挪去。不管怎样,如今他这个树叶上的蚂蚁,总算是真正上岸了。

张中对苏东坡非常敬重,没事经常陪他闲坐。这人是个棋迷,恰好苏过也嗜好黑白子的绞杀,两人经常对弈,让东坡在旁边眼巴巴地看着。苏东坡说这辈子有两件事不如人,一是唱曲,二是弈棋。唱歌虽然不行,但是他会写歌词,唯独理解不了弈棋有什么乐趣。直到前些年游庐山时,晚上惟闻天籁,仿佛置身于人世之外,忽然古松流水之间棋子敲枰,不闻人声,时闻落子,才发现此中佳趣。

原来当一个旁观者也有这般好处——不入局中,不懂局中之秘;可是进了局中,同样也有"不识庐山真面"的困局。看来完整的人生,一定是里里外外、进进出出的,出来的时候再看,才会发现诸多不明之处。

旁边闲敲棋子,他斜靠在藤椅上,眯着两眼望天儿,让自己的大脑信马由缰:

> 到杭州一游龙井,谒辨才遗像,仍持密云团为献龙井。孤山下有石室,室前有六一泉,白而甘,当往一酌。湖上寿星院竹极伟,其傍智果院有参寥泉及新泉,皆甘冷异常,当时往一酌,仍寻参寥子妙总师之遗迹,见颖沙弥亦当致意。灵隐寺后高峰塔一上五里,上有僧不下三十余年矣,不知今在否?亦可一往。
>
> ——《逸人游浙东》

闲情逸致，也不是一件容易事，因为闲人未必有闲情。忙了一辈子，突然闲下来，多数人是睡得腰生疼，吃得直反胃，苏东坡却总是能以出乎意料的方式告诉后人该如何生活。要说旅游，总要靠腿，可是有一天腿不能至，是否还能有耳目的享受、心灵的愉悦？苏东坡给出的答案是心游，俯仰之间，他在西湖走了一遭，连那个小颖沙弥都和他聊了几句。

他在脑海中时时与朋友相聚，朋友们也没有忘记他。参寥子来信，想带着徒弟小颖沙弥来儋州造访，苏东坡回信劝他"千万勿萌此意"。而就在这时，参寥子被吕温卿所害，被迫还俗，编管兖州，多年以后才又得出家为僧。

吴复古又突然出现在儋州，这人行踪莫测，似乎没有他到不了地方，他陪着东坡说了几天话，索要了几首诗，又不知道去哪里探幽揽胜去了。

我们还记得苏东坡有个落魄的四川老乡巢谷，他们相识于黄州。苏东坡北上进京以后，巢谷回了四川老家，也许他藐富贵，又或者是过不惯京城的日子。如今听说苏氏兄弟被贬儋州，七十三岁的巢谷徒步万里，来到岭南。到梅州时他写信给苏辙："我万里步行见公，不自意全，如今到梅州了。"苏辙惊讶地说："这人就不是今世人，是古之人也。"巢谷见到苏辙后，执意过海看望东坡，苏辙苦劝不听。途中他的行李被小蟊贼偷走，后来听说小偷在新州被抓了，他又赶到新州，希望能追回一些盘缠，结果在新州一病不起，客死他乡。苏东坡三年以后才得知这一消息，听后大为伤感，写信告知家乡的朋友，帮助巢谷的儿子前来护送灵柩返乡。

苏东坡短暂的安宁立即就被打破了。绍圣五年（1098年）

三月，湖南提举常平官董必察访岭南。藤州知州张逢因优待苏轼、为苏辙租房，被人告发，张逢被罢官，苏辙又被发配到循州；同时张中因为苏轼提供官舍，也被董必知悉。董必想亲自过海相逼，他的幕僚说了一句意味深长的话："人人家都有子孙。"

事情不要做得太绝，给别人留余地，也就是给自己留余地。董必似乎有所醒悟，只派了一个小吏过海，将苏东坡从官舍中赶了出去，没有再追加别的处罚。而张中后来终于因为这件事被免职。

苏东坡又成了那个树叶上的蚂蚁。从惠州处罚时，朝廷欠他的钱都带在身上了，沿途花了大半，还剩下少许。用这点钱，他在城南一片荒野的桄榔树下买地造屋。这可能是当时中国最便宜的房子了，苏东坡说它"极湫隘，粗有竹树，烟雨蒙晦，真蜑①坞獠洞也"。可这也是最贵重的房子，十几个当地书生前来帮助动手筑屋，潮州人王介石出力最勤，终日一身泥水，劳碌堪比家奴。当地百姓也来帮忙挖地运土，采伐石材木头，连张中都亲自上阵。这一片桄榔林下，已经无黎无汉之分，无官无民之别，千年以后，这个小茅屋仍然能牵动我们的思绪。

海岛上粮食匮乏，主要靠从陆地贩运过海，遇有台风所阻，则有断炊之虞。苏东坡经常到邻家的菜园子寻点菜吃，有时候邻居还馈赠他酒食，他往往给人写一首诗，戏称以折菜钱。这里的海鲜极为美味，尤其是生蚝，嘴馋的苏东坡迅速发现了蚝之鲜美。他特意告诉苏过："不要让中土士大夫知道，否则这帮家伙争着想谪居此地，就会分我口福了。"他真是个不可救药

---

① 音"淡"，中国古代南方少数民族。

的乐天派!

六十三岁的苏东坡仍然具有孩子的心性,这样的心性非常适合这种毫不设防的地方,他迅速有了很多朋友。有一次他遇到一个卖柴的老者,语言虽然不通,但是老者看他服装有异,感觉他不同凡响,送给他一块土布,打手语告诉他注意御寒。城南有几个姓黎的兄弟,与他最是亲密。黎子明的儿子与继母有冲突,被赶出家门,过后双方都有悔意,但又都碍于面子。苏东坡就买酒买羊找到黎家儿子,把他送回家去。有一次他去造访黎子云,回来时遇雨,于是从农家借来斗笠蓑衣,扶杖而归。村里的妇人小儿看到苏翰林如此模样,都拍手而笑,狗儿也撒着欢地叫。后来有人据此画东坡冒雨图,在古人看来,读书人走出乡村,再回到土地,这样的画面才符合人生理趣、天地境界。

他去看望黎氏兄弟,背负大瓢,行歌于田间。遇到一个七十多岁的老妇,老妇说:"内翰昔日富贵,如今一场春梦。"苏轼大以为然,从此间里间都叫她"春梦婆"。

坐在自己的茅屋中,任何锦衣华屋的事情都已经不驻心中。他晚年的诗文中,追忆已逝年华的文字有很多,唯独没有追索元祐期间那八年富贵时光,仿佛那没有发生过。在宁静平和的日子里,他发现原来生命的精彩不仅仅体现在长度上,更重要的是体现在它的宽度上:

无事此静坐,一日似两日。
若活七十年,便是百四十。
黄金几时成,白发日夜出。
开眼三千秋,速如驹过隙。

> 是故东坡老，贵汝一念息。
> 时来登此轩，目送过海席。
> 家山归未能，题诗寄屋壁。
> ——《司命宫杨道士息轩》

后世有好事者变本加厉，改为：

> 无事此游戏，一日似三日。
> 若活七十年，便是二百一。

又有人反其意，写得好惨：

> 多事此劳扰，一日如一刻。
> 便活九十九，凑不上一日。

3

一个地区的落后，肯定是全方位的，最直观的感受一定是经济落后、生活艰苦。海南岛上的居民这时候还不事农业生产，他们主要依靠贩卖沉香等物资与大陆交换，稻米接济不上，就只能吃红薯芋头等等杂粮。农业社会耕牛是农家主力，海南人少耕作，因此杀牛成风，丧葬时经常把牛杀掉款待客人，如此恶性循环，越发无力发展农耕。

苏东坡所能做的，只能是写写诗文劝告不要杀牛，劝男人要下地干活，不要让妇女太过于劳累。这些具体事他做了一些,但他立即发现海南岛落后的根源,并不在这些具体的某一件事上,而是观念上的差异。经济的不发达仅仅是表象,文化的差距才是根本所在。当时海南没有出过一名进士,读书的孩子虽有,但远远不如眉山、泉州等地家家户户书声琅琅,以诗书为荣。

人们经常以为,教化一方,需要很多年,所谓十年树木百年树人,实际上人和树一样,有十年时间,已经足以长成一块材料。我们往往在没有去做之前,就已经望而却步,一旦真的躬行其中,反而发现凡事没有想象中那么费劲。苏东坡觉得这种事由他来做是天经地义,再合适不过了。于是他的茅屋成了最简陋的讲学之所,也成了当时海南的文化圣殿,海南的人文发展的通途,实则由苏东坡开启。他看到邻里的孩子们摇头晃脑读书,忍不住凑过去与顽童们一起诵读起来,这个老顽童感觉自己回到了幼时的眉山。读了一会儿书,他抄起腰间的酒囊,喝上两口,有点酒意,越发觉得孩童稚嫩的声音如同鸣琴一般,琅然清澈,没有丝毫杂质。

有些学子从很远的地方赶来,向他请教治学之道。这些人实在太聪明了,苏东坡能来到惠州儋州,这是岭南的极大荣幸,能从他这里取一杯羹,足够受用一生,路上那点辛苦实在算不了什么。有人问他作文之法,苏东坡说,儋州虽然只有数百家,但州中之人满足所需,还需要一件东西,那就是钱。作文也是如此,天下之事,散在经史子集中,要想将这些事串起来讲清楚,也需要一件东西,那就是意。没有钱,活不下去;不得意,说不清楚。

真正的大师,总是能以非常浅显的比喻讲出深刻的道理,假学问家却经常是老母猪啃碗茬子——满嘴是词(瓷)儿,装腔作势,故作高深,让人不明所以。苏东坡所说的"意",就是文章的主旨,他强调说,把主旨讲清楚了,话就可以打住了;然而话说完了,意犹未尽,让人感觉不解渴,让人去咀嚼品味,那才叫高明。这种主张有着巨大的现实意义,如今不论是老师讲课,还是官员演讲,唯恐讲不细致,于是一通猛灌,说话如同水漫金山一般,没有给听众留有一点思索品味的空间,使得千言万语,如同白开水一样无味。

主旨最终还是靠语言实现的,词不达意,是作文的最大苦恼。孔子说,辞达而已矣。多数人都是茶壶里煮饺子,倒不出来。心中有,嘴里说不出,手下写不出,唯一的办法是读书。针对如何读书,苏东坡教人"八面受敌法"。他说,一部巨著,浩瀚如海,不可能一下子就能吸收全部内容,应带着明确的目的,分若干门类和专题,各个击破。比如想了解兴衰成毁,那就把书中所有关于治世得失的章节全都读透,比较分析,烂熟于胸;要想了解典章故事,就要重新再读一次,如此反复,每一次都有一个侧重面。这种读书法,看似笨拙,其实是带着思考的精耕细作,最有裨益。

他曾经问一个书生最近在读什么书,书生说在读《晋书》。苏东坡问:"晋书中出现过哪些亭台的名字?"

书生想不到苏东坡会问这样的细枝末节,答不上来。随后恍然大悟,原来前辈大师是这样读书的。

他那驰骤反复、如海如潮的政论文章,已经如同从前的荣华富贵一样,成了过往的篇章。手里没什么书可读,黎子云家里有陶渊明、柳宗元的诗文,他常常拿来赏读,称为"南迁二友"。如今他独喜陶渊明的诗,他认为陶诗看似散缓,细看却有奇句,有味道。比如,"日暮巾柴车,路暗光已夕","暧暧远人村，依依墟里烟"，这样的句子，没有一个深奥字，初看平平无奇，似乎谁都写得出来，可实际上这种平淡、散淡、冲淡、古淡，才蕴含自然妙理，精到之至，这就如同大匠运斤，不见斧凿之痕。他在陶诗中看到了自己当下的日子，那就是求得生活中的自然和本真。他这一辈子，在富贵时恬淡，在穷困时从容，这个也许别人也能做到；然而在庙堂与江湖的剧烈颠簸中，以怡然自得的审美愉悦始终保持圆融与旷达，这才是他卓然而立的独家药方。

苏东坡开始记录自己陶渊明式的生活，他的一百二十四首《和陶诗》是他最后一部诗集，这些诗让我们体会到，六十岁以后该当如何面对剩下的日子。苏洵临终前，嘱咐他完成《易传》一书，这本书他在黄州时已经完成初稿，此时进行了修订，同时还完成了《论语说》《书传》。他认为这三本书超过了他的任何成就，有了这三部书，他感觉"此生不虚过，其他何足道"。他日常行走于山间田埂，随手写来放入背囊中的只言片语，这时候集腋成裘，编纂成了厚厚的五卷本《东坡志林》。

有一个叫潘衡的墨工来拜访他。苏东坡高兴极了，把他留宿在草屋中，当晚就迫不及待地和潘衡点烟制墨。造墨需要燃烧松木，收集松烟，然后要经过筛烟、熔胶、捣杵等繁杂工序，才能制成。烧烟集烟需要非常纯净的空间，绝对不能混入灰尘，否则墨中含沙，没法用。两人忙了好几天，墨将制成，没想到造墨的屋子晚上起火，把房子点着了，幸亏发现及时，才没有殃及整个草庐。第二天，他们在灰烬中找到一些半成品，用牛皮胶和之，捣杵好久，最后勉强得到数十个手指般大小的墨块。虽然不太成功，苏东坡还是把这些墨留了下来。他本已有好多佳墨，又有了这些，他对潘衡说，够足我这辈子著书立说了。

过了若干年，潘衡忽然出现在江西。他开了一个店铺，自称为苏东坡造墨于海南，得其秘法。墨上题款曰：海南松煤，东坡法墨。价格老高老高，人们争相抢购，说此墨不减南唐李廷珪手段。有人找苏过请教东坡秘法，苏过大笑说，我家老爷子哪有什么秘法，这一定是潘衡后来自己改良的，借一下东坡大名而已！

琼州书生姜唐佐跟着苏东坡学习了半年，临走时，苏东坡嘱咐他一定要发奋苦读，考取功名。姜唐佐请他赐诗，东坡提笔写了两句：

> 沧海何曾断地脉，
> 白袍端合破天荒。

苏东坡说："等你将来高中，我给你续成完诗。"

第二十四章
谢　幕

1

苏东坡贬谪岭海的第八个年头，宋哲宗去世了。有证据表明，这个小皇帝耽于女色，死时只有二十五岁。这从一个侧面证明，他祖母给予他的幼年管教全无用处。

小皇帝留下了一堆烂摊子，却没能留下一个儿子。于是，宋神宗的皇后、现在的向太后决定立哲宗的弟弟、端王赵佶为皇帝，是为宋徽宗。

宋徽宗这时候已经十八岁，完全可以独理朝政，但是他担心初登大宝，位子坐不稳，请求向太后垂帘听政。元符三年（1100年）二月，大赦天下。在向太后的主持下，几年来被贬的元祐诸臣又开始纷纷北迁，政局似乎又要开始新的轮回。

苏东坡已经预感到北归之期不远，他甚至搞过一个独特的占卜方式。一个早晨，他铺陈纸墨，焚香祷告："如果近期能北归中原，则我默写平生所作八篇赋，不落一字。"说完凝神静气，一直写了两个多时辰，写完之后请苏过核对，果然一字不差！苏东坡大喜："我将北归无疑矣。"

五月，朝廷诏命下达，苏东坡授琼州别驾，廉州（广西合浦）安置，不得签署公事。那些厚道的邻里们纷纷前来道贺，数十个父老一直将他送到海边，依依不舍之情溢于言表："内翰相别后，不知何时再得相见。"

苏东坡写了一首诗，将海南比作家乡眉州。北渡以后，有人问海南如何，他回答很简略："海南人情不恶！"

六月二十日，他再次渡过琼州海峡。风静波平，天上一轮明月。苏东坡诗兴大发，高声吟唱：

> 参横斗转欲三更，苦雨终风也解晴。
> 云散月明谁点缀，天容海色本澄清。
> 空余鲁叟①乘桴意，粗识轩辕奏乐声。
> 九死南荒吾不恨，兹游奇绝冠平生。
> ——《六月二十日夜渡海》

苏轼 渡海帖

① 鲁叟，指孔子。《论语》，子曰：道不行，乘桴浮于海。

七年磨难，苏东坡的诗文中却见不到凄苦之声。九死南荒吾不恨，兹游奇绝冠平生，虽然他历经艰险，九死一生，但是能够领略天风海涛，饱览天涯海角的风土人情，这样奇崛的游历，在一生中是绝无仅有的。与此相比，那点磨难又算得了什么呢？他越想越是情绪激昂，忍不住扣舷而歌，舞之蹈之，得意忘形。苏过非常困乏，被聒噪得不能安寝，于是对他说："大人如此欣赏海上美景，我看咱们可以再过一次海峡。"听此一说，东坡才慢慢消停下来。

苏门四学士也纷纷内迁，秦观在雷州，要到英州去，离苏东坡最近。东坡赶紧写信，约他在徐闻一晤。

苏门这些逐客中，要数秦观最为坎坷。从绍圣元年开始，先后被贬处州酒税，削职徙郴州，移横州编管、雷州编管，又诏移横州，几乎一年换一个地方。苏轼等人受到的处罚都是安置，秦观却是编管，路途之中有士卒押送，形同罪犯，在贬所中人身自由也受到限制。与苏东坡的旷达超迈不同，秦观的性格比较软弱，他是个典型的风流才子，在顺境时烟柳移情，多愁善感，苏东坡常讥为"小格调"；一经挫折，则陷于悲苦不能自拔。比如他在宜州时的诗作，与苏东坡诗中的英特之气，形成鲜明对照：

南土四时都热，愁人日夜俱长。
安得此心如石，一时忘了家乡。

秦观在赴郴州途中，遇大雨。有老仆人随其南行，管押行李，道路泥泞，行走缓慢。秦观在前面人家避雨等候，好半晌，老仆人杖策蹒跚而至。老仆人喘着粗气说:"学士啊学士!他们取了富贵,做了好官,也不枉了如此劳苦。咱们干吗要奉陪他们?做这么个闲官,能落得什么好名声?"越说越生气,饭都不吃了。秦观反倒再三安慰老仆人:"没办法的事。"老仆人仍然愤愤不平:"我就知道没办法!"

老仆人把普通百姓的心思表现得淋漓尽致,具有难以名状的真实。如果与之对话者是苏东坡,也许会引发一场人生大讨论,但在秦观这里,也只能是"没办法"了。

他在郴州作了一首名垂千古的词,哀怨凄苦,无法超脱,被王国维评为"凄厉之词",最能代表他的贬谪心境:

> 雾失楼台,月迷津渡,桃源望断无寻处。可堪孤馆闭春寒,杜鹃声里斜阳暮。驿寄梅花,鱼传尺素,砌成此恨无重数。郴江幸自绕郴山,为谁流下潇湘去?
>
> ——《踏莎行》

苏东坡与秦观汇合后,一同行至雷州。五十一岁的秦观感觉自己不久于世,说已经自作了挽词。苏东坡说,我也自作了墓志铭,只是没有告诉孩子们而已。他轻拍秦观的后背说:"我常常担心少游不能齐生死、了物我,少游如此看得开,我就不需要再过多劝勉了。"说完,两人啸咏而别。

告别秦观,苏东坡的心情很沉重,老天爷似乎看穿了他的心,连日暴雨狂风。过海时波澜不惊,上岸后却是惊险无比。大雨滂沱,桥梁全部冲毁,四顾全是水,仿佛置身海上。他们到达一个叫官寨的小村落,但见天水相接,星河满天,这一小块陆地已经成为孤岛,随时有可能被大水吞噬。苏东坡长叹道:"怎么这辈子总是居于险地!"别的倒不担心,他的《易传》《书传》等著作都是随身携带,再无其他抄本。如果因大水而遭殃,一生的心血就会付诸东流。苏过在旁边睡得像个死猪,叫也叫不醒,无助的苏东坡只能惶恐地求老天保佑。好在第二天水退,父子狼狈地逃离险地,只是苏东坡积攒了一生的数百枚精品墨全部遗失,只有自己随身携带的几块幸存。这似乎是一个不好的兆头。

不久,他就接到了秦观去世的消息。原来秦观行至藤州时,趁整顿休息时登山游览光华亭。一路走来,感到口渴,让随行找水喝。等水端来,却见他倚坐在松树下,已经含笑而逝。今日猜测,秦观应该死于心脏病突发。

苏东坡到达廉州,还未安顿下来,八月初朝廷又有诰命,授舒州团练副使,永州(湖南永州)安置,这意味着他要离开两广地带,居住湖南。他赶紧收拾行装,希望顺路到藤州吊唁秦观,可他到达藤州时,秦观的女婿已经载着灵柩离开了。苏东坡异常悲痛,他将"郴江幸自绕郴山,为谁流下潇湘去"书于扇上,题款曰:"少游已矣,虽万人何赎!"

长子苏迈全家及苏过妻小这时候仍居惠州,苏迨一家也千里迢迢到达惠州与之相会。如今又改诏命,苏东坡写信告诉儿子在梧州相会,然后全家北上永州。

在赴永州途中,第三次接到朝廷诰命,复朝奉郎,提举成都府玉局观。这是一个闲散官,并无实际职事,只是挂名拿俸禄,多授予罢官后的朝廷重臣。俸禄不高,但是犯官的身份去除,更重要的是朝廷准许他随意选择居所。

四十多年四海为家,他已经选择多少回了?

2

建中靖国元年（1101年）正月，苏东坡北上到达大庾岭。村舍茅店中走出一老翁，问随行兵卒："官为谁？"随行答："苏尚书。"老翁上前作揖道："吾闻害汝者百端，今日北归，是天佑善人也。"苏东坡于是在小店题诗曰：

鹤骨霜髯心已灰，青松合抱手亲栽。
问翁大庾岭头住，曾见南迁几个回？
——《赠岭上老人》

这个持续了近百年的英杰辈出的时代就要结束了。范仲淹、韩琦、欧阳修早已作古；王安石、司马光能够寿终正寝，他们很幸运。从范仲淹时代就在探索富强之路，但国家没有变得强盛，士大夫却已伤透了心。元祐旧党被贬谪的刘挚、范纯仁、范祖禹等重臣全都死于贬所，他苏东坡能活着回来，正如他给人的信中所说："七年远谪，不意自全；万里生还，适有天幸。"虽然七年的劳碌奔波，已经让他面如土灰，迅速衰朽，毕竟还是活着回来了，还是活着好啊！

暂著南冠不到头，却随北雁与归休。
平生不作兔三窟，今古何殊貉一丘。

当日无人送临贺,至今有庙祀潮州①。

剑关西望七千里,乘兴真为玉局游。

——《过岭二首》其一

唐朝时,杨凭被贬为临贺尉,亲友中只有徐晦相送。宰相权德舆说:"你不怕被连累吗?"徐晦说:"我从前困窘,杨凭对我有知遇之恩,如今他倒霉了,我怎么能就此忘记他的好处呢?假如您有一天也倒霉了,希望人们如何待你呢?"权德舆赞叹他的正直,将他拔擢为监察御史。徐晦有人品,权德舆有官德,人品和官德能够恰好撞上,这种情况实在是太少见了。因此多数人经营的是狡兔之三窟,一见大事不好,赶紧改换门庭。他苏东坡从来没有为自己做更多打算,也没有想过与某些人成为一丘之貉,所以才会颠沛流离,一生坎坷。

在船上,苏东坡开始琢磨此生的归宿。他的首选之地是常州,这是几十年的夙愿,而且那里有一些田产,苏迈、苏迨都已在那里安家,终老于此是顺理成章的事。但是苏辙这时候来信,劝他到颍昌(许昌)安家。原来苏辙也已奉命北迁,先是移永州,后又改岳阳,再授太中大夫,提举凤翔太平宫。与苏东坡一样,苏辙也属于没有职事的闲散官,但可以自由选择居住地。苏辙此时已到许昌,他劝兄长与自己一道度过桑榆晚景。

五月一日,苏东坡到达金陵,他必须马上在常州与许昌之间做出选择。几十年来,苏东坡与弟弟有过多次"风雨对床"之约,能够在垂暮之年,与弟弟比邻而居,真是人生一大快事。可是自己这一大家子有三十多口人,北上许昌,肯定会给弟弟

---

① 韩愈被贬潮州,潮州人立庙祀之,此句以韩愈自况。

增加不小的负担，苏辙经济条件会比自己稍好，可也强不到哪去。再则从去年离开儋州，已经漂泊整整一年时间，舟中狭小，酷暑难耐，如今再入汴水，实在难耐劳顿。因此他仍然倾向定居常州。

这时候苏辙再次来信，仍然期待兄弟团聚，信写得酸楚凄凉，让人动容。苏东坡只好答应弟弟北上，但又在给朋友信中说心中仍然犹疑。他要与好友钱世雄等人见面商议再定。

苏东坡在想着安家，另一个人却奔向贬谪之路，那就是他的老朋友兼政敌——章惇。

宋哲宗病危时，朝廷的头等大事就是拥立新君。宋神宗的儿子中，现在年长的是申王赵佖，但是他有眼疾，这人不应即位的争议不大。其次是端王赵佶，向太后主张立赵佶为帝。章惇当了七年尚书左仆射兼门下侍郎，这七年中，他是唯一的宰相。《宋史》将章惇列入奸臣传，这有点冤枉他了。像蒙蔽皇帝、独霸朝纲、贪污受贿、疯狂敛财这些事，章惇都没有，他算不上什么奸臣，他是一个权臣。几十年的权力游戏让他体会到最根本的两条，第一，对政敌绝对不能手软，心要硬、刀要快、手要狠；第二，要有长久的靠山，在朝堂上混，没靠山，屁股下的位子就不是自己的。

如今哲宗即将晏驾，章惇的靠山马上就会倒，他的想法是拥立简王赵似继承大统。简王是哲宗的同母弟弟，如果他拥戴有功，肯定能让自己长保富贵，于是章惇建言向太后立简王。然而向太后的理由很充分，按照年纪排序，除了申王，就是端王赵佶最长；诸多皇子，都是神宗的儿子，根本不存在亲疏之说。章惇这时候乱了方寸，反驳说端王轻佻，不可以为君。平心而论，章惇说得完全正确，赵佶当个书画双绝的富贵王爷也就罢了，偏偏成了皇帝，这真是莫大的悲哀。

向太后一个女流之辈，未必有治国安邦的才学，然而同高太后一样，她具有女人的直觉。她在宫中侍奉高太后多年，对章惇如此贬窜元祐大臣，持坚决的反对态度。现在章惇没有与任何执政大臣商量，就提出拥戴简王，他这唯一的宰相将来怎么可能跟皇帝一条心？这太可怕了。因此太后在垂帘听政以后，首先诏命贬谪之臣北移，然后将章惇贬到武昌。

向太后没有任何权欲，半年后就撤帘，还政徽宗。宋徽宗听说章惇竟认为自己轻佻，要立简王为君，马上将他贬到雷州。

章惇被赶走了，苏东坡的行情迅速看涨。每到一地，当地官员都是前呼后拥，唯恐接待不周，因为坊间传闻，苏子瞻这次会入朝执政，看来就是接替章惇为宰相，也不是不可能的事情。

苏东坡这时候接到章惇之子章援的信。章援是他的学生，当年会试，苏东坡是主考官，章援得了第一名。章援是来为父亲求情的，他担心苏轼临朝，会以其人之道，还施其身。于是写了一封长达七百多字的长信，说苏东坡马上会"还朝廷，登廊庙，地亲贵重"，希望父亲在雷州的日子不要太惨。

苏东坡读到信后大喜，强支虚弱的身体，于六月十四日回信：

> 伏读来教，感叹不已。某与丞相定交四十余年，虽中间出处稍异，交情固无增损也。闻其高年，寄迹海隅，此怀可知。但以往者，更说何益，惟论其未然者而已。主上至仁至信，草木豚鱼所知也。建中靖国之意，可恃以安。又海康风土不甚恶，寒热皆适中，

舶到时，四方物多有，若昆仲先于闽客、广舟准备，备家常要用药百千去，自治之余，亦可以及邻里乡党。又丞相知养内外丹久矣，所以未成者，正坐大用故也。今兹闲放，正宜成此。然只可自内养丹，切不可服外物也。某在海外，曾作《续养生论》一首，甚欲写寄，病困未能。到毗陵，定叠检获，当录呈也。

苏东坡在信后还列了一张药方，嘱咐章援给他父亲备上。

林语堂评价这封信是伟大的人道主义文献。的确，这封信不是表面的虚与委蛇，而是真诚地告诉章援，他与章惇四十多年的友谊，并没有因为政见不同而改变。此后不厌其烦地介绍岭南气候，嘱咐要备大船，多带药品；他知道章惇沉迷炼丹，告诫章惇不要乱用外物，并要与他分享自己的《续养生论》。从这封信中我们可以看到，原来世间有一种胸怀叫宽容，有一种高贵叫饶恕。章惇读到老友的信，会是什么心态，不得而知。不过章家后人对这封信极为珍视，直到很多年后，还有人在章惇的孙子处见到它。

造化小儿，又一次展现了它玩人的天赋。雷州，是章惇为苏辙、秦观等人准备的，现在那些人走了，他去了。当初苏辙被贬雷州，章惇严令不许苏辙在官舍中居住，还处罚了提供方便的官员。苏辙只好租赁了百姓的房子，然而后来章惇借口苏辙强夺民居，要求惠州方面严肃处理。但租赁合同写得很清楚，此事最后不了了之。

如今，轮到章惇租赁百姓的房子了。有记载说民众不租给他，他们说，当年苏先生遭迫害来这里租房，差点被你折腾死。现在你来租房，对不起，没有。这样的记载可信度不高，无非是人们对恶有恶报的一种期盼心理而已。苏东坡都对章惇恨不起来，读者们还是让他在南方安度余生吧。

3

苏东坡到仪真（仪征）与钱世雄、表弟程德孺碰面后，打听了一下时事。他发现短短半年时间，朝局又有了新的变化。宋徽宗亲政，虽然贬谪了章惇，但是当权的仍然是曾布、蔡卞、蔡京等人，他们不可能对旧党心慈手软。即使将来徽宗再次调和，起用一些旧党人士，那么可以预料，此后朝堂之上必定仍然是惊涛骇浪。人生如果再走一次回头路，那可就太可笑了。于是苏东坡立即决定，远离京城，不去凑那个热闹，在常州终了。他给子由写了一封长信：

> 行计南北，凡几变矣。遭值如此，可叹可笑。兄近已决计从弟之言，同居颍昌，行有日矣。适值程德孺过金山，往会之，并一二亲故皆在座。颇闻北方事，有决不可往颍昌近地居者。（他特地用小字自注：事皆可信，人所报，大抵相忌安排攻击者众，北行渐近，决不静耳）今已决计居常州，借得一孙家宅，极佳。浙人相喜，决不失所也。更留真十数日，便渡江往常。逾年行役，且此休息。恨不得老境兄弟相聚，此天也，吾其如天何！然亦不知天果于兄弟终不相聚乎？士君子做事，但只于省力处行，此行不遂相聚，非本意，甚省力避害也……林子中病伤寒十余日，便卒，所获几何？遗臭无穷，哀哉，哀哉！兄万一有稍

起之命，便具所苦疾状力辞之，于迨、过闭户治田养性而已。千万勿相念，保爱！保爱！

他已决定不再做官，即便是朝廷起用，他也要力辞，而且要尽可能远离是非之地。

金山虎踞龙盘，山峦壮美，他与钱世雄一路游览。龙游寺堂间挂了一副李公麟所绘东坡像，苏东坡在画上题赞曰：

心如死灰之木，身如不系之舟。
问尔平生功业，黄州惠州儋州。

此诗与上面致子由的信作于同时，可以说是他一生的总结。此生功业在哪里？不在朝堂之上，朝堂上他不合时宜。他的功业，在月下的漫步吟咏中，在渡口的聆听天籁中，在杖履芒鞋一蓑烟雨的吟啸徐行中，在一叶小舟俯视大江万顷茫然的宇宙哲思中，在牵牛插秧盖房上梁赏花观石酿酒炖肉烹茶戏墨读书的人生至乐中，在黄州的雪堂惠州的思无邪斋儋州的桃榔林低矮草庐的酣然入梦中。朝堂上少了一个包藏祸心的平庸之辈，世界文明史上却多了一个足以领衔中国文化的东坡居士，这才是彪炳千秋的功业啊！

朝堂上哪一个算是成功者呢？位极人臣的王安石、司马光、章惇？如果比谁官大、谁有权、谁能一人之下万人之上，他们做到了，但这些实在算不得什么"功业"；如果说治国安邦、富国强兵，他们也都留下了莫大的遗憾。而在他们之下的众多官员，为了升官发财，面对草芥之微趋之若鹜，甚至像林希那样曲意逢迎，不惜昧着良心出卖朋友，最终不但落得个两手空空，还臭了场子坏了名节，多么令人哀叹的人生啊！二十年寒窗苦读，大半生皓首穷经，假如把那些与人争斗的谋略，把那些搞文字狱的本领，把那些晚上睡不着觉的算计，用于探索自然的奥妙，用于宇宙星空的仰望，用于天地人间的观照，几千年的王朝，又何至于一次次地往复轮回？

从金山上下来，他在白沙镇东园与米芾相遇，两人在一起呆了两天。苏东坡称八年来亲友旷绝，独念米元章"迈往凌云之气，清雄绝俗之文，超妙入神之字"，如今得以重逢，真是大慰老怀。米芾有一方紫金砚，据说是王羲之用过的，东坡见到后，非常喜爱，放入自己的行囊中，跟米芾说拿去玩几天。回到舟中，他告诉儿子，这方砚将来陪入其棺。

这是他最后一站。这一辈子，从二十岁出川应考算起，在京城为官十年，在外地为官十二年，居于贬所十一年，守孝居家四年，剔除所有这些，消耗在旅途中的时间就将近七年，真

米芾 紫金研帖。据内容可知此砚后来又被米芾索回。

够他累的了。在赴常州途中，暑气蒸腾，他戴一顶小帽，斜披着襟袍，袒露半臂，颓然坐在舱外纳凉。夹河两岸，百姓争相一睹苏学士风采，可是现在这个学士已经尽显苍老，再无过去的轩昂之态。苏东坡微笑着冲民众说："莫非是来看杀苏轼的？"

六月三日，他感觉自己吃坏了肚子，半夜痢疾暴下，折腾了一夜。第二天非常疲乏，没有食欲，吃了一碗黄薯粥，感觉稍好，给米芾写了一封信，称赞他拿来的四方古印。然而病情继续加剧，几年来在岭南瘴毒侵入，体内湿气太重，至此内分泌系统全部紊乱。晚间持续发烧，牙龈肿胀出血，如蚯蚓状，他认为这是热毒，服用了一些主清凉的药物，也不见好转。就这样过了好几天，吃则腹胀，不吃则羸弱，筋疲力尽，只能静卧，米芾出示所藏谢安、唐太宗的法帖请其题跋，他都无力为之了。

他预感这关恐怕过不去，于是给苏辙写信："将死，葬我于嵩山下，尔为我铭。"

钱世雄前来探望，苏东坡趁无人在旁，稍欠起身子，低声说："万里生还到此，有后事相托。唯一的遗憾，是与子由不能再见一面，此痛难堪。"叹息良久，继续说："我在海外，完成了《书传》《易传》《论语说》三书，现在全都托付于你。先不要示人，三十年后，会有知者。"

到常州后，他住进钱世雄帮忙借来的宅子，自从得病已过了二十多天。发烧不退，四肢浮肿，自料不久于人世，于是给朝廷上表，请求以本官致仕。此前，他已写了《遗表》，就朝廷的大政方针提出自己的意见和建议，这份表状已经在几个亲友中传播。当时的官员有这样的习惯，临死前上《遗表》，人之将死，再也无所畏惧，这是给皇帝最后的忠言。道潜读后，来信说要将《遗表》刻入东坡文集中，苏东坡赶紧给道潜写信，嘱咐他千万勿刻。这份表状最终没有上报朝廷，而且他叮嘱儿子不得选入文集，致使此文没有流传后世。

苏东坡在《遗表》中说了什么，不看内容我们也能知道。他在文中，必是披肝沥胆，触逆权贵，对朝廷多年来压榨百姓、盘剥聚敛的弊政提出尖锐批评。为后世子孙着想，又改变初衷。一辈子不惧鼎镬，最后关头选择了闭嘴，这是他能为孩子们做的最后一件事了。他在三十四岁时，就已上奏神宗应"结人心，厚风俗，存纲纪"，此后三十多年为官生涯，他践行的就是这九个字。历朝历代的官员，号称是父母官，其实是放羊倌，豫州牧徐州牧益州牧，这些都是羊倌。当那些羊们吃不到水草，就会如潮水般席卷过来，将羊倌顶翻在地，此后头羊摇身一变成了羊倌，继续放牧生涯。于是一家一朝，其兴也勃焉，其亡也忽焉，循环往复，没有尽头。苏东坡的仕宦生涯与此截然不同，他与百姓走得如此之近，甚至提出要"使民不畏官"。在他看来，当官的不像个官，就是个好官；百姓不再怕官，而是乐于跟官员掏心窝子说心里话，则天下大治。这使他超越了他的时代，也使他具有了现代意义。

七月十二日，他感觉精神稍旺，给米芾写了一封信，抄录了一些自己的诗文赠给钱世雄，还作了此生最后一首诗，寄赠广州知州朱服。然而十八日病情继续恶化，无法平卧，只能斜靠在一块木板上。他将诸子召至床边，交代完后事，最后说："我一生没做坏事，自信死后不会下地狱。"

此后他陷入昏睡中，等他醒来，竟然觉得精神非常健旺，儿子们知道，这是回光返照之象。二十六日，杭州径山寺长老惟琳前来探望，他与惟琳作偈谈禅，然后索要笔墨，写下绝笔：

> 某岭海万里不死，而归宿田里，有不起之忧，非命也耶！

弥留之际，他与人讨论的仍然是死生问题。惟琳贴近他的耳边，大声说："现在，要想来生！"

苏东坡回答说："西方也许有，谁知道呢，空想又有何用？"

钱世雄说："先生平生践行于此，现在正应该这样想啊！"

苏东坡答："勉强想就错了。"

苏迈上前请示最后的遗言，苏东坡再没有回答。

这是公元1101年，宋徽宗建中靖国元年七月二十八日，苏东坡退场。

第二十五章
尾 声

1

苏东坡逝世的消息迅速传遍每一个角落。吴越之民，痛哭于市，到家里吊唁者不计其数。京师数百名太学生为之举哀，苏辙、晁补之、钱世雄有祭文。黄庭坚在荆州卧病，听说恩师逝世，当地士人设灵堂吊唁，两手抱一膝起步独行，挣扎前往。张耒当时知颍州，得知消息，为老师穿丧服，出俸钱在荐福寺修供，设奠致哀，结果被人弹劾，责授房州别驾，黄州安置。

在众多祭文、挽诗中，公认李廌的祭文最能道出人们的心声：

> 德尊一代，名满五朝。道大不容，才高为累。惟行能之盖世，致忌之为仇。皇天后土，知一生忠义之心；名山大川，还千古英灵之气。系斯文之兴废，占吾道之盛衰。兹乃公议之共忧，非独门人之私议。

李廌的祭文一出，立即传遍大江南北，以至世间人无贤愚，皆能诵之。

当年那个绘制流民图而被贬英州的郑侠，元祐年间因苏轼举荐而复官，绍圣年间再被编管英州。苏东坡远谪惠州时曾经与他碰面，这是两人唯一一次见面。苏轼逝世七年后，郑侠夜里梦到苏轼赠诗一首：

> 人间真实人，取次不离真。
> 官为忧君失，家因好礼贫。
> 门栏多杞菊，亭槛尽松筠。
> 我友迁疏者，相从恨不频。

他梦到苏东坡说："介夫（郑侠字介夫）不久须当来。"郑侠醒来说："看来我该走了。"不久辞世，年七十八岁。

2

一个人才辈出的时代结束了，然而党争的闹剧仍在继续。向太后很快去世，宋徽宗再度推行"新法"。此前恢复名誉的官员，如今再次被贬，成为犯官。

崇宁元年（1102年）五月，朝廷发布"元祐党人"黑名单，苏辙等五十七人名列其中，他们被严禁在京城中任职。九月发布第二批，范围进一步扩大，有一百一十九人，连苏轼等死人都被追贬，他们的子孙不得在京城为官，同时还刻石碑立于宫城的端礼门，各地的官署都要设立"元祐党人碑"。十二月，第三次发布诏命，禁止教授元祐党人学术，他们的著作被焚毁，严禁流传，他们的题字、刻碑被铲掉、砸毁。

崇宁三年（1104年），入党人籍者再度倍增，达到三百零九人，由蔡京亲自书写刻石，颁布全国。

这是一次文化浩劫，宋徽宗当政的二十年时间内，多次下诏焚毁三苏、司马光、范镇、刘攽、范祖禹、黄庭坚、秦观、张耒、晁补之等人的著作。尤其对苏轼著作，不仅毁掉印版，而且严令有藏匿苏轼诗文者，以大不恭论罪。

然而这些禁不住人们对苏东坡的喜爱。从苏东坡逝世那一刻起，民间就在狂热收藏他的诗文、手迹。朝廷为了尽毁苏东坡的痕迹，一次次地抬高悬赏金额，动员民间上交他的文字。这是一道愚蠢的敕令，因为越是这样，士人越觉其可贵，越以多藏为荣。一时间士大夫如果不会背诵几句苏东坡的诗文，都不好意思跟人打招呼。

二十年后，历史来到了拐点。宣和年间，尽管禁令未销，但已经没人再当回事。更可笑的是，宫廷内府开始可怜巴巴地从民间搜集苏轼翰墨。从前诏令焚毁之时，有识之士往往留个心眼，实在无法藏匿，也想办法用点其他手段。比如奉命毁碑，只把碑额部分断为两截，碑文却完好无损，有的寺庙据此以献，受到朝廷表彰。此时苏东坡题写的"月林堂"三字，价格飙升到五万钱；他为英州人所题石桥铭，竟然要价三十万钱。有腰缠万贯的阔佬，家里竟然藏了苏字三百轴。

靖康元年（1126年），金兵包围开封，北宋朝廷慌忙议和，金兵得到满足后撤军。据《续资治通鉴》记载，就在金兵撤军前四天，朝廷作出了两项决策。第一个是贬谪蔡京、童贯。这两人一个是宰相，管内政外交；一个是枢密使，管军事。在国家危急存亡的时刻，朝野将怒气撒在这两个奸相权臣头上，是顺理成章的事。蔡京被贬儋州，走到途中没人卖给他吃的，饿死了；童贯被贬得更远，是海南三亚，走到途中又被朝廷杀了。

第二个决策让人大跌眼镜：朝廷宣布解禁元祐党人。在黑云压城的紧要关头，朝廷不去研究战事、布置防御，反而去翻历史旧账，不由得让人觉得奇怪。唯一合理的解释是，朝廷此时急需凝聚人心，安抚那些伤痕累累的士大夫，以期同仇敌忾，共赴国难。然而这时候说什么都晚了，猪身子已经掉井里了，剩个猪尾巴，谁还能拽得住？

1128 年，南宋高宗建炎二年，追复苏轼端明殿学士。

1130 年，宋高宗开始学习苏轼著作。赵构发现，苏轼的奏议文章充塞着忠勇许国之心，如果不是祖宗一个劲儿地瞎折腾，或许不至于丢掉半壁江山。

也许是做给天下人看，或者是真的不知道该如何嘉奖苏轼，苏轼的孙子、苏迈之子苏符被一路拔擢，由籍籍无名的小官，最后升至礼部尚书。

1170 年，宋孝宗乾道六年，谥苏轼为"文忠"。

1173 年，宋孝宗特赠苏轼"太师"称号，并亲自为苏轼文集作序。

没有任何一条河流是直的。

历史这条长河更是充满漩涡与回流，画了好多圈之后，才继续奔流。

3

话说琼州处士姜唐佐，自从在儋州从学于东坡以后，勤学苦读，后来果然得中举人。虽然未能进士及第，但这已经开创了海南文化史。姜唐佐被视为东坡嫡传，成为海南士林的标志性人物。

崇宁二年（1103年），姜唐佐辗转来到中原，在汝州遇到了苏辙。他出示东坡赠他的两句诗，请苏辙为之成篇。苏辙见到兄长遗墨，老泪纵横，提笔续成全诗：

>生长茅间有异芳，风流稷下古诸姜。
>适从琼管鱼龙窟，秀出羊城翰墨场。
>沧海何曾断地脉，白袍端合破天荒。
>锦衣他日千人看，始信东坡眼自长！

我们在本书开头提到，唐代荆州地区因为有人进士及第，而被称为"破天荒"，如今这种事到了海南，可以看到文明演进的过程。这个过程虽然一路艰辛，或许有大海相隔，或许有高山所阻，但是地脉相连，则文脉不断，这让我们对人类的精神世界保有信心。

苏东坡是一个真正破天荒的人物，他在治世、学术、文学、艺术等各方面都取得了辉煌的成就。历史上这样的人物太少。更为重要的是，苏东坡从来不故作圣人之言、板着面孔说话，而是以一颗文学之心，自由自在地展现他的真实，展现一个浩博的世界。宋人的生活早已离我们远去，不必试图去模仿，也无从模仿，然而我们可以去接近一个伟大的灵魂，去感受他心灵的愉悦，去品味他思想的灵光。当生活有了艺术化的韵律，才会表现真，连接善，贴近美，生命才有了弹性，有了宽度，有了吃饭睡觉生儿育女之外的意义。

2016年10月5日第一稿
2018年6月10日第二稿

后　记

　　几年前,我到京外工作,住进了单身宿舍。女儿说:"这回你可自由了,再也没人管你了。"我听了大骇,女儿不经意的一句话,牵扯出来的是中国人最难面对的问题,叫"慎独"。

　　既然没人管,只有自己管自己了。每天下班后换上运动服,十五分钟就进了山大校园。经过一片挺拔的幼林,转过去是一栋黑魆魆的老楼,那里是同学李卫东先生的办公室,我小心翼翼地绕过去,因为我怕万一碰到他又被拽去喝酒。宿舍区开水房外肩并肩摆了满地的暖水瓶,热闹非凡,青春洋溢。向北进入体育场,快步走上十几圈,操场上学生们在踢球,在练武,在腾跃,我只走路。待返回宿舍时,已经过了九十分钟,至少九公里。我把粗壮的运动轨迹发送给朋友显摆,朋友说,简直就是驴拉磨。

　　晚饭通常是简单泡一碗麦片粥。八点钟以后是写字时间,因资质太差,只有老老实实地临帖。写完一张就平铺在地上,那一张张纸逐渐变厚。一年后叫了四个同事帮忙,把超过茶几高度的一摞废纸撕碎,装了七个大号黑色垃圾袋,扔到楼下垃圾桶里去了。后来又觉得自己小楷不佳,于是每天专门抽出时间写小字,一年后整理,吓了一跳,竟然有十二本之多,六百多页!我把照片发送给朋友显摆,朋友说,仍然是驴拉磨。

三年以后,女儿面临高考。她说时间所剩无几,感觉不够用。我说还有半年呢,这么长时间够写一本书了。女儿不信,我说我写给你看!这个打赌颇有些类似傅雷和傅聪之间的书信较量。我学了多年苏字,时间长了,对他的诗文尺牍有些熟悉。本意是从书法的角度,把苏轼书法背后的故事串联起来,写个十几万字就算对孩子有个交代,这个并不难。可是甫一下笔,却写成了类似苏轼评传的东西。既然一开始就跑偏了组织架构,也就由不得自己,只好顺着苏东坡的人生轨迹走到底了。马林兄猜想我的宿舍是墨香与汗臭交织,这个判断准确。实际情况是多数时间摊了半床书,电脑放在肚皮上敲打键盘,因为坐久了担心腰椎受不了。假如朋友看到这个场景,脱口而出一定还是——驴拉磨。

本意是为了教育孩子,做个榜样,写完之后发现是孩子教育了我。

我和皓东、马林坐在酒楼上,第一瓶啤酒还有些吕纬甫、魏连殳的落寞,逐渐到了一箱,则几乎全是我在给两位布置序言任务。两位同学洋洋七千言,不是至交好友,断不会如此厚赐,着实令我感动。

大学四年,经常跟着高谦同学写字,没有他的督导,就不会有伴随我三十年的爱好。本书由高谦兄题写书名,这是多年心愿。

好友们建议我仔细修改,可是既无力又无心,因为我的单身生活结束了。美国那个傻阿甘跑了三年多,他为什么要跑,这是一个问题;为什么突然不想跑了,这也是一个问题。我的这些文字,绝不是妄图为苏东坡立传,仅仅是静夜中的絮语而已。

二〇一八年六月十日

主要参考书目

1. 王文诰辑注,《苏轼诗集》,中华书局1986年版。
2. 孔凡礼点校,《苏轼文集》,中华书局1982年版。
3. 王宗堂、邹同庆,《苏轼词编年校注》,中华书局2002年版。
4. 脱脱,《宋史》,中华书局1985年版。
5. 李焘,《续资治通鉴长编》,中华书局2004年版。
6. 曾枣庄、金成礼注,《嘉祐集笺注》,中华书局1993年版。
7. 陈宏天、高秀芳点校,《苏辙集》,中华书局1990年版。
8. 曾枣庄、舒大刚主编,《三苏全书》,语文出版社2001年版。
9. 王松龄校,《东坡志林》,中华书局1981年版。
10. 孔凡礼,《苏轼年谱》,中华书局1998年版。
11. 孟元老,《东京梦华录注》,中华书局1982年版。
12. 邵伯温,《邵氏闻见录》,中华书局1983年版。
13. 张岱,《西湖梦寻》,中华书局2007年版。
14. 启功、王靖宪主编,《中国法帖全集·东坡苏公帖》,湖北美术出版社2002年版。
15. 刘正成,《中国书法全集·苏轼卷》,荣宝斋出版社1993年版。
16. 四川大学中文系唐宋文学研究室,《苏轼资料汇编》,中华书局1994年版。
17. 上海书画出版社、华东师范大学古籍整理研究室选编,《历代书法论文选》,上海书画出版社1982年版。

18. 林语堂,《苏东坡传》,湖南文艺出版社2012年版。
19. 梁启超,《王安石传》,百花文艺出版社2016年版。
20. 曹宝麟,《中国书法史·北宋五代卷》,江苏教育出版社2007年版。
21. 曹宝麟,《抱瓮集》,文物出版社2007年版。
22. 周勋初主编,《唐人资料汇编》,上海古籍出版社2016年版。
23. 周勋初主编,《宋人资料汇编》,上海古籍出版社2016年版。
24. 李国文,《走近苏东坡》,东方出版社2008年版。